Título original: *Suddenly You*
Traducción: Cristina Martín
1.ª edición: junio 2012

© Lisa Kleypas, 2001
© Ediciones B, S. A., 2012
   para el sello B de Bolsillo
   Consell de Cent, 425-427 - 08009 Barcelona (España)
   www.edicionesb.com

Printed in Spain
ISBN: 978-84-9872-682-4
Depósito legal: B. 15.231-2012

Impreso por NEGRO GRAPHIC, S.L.
Comte de Salvatierra, 3-5, despacho 309
08006 BARCELONA

Irresistible

LISA KLEYPAS

A mi hermano Ki, por proporcionarme
constante cariño, comprensión y apoyo,
y por estar siempre a mi lado cuando te necesito.
Soy muy afortunada de ser hermana tuya.

Prólogo

Londres, noviembre de 1836

—¿Qué estilo prefiere, señorita Briars? ¿Le gustaría un hombre rubio o moreno? ¿Alto o de mediana estatura? ¿Inglés o extranjero? —La mujer usaba un tono de lo más práctico, como si estuvieran hablando de un plato que había de servirse en una cena, en lugar de tratarse de un hombre de alquiler para aquella noche.

Sus preguntas hicieron que Amanda se encogiese. Notó que se le inflamaban las mejillas hasta sentirlas arder, y se preguntó si era eso lo que les ocurría a los hombres cuando visitaban por primera vez un burdel. Por suerte, aquel burdel era mucho más discreto y estaba amueblado con mucho mejor gusto de lo que había imaginado. De sus paredes no colgaban pinturas chocantes ni grabados vulgares, ni tampoco había a la vista clientes ni prostitutas. El establecimiento de la señora Bradshaw resultaba bastante atractivo, forradas de damasco color verde musgo las paredes, y la salita de recepción privada amueblada al estilo Hepplewhite. Había una mesita de mármol colocada con muy buen gusto junto a un sofá estilo Imperio adornado con escamas de delfín doradas.

Gemma Bradshaw tomó un pequeño lápiz dorado y un diminuto cuaderno que estaba sujeto del borde de la mesa, y la miró expectante.

—No tengo un estilo preferido —contestó Amanda, mortificada aunque decidida—. Me fío de su criterio. Simplemente envíeme a alguien la noche de mi cumpleaños, dentro de una semana a partir de hoy.

Por alguna razón, aquello pareció divertir a la señora Bradshaw.

—¿Como un regalo para sí misma...? Qué idea tan deliciosa. —Observó a Amanda con una sonrisa que, poco a poco, fue iluminando su rostro anguloso. No era hermosa, ni siquiera bonita, pero poseía un cutis terso y una cabellera de un rojo profundo; aparte de un cuerpo espigado y voluptuoso—. Señorita Briars, ¿me permite la indiscreción de preguntarle si es usted virgen?

—¿Por qué desea saberlo? —replicó Amanda, cautelosa.

La señora Bradshaw enarcó una de sus cejas perfectamente depiladas en un gesto divertido.

—Si de verdad está dispuesta a fiarse de mi criterio, señorita Briars, debo conocer los detalles de su situación. No es habitual que una mujer como usted acuda a mi establecimiento.

—Muy bien. —Amanda respiró hondo y habló a toda prisa, impulsada por algo similar a la desesperación, en lugar del buen juicio del que siempre se había enorgullecido—. Soy una solterona, señora Bradshaw. Dentro de una semana cumpliré treinta años. Y sí, aún soy virgen... —Tropezó con aquella palabra para proseguir acto seguido en tono resuelto—: Pero eso no quiere decir que tenga que seguir siéndolo. He acudido a usted porque de todos es sabido que es capaz de proporcionar cualquier cosa que solicite un cliente. Ya sé que debe resultar sorprendente que venga aquí una mujer como yo...

—Querida —la interrumpió la señora Bradshaw con una suave sonrisa—. Hace mucho que me pasó la época

10

en la que yo era capaz de sorprenderme por algo. Verá, creo que entiendo muy bien su dilema, y desde luego procuraré darle una solución que sea de su agrado. Dígame, ¿tiene alguna preferencia en cuanto a la edad y el aspecto físico? ¿Algo que le guste o disguste en particular?

—Preferiría un hombre joven, pero no más que yo; que no fuera demasiado viejo. No es necesario que sea guapo, aunque no quisiera que resultase desagradable a la vista. Y limpio —agregó al ocurrírsele la idea—. Insisto en la limpieza.

El lápiz garabateaba a toda prisa sobre el cuaderno.

—No creo que eso resulte un problema —repuso la señora Bradshaw con una centelleante chispa en sus bonitos ojos castaños, sospechosamente parecida a la risa.

—También debo insistir en la discreción —dijo Amanda en tono tajante—. Si llega a descubrirse lo que he hecho...

—Querida —dijo la señora Bradshaw adoptando una postura más cómoda en el sofá—, ¿qué cree usted que sería de mi negocio si consintiera que se violase la intimidad de mis clientes? Debe saber que mis empleados atienden a algunos de los miembros más destacados del Parlamento, por no mencionar a los lores y damas más acaudalados de la alta sociedad. Su secreto estará a salvo, señorita Briars.

—Gracias —respondió Amanda, invadida en partes iguales por el alivio y el terror; y también por la terrible sospecha de que estaba cometiendo el error más grave de toda su vida.

1

Amanda sabía exactamente por qué el hombre que estaba de pie en la puerta era un prostituto. Desde el momento en que lo hizo entrar en la casa con el gesto de quien proporciona asilo a un convicto fugado, él no dejó de mirarla en silencio, confundido. Era obvio que carecía de la capacidad mental necesaria para dedicarse a una ocupación de corte más intelectual. Pero de más está decir que un hombre no necesitaba poseer inteligencia para hacer aquello por lo que lo habían contratado.

—Dese prisa —susurró Amanda, tirando con ansiedad del musculoso brazo del hombre. Cerró la puerta de golpe tras él—. ¿Cree que le habrá visto alguien? No había previsto que se presentase usted sin más en la puerta principal. ¿Es que a los hombres de su profesión no se les enseña a guardar cierta discreción?

—Mi... profesión —repitió él, desconcertado.

Ahora que lo tenía a salvo de las miradas públicas, Amanda se permitió observarlo de arriba abajo. A pesar de su aparente escasez de intelecto, era notablemente apuesto. En realidad, era bello, si es que podía aplicarse semejante adjetivo a una criatura tan masculina. Poseía una constitución robusta a pesar de ser delgado, con unos hombros que parecían abarcar la anchura de la puerta al completo. Su cabello negro y brillante era espeso y estaba bien cortado, y su bronceado rostro relucía gracias a un pulcro afeitado. Tenía una nariz larga y recta y una boca sensual.

Y también un par de notables ojos azules, de un tono que Amanda estaba segura de no haber visto antes; a excepción, tal vez, de la tienda donde el farmacéutico local fabricaba tinta cociendo plantas de indigofera y sulfato de cobre durante varios días hasta que producían un azul tan intenso y profundo que se acercaba al violeta. Sin embargo, los ojos de este hombre no poseían la mirada angelical que, por lo general, uno podría asociar a dicho color: era astuta, curtida, como si hubiese contemplado con demasiada frecuencia el lado desagradable de la vida que ella no había llegado a conocer.

A Amanda no le costó comprender por qué las mujeres pagaban por gozar de la compañía de aquel hombre. La idea de alquilar aquella criatura masculina de poderosa mirada para que hiciera lo que una le ordenase resultaba extraordinaria. Y tentadora. Amanda se sintió avergonzada de la secreta reacción que experimentó al verlo, de los estremecimientos fríos y calientes que recorrieron todo su cuerpo, del intenso rubor que tiñó a sus mejillas. Se había resignado a ser una digna solterona... Incluso se había convencido a sí misma de que el hecho de no haberse casado le permitía disfrutar de una gran libertad. No obstante, su inquieto cuerpo, por lo visto, no entendía que una mujer de su edad no debía verse ya acosada por el deseo. En una época en la que tener veintiún años se consideraba ser vieja, llegar soltera a los treinta decía a las claras que esa mujer se había quedado para vestir santos. Había dejado atrás su mejor momento, ya no era deseable. Una «carraca», así era como la sociedad denominaba a una mujer como ella. Ojalá pudiera aceptar su destino.

Amanda se obligó a sí misma a mirar directamente aquellos extraordinarios ojos azules.

—Tengo la intención de ser franca, señor... No, no importa, no me diga su nombre; no vamos a conocernos lo suficiente como para que yo necesite saberlo. Verá, he tenido oportunidad de reflexionar sobre una decisión que tomé más bien de manera precipitada, y el hecho es que... en fin, que he cambiado de idea. Le ruego que no se lo tome como una ofensa personal, no tiene nada que ver con usted ni con su físico y, por descontado, así se lo haré saber a su jefa, la señora Bradshaw. En realidad, es usted un hombre muy apuesto, y muy puntual, y no me cabe duda alguna de que se le da muy bien lo... bueno, lo que usted hace. Lo cierto es que he cometido un error. Todos cometemos errores y, desde luego, yo no soy una excepción. Son muchísimas las veces que cometo pequeñas equivocaciones al juzgar...

—Espere. —El hombre alzó sus grandes manos en un gesto defensivo y clavó la mirada en el sonrojado rostro de Amanda—. Deje de hablar.

Nadie, en toda su vida adulta, se había atrevido nunca a hacerla callar. Sorprendida, selló sus labios y se esforzó por contener el torrente de palabras que amenazaba con desbordarlos. El desconocido cruzó los brazos delante de su musculoso pecho y apoyó la espalda contra la puerta para mirarla fijamente. La luz de la lámpara que había en el minúsculo recibidor de aquella casa a la moda londinense, proyectaba un fleco de sombras, debido a sus largas pestañas, sobre sus perfilados y elegantes pómulos.

Amanda no pudo evitar pensar que la señora Bradshaw tenía un gusto excelente. El hombre que le había enviado vestía incluso demasiado bien y ofrecía un aspecto próspero, con un atuendo a la moda sin dejar de ser tradicional: levita negra y pantalones gris marengo, y zapatos negros de impecable brillo. Su camisa blanca almidonada destacaba respecto a su tez morena, y su corbata de seda gris lucía un nudo sencillo y perfecto. Justo hasta ese momento, si le hubieran instado a Amanda a que describiese su hombre ideal, lo habría imaginado rubio, de piel clara y huesos finos, pero ahora se vio obligada a revisar por completo aquella visión. Ningún Apolo de cabellos rubios podría siquiera compararse con aquel hombre grande y apuesto.

—Es usted la señorita Amanda Briars —dijo él, como si solicitara confirmación—. La novelista.

—Sí, escribo novelas —repuso ella con forzada paciencia—. Y usted es el caballero que envía la señora Bradshaw, ¿no es así?

—Al parecer, lo soy —contestó él muy despacio.

—Pues bien, acepte mis excusas, señor... No, no me lo diga. Como le he explicado, he cometido una equivocación y, por lo tanto, debe usted irse. Por descontado, le pagaré por sus servicios aun cuando ya no sean necesarios, dado que la culpa es del todo mía. Dígame cuáles son sus honorarios habituales y zanjaremos el asunto de inmediato.

Sin dejar de mirarla, el semblante del desconocido experimentó un cambio y el aturdimiento dio paso a la fascinación, al tiempo que sus ojos azules centelleaban con un aire entre divertido y malicioso que le produjo un incómodo hormigueo en la piel.

—Explíqueme qué servicios se requerían —sugirió con cautela, apartándose de la puerta. Se acercó a Amanda hasta que su cuerpo se cernió por encima del de ella—. Me temo que no he llegado a hablar de los detalles con la señora Bradshaw.

—Oh... Supongo que meramente los básicos. —El aplomo de Amanda se estaba viniendo abajo a cada segundo que transcurría. Sentía un terrible sofoco en las mejillas, y el corazón le retumbaba en todo el cuerpo—.

Lo normal. —Se volvió a ciegas hacia la mesa semicircular de madera satinada que apoyaba contra la pared, donde había depositado un fajo de billetes doblados con extremo cuidado—. Siempre pago mis deudas. Les he causado molestias tanto a usted como a la señora Bradshaw para nada, de modo que estoy más que dispuesta a compensárselo...

De pronto se interrumpió con un sonido ahogado, al sentir que él cerraba la mano alrededor de su brazo. Era impensable que un desconocido osase poner la mano en parte alguna del cuerpo de una dama. Aunque más impensable todavía era que una dama recurriese a un hombre de alquiler y, sin embargo, eso era precisamente lo que ella había hecho. Deprimida, tomó la decisión de ahorcarse antes de volver a cometer semejante necedad.

Se le tensó el cuerpo al sentir su contacto, y no se atrevió a moverse cuando oyó su voz justo a su espalda:

—No quiero dinero. —Su voz profunda estaba teñida de lo que podría denominarse como una sutil diversión—. No voy a cobrar nada por unos servicios que usted no ha recibido.

—Gracias. —Amanda juntó las dos manos cerrándolas en un solo puño, con los nudillos blancos debido a la fuerza con la que apretaba—. Muy amable de su parte. Al menos le pagaré un coche; no hay necesidad de que regrese a su casa a pie.

—¡Oh! aún no tengo pensado marcharme.

A Amanda se le descolgó la mandíbula. Se volvió para mirarlo de frente con una expresión de horror. ¿A qué se refería con eso de que no iba a marcharse? ¡Bueno, pues le obligaría a irse, le gustase o no! Estudió rápidamente las diferentes alternativas pero, por desgracia, tenía muy pocas a su alcance. Había dado la noche libre a sus sirvientes —un criado, una cocinera y una doncella—, de modo que, por ese lado, no iba a obtener ayuda. Desde luego, no pensaba recurrir a pedir socorro a gritos, pues la consiguiente publicidad resultaría perjudicial para su carrera, y sus libros constituían el único sostén económico de aquella casa. Miró de reojo una sombrilla con mango de roble que descansaba en el paragüero de porcelana situado junto a la puerta, y fue acercándose a ella con la mayor discreción posible.

—¿Está pensando en echarme golpeándome con eso? —inquirió con cortesía su indeseado invitado.

—Si es necesario...

Aquella afirmación fue acogida por el hombre con un bufido de diversión. El invitado le tocó la barbilla y la obligó a alzar la vista hacia él.

—Señor —exclamó Amanda—. ¿Le importaría...?

—Me llamo Jack. —La sombra de una sonrisa cruzó por sus labios—. Y voy a marcharme muy pronto, pero no sin antes hablar con usted de unas cuantas cosas. Tengo algunas preguntas que hacerle.

Ella suspiró con impaciencia.

—Señor Jack, no me cabe duda de que así es, pero...

—Jack es mi nombre de pila.

—Muy bien... Jack. —Frunció el ceño—. ¡Le agradecería que tuviera la amabilidad de marcharse inmediatamente!

A modo de respuesta, él se adentró un poco más en el vestíbulo, tan relajado como si ella lo hubiera invitado a tomar el té. Amanda se vio obligada a revisar su inicial opinión acerca de la pobreza intelectual de aquel individuo. Ahora que se había recuperado de la sorpresa que le había supuesto ser introducido en la casa de un tirón, su inteligencia mostraba signos de una rápida mejora.

El desconocido recorrió la casa con la mirada, valorando lo que veía, fijándose en el diseño clásico de los muebles de aquella salita azul y beige, así como en la mesa con pie de caoba, coronada por un espejo enmarcado, que había al fondo del vestíbulo. Si buscaba señales de lujosa ornamentación o detalles evidentes de riqueza, sin duda iba a quedar decepcionado; Amanda no soportaba la pretensión ni la falta de sentido práctico, por eso había escogido los muebles teniendo en cuenta su funcionalidad más que su estilo. Si adquiría un sillón, debía ser grande y cómodo; si compraba una mesita auxiliar, debía ser lo bastante robusta para sostener una pila de libros o una lámpara grande. No le gustaban los dorados ni los platos de porcelana, ni tampoco los grabados o jeroglíficos que estaban tan de moda.

Cuando el visitante se detuvo cerca de la puerta de su salita, Amanda le habló en tono seco:

—Ya que, por lo visto, va a hacer lo que le venga en gana, con independencia de lo que yo desee, entre del todo y siéntese. ¿Puedo ofrecerle algo? ¿Una copa de vino, quizá?

Aunque la invitación rezumaba sarcasmo, él la aceptó con una rápida sonrisa.

—Sí, si usted me acompaña.

El relámpago de sus dientes blancos, el inesperado brillo deslumbrante de su sonrisa, causaron una extraña sensación en Amanda, parecida a la que se experimenta al sumergirse en un baño caliente tras todo un día gris de invierno. Ella siempre tenía frío. El clima húmedo y nublado de Londres parecía calarle hasta los huesos, y a pesar de que utilizaba abundantes prendas de abrigo para los pies, mantas sobre el regazo, baños calientes y té reforzado con coñac, siempre estaba a un paso de la congelación.

—Tal vez un poco de vino —se oyó decir a sí misma—. Por favor, tome asiento, señor... es decir, Jack.

—Le dedicó una irónica mirada—. Dado que ahora se encuentra en mi salita, quizá desee decirme su nombre completo.

—No —respondió él en voz baja, con la sonrisa todavía centelleando en sus ojos—. En vista de las circunstancias, creo que vamos a quedarnos en el plano de los nombres de pila... Amanda.

¡Vaya, desde luego que no le faltaba descaro! Le indicó con un gesto brusco que se sentara mientras ella iba hasta el aparador. Jack, por el contrario, permaneció de pie hasta que sirvió las dos copas de vino. Sólo cuando ella se acomodó en el diván de caoba, decidió Jack ocupar el sillón Trafalgar que había al lado. La luz procedente del nutrido fuego que crepitaba en la chimenea de mármol blanco jugueteaba sobre su reluciente cabello negro y su piel de tonos dorados; resplandecía de salud y juventud. De hecho, Amanda empezó a preguntarse con actitud suspicaz si no sería unos años más joven que ella.

—¿Brindamos? —sugirió su invitado.

—Es obvio que desea hacerlo —replicó ella en tono cortante.

Aquella respuesta provocó en él una deslumbrante sonrisa, y alzó su copa.

—Por una mujer de gran audacia, imaginación y belleza.

Amanda no bebió. Lo miró ceñuda mientras él tomaba un sorbo de vino. Ciertamente, era una vergüenza que se hubiera colado de aquel modo en la casa, que se hubiera negado a marcharse cuando se le pidió que lo hiciera, y que ahora se burlara de ella.

Ella era una mujer inteligente y sincera, sabía quién era... y no era ninguna belleza. Sus atractivos eran, como mucho, moderados, y eso si no se tenía en cuenta el ideal femenino de la época. Era de baja estatura, y si bien algunos días se la podría describir como voluptuosa, otros era regordeta sin más. Su pelo era una masa caótica y rebelde de bucles color castaño rojizo; unos bucles odiosos que siempre lograban desafiar toda sustancia o utensilio del que ella se sirviera para alisarlos. Sí, tenía una bonita piel, sin marcas ni manchas, y sus ojos habían sido descritos en cierta ocasión como «agradables» por algún bienintencionado amigo de la familia, pero eran unos ojos de color gris liso, sin ningún matiz verde o azul que les aportase un poco de vida.

Al carecer de belleza física, Amanda había escogido cultivar su mente y su imaginación, lo cual, tal como había predicho con tristeza su madre, fue el definitivo golpe de mala suerte.

Los caballeros no deseaban esposas de mente cultivada, querían esposas atractivas que no les hicieran constantes reproches ni discutieran con ellos. Y, desde luego, no buscaban mujeres de vibrante imaginación que fantasearan con personajes de ficción sacados de los libros. De ahí que las dos guapas hermanas mayores de Amanda hubiesen pescado marido y ella hubiese recurrido a escribir novelas.

Su indeseado huésped continuaba mirándola fijamente con aquellos penetrantes ojos azules.

—Dígame por qué una mujer con un físico como el suyo tiene que alquilar un hombre para llevárselo a la cama.

Su estilo directo la ofendió. Sin embargo... había algo inesperadamente divertido en la perspectiva de hablar con un hombre sin ninguna de las restricciones sociales al uso.

—En primer lugar —dijo Amanda fríamente—, no hay necesidad de que me hable en tono condescendiente dando a entender que soy Helena de Troya, cuando está claro que no soy una belleza.

Aquello le reportó otra mirada fija.

—Yo creo que sí —repuso él en voz queda.

Amanda sacudió la cabeza con decisión.

—Es evidente que piensa usted que soy una de esas necias que sucumben fácilmente a los halagos, o de lo contrario es que coloca el listón muy bajo. Sea como fuere, señor, se equivoca.

Una sonrisa curvó la comisura de los labios de Jack.

—No deja usted mucho espacio para el debate, ¿no es así? ¿Es igual de contundente en todas sus opiniones?

Ella respondió a su sonrisa con otra propia, más irónica.

—Por desgracia, sí.

—¿Por qué es una desgracia tener opinión propia?

—En un hombre resulta una cualidad admirable; en una mujer, se considera un defecto.

—No es ésa mi opinión. —Bebió un sorbo de vino y se relajó en su sillón. Acto seguido estiró sus largas piernas y la observó atentamente. A Amanda no le gustó el modo en que se acomodó, como si estuviera dispuesto a entablar una conversación prolongada—. No voy a permitir que eluda mi pregunta, Amanda. Explíqueme por qué ha alquilado un hombre para esta noche. —Su viva mirada la desafió a que hablara sin tapujos.

Amanda reparó en que estaba aferrando con demasiada fuerza el pie de su copa, por lo que obligó a sus dedos a aflojar la presión.

—Es mi cumpleaños.

—¿Hoy? —Jack rió con suavidad—. Feliz cumpleaños.

—Gracias. ¿Quiere marcharse ya, por favor?

—Claro que no, dado que soy su regalo de cumpleaños. Voy a hacerle compañía. No estará sola en una ocasión tan señalada. Déjeme que lo adivine... Hoy termina usted su año de vida número treinta.

—¿Cómo ha adivinado mi edad?

—Porque las mujeres siempre reaccionan de un modo extraño al cumplir treinta años. En cierta ocasión, conocí a una que ese día cubrió todos los espejos con una tela negra, exactamente como si hubiese muerto alguien.

—Estaba de luto por su juventud perdida —le dijo Amanda, tras lo cual bebió un buen trago de vino hasta notar un rastro de calor en el pecho—. Estaba reaccionando al hecho de que había alcanzado la mediana edad.

—Usted no es de mediana edad. Está en su punto. Igual que un melocotón de invernadero.

—Tonterías —musitó Amanda, molesta al advertir que aquel halago, vacío como era, le había provocado una levísima sensación de placer. Quizá fuera el vino, o tal vez se debiera al hecho de saber que se trataba de un desconocido al que jamás volvería a ver después de aquella noche pero, de pronto, se sintió libre para decirle lo que le apeteciera—. Mi mejor momento fue hace diez años; ahora simplemente me conservo, y dentro de no mucho estaré enterrada en el huerto con los demás desechos.

Jack rió y dejó a un lado su copa. A continuación, se incorporó para quitarse la levita.

—Perdóneme —dijo—, pero esto es como un horno. ¿Siempre tiene la casa tan caldeada?

Amanda lo observó con cautela.

—Fuera hay mucha humedad, y yo siempre tengo frío. La mayoría de los días llevo un gorro y un chal dentro de casa.

—Yo podría sugerirle otros métodos para mantenerse caliente.

Y, sin pedir permiso, se sentó junto a ella. Amanda se acurrucó contra su lado del diván, aferrándose a lo que quedaba de su compostura.

Por dentro se sentía alarmada a causa del macizo cuerpo masculino que tan a su alcance tenía, por la experiencia desconocida de estar sentada al lado de un hombre en mangas de camisa. Su fragancia le cosquilleó la nariz, y aspiró aquel atractivo olor... a piel masculina, a lino, con una nota penetrante de colonia cara. Nunca había caído en la cuenta de lo bien que podía oler un hombre. Ninguno de los maridos de sus hermanas desprendía aquel agradable aroma; a diferencia de este hombre, ambos eran pesados y respetables, el uno profesor de una exclusiva escuela, el otro un rico comerciante de la ciudad educado para convertirse en caballero.

—¿Cuántos años tiene usted? —preguntó Amanda impulsivamente, juntando las cejas.

Jack titubeó durante una fracción de segundo antes de responder:

—Treinta y uno. Le preocupan mucho los números, ¿no es cierto?

Parecía joven para tener treinta y un años, reflexionó Amanda. No obstante, era una injusticia vital que los hombres rara vez delataran su edad, no como les ocurría a las mujeres.

—Esta noche, sí —reconoció—. Sin embargo, mañana habrá pasado mi cumpleaños y no volveré a pensar en él. Empezaré a vivir los años que me queden, y procuraré disfrutarlos todo lo que pueda.

El tono pragmático de sus palabras pareció divertir a su invitado.

—Por Dios, habla usted como si estuviera ya con un pie en la tumba. Es atractiva, es una novelista de renombre y se encuentra en su mejor momento.

—Atractiva no soy —replicó ella con un suspiro.

Jack apoyó el antebrazo sobre el respaldo del diván, sin reparar en que estaba ocupando la mayor parte del mismo, acorralando a Amanda contra el rincón. Su mirada la recorrió con un gesto concienzudo y desconcertante.

—Tiene un cutis muy hermoso, una boca perfecta...

—Demasiado grande —le informó ella.

Él le contempló los labios durante unos largos segundos, y cuando volvió a hablar su voz sonó un poco más ronca.

—Es una boca muy adecuada para lo que tengo en mente.

—Y soy regordeta —dijo decidida ya a exponer todos sus defectos.

—Perfecto. —Jack bajó la mirada a sus senos, la inspección menos caballerosa que Amanda había sufrido jamás.

—Y tengo el pelo rizado y rebelde.

—¿En serio? Suélteselo y déjeme ver.

—¿Cómo dice? —Aquella insultante orden le provocó un súbito ataque de risa. Nunca en toda su vida se había topado con un presuntuoso sinvergüenza como aquél.

Jack recorrió la acogedora estancia con la mirada y después volvió a posarla en ella.

—Nadie puede vernos —dijo con voz queda—. ¿Es que nunca se ha soltado el cabello para un hombre?

El silencio que reinaba en la salita resaltaba aún más debido al sereno crepitar del fuego en la chimenea y al ruido de la respiración de ambos. Amanda jamás se había sentido así, de hecho temerosa de lo que podía hacer. El corazón le latía con tal fuerza, que le pareció que iba a marearse. Aquel hombre era un desconocido, ella estaba sola con él en la casa, y se encontraba más o menos a su merced. Por primera vez en mucho tiempo, se hallaba en una situación en la que ella no poseía el control, y todo había sido obra suya.

—¿Por casualidad no estará tratando de seducirme? —susurró.

—No hay motivo para tenerme miedo. Jamás forzaría a una dama.

Por descontado no habría tenido necesidad. Parecía muy probable que él nunca hubiera oído la palabra «no» de labios de una mujer.

Aquélla era, sin duda, la situación más interesante en la que Amanda se había encontrado nunca. Su vida carecía llamativamente de acontecimientos, una vida en la que los personajes de sus novelas decían y hacían todas las cosas prohibidas que ella no se había atrevido a decir o hacer.

Como si pudiera leerle el pensamiento, su acompañante sonrió perezosamente y apoyó la barbilla en la mano. Si estaba intentando seducirla, no parecía tener mucha prisa.

—Es usted tal como la imaginaba —murmuró—. He leído sus novelas... Bueno, al menos la última. No hay muchas mujeres que escriban como usted.

A Amanda no le gustaba hablar de su trabajo. Se sentía incómoda cuando recibía elogios, y las opiniones de los críticos la disgustaban. Sin embargo, ahora sentía una viva curiosidad por saber qué opinaba de su trabajo aquel hombre.

—No hubiera esperado que un... un hombre de su... un «gígolo» —dijo— leyera novelas.

—Bueno, algo tenemos que hacer en nuestro tiempo libre —repuso él, razonable—. No podemos pasarnos todo el tiempo en la cama. A propósito, no es así como se pronuncia.

Amanda apuró lo que le quedaba de vino y dirigió la vista al aparador, anhelando otra copa.

—Aún no —dijo Jack al tiempo que le quitaba de la

mano la copa vacía y la depositaba sobre la mesilla que había detrás. Con aquel movimiento se situó justo encima de ella, y Amanda se encogió hasta quedar casi reclinada contra el brazo del diván—. Si bebe demasiado vino, no podré seducirla —murmuró. Su tibio aliento le rozó la mejilla, y aunque su cuerpo no llegó a tocar el suyo, percibió cómo pesaba sobre ella su presencia sólida y corpulenta.

—No creía que tuviera usted semejantes escrúpulos —dijo en tono nervioso.

—Oh, no tengo escrúpulos —aseguró él con aire jovial—, es que me gusta que las cosas entrañen un cierto reto. Si bebiese más vino, resultaría usted una conquista demasiado fácil.

—Es usted arrogante, vanidoso... —empezó Amanda indignada, hasta que captó en el brillo pícaro de sus ojos que la estaba provocando de forma deliberada. Se sintió triste y aliviada al mismo tiempo cuando Jack se apartó, forzando entonces una sonrisa de mala gana—. ¿Le gustó mi novela? —No pudo resistirse a preguntarlo.

—Pues sí. Al principio creí que iba a ser pura cháchara de amorío y lujo. Pero me gustó el modo en que empezaron a desarrollarse los personajes; usted los describía muy bien. Me gustó su forma de retratar a personas decentes llevadas al engaño, la violencia, la traición... Por lo visto, no se arredra ante nada a la hora de escribir.

—Los críticos afirman que mi trabajo carece de decencia.

—Eso es porque el tema subyacente, el que todas las personas corrientes son capaces de hacer cosas extraordinarias en su vida privada, los hace sentirse incómodos.

—Así que es cierto: ha leído mi obra —dijo Amanda con sorpresa.

—Y me ha llevado a preguntarme qué tipo de vida privada sería la de la propia señorita Briars.

—Pues ahora ya lo sabe. Soy la clase de mujer que alquila un «gigolo» para su cumpleaños.

Aquella triste afirmación obtuvo como réplica una risa contenida.

—Tampoco es así como se pronuncia. —La recorrió de arriba abajo con su perspicaz mirada azul y, cuando habló de nuevo, su voz había cambiado: la diversión se había atemperado con una nota que, incluso a pesar de su falta de experiencia, Amanda reconoció como puramente sexual—. Ya que aún no me ha pedido que me vaya... suéltese el pelo.

Al ver que Amanda no se movía, sino que lo miraba fijamente y sin pestañear con los ojos como platos, le preguntó en voz baja:

—¿Está asustada?

¡Oh! sí. Toda su vida había temido aquello: el riesgo, el posible rechazo, el ridículo... Incluso había tenido miedo de sentirse desilusionada al descubrir que la intimidad con un hombre era, en realidad, tan decepcionante y repulsiva como le habían asegurado sus dos hermanas. No obstante, en los últimos tiempos había descubierto que había algo que temía aún más: el no saber nada acerca del tentador misterio que el resto del mundo parecía haber experimentado. Ella misma había descrito muy bien en sus novelas la pasión, el anhelo, la locura y el éxtasis que inspiraba, todas las sensaciones que ella no había experimentado nunca. ¿Y por qué había de ser así? No había tenido la suerte de ser amada por un hombre con tanta intensidad como para que éste deseara unir su vida a la de ella. ¿Pero significaba eso que debía vivir para siempre sin que nadie la desease, la quisiese, la reclamase para sí? En la vida de una mujer había, más o menos, unas veinte mil noches, al menos durante una de ellas no quería estar sola.

Al parecer, su mano se movió con voluntad propia en dirección a las horquillas del pelo. Llevaba dieciséis años recogiéndoselo del mismo modo. El pulcro moño que lucía en lo alto de la cabeza estaba hecho a base de retorcer los rizos formando un pesado rodete. Eran necesarias media docena de horquillas para sujetarlo tan tenso como a ella le gustaba. Por las mañanas, conservaba el cabello relativamente liso, pero a medida que avanzaba el día nunca dejaban de surgir diminutos bucles por toda la cabeza, que terminaban formando un halo alrededor del rostro.

Una horquilla, dos, tres... Conforme las iba sacando, las dejaba en su mano hasta que se le clavaron los extremos en la carne blanda de las palmas. Cuando sacó la última horquilla, el rodete se desplomó y los largos bucles le cayeron sobre un hombro.

Los ojos azules del desconocido dejaron entrever destellos de fuego. Alzó una mano para tocarle el cabello, pero se detuvo a medio camino.

—¿Me permite? —preguntó con voz ronca.

Ningún hombre le había pedido jamás permiso para tocarla.

—Sí —respondió, aunque fueron necesarios dos intentos para que la palabra se entendiera con claridad. Entonces cerró los ojos y notó que él se le acercaba. Sintió un hormigueo en la piel de la cabeza cuando él introdujo suavemente una mano en su cabellera para separar los bucles enroscados. Las anchas yemas de sus dedos se movieron entre los gruesos mechones acariciando el cuero cabelludo, extendiendo aquel manto sobre los hombros.

Su mano se acercó hasta la de ella y la obligó con delicadeza a abrir los dedos y dejar caer las horquillas. Su dedo pulgar acarició despacio las pequeñas marcas rojas que habían dejado en la palma y, a continuación, se llevó la mano a los labios para besar aquellos doloridos puntos.

Su voz resonó con calor en el interior de su palma.

—Su mano huele a limón.

Ella abrió los ojos y se lo quedó mirando muy seria.

—Me froto las manos con zumo de limón para eliminar las manchas de tinta.

Aquella información pareció divertirlo, y en el ardor de su mirada se mezcló un deje de humor. Le soltó la mano y empezó a jugar con un mechón de pelo, rozándole el hombro con los nudillos en un gesto que la obligó a contener la respiración.

—Dígame por qué solicitó un hombre a Madame Bradshaw, en lugar de seducir a uno de sus amigos.

—Por tres razones —contestó ella, encontrando difícil respirar mientras la mano de él le acariciaba el pelo. Sintió una oleada de calor ascendiéndole por la garganta y las mejillas—. Primera, no deseaba acostarme con un hombre y después tener que encontrarme siempre con él en actos sociales. Segunda, no poseo habilidad para seducir a nadie.

—Esa habilidad es fácil de aprender, cariño.

—Qué apelativo tan fuera de lugar—replicó Amanda con una risa nerviosa—. No me llame así.

—Y tercera... —la apremió él, recordándole la explicación.

—Tercera... No me siento atraída por ninguno de los caballeros que conozco. Intenté imaginar cómo podría ser, pero ninguno de ellos me atraía lo suficiente.

—¿Qué clase de hombre la atrae?

Amanda brincó un poco al sentir aquella mano tibia deslizándose por su nuca.

—Pues... uno que no sea apuesto.

—¿Por qué?

—Porque la belleza siempre va acompañada de vanidad.

De pronto, Jack rompió a reír.

—Y seguro que la fealdad va acompañada de un derroche de virtudes, ¿no?

—Yo no he dicho eso —protestó Amanda—. Sencillamente, prefiero que un hombre tenga un aspecto corriente.

—¿Y su personalidad?

—Agradable, sin arrogancia, inteligente pero no engreído. Y afable, pero no tonto.

—Me parece que su hombre ideal es un dechado de mediocridad. Y también creo que está mintiendo acerca de lo que desea en realidad.

Ella abrió los ojos de golpe y frunció el entrecejo, molesta.

—¡Ha de saber que soy una persona absolutamente sincera!

—En ese caso, dígame que no desea conocer a un hombre igual que los personajes de sus novelas. Igual que el protagonista de la última.

Amanda lanzó un bufido de sorna.

—¿Un bruto carente de principios que no sólo se arrastra a sí mismo a la ruina sino también a todos los que lo rodean? ¿Un hombre que se comporta como un bárbaro y conquista a una mujer sin respetar en absoluto sus deseos? Ése no era un héroe, señor, y me serví de él para ilustrar que semejante comportamiento no puede dar lugar a nada bueno. —Se iba acalorando con el tema, y recordó indignada—: ¡Y los lectores se atrevieron a quejarse de que no tenía final feliz, cuando estaba bien claro que no se lo merecía!

—Una parte de usted lo apreciaba —replicó Jack mirándola fijamente—. Se percibía al leer el libro.

31

Ella sonrió con incomodidad.

—Sí, en el reino de la fantasía, supongo que sí. Pero, desde luego, no en la realidad.

La mano que se apoyaba en su nuca se cerró con suavidad pero de un modo firme.

—Entonces, éste es su regalo de cumpleaños, Amanda. Una noche de fantasía.

Se cernió sobre ella ocultando el resplandor del fuego con la cabeza y los hombros y, a continuación, se inclinó para besarla.

2

—Espere —dijo Amanda en un ataque de pánico, volviendo la cabeza cuando la boca de Jack se aproximó a la suya. Los labios de él se posaron en su mejilla, un roce de íntimo calor que la dejó atónita—. Espere —repitió con voz temblorosa. Tenía el rostro vuelto hacia el fuego, cuyo amarillento resplandor la deslumbraba mientras intentaba evitar los inquisitivos besos de aquel desconocido.

La boca de él se desplazó sobre su mejilla en dirección a la oreja, haciendo cosquillas en los diminutos rizos que crecían por encima de ésta.

—¿La han besado alguna vez, Amanda?

—Por supuesto —contestó ella con orgullo y recelo; pero, al parecer, no había manera de explicar que no se había parecido en nada a aquello. Un beso robado en un jardín o un somero abrazo bajo el muérdago de Navidad no resultaban en absoluto comparables al hecho de encontrarse en brazos de un hombre, aspirando su aroma, sintiendo el calor de su piel a través de la tela de su camisa—. Supongo que es usted un artista consumado —dijo—, habida cuenta de su profesión.

Aquello le provocó una súbita sonrisa.

—¿Le gustaría comprobarlo?

—Antes deseo preguntarle una cosa. ¿Cuánto... cuánto tiempo lleva haciendo esto?

Él entendió enseguida a qué se refería.

—¿Trabajando para la señora Bradshaw? No mucho.

Amanda se preguntó qué habría llevado a un hombre como aquél a prostituirse. Tal vez se había quedado sin empleo, o le habían despedido por cometer un error. Quizás hubiese contraído deudas y necesitara más dinero de lo normal. Con su físico, su inteligencia y su buen porte, había muchas ocupaciones para las que parecía bien dotado. O estaba desesperado, o bien era un holgazán y un disoluto.

—¿Tiene familia? —inquirió.

—Ninguna de la que merezca la pena hablar. ¿Y usted?

Al percibir el cambio en su tono de voz, Amanda alzó la vista hacia él. Ahora sus ojos mostraban una expresión seria, y su semblante era de una belleza tan austera que el mero hecho de contemplarlo le provocó una punzada de placer en el pecho.

—Mis padres murieron —respondió—, pero tengo dos hermanas mayores, ambas casadas, y demasiados sobrinos para enumerarlos.

—¿Por qué no se ha casado usted?

—¿Y por qué usted tampoco? —replicó Amanda.

—Me gusta demasiado mi independencia como para renunciar siquiera a una parte de ella.

—Los mismos motivos tengo yo —dijo Amanda—. Además, cualquiera que me conozca le confirmará que soy obstinada y poco dada al compromiso.

Una sonrisa se dibujó muy despacio en su rostro.

—Sólo necesita el trato apropiado.

—El trato —repitió ella en tono áspero—. ¿Le importaría explicar a qué se refiere?

—Me refiero a que un hombre que sepa algo de mujeres conseguiría hacerla ronronear como una gatita.

En el pecho de Amanda se mezcló la sensación de fastidio con las ganas de reír. ¡Menudo bribón estaba hecho! Pero no iba a dejarse engañar por su aspecto externo; si bien sus modales eran juguetones, había algo subyacente... una especie de paciente vigilancia, una sensación de fuerza contenida, que ponía todos sus sentidos en estado de alerta. No era un jovencito imberbe, sino un hombre hecho y derecho. Y aunque ella no era una mujer de mundo, por el modo en que la miraba sabía que deseaba algo de ella, ya fuera su sumisión, sus favores sexuales o, simplemente, su dinero.

Jack, sosteniendo su mirada, se llevó una mano al pañuelo de seda gris que llevaba anudado al cuello, lo aflojó y lo desanudó muy despacio, como si temiera que algún movimiento repentino pudiera asustarla. Mientras Amanda lo observaba con los ojos muy abiertos, se soltó los tres primeros botones de la camisa, se recostó hacia atrás y contempló el rostro arrebolado de ella.

Siendo niña, Amanda había vislumbrado ocasionalmente el vello del pecho de su padre cuando éste caminaba por la casa con su bata. Y, por descontado, había visto a trabajadores y campesinos con las camisas desabotonadas. Sin embargo, no recordaba haber visto nada parecido a esto, un hombre cuyo pecho parecía haber sido esculpido en bronce, con una musculatura tan fuerte y definida que, literalmente, resplandecía. Sus carnes se veían duras y cálidas, la luz de las llamas danzaba sobre aquella suavidad, las sombras encontraban un hueco en los músculos y en el espacio triangular de la base de su garganta.

Amanda sintió deseos de tocarlo. Quería posar la boca en aquel misterioso espacio y aspirar un poco más de su tentador aroma.

—Ven aquí, Amanda. —Su voz fue profunda.

—Oh, no puedo —respondió ella nerviosa—. C-creo que debería marcharse ya.

Jack se inclinó hacia delante y le aferró la muñeca sin violencia.

—No voy a hacerte daño —susurró—. No pienso hacer nada que no quieras hacer. Pero antes de dejarte esta noche, voy a tomarte entre mis brazos.

Amanda experimentó un torbellino interior de confusión y deseo que la hizo sentirse insegura, desvalida. Permitió que Jack tirase de ella hasta que sus cortos brazos descansaron con rigidez sobre los de él, mucho más largos. Jack le recorrió la espalda con la palma de la mano, y ella notó el rastro de sensaciones que iba dejando a su paso. Tenía la piel muy caliente, como si ardiese un fuego encendido justo debajo de aquella superficie dorada y lisa.

Su respiración se hizo entrecortada. Cerró los ojos temblando, recreándose en la sensación de calor que la inundó por entero, hasta el tuétano de los huesos. Por primera vez en su vida, dejó caer la cabeza en el hueco del brazo de un hombre y contempló su rostro entre sombras.

Al percibir que a Amanda le temblaban los brazos, Jack dejó escapar algo parecido a un arrullo y la estrechó un poco más contra sí.

—No tengas miedo, *mhuirnin*. No voy a hacerte daño.

—¿Cómo me has llamado? —preguntó ella desconcertada.

Jack sonrió.

—Es un nombre cariñoso. ¿He olvidado mencionar que soy medio irlandés?

Aquello explicaba su acento, los tonos limpios y cultivados atemperados por una especie de suavidad musical que debía de tener origen celta. Y también explicaba por qué había recurrido a la señora Bradshaw en busca de trabajo: a menudo los comerciantes y las instituciones mercantiles contrataban a un inglés con peores credenciales que a un irlandés, pues preferían dejar para los celtas los trabajos más sucios y serviles.

—¿Te disgustan los irlandeses? —preguntó Jack, mirándola fijamente a los ojos.

—Oh, no —repuso ella con la mirada turbia—. Sólo estaba pensando... que debe de ser por eso por lo que tienes el cabello tan negro y los ojos tan azules.

—*A chuisle mo chroí* —murmuró al tiempo que le retiraba delicadamente los rizos de la cara.

—¿Qué significa eso?

—Algún día te lo diré. Algún día.

La mantuvo abrazada durante largo rato, hasta que ella se sintió impregnada de su calor, con todos sus nervios a flor de piel. Jack deslizó los dedos hacia los altos botones del cuello de su vestido a franjas naranjas y marrones, formado por una pequeña gorguera con varios volantes de muselina. Con sumo cuidado, y sin demasiadas prisas, soltó los primeros botones y dejó al descubierto la garganta, fresca y suave.

Amanda parecía incapaz de controlar el ritmo de su respiración, que le henchía el pecho en nerviosas inspiraciones haciendo subir y bajar sus senos. Vio cómo se aproximaba la cabeza oscura de Jack, y emitió un sonido indefinido al sentir la presión de su boca en la garganta, de sus labios explorándola con delicadeza.

—Tienes un sabor de lo más dulce.

Aquellas palabras, apenas un susurro, le provocaron un escalofrío que le recorrió la columna vertebral. De alguna manera, cada vez que había imaginado aquella intimidad con un hombre le había venido a la cabeza una imagen de oscuridad, urgencia y torpes manoseos. No esperaba aquel resplandor, aquel calor ni aquel paciente cortejo sobre su cuerpo. Los labios de Jack vagaron des-

37

cribiendo una trayectoria aterciopelada que iba desde su garganta hasta la sensible zona de la oreja, juguetando y, de repente, Amanda dio un brinco de sorpresa al sentir que la punta de su lengua le acariciaba una diminuta hendidura secreta.

—Jack —susurró—. No tienes por qué representar el papel de amante conmigo. Es cierto que... eres muy amable al fingir que yo soy deseable, y...

Notó que él sonreía junto a su oído.

—Eres muy inocente, *mhuirbin*, si crees que el cuerpo de un hombre reacciona así sólo por amabilidad.

Mientras él hablaba, Amanda reparó en la íntima presión que notaba contra su cadera y, de inmediato, su cuerpo se tensó. Se puso roja como la grana, y por su mente comenzaron a revolotear un montón de ideas como copos de nieve en una violenta ventisca. Se sentía mortificada... y al tiempo le acuciaba la curiosidad. Con las piernas enredadas en las piernas de él y la falda subida hasta las rodillas, percibía la fuerza de los muslos de Jack y el duro contorno de su erección. Nunca en su vida había estado apretada contra el cuerpo excitado de un hombre.

—Ésta es tu oportunidad, Amanda —murmuró él—. Soy tuyo para que hagas conmigo lo que quieras.

—No sé qué hacer —respondió ella, agitada—. Por eso te contraté.

Él se echó a reír y besó la parte descubierta de su garganta, allí donde vibraba el pulso con ritmo frenético. Para Amanda la situación era fantástica, tan totalmente distinta de todas sus experiencias anteriores, que era como si le estuviera ocurriendo a otra persona. La solterona de los dedos manchados de tinta, con sus plumas de escribir y sus papeles, sus gorritos de vieja y sus jarras para calentarse los pies, había sido reemplazada por una mujer blanda..., vulnerable..., capaz de desear y ser deseada.

Comprendió entonces que siempre les había tenido un poco de miedo a los hombres. Algunas mujeres entendían con gran facilidad al sexo opuesto, pero a ella dicha comprensión siempre le había resultado esquiva. Lo único que sabía era que ni siquiera en la flor de su juventud los hombres habían coqueteado con ella: le hablaban de temas serios y la trataban con respeto y propiedad, sin sospechar en ningún momento que a lo mejor a ella le hubiese gustado que realizaran algún que otro movimiento impropio.

Y ahora tenía allí a aquel hombre, un pícaro sin ningún género de dudas, interesado al parecer por la perspectiva de meterse bajo su falda. ¿Por qué no iba a permitirle que la besara y la acariciara? ¿De qué iba a servirle mostrarse virtuosa? La virtud era un frío compañero de cama; eso ella lo sabía mejor que nadie.

Fue valiente y asió los bordes abiertos de la camisa de Jack para instarlo a que bajase la cabeza. Él obedeció al momento y le rozó suavemente la boca con los labios. Amanda experimentó una fuerte y cálida impresión, una oleada de placer que la dejó paralizada. Sintió un poco más la presión de Jack sobre su cuerpo, notó cómo su boca jugueteaba y presionaba con más fuerza hasta que separó los labios. Le introdujo su lengua en la boca, y habría retrocedido ante la extrañeza de aquel contacto si no hubiera tenido la cabeza encajada con tal fuerza en el hueco de su brazo.

En aquel momento, un mar de sensaciones estalló en el fondo de su estómago y en partes de su cuerpo que ni siquiera podía nombrar. Aguardó a que él la saboreara de nuevo... La manera en que le exploraba la boca era peculiar, íntima y excitante, y no pudo evitar que un leve gemido ascendiese por su garganta. Su cuerpo se relajó poco a poco y sus manos ascendieron hasta la cabeza de

Jack para acariciar la sedosa mata de pelo negro, los tupidos mechones que descendían hasta formar una cuña a la altura de la nuca.

—Desabróchame la camisa —murmuró Jack.

Continuó besándola mientras ella peleaba con los botones del chaleco y con los de la pechera de la camisa de lino. La delgada tela estaba tibia y perfumada por el aroma de su cuerpo, arrugada en el lugar donde se encajaba dentro de los pantalones. La piel de su torso era lisa y dorada, surcada por músculos sedosos y duros que se contraían ante el tímido contacto de sus dedos. Su cuerpo irradiaba calor, un calor que la atraía igual que le atrae a un gato un pedazo de suelo iluminado por el sol.

—Jack —dijo sin aliento, al tiempo que sus manos indagaban bajo la camisa en dirección a la amplia extensión de la espalda—, no quiero avanzar más... Yo... Esto ya es bastante como regalo de cumpleaños.

Él dejó escapar una risita y frotó la nariz contra un flanco de su cuello.

—Está bien.

Amanda se acurrucó contra su pecho desnudo, absorbiendo con avaricia el calor y el aroma que despedía.

—Oh, esto es terrible.

—¿Terrible, por qué? —inquirió él jugando con sus rizos, aventurándose con un dedo hasta la sien para acariciar aquella frágil zona.

—Porque a veces es mejor no saber lo que uno se ha perdido.

—Cariño —susurró al tiempo que le robaba un beso en los labios—. Cariño... déjame estar contigo un poco más.

Antes de que ella pudiera responder, la besó más profundamente que antes, sujetándole la cabeza con las manos por encima de la masa de rizos que se derramaban por todas partes. Ella se tensó contra su boca y su cuerpo, incapaz de dejar de apretarse contra él. Una profunda agitación física, como no la había experimentado nunca, fue creciendo en su interior, y se arqueó contra él en el afán de sofocarla.

Jack era fuerte, corpulento, capaz de dominarla físicamente si lo deseaba y, sin embargo, mostraba una increíble dulzura. En algún lugar recóndito de su mente, se preguntó por qué no temía nada de él. Desde su infancia le habían enseñado que no había de fiarse de los hombres, que eran criaturas peligrosas incapaces de controlar sus pasiones. Pero con este hombre se sentía a salvo. Apoyó una mano en su pecho, justo donde se abría la camisa, y notó retumbar en su palma el rápido latido de su corazón.

Jack apartó su boca de ella y la contempló con unos ojos tan oscuros que ya no parecían azules.

—Amanda, ¿confías en mí?

—Por supuesto que no —contestó ella—. No sé nada en absoluto de ti.

De su pecho surgió una carcajada.

—Eres una mujer sensata. —Sus dedos se afanaron con los botones de su corpiño, y fue liberando los enganches de marfil de sus sujeciones uno a uno.

Amanda cerró los ojos, al tiempo que el ritmo de su corazón se hizo de pronto leve y violento, igual que el furioso aleteo de un pájaro presa del pánico. «No volveré a verlo después de esta noche», se dijo a sí misma. Se permitiría hacer con él aquellas cosas prohibidas, y después guardaría para siempre aquel recuerdo en algún rincón privado de su memoria. Un recuerdo sólo para ella. Cuando fuese vieja y estuviera ya acostumbrada a los años de soledad, conservaría el recuerdo de cierta ocasión, una noche en compañía de un apuesto desconocido.

La tela a franjas marrones se abrió desvelando una camisola de sedoso algodón color zafiro cubierta por un ligero corsé de ballenas que se abrochaba por delante. Amanda se preguntó si debería indicarle a Jack cómo desabrochar el corsé, pero enseguida se hizo evidente que conocía de sobra el sistema; estaba claro que no era el primer corsé con el que se topaba. Sintió una leve compresión en las costillas cuando Jack acercó los dos bordes de la prenda para desenganchar la fila de pequeños corchetes con una milagrosa facilidad. Después la instó a que liberara los brazos de las mangas del vestido, y quedó entonces frente a él con el pecho cubierto tan sólo por una fina tela de algodón, casi transparente, y con la horrible sensación de estar desnuda. De hecho, le temblaban las manos por el esfuerzo que le costaba no recoger a toda prisa el corpiño del vestido y cubrirse con él.

—¿Tienes frío? —le preguntó Jack con aparente preocupación al percatarse de aquel indiscreto temblor; al momento, la estrechó contra su pecho. Le resultaba fácil mostrarse fuerte, vital. El calor de su piel se filtraba a través de la camisa, y Amanda comenzó a temblar por un motivo completamente distinto.

Jack le deslizó el tirante por el brazo de la camisola y acercó los labios a la blanca curva de su hombro. La tocó con dulzura, haciendo resbalar el dorso de sus dedos sobre la redonda forma del seno. Luego volteó la mano, y su palma tórrida y ligeramente húmeda se cerró sobre aquella cumbre hasta notar cómo el pezón se erguía. Jugó con él con las yemas de los dedos, acariciándolo a través del algodón azul, pellizcándolo con ternura. Amanda cerró los ojos y volvió la cabeza lo suficiente para apretar la boca contra la mejilla de Jack, atraída por aquella superficie levemente áspera. Sintió un cosquilleo en los labios al arrastrarlos hasta un lugar situado bajo la mandíbula, donde la aspereza se difuminaba y daba paso a una piel lisa y sedosa.

Oyó que Jack musitaba algo en gaélico, en tono indistinto y urgente, y sintió cómo le tomaba la cabeza entre sus grandes manos. La tendió de espaldas sobre los cojines del diván y empezó a mover la cabeza sobre su pecho. Su boca se detuvo en uno de los senos, el cual besó y excitó a través de la tela de algodón.

—Ayúdame a quitarte la camisola —dijo con voz ronca—. Amanda, por favor.

Ella titubeó, su rápida respiración mezclada con la de él, y después se apresuró a sacar los brazos de los tirantes. Sintió que Jack tiraba de la camisola hasta dejarla arrugada alrededor de su cintura descubriéndole por completo el torso. Le parecía imposible estar tumbada sobre el diván con un hombre al que no conocía, medio desnuda y con el corsé tirado en el suelo.

—No debería estar haciendo esto —dijo entre jadeos intentando en vano cubrirse los generosos pechos con las manos—. No debería haberte dejado pasar de la puerta.

—Cierto.

Jack le dirigió una sonrisa de medio lado al tiempo que se quitaba del todo la camisa y dejaba al descubierto un pecho de músculos incluso demasiado perfectos, demasiado bien dibujado para ser real. Amanda empezó a sentir una insoportable tensión en su interior, combatiéndola con sentimientos de inhibición y de pudor cuando Jack se inclinó sobre ella.

—¿Quieres que me detenga aquí? —preguntó Jack, acunándola contra su cuerpo—. No quiero asustarte.

Amanda tenía la mejilla aplastada contra el hombro de Jack, y se recreó en la deliciosa sensación de apretar su piel desnuda contra la de él. Jamás se había sentido tan vulnerable, tan deseosa de ser vulnerable.

—No tengo miedo —dijo con voz turbia y arrebatada, al tiempo que retiraba las manos de entre sus cuerpos para que los senos empujaran directamente contra el pecho de Jack.

De la garganta de Jack surgió un doloroso gemido, y hundió el rostro contra el cuello de Amanda para besarlo y continuar descendiendo. Su boca cubrió el pezón, su lengua acarició el sensible extremo del mismo, y Amanda se mordió el labio sorprendida por el placer que ello le provocó. Jack describía lentos círculos con su lengua, saboreando, haciéndole cosquillas; el calor de su boca quemaba igual que el vapor. Entonces pasó al otro seno, lo cual arrancó un quejido de frustración en Amanda por aquella lentitud, aquel placer inacabable, como si el tiempo no existiera y Jack fuera a pasar toda la eternidad dándose un festín con su cuerpo.

Jack le levantó la falda y se situó entre sus muslos de tal modo que la dura cresta que había bajo sus pantalones encajase a la perfección contra la parte delantera de las bragas, allí donde la fina tela podía notarse húmeda.

Amanda permaneció inmóvil, aunque todo su cuerpo ansiaba elevarse buscando el peso y la textura de Jack. Éste, con los codos apoyados a ambos lados de su cabeza, contemplaba el rostro encendido de Amanda. Movió las caderas contra las de ella, provocándole una ahogada exclamación al sentir aquella íntima presión justo encima del lugar donde más la deseaba. Había algo malvado en su acertado conocimiento del cuerpo de una mujer. El movimiento descargó una andanada de placer entre sus muslos que recorrió todos los secretos canales de su cuerpo. Se sintió ebria, vibrante de vida, estimulada más allá de lo soportable. Lanzó otra exclamación, se abrazó a la espalda de Jack y sintió la fuerte flexión de sus músculos cuando él hizo un nuevo movimiento.

Había todavía varias capas de ropa entre ambos: pantalones, zapatos y prendas interiores, por no mencionar el engorroso bulto que formaba su falda. Deseó quitárselo todo, sentir el cuerpo desnudo de Jack contra el suyo, y aquel anhelo la sorprendió a pesar de su lucha por apretarse más contra él. Jack entendió lo que deseaba, porque lanzó una nerviosa carcajada y le tomó una mano.

—No, Amanda... esta noche seguirás siendo virgen.

—¿Por qué?

Le cubrió un pecho con una mano y apretó con delicadeza al tiempo que arrastraba la boca entreabierta por su garganta.

—Porque antes hay unas cuantas cosas que debes saber de mí.

Ahora que, al parecer, Jack no iba a hacerle el amor, la idea creció en la mente de Amanda hasta convertirse en una obsesión.

—Pero si no voy a verte nunca más —protestó—. Y es mi cumpleaños.

Jack rió al oír sus palabras. Sin dejar de mirarla con sus azules ojos centelleantes, la besó en la boca con ardor y la estrechó con fuerza mientras le murmuraba palabras cariñosas al oído. Amanda pensó que nadie le había dicho cosas así; la gente se sentía intimidada por el dominio que tenía de sí misma y por su cabal comportamiento. Ningún hombre soñaría siquiera con decirle que era adorable, con llamarla cariño, mi vida... Y, desde luego, nadie la había hecho sentirse así jamás. Ansiaba y odiaba a la vez el efecto que ejercía Jack sobre ella, el abrumador escozor de las lágrimas en los ojos, el calor de la pasión que crecía en su cuerpo. Ahora sabía a ciencia cierta por qué no debía haber pedido que le enviasen aquel misterioso hombre: sin duda era mejor no conocer aquello, dado que no iba a volver a tenerlo.

—Amanda —susurró él, interpretando de forma errónea la razón de aquel llanto—. Voy a hacer que te sientas mejor... Te pido que no te muevas... que me permitas...

Su mano buscó bajo la falda hasta dar con las cintas de la braga, y sus dedos se afanaron con movimientos expertos para desatarlas. A Amanda la cabeza le daba vueltas. Se quedó quieta y temblorosa, aún abrazada a los hombros de Jack. Él le tocó la tersa piel del estómago, rozando el ombligo con el dedo pulgar y, a continuación, deslizó la mano hasta el lugar donde ella jamás imaginó ser tocada, donde jamás había intentado tocarse siquiera ella misma. La mano de Jack pasó por encima de la mata de rizos y después buscó con cuidado, con las yemas de los dedos, en un movimiento que llevó a Amanda a sacudirse y temblar.

Su acento irlandés sonó más intenso y ronco que antes.

—¿Es aquí donde te duele, *mhuirnin*?

Amanda dejó escapar un gemido apretándose contra el cuello de Jack. Sus dedos acariciaron y frotaron, y acabaron por encontrar el lugar más exquisito y sensible de todos, una cumbre minúscula que se estremecía y cobraba vida al tocarla. Amanda experimentó un intenso calor en las ingles, en los senos, en la cabeza. Era una rendida prisionera bajo aquellas suaves manipulaciones, sentía un fuego y un hormigueo que le recorría toda su piel, de la cabeza a los pies.

Notó cómo un dedo presionaba y sondeaba hasta lograr introducirse en ella, una leve penetración que le produjo un ligero ardor y el deseo de asirse a Jack con todo el cuerpo, en un impulso de inocente rechazo. Echó la cabeza hacia atrás y clavó en él su borrosa mirada. Tenía unos ojos que ella no había visto jamás, excepto tal vez en sueños... Brillantes, de un azul puro, llenos de un conocimiento sexual que la dejó atónita. El dedo que la penetraba se flexionó, al tiempo que el pulgar comenzó a acariciar aquel pequeño punto de placer, una caricia que se repitió una y otra vez, de modo enloquecedor, hasta que Amanda se arqueó hacia arriba con un gemido desgarrado y sus volátiles sentidos convertidos finalmente en una llamarada de fuego.

Permaneció unos instantes dejándose llevar por aquel mar de sensaciones, navegando en el calor que la rodeaba, hasta que Jack se retiró por fin con un débil gruñido, se sentó y desvió el rostro. La pérdida de sus manos y su boca, la ausencia de su contacto, resultaron casi dolorosas, y Amanda tuvo la impresión de que todo su cuerpo anhelaba tenerlo de nuevo. Se dio cuenta de que el placer que él le había proporcionado no era algo que tuviera intención de procurarse a sí mismo. Insegura, trató de tocarlo, y su mano se posó sobre la tela del pantalón que le cubría el muslo en un intento de comunicar su deseo de corresponderle con el mismo placer que ella acababa de experimentar.

Todavía sin mirarla, Jack tomó su mano y se la llevó a los labios para volverle la palma hacia arriba y depositar un beso en ella.

—Amanda —dijo con voz ronca—. No me fío de mí mismo en lo que a ti respecta. Tengo que irme mientras aún sea capaz de hacerlo.

Amanda quedó perpleja por el tono soñador y distante de su propia voz cuando contestó:

—Quédate conmigo. Quédate toda la noche.

Jack le dirigió una irónica mirada, y Amanda se fijó en el rubor que teñía sus mejillas. Sin dejar de sostener su mano, le acarició la palma con los pulgares como si estuviera frotando el beso que había depositado allí.

—No puedo.

—¿Es porque... es que tienes otro... compromiso? —inquirió ella con voz insegura, al tiempo que la invadía una horrible sensación al imaginarlo en brazos de otra mujer.

Jack rió unos segundos.

—Dios santo, no. Es sólo que... —Se interrumpió y miró a Amanda con una expresión melancólica, contemplativa—. Pronto lo entenderás. —Luego se inclinó hacia ella y le cubrió de besos la barbilla, el rostro, los párpados cerrados.

—No... No volveré a llamarte —dijo Amanda, nerviosa, mientras él tomaba una manta que había cerca y la extendía sobre su cuerpo.

En su voz había un deje de diversión.

—Sí, ya lo sé.

Amanda mantuvo los ojos cerrados, escuchando el murmullo de ropas que indicaba que Jack se estaba vistiendo frente al fuego. Flotando sobre un torrente de vergüenza y placer, Amanda intentó reflexionar sobre todo lo que le había sucedido aquella noche.

—Adiós, Amanda —murmuró él y, acto seguido se marchó, dejándola con el pelo revuelto y a medio vestir, con la manta de suave cachemir sobre los hombros desnudos y con el cabello desparramado sobre su cuerpo y el brazo del diván.

Se le ocurrieron ideas descabelladas. Le vinieron ganas de ir a ver a Gemma Bradshaw y formularle unas cuantas preguntas acerca del hombre que le había enviado. Ansiaba saber acerca de Jack. ¿Pero de qué iba a servirle? Él vivía en un mundo muy diferente del suyo, un mundo sórdido y clandestino. No existía posibilidad alguna de entablar una amistad con él, y aunque en esta ocasión no había aceptado su dinero, sin duda lo aceptaría la próxima. Ay, no había imaginado que se sentiría de aquel modo, tan culpable y anhelante, con el cuerpo aún vibrante de placer y la piel sensibilizada como si estuvieran pasando por ella un velo de seda. Pensó en el dedo que Jack introdujo en su interior, en las caricias de su boca en su seno, y se tapó la cara con la manta, con un gemido de mortificación.

Al día siguiente seguiría adelante con el resto de su vida, tal como había jurado; pero durante el resto de la noche se permitiría flotar en fantasías, pues aquel hombre se estaba convirtiendo ya en una figura soñada más que en un ser de carne y hueso.

—Feliz cumpleaños —se susurró a sí misma.

3

Tras la muerte de su padre, no le costó tomar la decisión de trasladarse a vivir a Londres. Podría haberse quedado sin problemas en Windsor: se encontraba sólo a unas veinticinco millas de la ciudad y allí también había unos cuantos editores importantes. Siempre había vivido en Windsor, y las familias de sus dos hermanas estaban cerca, aparte del hecho de haber heredado la pequeña pero confortable mansión Briars, según rezaba el testamento de su padre.

No obstante, tras el funeral de su padre, Amanda vendió enseguida la casa, lo cual provocó los aullidos de protesta de sus hermanas, Helen y Sophia. En aquella casa habían nacido las tres, le dijeron enfadadas, y ella no tenía derecho a vender una parte fundamental de la historia de la familia.

Amanda recibió las críticas con aparente paciencia pero con una secreta sonrisa, pues consideraba que se había ganado el derecho de hacer lo que le viniera en gana con aquella mansión. Quizá Helen y Sophia siguiesen teniéndole cariño a la casa, pero para ella había sido una cárcel durante cinco años. Sus hermanas se habían casado y se habían ido a vivir cada una a su propia casa, mientras ella se había quedado con sus padres y había cuidado de ellos durante su enfermedad. Su madre tardó tres años en fallecer, un proceso lento y especialmente desagradable. Y después de eso vino la larga decadencia de su padre, acelerada por diversas querellas que fueron consumiéndole hasta dejarlo en nada.

Amanda había soportado aquella carga sola. Sus hermanas estaban demasiado ocupadas con sus propias familias para ofrecerle ayuda, y la mayoría de amigos y parientes estaban seguros de que Amanda era lo suficientemente competente como para encargarse de todo sin ayuda. Era una solterona, ¿qué otra cosa tenía que hacer?

Una tía bien intencionada incluso le comentó que estaba convencida de que el Señor había impedido que se casara única y exclusivamente para que alguien se ocupase de cuidar a sus padres enfermos. Amanda habría preferido que el Todopoderoso hubiera dispuesto las cosas de otro modo; por lo visto, a nadie se le había ocurrido que ella podría haber encontrado marido si no hubiera empleado los últimos años de su juventud en cuidar de su madre y de su padre.

Fueron años difíciles, tanto en el plano físico como en el emocional. Su madre, que siempre había tenido una lengua mordaz y era mujer difícil de complacer, había sufrido los estragos de la consunción con una callada dignidad que dejó asombrada a Amanda. Ya cerca del final, se había mostrado más amable y cariñosa de lo que ella recordaba, y el día en que falleció resultó muy doloroso.

Por contraste, su padre había pasado de ser un hombre alegre a convertirse en el paciente más exasperante que pudiese imaginarse. Amanda corría de un lado para otro para llevarle cosas, para preparar comidas que él nunca dejaba de criticar, para satisfacer cientos de quejumbrosas exigencias que la mantenían demasiado ocupada para cuidar de sí misma.

Sin embargo, en lugar de permitir que la frustración la envenenara, había empezado a escribir por las noches y por la mañana temprano. En un principio, no fue más que un modo de entretenerse, pero con cada nueva página que escribía abrigaba la esperanza de que su novela fuera digna de ser publicada.

Con dos libros publicados y sus padres fallecidos, Amanda era libre de hacer lo que le apeteciese. Pasaría lo que le quedaba de vida en la ciudad más grande y ajetreada del mundo, entre el millón y medio de personas que la habitaban. Haciendo uso de las dos mil libras que le había dejado su padre en el testamento, así como del dinero obtenido con la venta de la casa, Amanda adquirió una pequeña pero elegante vivienda en la zona oeste de Londres. Se llevó consigo a los dos criados de la familia —el lacayo, Charles, y una doncella, Sukey— y contrató a una cocinera, Violet.

Londres era todo lo que había esperado, y más. Al cabo de seis meses viviendo en aquella ciudad, aún se despertaba por las mañanas con una sensación de sorpresa y agrado. Le encantaban la suciedad, el abarrotamiento y el ritmo frenético de Londres, que cada día amaneciera con los estridentes gritos de los vendedores callejeros y que terminase con el traqueteo sobre los adoquines de los carruajes y los coches de alquiler que transportaban a la gente al finalizar la jornada. Le encantaba el hecho de poder asistir cualquier noche de la semana a una de las muchas cenas, lecturas teatrales privadas o debates literarios.

Para su sorpresa, ella era ya una figura reconocida en el mundillo literario de Londres. Por lo visto, muchos editores conocían su nombre, así como poetas, periodistas y otros novelistas que, además, habían leído sus obras. De regreso en Windsor, sus amistades consideraron frívolos sus escritos. En efecto, nadie aprobaba la clase de novelas que escribía, e insinuaban que eran demasiado vulgares para que las leyeran las personas decentes.

La propia Amanda no entendía por qué lo que escribía era tan diferente de su personalidad. Su pluma parecía cobrar vida propia cuando se sentaba frente a una hoja de papel en blanco. Escribía acerca de personajes que no se parecían en nada a la gente que había conocido... Unas veces violentos, brutales, siempre apasionados; unos que terminaban fracasando y otros que triunfaban incluso a pesar de su falta de moralidad. Dado que carecía de un modelo concreto en el que basarse para crear dichos personajes de ficción, comprendió que aquellos sentimientos y aquellas pasiones sólo podían tener origen en su interior. Si se hubiese permitido ahondar en dicha idea, con toda probabilidad habría salido alarmada.

Novelas de amoríos y lujo, había comentado Jack... Había leído muchas de aquel tipo, historias de personas privilegiadas que relataban su estilo de vida derrochador, sus romances, la ropa y las joyas que usaban. Sin embargo, Amanda sabía tan poco de la clase alta que no habría sido capaz de escribir una novela de amor y lujo ni aunque de ello hubiese dependido su vida. En cambio, escribía sobre la gente del campo, obreros y clérigos, funcionarios y la nobleza rural. Por suerte, sus historias encontraron lectores, y las ventas de sus libros crecieron con rapidez.

Una semana después de su cumpleaños, Amanda aceptó una invitación para asistir a una cena en casa del señor Thaddeus Talbot, un abogado dedicado a las negociaciones y cuestiones jurídicas relativas a los autores. A Amanda le resultó la persona más alegremente dada a los excesos que había conocido jamás. Gastaba, bebía y fumaba hasta lo indecible, era aficionado al juego y mujeriego y, en general, parecía divertirse de lo lindo. A sus cenas acudía siempre mucha gente, ya que los invitados contaban con enormes fuentes de comida, vino en abundancia y un ambiente jovial.

—Me alegra que salga esta noche, señorita Amanda —comentó Sukey, su doncella, cuando la vio arreglarse frente al espejo del vestíbulo. Era una mujer de mediana edad, con una constitución compacta y menuda y un carácter alegre, desde hacía muchos años al servicio de la familia Briars—. Me sorprende que no haya caído enferma de migraña después de todo lo que ha escrito esta semana.

—Tenía que terminar la novela —repuso Amanda con una ligera sonrisa—. No me atrevía a asomar la cara en ningún sitio, por si acaso le llegaban rumores al señor Sheffield de que andaba rondando por la ciudad con el trabajo a medio hacer.

Sukey dejó escapar un resoplido de diversión al oír mencionar el nombre del editor de Amanda, un hombre serio y austero, siempre preocupado por el hecho de que su pequeño rebaño de autores fuera sorprendido por el torbellino social de Londres y descuidase su trabajo. Con todas las diversiones que ofrecía la ciudad, resultaba bastante fácil olvidarse de las obligaciones.

Echó un vistazo a la alargada y estrecha ventana que había junto a la puerta y se fijó en la escarcha adherida a los cristales. Sintió un escalofrío y volvió la mirada con nostalgia hacia su acogedora salita. De repente, ansió ponerse un vestido viejo y cómodo y pasar la velada leyendo junto al fuego.

—Parece que hace un frío terrible —comentó.

Sukey se apresuró a traer la capa de terciopelo negro de su señora, al tiempo que llenaba el diminuto vestíbulo con su animada charla.

—No se preocupe por el frío, señorita Amanda. Ya tendrá tiempo de sobra para pasar los días y las noches frente a la chimenea cuando sea demasiado vieja y frágil para soportar el viento invernal. Esta época es para divertirse con sus amigos. ¿Qué importancia tiene un poquito de frío? Cuando regrese, le tendré preparados unos carbones en el calentador y un vaso de leche caliente con coñac.

—Sí, Sukey —respondió Amanda sumisa, sonriéndole a la doncella.

—Y además, señorita Amanda —se atrevió a añadir la mujer—, debería intentar morderse un poco la lengua cuando esté entre caballeros. Limítese a adularlos y a sonreír, y haga como que está usted de acuerdo con toda esa cháchara política y cosas por el estilo...

—Sukey —la interrumpió Amanda con un gesto irónico—, no estarás abrigando la esperanza de que un día me case, ¿verdad?

—Podría suceder, ¿sabe usted? —insistió la doncella.

—No voy a esta cena por otro motivo que no sea el de necesitar compañía y conversación —le informó Amanda—. ¡Desde luego, no voy a la caza de un marido!

—Ya, pero esta noche está usted preciosa.

La mirada de aprobación de Sukey recorrió su vestido negro, de resplandeciente seda arrugada, con un profundo escote y ajustado a sus voluptuosas formas. El corpiño y las mangas largas estaban adornados con hileras de cuentas negras, en tanto que los guantes y los zapatos eran de suave cuero negro. El conjunto tenía un aire sofisticado y sacaba el máximo partido del físico de Amanda, destacando con generosidad su busto. Aunque nunca había vestido con particular estilo, en los últimos tiempos había acudido a una renombrada modista de Londres y le había encargado muchos vestidos nuevos.

Con la ayuda de Sukey, se colocó la capa forrada de armiño, introdujo los brazos por los huecos ribeteados de seda y cerró el broche de oro que llevaba en el cuello. A continuación, se colocó con cuidado un enorme sombrero parisino de terciopelo negro forrado de seda de rosa. Haciendo caso de la sugerencia de Sukey, aquella noche había decidido llevar el cabello peinado con un estilo nuevo, varios bucles le caían desde un moño en forma de trenza floja.

—Seguro que pescará un marido —insistió Sukey—. Es posible que lo encuentre esta noche.

—No quiero un marido —replicó Amanda secamente—. Prefiero mi independencia.

—Independencia —exclamó Sukey alzando la mirada al cielo—. A mí me parece que más bien le gustaría tener un marido en la cama.

—Sukey —señaló Amanda en tono reprobatorio, pero la doncella se limitó a reír. Se atrevía a hablar sin tapujos a causa de su edad y de la antigua familiaridad que había entre ambas.

—Le garantizo que pescará un hombre mejor que los de sus dos hermanas... que Dios las bendiga —predijo—. Las mejores cosas les llegan a los que saben esperar, es lo que siempre digo yo.

—¿Quién se atrevería a llevarte la contraria? —comentó Amanda con ironía al tiempo que entrecerraba los ojos debido a la súbita ráfaga de aire helado que penetró cuando Charles, el lacayo, le abrió la puerta.

—Ya está listo el carruaje, señorita Amanda —dijo el criado con buen humor y una manta pulcramente doblada sobre el brazo. La acompañó hasta el carruaje de la familia, viejo pero bien conservado, la acomodó en el interior del mismo y, a continuación, extendió la manta sobre su regazo.

Amanda se recostó contra la gastada tapicería de cuero y se acurrucó bajo la manta de lana con ribetes de seda, sonriente al pensar en la cena. La vida era muy agradable, se dijo. Tenía amigos, un hogar confortable y una ocupación que no sólo resultaba interesante, sino también rentable. Con todo, a pesar de su buena suerte, se había sentido molesta por la insistencia de Sukey respecto a que algún día encontraría marido.

En la vida de Amanda no había sitio para un hombre. Le gustaba poder hablar y actuar sin que nadie pusiera trabas a su libertad. La idea de que la autoridad jurídica y social de un marido eclipsara por completo la suya resultaba... intolerable. En cualquier disputa que surgiera entre ambos, la última palabra sería siempre la de él. Podría quedarse con todo lo que ella ganara, si así lo deseara, y los hijos que pudieran tener serían considerados de su propiedad. Amanda sabía que jamás podría permitir que otra persona ejerciese semejante poder sobre ella. Y no era que le disgustase el género masculino; por el contrario, consideraba a los hombres más bien inteligentes por haber organizado las cosas tan claramente a su favor.

Y, sin embargo... qué agradable resultaría asistir a fiestas y conferencias con un compañero amado, alguien con el que hablar y al que contar las cosas, alguien con quien compartir las comidas y con quien acurrucarse en la cama para no dejar entrar el frío del invierno. Sí, la independencia era la mejor alternativa, pero no siempre la más cómoda. Todo tenía un precio, y ella había pagado su autonomía con una buena dosis de soledad.

El recuerdo de lo que había sucedido apenas una semana antes seguía ocupando un lugar destacado en su mente, a pesar de sus esfuerzos por apartarlo de allí.

—Jack —susurró al tiempo que se llevaba una mano al centro del pecho, el punto donde nacía el doloroso anhelo. Todavía guardaba en su memoria su viva imagen: aquellos ojos de un azul indescriptible, el timbre profundo de su voz. Para algunas mujeres, una velada romántica era algo corriente, pero para ella había sido la experiencia más extraordinaria de su vida.

El instante de reflexión se disolvió cuando el carruaje se detuvo frente a la casa del señor Talbot, una atractivo edificio de ladrillo rojo con columnas blancas. Sus tres pisos de altura se hallaban encuadrados por un perfecto jardincito y resplandecían de luz, risas y murmullo de voces.

Tal como cabía esperar de un abogado de éxito, el hogar de Talbot era elegante. El vestíbulo de la entrada tenía una encantadora forma ovalada y lucía sendos adornos florales a ambos lados. El enorme recibidor que había a continuación estaba pintado de un relajante color verde claro y poseía un intrincado techo de escayola que se reflejaba en el oscuro suelo de madera de roble. Flotaban en el aire diversos aromas que prometían un agradable refrigerio, en tanto que el tintineo de las copas ofrecía una alegre música de fondo que acompañaba a la melodía ejecutada por un cuarteto de cuerdas.

Las estancias centrales estaban abarrotadas, y Amanda fue saludando con la cabeza conforme se iban volviendo hacia ella varias caras sonrientes. Era consciente de que su popularidad era semejante a la de una tía abuela favorita... Con frecuencia le hacían bromas maliciosas acerca de tal o cual caballero, aunque nadie creía de verdad que se dedicara a menesteres de carácter romántico; estaba demasiado encasillada en el papel de solterona.

—¡Mi querida señorita Briars! —exclamó una robusta voz masculina, y al volverse descubrió el semblante campechano y rubicundo del señor Talbot—. Por fin la velada cumple lo prometido... Sólo faltaba usted para que fuera completa.

Aunque Talbot era, por lo menos, diez años mayor que ella, poseía un eterno aire juvenil que contradecía su característica melena de cabellos blancos. Sus carnosas mejillas se contrajeron en una traviesa sonrisa.

—Y qué atractiva está esta noche —prosiguió, tomando la mano de Amanda y estrechándola entre sus palmas regordetas—. Va a avergonzar usted a las demás mujeres.

—Ya estoy acostumbrada a sus halagos, señor Talbot —le informó Amanda con una sonrisa—. Soy demasiado sensata para caer presa de ellos. Haría mejor en dirigir esas cálidas palabras a alguna jovencita a medio hacer, una mucho más crédula que yo.

—Sin embargo, usted es mi objetivo preferido —replicó él.

Amanda puso los ojos en blanco y sonrió de nuevo.

Tomó el brazo que le ofrecía Talbot y lo acompañó hasta un enorme aparador de caoba flanqueado por dos grandes recipientes de plata, uno humeante debido al ponche de ron caliente y el otro lleno de agua fría. Talbot, con ampulosos ademanes, hizo señas a un criado para que le llenara una taza de ponche a Amanda.

—En fin, señor Talbot, insisto en que atienda a sus otros invitados —dijo Amanda dejando que el penetrante aroma del ponche le llenara la nariz, disfrutando del calor que despedía la taza de cristal; pese a la protección de los guantes, tenía los dedos fríos—. Veo varias personas con las que me gustaría hablar, y usted me estorba para llegar hasta ellas.

Talbot rió jovialmente como respuesta a aquella fingida reprimenda y se despidió con una profunda reverencia. Amanda observó la multitud mientras bebía muy despacio del ponche humeante. Autores, editores, ilustradores, impresores, abogados, incluso uno o dos críticos, todos mezclados, separados y vueltos a reunir en grupos que no cesaban de moverse. La estancia rebosaba de conversaciones puntuadas por frecuentes estallidos de carcajadas.

—¡Amanda, querida! —le llegó una voz aguda y cantarina, y se volvió para saludar a una atractiva viuda de cabello rubio, la señora Francine Newlyn.

Francine era la afamada autora de media docena de novelas de «sensaciones», historias de profundos dramas que a menudo incluían bigamia, asesinato y adulterio. Aunque en su fuero interno Amanda consideraba los libros de Francine un tanto exagerados, le gustaban de todos modos. Esbelta, femenina y amante de los chismorreos, Francine se preocupaba de cultivar la amistad de todo autor al que ella considerase lo bastante exitoso como para ser digno de su atención. Amanda disfrutaba siempre de sus conversaciones con aquella mujer, que parecía saberlo todo acerca de todo el mundo; aunque también tomaba la precaución de no contarle algún detalle personal que ella no tendría ningún reparo en maquillar y difundir.

—Querida Amanda —ronroneó Francine con sus esbeltos y enguantados dedos primorosamente curvados sobre el pie de una copa—, qué placer encontrarte aquí. Es posible que tú seas la única persona juiciosa que ha entrado por la puerta hasta el momento.

—No creo que el ser juicioso sea lo más deseable en una ocasión como ésta —replicó Amanda con una sonrisa—. Sin duda, se aprecian mucho más el encanto y la belleza.

Francine correspondió a su sonrisa, aunque con un deje de maldad.

—En ese caso, es una suerte que tú y yo poseamos las tres cualidades.

—No lo creo —replicó Amanda secamente—. Dime, Francine, ¿qué tal va tu última novela?

La rubia se quedó mirándola con un falso gesto de reprobación.

—Para tu información, te diré que mi novela no avanza en absoluto.

Amanda sonrió con expresión amistosa.

—Con el tiempo, te recuperarás.

—Oh, no me gusta trabajar *sans* inspiración. He abandonado todo intento de escribir hasta que encuentre algo, o alguien, que estimule mi creatividad.

Amanda no pudo evitar echarse a reír al percatarse de la expresión depredadora de Francine. Su predilección por las aventuras amorosas era bien conocida en el mundillo editorial.

—¿Ya has fijado tu interés en alguien en particular?

—Aún no... Aunque tengo unos cuantos candidatos en mente. —La viuda bebió con delicadeza de su copa—. No me importaría hacerme amiga del fascinante señor Devlin, por ejemplo.

Amanda nunca había llegado a conocer a aquel hombre, pero había oído mencionar su apellido con frecuencia. John T. Devlin era una figura notoria en la cultura literaria de Londres, un hombre de misterioso pasado que en los cinco últimos años había convertido una pequeña imprenta en la mayor editorial de la ciudad. Al parecer, su ascensión no se había visto obstaculizada por preocupaciones relativas a la moralidad o la práctica honrada del oficio.

Valiéndose del encanto, el engaño y el soborno, había robado los mejores autores a otros editores y los había animado a que escribieran escandalosas novelas sensacionalistas. Insertaba anuncios de dichas novelas en los periódicos más conocidos y pagaba a la gente para que hablara bien de ellas en fiestas y tabernas. Cuando los críticos denunciaron que los libros que editaba Devlin resultaban destructivos para los valores de un público impresionable, Devlin añadió en los libros advertencias para los lectores potenciales de que quizás una determinada novela podía resultar especialmente violenta o espeluznante. Eso, por descontado, disparó las ventas.

Amanda había visto el edificio de piedra blanca de cinco plantas que poseía Devlin en la bulliciosa intersección entre Holborn y Shoe Lane, pero todavía no había puesto un pie allí. Detrás de las puertas batientes de cristal, le habían dicho, cientos de miles de libros se apilaban en estanterías que se extendían desde el suelo hasta el techo, con el fin de proporcionar la comodidad de una biblioteca circulante a un público ávido. Cada uno de sus veinte mil suscriptores pagaba una cuota anual a Devlin por el privilegio que suponía poder alquilar sus libros. Las galerías superiores contenían montones de libros para la venta, por no mencionar un taller de encuadernación e impresión y, naturalmente, las oficinas particulares del señor Devlin.

De aquel lugar entraban y salían sin descanso una docena de coches de reparto que distribuían cantidades ingentes de publicaciones y libros a suscriptores y clientes. Cada día se cargaban enormes fragatas en los muelles con el material que había de entregarse en puertos extranjeros. No cabía duda de que Devlin había hecho una fortuna gracias a su vulgar empresa, pero Amanda no lo admiraba por eso. Había oído hablar del modo en que había echado fuera del negocio a otros editores más pequeños, y de cómo había aplastado a las diversas bibliotecas circulantes que competían con la suya. No aprobaba el poder que tenía en la comunidad literaria, por no mencionar el mal uso que hacía de él, y había realizado un esfuerzo consciente para evitar cruzarse con aquel hombre.

—No tenía idea de que el señor Devlin fuera a estar presente esta noche —dijo con el ceño fruncido—. Dios santo, no creo que el señor Talbot pueda ser amigo suyo. A juzgar por lo que he oído, Devlin es un canalla.

—Mi querida Amanda, ninguno de nosotros puede permitirse no ser amigo de Devlin —contestó Francine—. Lo mejor que puedes hacer es ganarte su aprecio.

—Hasta ahora me las he arreglado bastante bien sin él. Y tú, Francine, lo mejor que puedes hacer es no acercarte a él lo más mínimo. Una aventura con un hombre así es lo menos aconsejable que...

Se interrumpió de repente al vislumbrar durante un instante un rostro entre la multitud. El corazón le dio un vuelco, y parpadeó en un espasmo de asombro.

—¿Amanda? —inquirió Francine, perpleja.

—Me ha parecido ver... —Alterada, Amanda observó con detenimiento al resto de los invitados que pululaban de un lado para otro; todos los sonidos amortiguados por el retumbar de su corazón. Dio un paso adelante, después otro hacia atrás, mirando a un lado y a otro con expresión frenética—. ¿Dónde está? —susurró con la respiración acelerada.

—Amanda, ¿te encuentras mal?

—No, es que... —Consciente de que se estaba comportando de un modo extraño, trató de conservar su frágil compostura—. He creído ver... a una persona que deseo evitar.

Francine estudió el tenso semblante de Amanda y después miró hacia la multitud.

—¿Por qué desearías evitar a alguien? ¿Se trata de un crítico desagradable, tal vez? ¿O de alguna amistad con la que has roto? —Sus labios se curvaron en una sonrisa maliciosa—. ¿No será un antiguo amante que puso fin a la relación de mala manera?

Aunque aquella provocativa sugerencia tenía todo el aire de una burla, se acercaba tanto a la verdad que Amanda notó que se le enrojecían las mejillas.

—No seas ridícula —dijo en tono tajante, y acto seguido se chamuscó la lengua con un buen trago de ponche caliente. Le lloraron ligeramente los ojos al sentir la quemazón.

—Jamás adivinarías quién viene hacia aquí, Amanda —comentó Francine en tono juguetón—. Si el hombre que deseabas evitar es el señor Devlin, me temo que ya es demasiado tarde.

De algún modo Amanda lo supo, incluso antes de alzar la vista.

Unos impresionantes ojos azules la horadaron con una fija mirada. La misma voz profunda que, tan sólo una semana antes, le había susurrado palabras cariñosas, habló ahora en un tono de calmada cortesía.

—Señora Newlyn, espero que me presente a su acompañante.

Francine reaccionó con una risa gutural.

—No estoy segura de que esta dama lo desee, señor Devlin. Por desgracia, al parecer su fama lo precede.

Amanda no podía respirar. Aquél era, aunque pareciera imposible, el hombre que la visitó en su cumpleaños, «Jack», el hombre que la había abrazado, besado y que le había dado placer en la intimidad y la penumbra de su propia casa. Era más alto, más corpulento, más moreno de lo que recordaba. En un instante, rememoró el modo en que su cuerpo se tensó bajo aquel peso, cómo sus manos aferraron los duros músculos de aquellos hombros... El calor dulce y oscuro de su boca.

Se balanceó, notaba las rodillas bloqueadas y temblorosas. Pero no debía montar una escena, no debía llamar la atención. Haría lo que fuera necesario para esconder el humillante secreto que ambos compartían. Aunque le parecía imposible poder hablar, logró articular unas entrecortadas palabras.

—Puedes presentarme a este caballero, Francine. —Por el brillo perverso de los ojos de Devlin, advirtió que a éste no se le había escapado el énfasis irónico que había puesto en la palabra «caballero».

La rubia, delgada y hermosa Francine estudió a ambos con aire pensativo.

—No, creo que no voy a hacerlo —dijo, sorprendiendo a Amanda—. Salta a la vista que ambos os conocéis. ¿Tal vez alguno de los dos tendría la amabilidad de ponerme al corriente de la situación?

—No —le dijo Devlin, suavizando su brusca contestación con una encantadora sonrisa.

La mirada fascinada de Francine voló del rostro de Devlin al de Amanda.

—Muy bien. Os dejaré solos para que decidáis si os conocéis o no. —Luego soltó una carcajada—. Pero te lo advierto, Amanda: de un modo u otro publicaré la historia que haya entre ambos.

Amanda apenas se percató de la retirada de su amiga. Total confusión, ultraje, traición... Estaba demasiado abrumada para decir nada de momento. Cada inspiración parecía quemarle los pulmones. John T. Devlin... Jack... permanecía allí, de pie, paciente, con la mirada fija como la de un tigre.

Él tenía poder para destruirla, pensó Amanda presa del pánico. Con sólo unas palabras, y tal vez una confirmación pública por parte de la señora Bradshaw, podría destrozar su reputación, su carrera... su capacidad para mantenerse por cuenta propia.

—Señor Devlin —consiguió decir por fin con rígida dignidad—. Quizá no tenga inconveniente en explicarme cómo y por qué vino a mi casa la semana pasada, y por qué me engañó.

A pesar de lo obvio de su hostilidad y su miedo, Amanda Briars miraba a Jack directamente a los ojos con una expresión en la que destacaba el matiz de desafío. No era una cobarde.

Jack experimentó la misma aguda percepción que

sintió cuando la vio por primera vez, en la puerta de su casa. Era una mujer de lujo, con aquella piel de terciopelo y aquel cabello rizado y cobrizo, además de su figura indiscutiblemente voluptuosa... Y él era un hombre que sabía apreciar la calidad cuando la veía. Poseía unas facciones agradables, si bien no lo que podría definirse como bellas, pero los ojos... en fin, eran extraordinarios: de un gris penetrante —como la luz gris de la lluvia de abril—; ojos inteligentes y expresivos.

Había algo en ella que la obligaba a sonreír. Sintió deseos de besar aquella boca rígida de solterona hasta dejarla blanda y tibia debido a la pasión; le vinieron ganas de seducirla y coquetear con ella. Pero, más que cualquier otra cosa, deseaba conocer a la persona que había escrito una novela repleta de personajes cuyas dignas fachadas ocultaban primitivas emociones. Era una novela propia de una mujer mundana, no de una campesina solterona.

Sus escritos le habían obsesionado mucho antes de conocerla. Ahora, tras el tentador encuentro en su casa, quería más de ella. Le gustaba el desafío que le estaba planteando, su sorpresa, el hecho de que se las hubiera arreglado también sin ayuda de nadie. En ese sentido, los dos se parecían.

Sin embargo, la señorita Briars poseía una dulzura de la que él carecía y la cual admiraba de corazón. Constituía un verdadero misterio que lograra parecer tan natural y al mismo tiempo tan elegante, dos cualidades que antes siempre había considerado opuestas.

—Amanda... —empezó, pero ella lo corrigió con un gesto ofendido.

—¡Señorita Briars!

—Señorita Briars —dijo él en tono calmo—. Si no hubiera aprovechado la oportunidad que se me presentó aquella noche, lo habría lamentado durante el resto de mi vida.

Las finas cejas de Amanda se juntaron en una mueca de reproche.

—¿Piensa delatarme?

—No tengo planes inmediatos —respondió él con aire pensativo, pero en sus ojos de diablillo brilló una chispa de travesura—. Aunque...

—¿Aunque qué? —le apremió Amanda con recelo.

—Sería un material muy interesante para dar pábulo a los chismorreos, ¿no cree? La respetable señorita Briars, alquilando a un hombre para que le proporcione placer. No quisiera verla en una situación tan vergonzante. —Sus dientes relucieron formando una ancha sonrisa a la que Amanda no reaccionó—. Creo que deberíamos seguir hablando de este tema. Me gustaría saber qué incentivos podría ofrecer usted que me estimulen a mantener la boca cerrada.

—¿Acaso pretende chantajearme? —preguntó Amanda con creciente cólera—. Canalla, traidor, mezquino...

—Tal vez desee usted bajar la voz —aconsejó Devlin—. De hecho, señorita Briars, le sugiero esto porque me preocupa su reputación, no la mía, deberíamos conversar en privado... más tarde.

—Ni hablar —replicó ella sin pensar—. Está claro que no es usted un caballero, y no pienso ofrecerle ninguna clase de «incentivos».

Pero Devlin tenía la sartén por el mango, y ambos lo sabían. Una lenta sonrisa tocó sus labios, la sonrisa de un hombre que sabía cómo obtener lo que deseaba y que para ello estaba dispuesto a hacer lo que fuera.

—Se reunirá conmigo —dijo sin asomo de duda—. No tiene otra alternativa. Verá... Yo tengo algo que le pertenece, y pienso hacer uso de ello.

—Es usted un canalla —musitó Amanda con repugnancia—. ¿Está diciendo que robó algo de mi casa?

Su repentina carcajada atrajo una multitud de curiosas miradas hacia ellos.

—Tengo su primera novela —le informó.

—¿Qué?

—Su primera novela —repitió Jack disfrutando de la ofendida expresión que mostraba Amanda—. Se titula *Una dama inacabada*. La he comprado. No está mal, aunque requiere cierta labor de corrección antes de quedar lista para ser publicada.

—¡No puede tenerla usted! —exclamó Amanda, conteniendo un torrente de improperios, ya que su afilada lengua atraía el interés de los invitados de Talbot—. Se la vendí hace años al señor Grover Steadman, por diez libras. En cuanto el dinero cambió de manos, él perdió interés por ella y la guardó en un cajón, que yo sepa.

—Ya, bueno. Pues yo acabo de comprarla, junto con todos los derechos. Steadman me ha cobrado un buen dinero por ella. Sus obras han ganado en valor desde su última novela, que se vendió muy bien.

—Él no se atrevería a vendérsela a usted —dijo Amanda, acalorada.

—Me temo que lo ha hecho. —Jack se acercó un poco más y añadió en tono confidencial—: En realidad, ése era el motivo por el que fui a verla.

Estaba tan cerca de ella que detectó la leve fragancia a limón que desprendía su cabello. Más que notarla a nivel físico, presintió la tensión de su cuerpo. ¿Se estaría acordando de la abrasadora pasión que habían compartido? Él había sufrido durante horas después de aquel encuentro; el intenso dolor en las ingles, las manos ansiosas de tocar su piel suave como la seda. No le había resultado nada fácil marcharse y dejarla allí y, sin embargo, no había sido capaz de apropiarse de su inocencia en una situación marcada por el fingimiento.

Algún día volvería a tenerla en sus brazos, sin engaños de ningún tipo. Y esa próxima vez, no habría fuerza alguna en la tierra ni en el cielo que lograra detenerlo.

La voz de Amanda sonó insegura al formular la pregunta:

—¿Cómo pudo llegar a la hora exacta en que yo esperaba que llegase mi... er... mi otro invitado?

—Por lo visto, fui engañado a propósito por nuestra común amiga: la señora Bradshaw.

—¿Y de qué la conoce usted? —Los ojos plateados de Amanda se entrecerraron al realizar aquella pregunta—. ¿Es uno de sus clientes?

—No, cariño —murmuró Jack—. A diferencia de usted, yo nunca he solicitado los servicios de una amante profesional. —Su boca se distendió en una sonrisa irresistible al apreciar que el rostro de Amanda se tornaba escarlata. ¡Ah, cuánto le gustaba alterar su compostura! Sin embargo, en lugar de prolongar su incomodidad, prosiguió en tono suave—: Conozco a la señora Bradshaw porque acabo de publicar su primer libro, *Los pecados de Madame B*.

—Supongo que será una obscenidad —dijo Amanda.

—Oh, desde luego —repuso Jack con regocijo—. Una amenaza para la moralidad y la decencia donde las haya. Por no mencionar que es mi mayor éxito de ventas.

—No me sorprende que muestre usted orgullo en lugar de vergüenza.

Él alzó las cejas como reacción a la mojigatería que estaba empleando Amanda.

—Lo cierto es que no me avergüenza tener la buena suerte de adquirir y publicar una obra que, a todas luces, gusta al público.

—El público no siempre sabe lo que le conviene.

Él sonrió con desgana.

—¿Y he de suponer que sus libros son apropiados para lo que le conviene al público?

Amanda se ruborizó, violentada e indignada.

—¡No puede poner mis obras al mismo nivel que la vulgar biografía de una mujer de mala nota!

—Por supuesto que no —se apresuró a decir Jack, cediendo—. Es obvio que la señora Bradshaw no es una escritora. Leer sus memorias es como escuchar chismorreos bajo la escalera durante unas cuantas horas. Por el contrario, usted posee un talento que yo admiro con total sinceridad.

El expresivo rostro de Amanda delataba su conflicto emocional. Al igual que la mayoría de los escritores, atacados todos por la universal necesidad de recibir elogios, disfrutó de mala gana de aquel cumplido. No obstante, no pudo permitirse el lujo de creer en la sinceridad del mismo, y miró a Jack con irónica suspicacia.

—Sus halagos resultan innecesarios y poco eficaces —le informó—. Ahórrese el esfuerzo, se lo ruego, y continúe con la explicación.

Jack, complaciente, prosiguió.

—Durante una reciente conversación con la señora Bradshaw, mencioné que había adquirido *Una dama inacabada* y mis planes de conocerla a usted en persona. Y entonces la señora Bradshaw me sorprendió dando muestras de guardar amistad con usted. Me sugirió que fuera a visitarla a una hora muy concreta: las ocho de la noche del jueves. Parecía estar muy segura de que iba a ser bien recibido. Y, a juzgar por lo que sucedió —no pudo resistirse a añadir—, estaba en lo cierto.

Amanda le dirigió una mirada circunspecta.

—¿Pero qué razones podría tener ella para amañar semejante arreglo?

Jack se encogió de hombros, pues no deseaba confesar que él mismo llevaba varios días aguijoneado por la misma pregunta.

—Dudo que la razón tenga algo que ver con todo esto. Al igual que la mayoría de las mujeres, sin duda toma decisiones que no se ajustan a las pautas lógicas que emplean los hombres.

—La señora Bradshaw quería burlarse de mí —dijo Amanda en tono resentido—. Acaso de los dos.

Jack negó con la cabeza.

—No creo que fuera ésa su intención.

—¿Y cuál otra podría ser?

—Tal vez debería usted preguntárselo.

—Ya lo creo que lo haré —repuso Amanda, haciendo reír a Jack.

—Vamos —dijo él en tono amable—. Al fin y al cabo no salió tan mal, ¿no cree? No se hizo daño a nadie... y me siento obligado a señalar que, en esas mismas circunstancias, la mayoría de los hombres no habría actuado con mi caballerosa contención...

—¿Caballerosa? —replicó Amanda en un susurro preñado de furia e indignación—. ¡Si tuviera algún resquicio de integridad o de honradez, se habría identificado nada más darse cuenta de que yo lo había confundido con otra persona!

—¿Y echar a perder su cumpleaños? —Jack adoptó una expresión de falsa preocupación, y sonrió al ver que ella cerraba sus pequeñas y enguantadas manos en un gesto de ansiedad—. No te enfades —dijo con tono seductor—, soy el mismo de la otra noche, Amanda.

—Señorita Briars —le corrigió ella al instante.

—Señorita Briars, pues. Soy el mismo hombre, y en esa ocasión le resulté muy de su agrado. No hay razón para que no hagamos las paces y seamos amigos.

—Sí que la hay. Me gustaba usted más como gigoló que como editor cicatero y manipulador. Y no puedo ser amiga de un hombre que pretende hacerme chantaje. Además, jamás le permitiré que publique *Una dama inacabada*, preferiría quemar el manuscrito que verlo en sus manos.

—Me temo que no hay nada que pueda hacer a ese respecto. Sin embargo, está invitada a visitar mis oficinas mañana para que hablemos de los planes que tengo para dicho libro.

—Si cree que voy a pensar siquiera en... —empezó con vehemencia, pero cerró la boca de golpe al ver cómo su anfitrión, el señor Talbot, venía hacia ellos.

El rostro del abogado evidenciaba curiosidad. Los contempló a ambos con una apaciguadora sonrisa que hizo que sus mejillas redondas se elevaran bajo sus alegres ojos.

—Me han llamado para que interceda —dijo con una leve risita—. No quisiera peleas entre mis invitados, por favor. Permítanme señalar que ustedes dos apenas se conocen lo suficiente para mostrarse semejante animosidad.

Amanda pareció ofenderse por aquel intento de restarle importancia a la disputa que se estaba fraguando entre ellos. Habló sin apartar la mirada de la cara de Jack:

—He descubierto, señor Talbot, que bastarían cinco minutos de conversación con el señor Devlin para poner a prueba la paciencia de un santo.

Jack contestó con serenidad, dejando que quedase claro que aquello lo divertía sobremanera:

—¿Está afirmando ser una santa, señorita Briars?

Ella se sonrojó y apretó los labios, y justo cuando estaba a punto de lanzar una andanada de palabras furibundas, se apresuró a intervenir el señor Talbot.

—Ah, señorita Briars —exclamó con una risa demasiado efusiva—, veo que acaban de llegar unos buenos amigos suyos, los Eastman. Le ruego que haga de anfitriona y me acompañe a saludarlos. —Y lanzando una mirada de advertencia a Jack, hizo el ademán de llevarse a Amanda de allí.

Pero antes de que se fueran, Jack se inclinó para murmurarle a Amanda al oído:

—Le enviaré un carruaje a buscarla mañana a las diez.

—No pienso ir —respondió ella en el mismo tono y con el cuerpo rígido excepto por la leve y atrayente agitación de sus senos, ajustados a la perfección por el escote de seda negra. Aquella visión provocó en Jack una punzada de súbita alerta. Empezó a sentir un intenso calor bajo la piel; su cuerpo parecía despertar en lugares peligrosos. En su interior creció una emoción desconocida, algo parecido al afán de posesión, a la excitación... o incluso a la ternura. Sintió deseos de mostrarle a Amanda la más mínima gota de bondad que pudiera encontrar en el fondo de su alma, para seducirla y tentarla.

—Sí vendrá —dijo, sabiendo que ella no podría resistirse a él más de lo que él podría resistirse a ella.

Los invitados pasaron al comedor, una enorme estancia forrada de caoba en la que había dos largas mesas, cada una de ellas rodeada de catorce sillas. Cuatro criados de guantes y librea se afanaban en silencio, ayudando a los invitados a sentarse, sirviendo vino y sacando gigantescas fuentes de plata repletas de ostras. A continuación, llegó el jerez y una humeante sopa de tortuga, seguida de rodaballo con salsa holandesa agria.

Jack se encontró colocado junto a la señora Francine Newlyn. Tenía la sensación de que Francine albergaba malas intenciones respecto a él, pero, aunque la consideraba atractiva, no merecía la pena tener una aventura con ella, sobre todo si a uno no le apetecía que su vida personal fuera revelada con todo detalle a una horda de chismosas. Con todo, Francine no dejó de deslizar la mano sobre la rodilla de él por debajo de la mesa. Cada vez que él la apartaba, ella regresaba para explorar mejor el territorio de su pierna.

—Señora Newlyn —murmuró—, sus atenciones resultan de lo más halagadoras. Pero si no retira la mano...

Francine apartó la mano al instante y lo miró con una sonrisa gatuna y los ojos muy abiertos, en una mueca de fingida inocencia.

—Perdóneme —ronroneó—. Es que había perdido el equilibrio y simplemente trataba de recuperarlo. —Tomó su copita de jerez y bebió de ella con delicadeza. Después rescató con el borde de la lengua una gota de líquido que se había quedado pegada al borde—. Tiene usted una pierna muy fuerte —comentó en voz baja—. Debe de hacer ejercicio con mucha frecuencia.

Jack reprimió un suspiro y volvió la vista hacia la otra mesa, donde habían sentado a Amanda Briars. Se hallaba enfrascada en una animada charla con el caballero de su izquierda, algo relativo a si las nuevas novelas en serie que se publicaban por entregas mensuales eran auténticas novelas o no. Aquel debate estaba muy de moda entonces, ya que varios editores, incluido él mismo, estaban lanzando novelas por entregas sin mucho éxito por el momento.

Jack disfrutó observando el rostro de Amanda a la luz de las velas. Su expresión variaba entre la atención y la risa, y sus ojos grises brillaban con más intensidad que la plata.

A diferencia del resto de mujeres presentes, que se limitaba a picar apenas de su comida con apropiado desinterés femenino, Amanda exhibía un sano apetito. Por lo visto, aquél era uno de los privilegios de las solteronas: una mujer así podía comer bien en público. Amanda era tan natural y directa que suponía un refrescante contraste con las otras mujeres sofisticadas que él había conocido. Deseaba estar a solas con ella. Sintió envidia del hombre que se sentaba a su lado, el cual parecía estar divirtiéndose más que ninguno de los presentes.

Francine Newlyn insistía en su presión bajo la mesa.

—Mi querido señor Devlin —dijo con voz sedosa—, por lo visto no consigue apartar la mirada de la señorita Briars. Pero seguro que un hombre como usted no puede abrigar el menor interés hacia ella.

—¿Por qué no?

De los labios de Francine surgió una carcajada.

—Porque usted es un hombre joven y vigoroso que se encuentra en su mejor momento, y ella... En fin, es evidente, ¿no? Oh, a los hombres les gusta la señorita Briars, desde luego que sí, pero sólo como les gustaría una hermana o una tía. No es de las que saben despertar los instintos amorosos de un hombre.

—Si usted lo dice... —repuso él sin interés.

Estaba claro que aquella mujer consideraba sus propios atractivos muy superiores a los de Amanda, y no podía soñar siquiera que un hombre pudiera preferir los encantos de una solterona a los suyos. Pero Jack ya había estado con mujeres como Francine, y sabía lo que se escondía bajo aquella fachada bonita y superficial. O, más concretamente, lo que no había.

En aquel momento, se acercó un criado portando un plato de faisán a la crema, y Jack aceptó una ración con un gesto de cabeza, al tiempo que reprimía otro suspiro de frustración al pensar en la larga noche que le esperaba. La mañana del día siguiente, así como la visita de Amanda a sus oficinas, parecía distar toda una eternidad.

4

—Le enviaré un carruaje a buscarla mañana a las diez.

—No pienso ir.

—Sí vendrá.

El recuerdo de aquel diálogo tuvo a Amanda preocupada toda la noche, resonando en sus sueños, y la hizo despertar más temprano que de costumbre a la mañana siguiente. ¡Oh, cuánto le gustaría dar un merecido plantón al señor John T. Devlin negándose a subir a su carruaje! Sin embargo, iba a tener que enfrentarse al hecho de que hubiera adquirido de tapadillo su novela *Una dama inacabada*. No quería que la publicase, ni él ni nadie.

Habían transcurrido un buen puñado de años desde que escribió aquella obra, y aunque en su momento había dado lo mejor de sí misma, no cabía duda de que la novela contenía muchos fallos de argumento y caracterización. Si llegaba a editarse *Una dama inacabada*, Amanda temía que sufriera una dura reseña por parte de los críticos y fuera vilipendiada por los lectores, a no ser que se hicieran numerosas revisiones. Además, no disponía de tiempo ni ganas para tomarse la penosa molestia de trabajar en una novela por la que tan sólo le habían pagado diez libras. Así pues, tendría que recuperar el libro de manos de Devlin.

También estaba la cuestión del potencial chantaje. Si Devlin hacía correr por todo Londres el rumor de que

Amanda hacía uso de profesionales del sexo, su reputación y su carrera quedarían por los suelos. De alguna manera tendría que obtener de Devlin la promesa de que jamás diría una sola palabra a nadie acerca de aquel horroroso cumpleaños.

Pero también, y por más que odiase admitirlo, sentía curiosidad. Daba igual lo mucho que se reprendiese a sí misma por permitir que la dominase su maldita curiosidad: quería ver la empresa de Devlin, sus libros, su departamento de encuadernación, sus oficinas y todo lo que hubiera en el interior de aquel enorme edificio situado en la esquina de Holborn y Shoe Lane.

Con la ayuda de Sukey, se recogió el cabello en un moño trenzado en lo alto de la coronilla y se puso el vestido más severo que tenía, uno de terciopelo gris perfectamente entallado y con botones hasta arriba, dotado de una regia falda ondeante. Los únicos adornos de la prenda consistían en un estrecho cinturón, que parecía hecho a base de cordones de seda entrelazados y sujetos por una hebilla de plata, y un volante de encaje blanco que se le ajustaba por debajo de la barbilla.

—Está usted igual que debió de estar la reina Isabel justo antes de ordenar que le cortaran la cabeza al conde de Essex —comentó Sukey.

Amanda rió, a pesar de su nerviosismo interior.

—A decir verdad, me gustaría cortarle la cabeza a cierto caballero —dijo—. Pero, en lugar de eso, tendré que conformarme con castigarlo con mi desaire.

—¿Va a ver a su editor, pues? —La estrecha cara de Sukey parecía la de una inquisitiva criatura de los bosques.

Amanda se apresuró a negar con la cabeza.

—No es mi editor, ni lo será nunca. Tengo la intención de dejarle eso muy claro esta mañana.

—¡Ah! —La expresión de la doncella se iluminó con vivo interés—. ¿Se trata de algún caballero al que conoció anoche en la cena? Cuéntemelo, señorita Amanda... ¿Es apuesto?

—No me fijé en eso —replicó Amanda en tono cortante.

Sukey corrió a buscar la capa de lana negra de Amanda, reprimiendo una sonrisa.

Mientras ellas se ocupaban de ajustar la capa alrededor de los hombros de Amanda, llegó el lacayo, Charles.

—Señorita Amanda, ya está aquí el carruaje.

El criado, de mediana edad, tenía el rostro enrojecido a causa de la cortante brisa de noviembre. Su librea desprendía un olor fresco, casi helado, que se mezclaba con el seco aroma de los polvos blancos que usaba para el pelo. Tomó un chal de la silla del vestíbulo, se lo echó con garbo sobre el brazo y acto seguido acompañó a Amanda al exterior.

—Tenga cuidado con dónde pisa, señorita Amanda —le advirtió—. Hay una placa de hielo sobre el primer escalón... Hace un día húmedo e invernal.

—Gracias, Charles.

Amanda apreciaba la preocupación del lacayo. Aunque carecía de la estatura deseable, pues la mayor parte de las buenas familias preferían contratar sólo a aquellos que medían como mínimo un metro ochenta, Charles compensaba aquella falta de envergadura física con una excelente eficiencia. Había prestado a la familia Briars, y ahora a la propia Amanda, un servicio leal y sin queja alguna durante casi dos décadas.

El débil sol matinal hacía lo que podía para alumbrar las estrechas casas adosadas de Bradley Square. Entre las dos filas de viviendas encaradas, se extendía un pequeño jardín con una valla de hierro, y la escarcha se adhería con terquedad a las plantas y los árboles dormidos que crecían entre los senderos de gravilla. Aun siendo las diez de la mañana, continuaban cerradas muchas de las ventanas de los pisos superiores de las viviendas de la ciudad, ya que sus ocupantes dormían todavía para expiar los excesos de la noche anterior.

Aparte de un trapero que caminaba por la acera que conducía a la vía principal y de un agente de policía de largas piernas que paseaba con su cachiporra sujeta bajo el brazo, la calle se veía silenciosa y solitaria. Contra las fachadas de las casas soplaba una brisa helada pero con olor a limpio. Pese a la aversión que sentía Amanda por el frío invernal, agradecía que los olores de basura y desagües fueran mucho menos intensos que en los cálidos meses de verano.

Se detuvo a mitad del tramo de seis escalones que llevaba al nivel de la calle al ver el carruaje que le había enviado Devlin.

—Señorita Amanda —murmuró el lacayo, deteniéndose a su lado mientras ella contemplaba el vehículo.

Amanda esperaba ver un carruaje usado y práctico como el suyo. En ningún momento se le había ocurrido pensar que Devlin iba a enviarle un transporte tan elegante. Se trataba de un coche con cristales, de carrocería lacada con detalles de bronce, dotado de peldaños diseñados para abrirse y cerrarse automáticamente con la puerta. Cada rincón de aquel vehículo era reluciente y perfecto. Las ventanillas biseladas estaban cubiertas con cortinas de seda, en tanto que el interior estaba tapizado con cuero de color crema.

Tiraba de él un conjunto de cuatro caballos castaños emparejados a la perfección, que piafaban y resoplaban con impaciencia levantando con su aliento nubecillas de vapor en el aire helado. Era la clase de equipamiento que poseían los aristócratas más adinerados. ¿Cómo era posible que un editor medio irlandés pudiera permitirse semejante carruaje? A Devlin debían de haberle ido las cosas mucho mejor de lo que le habían inducido a creer los rumores.

Amanda dominó su compostura y se acercó al carruaje. Del pescante de madera se apeó un criado que se apresuró a abrirle la portezuela, al tiempo que Charles la ayudaba a subir los escalones. El vehículo, de buena suspensión, apenas se agitó cuando ella se acomodó en el asiento tapizado de cuero. No era necesario utilizar el chal que había tomado Charles, ya que habían preparado para ella una manta de viaje forrada de piel. También había un brasero para los pies cargado de carbones, que provocó en Amanda un escalofrío de placer al sentir la oleada de calor que ascendió por debajo de su falda hasta alcanzarle las rodillas. Al parecer, Devlin se había acordado de que a ella no le gustaba nada el frío.

Casi como en un sueño, Amanda se recostó contra el suave cuero de la tapicería y contempló por la ventanilla empañada los borrosos contornos de su casa. Al instante, se cerró la portezuela y el coche arrancó con suavidad.

—Bueno, señor Devlin —dijo en voz alta—, si cree que un simple brasero y una manta van a hacer que suavice mi actitud respecto a usted, está muy equivocado.

El carruaje se detuvo en el cruce de Shoe Lane y Holborn, donde la aguardaba el enorme edificio blanco de cinco plantas. Se hallaba repleto de clientes, y las airosas puertas de cristal se abrían y cerraban sin descanso para dejar entrar y salir a una continua corriente de personas. Aunque sabía que el establecimiento de Devlin tenía gran éxito, no estaba preparada para aquello. Podía apreciarse con claridad que Devlin's era mucho más que una tienda... Era un imperio. Y no le cabía duda alguna de que la aguda mente de su propietario no dejaba de idear nuevas maneras de ampliar sus horizontes.

El criado la ayudó a apearse del carruaje y corrió a sostenerle la portezuela de cristal con la deferencia que uno podría observar con un visitante de la realeza. En cuanto su pie tocó el suelo, Amanda fue recibida al instante por un caballero de pelo rubio, de unos veintimuchos o treinta y pocos años. Aunque su estatura era media, su físico esbelto y ejercitado lo hacía parecer más alto. Su sonrisa era cálida y genuina, y sus ojos color verde de mar brillaban bajo las gafas de montura de acero.

—Señorita Briars —dijo el joven en voz baja, al tiempo que efectuaba una reverencia de bienvenida—, es un honor conocerla. Soy Oscar Fretwell. Y esto —señaló con un gesto de la mano el ajetreo que los rodeaba, con inconfundible orgullo— es Devlin's. Tienda, biblioteca circulante, taller de encuadernación, papelería, imprenta y editorial, todo bajo un mismo techo.

Amanda se inclinó a su vez y permitió que Fretwell la guiara hasta un rincón relativamente protegido, en el que había varios paquetes de libros colocados sobre un mostrador de caoba.

—Señor Fretwell, ¿qué puesto desempeña usted para el señor Devlin?

—Soy su gerente. A veces realizo labores de lector y corrector, y le presento novelas sin publicar si descubro que poseen cierto mérito. —Sonrió de nuevo—. Y tengo, además, la fortuna de estar al servicio de cualquiera de los autores del señor Devlin, cuando ellos así lo requieren.

—Yo no soy uno de los autores del señor Devlin —dijo Amanda en tono firme.

—No, por supuesto —repuso Fretwell, deseoso de no ofender—. No ha sido mi intención dar a entender que lo fuera. Permítame expresar el inmenso placer que me han proporcionado sus obras, no sólo a mí, sino también a nuestros suscriptores. Sus libros se prestan sin parar, y las ventas son más que cuantiosas. En el caso del último libro, *Sombras del pasado*, no hemos podido arreglárnoslas con un pedido de menos de quinientos ejemplares.

—¿Quinientos?

Amanda estaba demasiado atónita por aquella cifra para disimular su asombro. Los libros eran artículos de lujo, demasiado caros para la mayoría de la gente, de ahí que sus ventas, casi tres mil ejemplares, se hubieran considerado algo excepcional. Sin embargo, hasta ahora no había caído en la cuenta de que un gran porcentaje de dichas ventas podía atribuirse al respaldo de Devlin.

—Desde luego... —comenzó Fretwell con vehemencia, pero se interrumpió al advertir una pequeña perturbación en uno de los mostradores.

Al parecer, un empleado estaba molesto porque alguien había devuelto un libro en mal estado. La suscriptora, una dama cubierta por una gruesa capa de maquillaje y grandes cantidades de perfume, protestaba al ser acusada de que el libro se encontraba deteriorado.

—Ah, es la señora Sandby —dijo Fretwell con un suspiro—. Una de nuestras suscriptoras habituales. Por desgracia, le gusta llevarse los libros y leerlos en la peluquería. Cuando los devuelve, suelen estar apelmazados por los polvos, y las páginas pegadas con pomada.

Amanda rió de forma inconsciente, observando el anticuado peinado de la mujer, poco más que una pila de cabello empolvado. No le cabía ninguna duda de que ella, y la novela, habían pasado mucho tiempo en el peluquero.

—Al parecer, requieren su atención, señor Fretwell.

Quizá debería usted poner fin a la disputa mientras yo espero aquí.

—No quisiera dejarla sola —dijo él con el ceño fruncido—. Sin embargo...

—No me moveré de aquí —dijo Amanda sin dejar de sonreír—. No me importa esperar.

Mientras Oscar Fretwell corría a solventar la situación, Amanda se puso a observar lo que la rodeaba. Había libros por todas partes, alineados en estanterías que abarcaban del suelo al techo. El techo se hallaba dos pisos más arriba, con un balcón superior que permitía el acceso a la galería de la segunda planta. La deslumbrante colección de encuadernaciones en color rojo, dorado, verde y marrón constituía un festín para la vista, en tanto que el maravilloso aroma a vitela, pergamino y cuero casi consiguió hacerle la boca agua. Flotaba en el aire un exquisito olor a hojas de té. Para cualquiera que disfrutase de la lectura, aquel lugar era sin duda alguna un paraíso.

Frente a los mostradores cargados de catálogos y volúmenes se veían colas de suscriptores y compradores que aguardaban su turno. Había ruedas de cuerda y bobinas de papel marrón que giraban sin parar mientras los empleados envolvían los pedidos. Amanda apreció la pericia con que los empleados ataban los paquetes más pequeños de libros con papel y cuerda. Los pedidos más grandes parecían empaquetarse en fragantes y antiguos arcones de té —de ahí procedía el olor a té— y después eran trasladados a carros y carruajes por los ayudantes.

Oscar Fretwell trajo consigo una expresión contrita y satisfecha cuando regresó junto a Amanda.

—Creo que el asunto ya está arreglado —le dijo en tono de conspiración—. He convencido al empleado de que acepte el libro en su estado actual, que ya haremos lo que esté en nuestra mano para restaurarlo. No obstante, le he dicho a la señora Sandby que en el futuro ha de tratar nuestros libros con más cuidado.

—Debería haberle sugerido que simplemente renunciara a los polvos para el pelo —susurró Amanda a su vez, y ambos soltaron una breve risita.

Fretwell le ofreció su brazo a modo de invitación:

—¿Me permite acompañarla hasta el despacho del señor Devlin, señorita Briars?

La idea de ver una vez más a Jack Devlin le provocó un extraño estremecimiento de placer mezclado con nerviosismo. La perspectiva de hallarse en su presencia, generaba una curiosa mezcla de sensaciones de inquietud y vitalidad.

Enderezó los hombros y tomó el brazo de Fretwell.

—Sí, por supuesto. Cuanto antes hable con el señor Devlin, mejor.

Fretwell la miró con una desconcertada sonrisa.

—Habla usted como si no le gustase el señor Devlin.

—Y no me gusta. Lo encuentro arrogante y manipulador.

—Bueno. —Fretwell pareció sopesar sus palabras con todo cuidado—. El señor Devlin puede ser un poquito agresivo cuando se fija un objetivo concreto. No obstante, puedo asegurarle que no existe mejor patrón en todo Londres. Es amable con sus amigos y generoso con todos los que trabajan para él. Hace poco ayudó a uno de sus novelistas a comprar una casa, y siempre está dispuesto a adquirir entradas para el teatro, o a buscar a un especialista cuando uno de sus amigos está enfermo, o a ayudarlos del modo que sea a resolver sus dificultades personales...

Mientras Fretwell continuaba elogiando a su jefe, Amanda añadió mentalmente la palabra «controlador» a la lista de adjetivos que había aplicado a Devlin. Claro que hacía todo lo posible para que sus amigos y empleados se sintieran en deuda con él... Así podría valerse de sus sentimientos de agradecimiento y utilizarlos en su contra.

—¿Cómo y por qué se convirtió en editor el señor Devlin? —quiso saber Amanda—. No se parece en absoluto a los demás editores que conozco. Es decir, no parece ser un obseso de los libros.

Fretwell cedió a una extraña vacilación, y entonces Amanda vio, a juzgar por la expresión, que había alguna historia privada e interesante que contar en relación con el misterioso pasado de Devlin.

—Tal vez debiera preguntarle al señor Devlin el cómo y el porqué —dijo Fretwell por fin—. Pero puedo decirle una cosa: tiene un profundo amor por la lectura y el mayor respeto por la palabra escrita. Además, posee una capacidad especial para discernir los puntos fuertes de un escritor y para estimular ese potencial para alcanzar el éxito.

—Dicho de otro modo, los empuja a obtener un rendimiento económico —dijo Amanda con sequedad.

La sonrisa de Fretwell contenía una pizca de ironía.

—Seguro que usted no pondrá objeciones a obtener un rendimiento económico, señorita Briars.

—Sólo si se sacrifica el arte por el comercio, señor Fretwell.

—Oh, creo que descubrirá usted que el señor Devlin siente el mayor respeto por la libertad de expresión —se apresuró a decir el joven.

Pasaron a la parte posterior del edificio y subieron un tramo de escaleras iluminadas por una sucesión de claraboyas. El interior de Devlin's remitía al exterior en el sentido de que era funcional pero atractivo, con muebles de buena calidad. Las diversas salas que atravesaron estaban caldeadas por sus respectivas chimeneas o calderas, todas construidas en mármol veteado, y con los suelos cubiertos con gruesas alfombras.

Sensible a los ambientes, Amanda se fijó en que había, en general, un aire de alegre actividad entre los empleados del taller de encuadernación y de la imprenta.

Fretwell se detuvo frente a una puerta de elegante artesonado y arqueó las cejas con un gesto inquisitivo.

—Señorita Briars, ¿le gustaría ver nuestra colección de libros raros?

Amanda afirmó con la cabeza y lo acompañó al interior de la sala. Al abrirse la puerta, apareció una estancia cuyas paredes consistían en estanterías de caoba empotradas en los muros y protegidas por puertas de cristal. El techo mostraba un adorno con intrincados dibujos en escayola formando medallones de flores, a juego con la gruesa alfombra de Aubusson del suelo.

—¿Todos estos libros están a la venta? —preguntó Amanda en voz queda, sintiéndose como si hubiera penetrado en la cámara del tesoro de un rey.

Fretwell asintió.

—Aquí encontrará de todo, desde antigüedades hasta zoología. Tenemos una amplia selección de mapas antiguos y cartas celestes, folios y manuscritos originales... —Los recorrió con un gesto de la mano, como si aquellas extensas filas de libros hablaran por sí solas.

—Me encantaría encerrarme aquí una semana entera —dijo Amanda en un impulso.

Fretwell rió y la condujo fuera de la estancia. Subieron una planta más y llegaron a una serie de despachos. Antes de que Amanda tuviera la oportunidad de reflexionar acerca de la súbita agitación nerviosa que la había asaltado, Fretwell abrió una puerta de caoba y la instó amablemente a trasponer el umbral de la misma. Al momento la invadió un torrente de impresiones: el enorme escritorio, la gran chimenea de mármol y los sillones de cuero que había a su lado, el ambiente elegante y masculino y el fino papel a rayas marrones que cubría las paredes. A través de una fila de ventanas altas y estrechas penetraba la luz del sol. En aquella habitación olía a cuero y a vitela, con una pizca del áspero aroma del tabaco.

—Por fin —dijo una voz grave y familiar, sutilmente teñida de humor; Amanda se dio cuenta de que a Devlin le divertía el hecho de que ella hubiera venido a verlo después de todo. Pero no tenía otra alternativa.

Devlin hizo una reverencia acompañada de un ceremonial floreo en tono de guasa, y acto seguido la recorrió de arriba abajo con su mirada azul y una amplia sonrisa en la cara.

—Mi querida señorita Briars —dijo de un modo que, por alguna razón, restaba cualquier asomo de sinceridad a sus palabras—, jamás he pasado una mañana tan larga, esperando que llegara usted. Apenas he logrado contenerme para no esperarla fuera, en la calle.

Ella lo miró ceñuda.

—Desearía resolver este asunto lo antes posible, para poder marcharme.

El generoso fuego que resplandecía tras la pantalla de hierro dorado parecía una invitación a quedarse. Después de sacarse el sombrero y la capa y dejar ambas prendas en brazos de Oscar Fretwell, Amanda tomó asiento en un sillón de cuero.

—¿Le apetece acompañarme mientras tomo un refrigerio? —preguntó Devlin, todo encanto y atención—. A esta hora yo suelo tomar café.

—Prefiero té —replicó ella en tono tajante.

Devlin dirigió una mirada a Fretwell con sus ojos azules y chispeantes.

—Té y un plato de galletas con azúcar —informó al gerente, el cual se apresuró a desaparecer y dejarlos solos.

Amanda miró a su acompañante y notó que se le humedecían las palmas de las manos dentro de sus guantes de piel. Resultaba indecente que un hombre fuera tan guapo, que tuviera unos ojos azules aún más exóticos de lo que ella recordaba, que llevase el cabello negro cortado de tal modo que sólo se advirtiera una leve onda en él. Se hacía extraño que un hombre tan grande y obviamente robusto tuviera tal afición por los libros. No parecía el típico erudito, ni tampoco parecía que su sitio estuviera entre las paredes de un despacho, ni siquiera uno tan grande como aquél.

—Posee un establecimiento impresionante, señor Devlin —le dijo—. No me cabe duda de que debe de decírselo todo el mundo.

—Gracias. Pero este lugar no se parece lo más mínimo a lo que va a ser. Sólo acabo de empezar.

Devlin se sentó a su lado y estiró sus largas piernas frente a sí, estudiando las punteras de sus lustrosos zapatos negros. Iba tan bien vestido como la noche anterior, con un sencillo pero moderno traje de corte recto y pantalones del mismo color gris.

—¿Y dónde va a conducir todo esto? —inquirió Amanda, preguntándose qué más podía desear.

—Este año voy a abrir media docena de tiendas por todo el país. En un plazo de dos años triplicaré dicho número. Pienso adquirir todo periódico que merezca la pena tener, y varias revistas más, de paso.

A Amanda no le costó nada comprender que dicha posición iría acompañada de un considerable poder político y social. Miró fijamente a aquel joven de rostro duro que tenía enfrente con un toque de admiración.

—Es usted bastante ambicioso —comentó.

Él apenas sonrió.

—¿Acaso usted no lo es?

—No, en absoluto. —Amanda hizo una pausa para recapacitar unos segundos sobre el tema—. No tengo la aspiración de conseguir riqueza ni influencia. Tan sólo deseo seguridad y comodidad, y tal vez un día alcanzar cierto nivel de competencia en mi trabajo.

Las negras cejas de Devlin se alzaron de un modo casi imperceptible.

—¿No cree que ya es competente?

—Todavía no. Encuentro muchos defectos en mis obras.

—Yo no encuentro ninguno —replicó él con suavidad.

Amanda no pudo evitar la oleada de rubor que ascendió desde su garganta al verse capturada por la penetrante mirada de Devlin. Respiró hondo y se esforzó por impedir que se le disolviera el cerebro.

—Puede halagarme todo lo que quiera, señor Devlin —dijo—. Pero con ello no conseguirá suavizarme en lo más mínimo. Mi visita tiene un único propósito, el de informarle de que no pienso acceder a su plan de publicar *Una dama inacabada*.

—Antes de que me rechace de plano —sugirió él en tono amable—, ¿por qué no me permite explicarme? Tengo una oferta que podría interesarle.

—Muy bien.

—Quiero publicar *Una dama inacabada* primero en forma de novela por entregas.

—Una novela por entregas —repitió Amanda sin poder creérselo. Se sintió insultada por semejante idea, ya que todo el mundo consideraba que las novelas por entregas eran de calidad e importancia muy inferiores a las de las novelas normales en tres volúmenes—. ¡Sacarla en entregas mensuales con sobrecubiertas de papel, como una de sus revistas!

—Y después de que se haya publicado la primera entrega —prosiguió Devlin sin alterarse—, volveré a sacarla, esta vez en tres volúmenes, con encuadernación de tela, ilustraciones a toda página, grabados en madera y lomos dorados.

—¿Y por qué no publicarla así desde el principio? Yo no soy una escritora de novelas por entregas, señor Devlin, ni he aspirado a serlo nunca.

—Sí, lo sé. —Aunque Devlin parecía relajado, se inclinó hacia delante en su sillón y la miró fijamente con aquellos ojos azules que llameaban de energía y calor—. No se le puede reprochar esa actitud. Son muy pocas las novelas por entregas que he leído que tuvieran la calidad necesaria para captar el interés del público. Además, se requiere un estilo particular... Cada entrega ha de ser completa en sí misma, con una conclusión abierta que haga que los lectores estén ansiosos de leer la entrega del mes siguiente. No es una tarea fácil para un escritor.

—No veo que *Una dama inacabada* encaje en modo alguno con esa descripción —dijo Amanda con el ceño fruncido.

—Claro que sí. Podría dividirse fácilmente en tramos de treinta páginas, con suficientes puntos espectaculares para que cada parte resulte entretenida. Con relativamente poco trabajo, usted y yo podríamos darle forma para que se adaptara a la estructura de una novela por entregas.

—Señor Devlin —dijo Amanda en tono enérgico—, además de mi total falta de interés en ser conocida como la autora de un libro por entregas, no me entusiasma la perspectiva de aceptarlo a usted como mi editor. Y tampoco estoy dispuesta a perder el tiempo en revisar una novela por la que me pagaron diez miserables libras.

—Por supuesto.

Antes de que Devlin pudiera continuar, entró en la habitación el señor Fretwell portando una bandeja de plata con el té. Tras depositarla sobre una mesilla que había junto al sillón de Amanda, lo sirvió en una taza de porcelana de Sevres y señaló un plato que contenía seis perfectas galletitas. Cada una mostraba de modo tentador copos de azúcar glaseado sobre su superficie.

—Pruebe una, señorita Briars —la instó el joven.

—Gracias, pero no —contestó Amanda con pesar, sonriendo mientras él hacía una reverencia y salía de nuevo del despacho.

Se quitó los guantes con movimientos diestros y los dejó sobre el borde del sillón. A continuación, agregó leche y azúcar a su té y dio un sorbo con cuidado. Se trataba de un té suave y sabroso; no pudo evitar pensar lo bien que lo acompañaría una galletita. Sin embargo, una perezosa constitución como la suya, notaba los efectos de un caramelo o pastel de más al día siguiente, haciendo que le quedara más ajustada la ropa. La única manera de conservar su cintura consistía en evitar los dulces y dar frecuentes paseos a buen paso.

Parecía una locura, pero dio la impresión que el hombre que se sentaba a su lado le hubiese leído el pensamiento.

—Tome una galleta —le dijo en tono tranquilo—. Si está preocupada por su figura, permita que le asegure que es espléndida en todos los sentidos. Precisamente, yo soy el más indicado para decirlo.

Amanda se sintió inundada por una sensación violenta y fastidiosa.

—Ya decía yo que estaba tardando demasiado en sacar a colación el desagradable tema de aquella noche. —Extendió la mano para tomar una galleta, mordió la crujiente pasta y miró furiosa a Devlin.

Éste sonrió de oreja a oreja y apoyó los codos en las rodillas sin dejar de mirarla fijamente.

—Desagradable, sin duda no.

Ella masticó la galleta vigorosamente y estuvo a punto de atragantarse con un sorbo de té.

—¡Sí lo fue! Fui engañada y se me faltó al respeto, y nada me gustaría más que olvidar todo ese asunto.

—Pues yo no pienso permitir que lo olvide —le aseguró Devlin—. Pero en cuanto a lo de faltarle al respeto... No fue precisamente como si hubiera salido de entre las sombras para abalanzarme sobre usted. Usted me animó a continuar casi paso a paso.

—¡No era usted el hombre que yo creía que era! Y tengo la intención de averiguar por qué la intrigante de la señora Bradshaw lo envió a usted en lugar del hombre que hubiera debido mandarme. Nada más salir de aquí, pasaré a ver a la señora Bradshaw y le exigiré una explicación.

—Deje que lo haga yo. —Aunque su tono era natural, se apreciaba a las claras que no pretendía dejar lugar a discusiones—. Yo también tenía pensado hacerle una visita hoy. No hay motivo para que usted arriesgue su reputación acudiendo a su establecimiento. En cualquier caso, me dará más explicaciones a mí de las que jamás le daría a usted.

—Ya sé lo que va a decir. —Amanda mantenía los dedos cerrados alrededor de la taza de té caliente—. Está claro que se divirtió a nuestra costa.

—Ya veremos.

Devlin se puso en pie para atender el fuego, y apartó la pantalla para recolocar los leños con unos cuantos diligentes movimientos del atizador de hierro.

Amanda quedó hipnotizada al verlo. Iluminado por el intenso resplandor de las llamas, parecía que su tranquila seguridad en sí mismo se equilibraba con algo que antes no había visto en él, una tenacidad que no conocía límites. Comprendió que era un hombre capaz de cortejar, persuadir, discutir, acaso apabullar y amenazar a cualquiera que se interpusiese en su camino. Medio irlandés, no de buena familia a pesar de su aspecto y porte... Aquel grado de éxito debía de haber supuesto una victoria trabajada con ahínco. Sin duda había trabajado y sacrificado mucho. De no haber sido un canalla tan engreído y capaz de sacar de quicio a cualquiera, habría encontrado en él muchas cosas admirables.

—Diez miserables libras —dijo Devlin, haciéndola volver al anterior tema de conversación, el del dinero cobrado por la novela sin publicar—. Y un contrato de derechos de autor si el libro llegaba a publicarse, ¿no?

Amanda sonrió con ironía y se encogió de hombros.

—Bueno, ya sabía que existían pocas posibilidades de que cobrase algo. Los autores no tienen modo de obligar a un editor a que rinda cuentas de sus gastos. Yo estaba segura de que el señor Steadman afirmaría que no había beneficios, con independencia de la cifra de ventas.

De pronto, del semblante de Devlin desapareció toda expresión.

—Diez libras era una suma considerable para ser una primera novela. Sin embargo, su obra vale ahora mucho más. Es obvio que no puedo esperar contar con su colaboración a menos que le ofrezca una cantidad aceptable por *Una dama inacabada*.

Amanda volvió a verter té en su taza, e hizo todo lo posible por parecer falta de interés respecto a aquella conversación.

—¿Qué suma consideraría usted «aceptable», si puede saberse?

—Para hacer honor a la justicia y a una relación laboral amistosa, estoy dispuesto a pagarle cinco mil libras por los derechos de *Una dama inacabada* para publicarla tal y como se lo he descrito, primero en forma de novela por entregas y más tarde en una edición de tres volúmenes. Además, le pagaré la cantidad total por adelantado en lugar de dividirla en plazos mensuales conforme se vaya publicando. —Arqueó una ceja en gesto interrogante—. ¿Qué opina de eso?

Amanda estuvo a punto de dejar caer la cucharilla. Con torpes movimientos, se puso un poco más de azúcar en el té y comenzó a revolverlo mientras no dejaba de oír el zumbido de su cerebro. Cinco mil... Era casi el doble de lo que le habían pagado por su última novela, y en esta ocasión se trataba de un trabajo concluido en su mayor parte.

Sintió cómo retumbaba su corazón contra las costillas, impaciente. Aquella oferta parecía demasiado buena para ser cierta... Pero la contrapartida era que podía perder gran parte de su prestigio si la novela salía en forma de serial.

—Supongo que su oferta merece la pena ser estudiada —dijo con toda prudencia—, aunque no me gusta la idea de que se me conozca como una novelista de revistas.

—En ese caso, permítame que le dé algunos números sobre los que recapacitar, señorita Briars. Calculo que habrá vendido tres mil ejemplares de su última novela...

—Tres mil quinientos —replicó Amanda a la defensiva.

Devlin asintió y sus labios se curvaron en una tenue sonrisa.

—Una cifra impresionante para una novela de tres tomos. No obstante, si me da permiso para publicar en una edición por entregas al precio de un chelín, comenzaremos lanzando diez mil ejemplares, y estoy totalmente seguro de duplicar esa cantidad al mes siguiente. Para cuando se publique la última entrega, estaré editando unos seis mil ejemplares. No, señorita Briars, no es broma; siempre estoy sobrio al hablar de negocios. Seguro que ha oído usted hablar del joven Dickens, el reportero del *Evening Chronicle*. Él y su editor, Bentley, están vendiendo por lo menos cien mil ejemplares al mes de *Los papeles del club Pickwick*.

—Cien mil —repitió Amanda sin tomarse la molestia de disimular su asombro.

Por descontado, ella y todas las personas cultas de Londres conocían ya al señor Charles Dickens, dado que su novela por entregas *Pickwick* había cautivado al público con su vivacidad y su humor. Cada entrega era esperada con ansia por los representantes de los libreros el Día de las Revistas, y en todas las tabernas y cafés se oían chistes y frases de cada nueva entrega. Los tenderos guardaban tras el mostrador ejemplares de aquella obra para leerlos en los ratos libres; los escolares los escondían entre las páginas de sus libros de gramática, a pesar de los severos castigos en los nudillos que se ganaban si llegaban a descubrirse sus transgresiones. Sin embargo, a pesar del entusiasmo que mostraba el público con *Pickwick*, Amanda no imaginaba que Dickens vendiese tanto.

—Señor Devlin —dijo, pensativa—. Nunca me han acusado de pecar de modesta, ya fuera falsa modestia o de otro tipo. Ya sé que, como novelista, poseo cierta capacidad. Pero mi trabajo no es comparable al del señor Dickens. Lo que yo escribo no es humorístico, ni soy capaz de imitarlo...

—Yo no quiero que imite a nadie. Deseo publicar una novela por entregas escrita con su estilo, señorita Briars, algo impactante y romántico. Le prometo que el público seguirá *Una dama inacabada* hasta la última letra, con tanta fidelidad como lee los seriales más humorísticos.

—No puede garantizar una cosa así —dijo Amanda.

Los dientes blancos de Devlin relampaguearon en una repentina sonrisa.

—No. Pero estoy dispuesto a correr el riesgo, si lo está usted. Tanto si tengo éxito como si no, señorita Briars, usted tendrá el dinero en el bolsillo... y podrá pasarse el resto de su vida escribiendo novelas de tres volúmenes, si ése es su deseo.

A continuación, sobresaltó a Amanda al inclinarse sobre su sillón apoyando las manos en los reposabrazos de caoba. No podía levantarse, en caso de que desease hacerlo, sin chocar de lleno contra el cuerpo de Jack. Notaba cómo las piernas de Devlin rozaban la parte delantera de su falda.

—Diga que sí, Amanda —la incitó—. No se arrepentirá.

Amanda se recostó con fuerza contra el respaldo del sillón. Los ojos azules de Devlin, capaces de desarmarla, formaban parte de un rostro de tal perfección y belleza masculina que parecía sacado de un cuadro o de una escultura. Sin embargo, en su aspecto no había nada de aristocrático. Poseía un algo primitivo, una sensualidad que resultaba imposible de ignorar. Si se parecía a un ángel, sin duda se trataba de un ángel caído.

Todo su ser vibró como reacción a su cercanía. Percibió el aroma intoxicante de su cuerpo, el olor a hombre que había quedado para siempre impreso en su recuerdo. Se le hacía difícil pensar con claridad, pues lo único que deseaba era pegarse a él y deslizar las manos dentro de sus ropas. En algún lugar recóndito de su cerebro, comprendió con ironía y desesperación que el encuentro que había mantenido con él no sirvió de nada a la hora de acallar sus indeseadas necesidades físicas.

Si aceptaba su oferta, tendría que verlo, hablar con él, y esconder de algún modo la traicionera reacción que provocaba en ella. No había nada más digno de lástima, más risible que una solterona frustrada sexualmente persiguiendo a un hombre apuesto; arquetipo habitual en las comedias teatrales y en los libros humorísticos. Ella no debería situarse en una situación así.

—Me temo que no puedo aceptar —respondió, procurando utilizar un tono firme de rechazo. Sin embargo, su voz sonó, por desgracia, jadeante. Intentó desviar la mirada, pero de pie e inclinado sobre ella como estaba, su cara y su cuerpo llenaban todo su campo visual—. Yo... Yo... siento cierta lealtad hacia mi actual editor, el señor Sheffield.

Devlin soltó una risita que no resultó en absoluto lisonjera.

—Créame —se burló—, Sheffield sabe muy bien que no puede confiar en la lealtad de un autor. No lo sorprenderá que usted deserte.

Amanda lo miró ceñuda.

—¿Está insinuando que a mí se me puede comprar, señor Devlin?

—Pues sí, señorita Briars, creo que sí.

Le habría encantado demostrarle que estaba equivocado, pero la idea de las cinco mil libras resultaba demasiado tentadora para resistirse. Sus ojos se entrecerraron al fruncir el seño.

—¿Y qué hará si rechazo su oferta? —tanteó.

—Publicaré su libro de todas formas, y respetaré el contrato de derechos de autor que tenía usted con Steadman. Aun así ganará dinero, cariño, pero de ningún modo tanto.

—¿Y qué hay de su amenaza de contar a todo el mundo lo de esa noche en que los dos...? —Se le enredaron las palabras formando un nudo que le atenazó la garganta. Tragó saliva y prosiguió—: ¿Todavía tiene la intención de hacerme chantaje con el hecho de que usted y yo...?

—¿Casi hicimos el amor? —sugirió él pretendiendo ayudar, mirándola fijamente de un modo que la hizo ruborizarse.

—El amor no tiene nada que ver con ello —replicó a su vez.

—Tal vez no —admitió Devlin, riendo suavemente—. Pero no llevemos las negociaciones a ese nivel, señorita Briars. ¿Por qué no se limita a aceptar mi oferta para que yo no tenga que recurrir a medidas desesperadas?

Amanda abrió la boca para formular otra pregunta, cuando, de repente, tableteó la puerta debido al golpe de un puño, o quizá de una bota.

—Señor Devlin. —Se oyó la voz amortiguada de Oscar Fretwell—. Señor Devlin, me parece que no puedo... ¡Uf!

Acto seguido se oyeron ruidos de un forcejeo y de una pelea física al otro lado de la puerta. La sonrisa de Devlin se esfumó, y se volvió hacia Amanda con una súbita mueca de preocupación.

—¿Qué diablos...? —murmuró al tiempo que se dirigía a grandes zancadas hacia la puerta. Se detuvo en seco al ver que la puerta se abría de golpe mostrando a un caballero corpulento y de expresión furiosa, con sus elegantes ropas desordenadas y la peluca de color castaño torcida. Lo acompañaba un acre olor a alcohol, muy evidente desde donde estaba sentada Amanda. Ésta arrugó la nariz con desagrado, y se preguntó cómo podía un hombre haber bebido tanto a aquella temprana hora del día.

—Devlin —rugió el hombre, haciendo temblar sus mofletudos carrillos con la fuerza de su cólera—. ¡Te tengo acorralado igual que a un zorro, y no podrás escapar de mí! ¡Vas a pagar por lo que has hecho!

Justo detrás de él, Fretwell intentaba zafarse del fornido compañero del recién llegado, al parecer una especie de matón a sueldo.

—Señor Devlin —dijo Fretwell con voz ahogada—, tenga cuidado. Éste es lord Tirwitt... El que... En fin, por lo visto cree que ha sido calumniado en el libro de la señora Bradshaw...

Tirwitt cerró la puerta en las narices de Fretwell y se volvió hacia Devlin blandiendo un robusto bastón plateado. Con movimientos torpes, apretó un resorte oculto en la empuñadura y una hoja de doble filo salió del extremo, convirtiendo el bastón en una arma mortal.

—Demonio del infierno —dijo con virulencia mirando a Devlin con sus ojillos oscuros y relucientes y el rostro congestionado—. Pienso vengarme de ti y de esa maldita bruja de la señora Bradshaw. Por cada palabra que has publicado sobre mí, voy a cortarte una rebanada y dársela de comer a los...

—Lord Tirwitt, ¿es así como se llama? —La penetrante mirada de Devlin se clavó en la hinchada cara del hombre—. Si baja esa maldita cosa, hablaremos de su problema como seres racionales. Por si no se había fijado, hay una dama presente. Dejaremos que se vaya y luego...

—Cualquier mujer que haya en su empresa no es una dama —se mofó Tirwitt gesticulando de manera salvaje con el bastón de punta de cuchillo—. Yo no la tendría en mejor consideración que esa puta de Gemma Bradshaw.

El semblante de Devlin adquirió una expresión de sanguinaria frialdad. Dio un paso al frente, sin preocuparse por la amenaza que suponía el bastón.

En aquel momento, Amanda se apresuró a intervenir.

—Señor Devlin —dijo en tono vivo—, encuentro muy notable toda esta representación. ¿Se trata de alguna clase de farsa que ha preparado con el afán de asustarme y hacerme firmar un contrato? ¿O es que tiene usted la costumbre de recibir en su despacho a personas que han perdido el juicio?

Tal como tenía previsto, Tirwitt volvió su atención hacia ella.

—Si yo he perdido el juicio —bramó—, es porque me han destrozado la vida. Me he convertido en el hazmerreír por culpa de la malvada sarta de mentiras e invenciones que ha publicado este malnacido. Destrozar la vida de las personas por dinero... ¡Ah, pero ha llegado el momento de que reciba el castigo que se merece!

—En el libro de la señora Bradshaw no se menciona su nombre en ningún momento —dijo Devlin con calma—. Todos los personajes están disimulados.

—Hay ciertos detalles de mi vida personal que se han dado a conocer sin pudor alguno... Lo suficiente como para dejar perfectamente clara mi identidad. Mi esposa me ha abandonado, mis amigos me han dado la espalda... Me han arrebatado todo lo que me importaba. —Tirwitt respiraba con agitación, y su cólera desmandada iba aumentando poco a poco—. Ya no tengo nada que perder —musitó—. Y pienso arrastrarte conmigo, Devlin.

—Esto es una locura —interrumpió Amanda—. Atacar de esta manera... Es ridículo, milord. Jamás he presenciado un comportamiento tan ultrajante. Incluso yo misma me siento tentada de describirlo a usted en uno de mis libros.

—Señorita Briars —dijo Devlin con precaución—, ésta sería una buena ocasión para que mantuviera la boca cerrada. Déjeme manejar el asunto a mí.

—¡No hay ningún asunto que manejar! —gritó Tirwitt, arremetiendo igual que un toro herido y esgrimiendo la hoja de doble filo en un rápido movimiento. Devlin saltó hacia un lado, pero no antes de que el cuchillo le alcanzara y le rasgara la tela del chaleco y de la camisa.

—Escóndase detrás de la mesa —le ordenó a Amanda.

Pero Amanda se aplastó contra la pared, contemplando la escena con asombro. Aquel cuchillo debía de estar muy afilado, pensó, para haberse abierto paso con tanta facilidad a través de dos capas de ropa. En la tela se formó una mancha de color carmesí. Devlin, que caminaba muy despacio rodeando la estancia, parecía no darse cuenta de la herida que tenía en la cintura.

—Ya ha conseguido lo que quería —dijo Devlin con voz grave y la vista clavada en los ojos del otro—. Ahora baje esa cosa, o de lo contrario pronto se verá confinado en un calabozo de Bow Street.

La visión de la sangre pareció estimular en lord Tirwitt el deseo de provocar que brotase en abundancia.

—No he hecho más que empezar —dijo con voz espesa—. Voy a coserte como un pavo de Navidad antes de que destroces más vidas. El público me dará las gracias.

En aquel momento, Devlin dio un salto hacia atrás con una impresionante agilidad al tiempo que el mortífero bastón silbaba cortando el aire una vez más, errando por bien poco.

—Al público también le gustará verte colgando a merced del viento... Siempre gusta un buen ahorcamiento, ¿verdad?

Amanda estaba impresionada por la presencia de ánimo de Devlin en un momento como aquél. No obstante, se veía bien a las claras que lord Tirwitt estaba demasiado enloquecido como para preocuparse de las consecuencias de sus actos. Continuaba abusando de su ventaja, asestando mandobles con su bastón en el intento de despojar a Devlin de una u otra parte de su anatomía. Devlin se replegó contra el escritorio. Palpó el borde del tablero que se apoyaba contra la parte posterior de sus caderas y agarró un diccionario encuadernado en cuero para usarlo a modo de escudo. La hoja del cuchillo atravesó limpiamente la tapa, y entonces Devlin arrojó el grueso volumen a su adversario. Lord Tirwitt giró hacia un lado y detuvo el fuerte impacto con el hombro, hizo un ruido rabioso al absorber el dolor y, a continuación, se abalanzó sobre Devlin blandiendo de nuevo el bastón.

Mientras los dos hombres forcejeaban, Amanda recorrió la habitación con la mirada hasta reparar en el juego de utensilios de hierro que había junto a la chimenea.

—Perfecto —musitó al tiempo que se apresuraba a agarrar el largo atizador con empuñadura de cobre.

Lord Tirwitt se hallaba demasiado enfrascado en su intento de asesinar a Jack como para darse cuenta de que ella se le aproximaba por la espalda. Con el atizador asido con ambas manos, Amanda alzó en el aire aquella improvisada cachiporra. Luego la hizo descender con toda la fuerza que consideró necesaria, apuntando a la nuca del sujeto. Su intención era dejarlo inconsciente sin llegar a matarlo. Sin embargo, al no estar muy ducha en el arte del combate, al principio no le golpeó con la fuerza suficiente. Era una sensación curiosa, la de golpear a un hombre en el cráneo con un atizador. Le temblaron las manos a causa del impacto seco y más bien horripilante de la herramienta.

Para consternación suya, lord Tirwitt se volvió al instante y la miró de frente con una divertida expresión. El bastón con punta de cuchillo vibraba en sus regordetas manos. Amanda le dio otro porrazo, esta vez en la frente, e hizo una mueca al sentir el golpe.

Lord Tirwitt se desplomó en el suelo al tiempo que se le cerraban los ojos. Amanda soltó el atizador al momento y se quedó allí, de pie, un tanto mareada, observando cómo Devlin se agachaba junto al caído.

—¿Lo he matado? —preguntó con inquietud.

5

—No, no lo ha matado —dijo Devlin para responder a la ansiosa pregunta de Amanda—. Es una lástima, pero vivirá.

Pasó por encima del hombre inconsciente, se dirigió corriendo hacia la puerta y, al abrirla, se encontró con el rostro expectante del matón a sueldo. Antes de que éste tuviera un instante para reaccionar, Devlin le hundió el puño en el vientre, un golpe que le hizo doblarse por la cintura con un gemido y desplomarse en el suelo.

—Fretwell —llamó Devlin, alzando apenas la voz; podría pensarse que estaba pidiendo otra bandeja de té—. Fretwell, ¿dónde estás?

El gerente apareció en menos de un minuto, jadeando a causa del esfuerzo. Se lo veía muy aliviado de ver que su jefe se encontraba bien. Tras él venían dos individuos recios y musculosos.

—Acabo de llamar para que venga un ordenanza de Bow Street —dijo Fretwell sin aliento—. Y me he traído un par de chicos del almacén para echar a éste... —Lanzó una mirada de desagrado al matón—. A esta bazofia —terminó con una mueca.

—Gracias —repuso Devlin sardónicamente—. Buen trabajo, Fretwell. Sin embargo, por lo visto la señorita Briars tiene dominada la situación.

—¿La señorita Briars? —El gerente lanzó una mirada de asombro a Amanda, de pie junto al cuerpo desmañado de Tirwitt—. ¿Quiere usted decir que ella...?

—Lo ha dejado inconsciente de un golpe —dijo Devlin y, de pronto, le temblaron las comisuras de la boca debido al irreprimible impulso de sonreír.

—Antes de que continúe divirtiéndose a mi costa —dijo Amanda—, podría ir a que le curasen esa herida, señor Devlin, no sea que se desangre delante de nosotros.

—¡Dios santo! —exclamó Fretwell, dándose cuenta de la mancha de sangre que se extendía sobre el chaleco a rayas grises de Devlin—. Llamaré a un médico. No me había dado cuenta de que ese loco lo había herido, señor.

—No es más que un rasguño —replicó Devlin restándole importancia al asunto—. No necesito ningún médico.

—Yo opino que sí. —El semblante de Fretwell se tornó pálido y ceniciento al contemplar las ropas de su jefe teñidas de rojo.

—Yo le echaré un vistazo a la herida —dijo Amanda en tono firme. Después de pasar tantos años junto al lecho de dos enfermos, no la amilanaba la visión de la sangre—. Señor Fretwell, encárguese de que saquen a lord Tirwitt de esta oficina. Yo me ocuparé de la herida. —Miró a los ojos de color índigo de Devlin—. Quítese la chaqueta, por favor, y siéntese.

Devlin obedeció. Se sacó las mangas de la chaqueta con una mueca de dolor. Amanda se apresuró a ayudarlo, suponiendo que a aquellas alturas el corte que tenía en el costado debía de estar escociéndole como un demonio. Aunque no fuera más que un rasguño, había que limpiarlo; Dios sabía para qué otros fines había sido utilizado anteriormente aquel bastón con punta de cuchillo.

Amanda tomó la chaqueta que le entregó Devlin y la dobló con cuidado sobre el respaldo de una silla cercana.

El tejido aún conservaba el calor y el aroma de su cuerpo. Era una fragancia inexplicablemente seductora, casi de efecto narcótico y, durante un instante de locura, Amanda se sintió tentada de hundir la cara en aquella embriagadora tela.

La atención de Devlin estaba fija en los mozos de almacén, atareados en la labor de llevarse el cuerpo inerte de lord Tirwitt. El maltrecho atacante emitió un gemido de protesta, y Devlin hizo un gesto de perversa satisfacción.

—Espero que ese cabrón se despierte con un dolor de cabeza de mil demonios —musitó—. Ojalá que...

—Señor Devlin —le interrumpió Amanda al tiempo que lo empujaba hacia atrás hasta que quedó sentado en el borde del escritorio de caoba—, contrólese. No hay duda de que cuenta usted con un impresionante repertorio de palabras groseras, pero no tengo el menor deseo de oírlas.

Los blancos dientes de Devlin destellaron en una breve sonrisa. Permaneció muy quieto mientras Amanda procedía a desanudarle la corbata de seda gris introduciendo los dedos en el sencillo lazo. Tras retirar la pieza de seda tibia de su cuello y empezar a soltarle los botones de la camisa, experimentó una sensación de incomodidad al percibir el modo en que él la miraba. Sus ojos azules rebosaban calidez y sorna a un tiempo, lo cual no dejaba lugar a dudas: estaba disfrutando de la situación.

Aguardó hasta que Fretwell y los mozos de almacén salieron del despacho para hablar.

—Al parecer, siente usted cierta predilección por desnudarme, Amanda.

Amanda se detuvo en el tercer botón de la camisa. Se le inflamaron las mejillas, pero se obligó a sí misma a sostenerle la mirada.

—No confunda mi compasión por las criaturas heridas con alguna clase de interés personal, señor Devlin. En cierta ocasión le vendé una pata a un perro callejero que encontré en el pueblo. Lo colocaría a usted en la misma categoría que a él.

—Mi ángel de la misericordia —murmuró Devlin con la diversión reflejada en los ojos. Después guardó silencio mientras ella seguía desabrochándole la camisa.

Amanda había ayudado muchas veces a su padre a vestirse y desvestirse, de modo que no era muy remilgada a ese respecto. No obstante, una cosa era ayudar a un inválido, y otra completamente distinta quitarle la ropa a un hombre viril, joven y saludable.

Lo ayudó a desprenderse del chaleco manchado de sangre y terminó de soltar la fila de botones de la camisa hasta que quedó abierta. A cada centímetro de piel que dejaba al descubierto, mayor era la intensidad con que le ardía el rostro.

—Ya lo hago yo —dijo Devlin, adoptando súbitamente una actitud brusca cuando ella fue a aferrar los puños de la camisa. Se los desabrochó con gestos precisos, pero se veía a las claras que la herida le dolía—. Maldito Tirwitt —gruñó—. Si se me infecta la herida, pienso ir a buscarlo y...

—No se infectará —replicó Amanda—. Yo se la limpiaré a fondo y se la vendaré, y dentro de uno o dos días podrá usted volver a su actividad normal.

Con suavidad, le retiró la camisa de los anchos hombros y vio cómo su piel dorada relucía a la luz de las llamas. Acto seguido hizo una bola con la prenda ensangrentada y la usó para taponar la herida. Era un corte de unos quince centímetros de largo, situado justo debajo del flanco izquierdo de las costillas. Tal como había dicho Devlin, sólo se trataba de un rasguño, si bien bastante severo. Amanda apretó la blanda tela de la camisa contra la herida y la sostuvo así un momento.

—Tenga cuidado —dijo Devlin con voz queda—. Se va a manchar el vestido.

—Puede lavarse —replicó ella en tono resuelto—. Señor Devlin, ¿tiene aquí algún tipo de licor? ¿Coñac, tal vez?

—Whisky. En ese armario pequeño que hay junto a la librería. ¿Por qué, señorita Briars? ¿Siente la necesidad de tomar fuerzas al contemplar mi cuerpo desnudo?

—Es usted un engreído insoportable —dijo Amanda, aunque no pudo reprimir una repentina sonrisa al mirarlo fijamente a los ojos, chispeantes de diversión—. No, mi intención es usarlo para limpiar la herida.

Continuó apretando la camisa contra el costado de Devlin, tan cerca de él que su rodilla izquierda se perdía en algún punto entre los ruidosos pliegues de su falda. Devlin permanecía inmóvil, sin hacer el menor esfuerzo por tocarla, conservando su postura a medio sentar. Los pantalones de lana gris se ajustaban a la perfección a sus muslos, siguiendo el duro contorno de los músculos. Como si quisiera demostrar que no suponía amenaza alguna para Amanda, se inclinó hacia atrás agarrando con las manos el borde de la mesa, el cuerpo relajado y quieto.

Amanda procuró no mirarlo abiertamente, pero su maldita curiosidad no conocía límites. Devlin era un ser esbelto y musculoso, como el tigre negro y dorado que había visto en la casa de fieras. Despojado de sus ropas, parecía todavía más corpulento, sus anchos hombros y su torso alargado se erguían sobre ella. La textura de su carne era fuerte y dura, recubierta por una piel que parecía recia pero sedosa al mismo tiempo. Amanda había visto estatuas e ilustraciones del cuerpo masculino, pero nada de aquello le había transmitido nunca semejante sensación de calor, de fuerza vital, de potente virilidad.

Y, por alguna razón, las representaciones artísticas omitían algunos detalles fascinantes, como las matas de vello negro que había en las axilas, los puntos pequeños y oscuros que constituían los pezones y el salpicado vello rizado que arrancaba justo bajo el ombligo y desaparecía tras la cintura del pantalón.

Recordó el notable calor que irradiaba aquel cuerpo, la sensación que le produjo aplastar sus pechos contra aquella piel lisa y masculina. Antes de que Devlin pudiera detectar el súbito temblor de sus manos, se apartó de él y fue hasta el armario que había detrás del escritorio. Encontró una licorera de cristal llena de un líquido ambarino.

—¿Es éste el whisky? —preguntó, mostrándoselo; Devlin asintió. Amanda contempló con curiosidad la licorera. Los caballeros que ella había conocido bebían oporto, jerez, madeira y coñac, pero aquel licor le resultaba desconocido—. ¿Qué es exactamente el whisky?

—Una bebida alcohólica elaborada con malta de centeno —respondió Devlin con voz ronca y grave—. Podría servirme una copa.

—¿No es un tanto temprano para eso? —replicó Amanda en tono escéptico, al tiempo que se sacaba un pañuelo de la manga.

—Yo soy irlandés —le recordó—. Además, ha sido una mañana difícil.

Amanda vertió con sumo cuidado un dedo de whisky en un vaso y mojó el pañuelo con un generoso chorro de la botella.

—Sí, ya comprendo... —empezó a decir, pero entonces se volvió hacia él y se quedó callada. Desde detrás de la mesa disponía de una panorámica sin obstáculos de

110

la espalda desnuda de Devlin, una visión que la sobresaltó de forma inesperada. Aquella amplia superficie, que se iba estrechando hasta formar una delgada cintura, estaba desarrollada y musculada, vibrante de fuerza. Sin embargo, la piel estaba tachonada por leves marcas longitudinales de algún antiguo traumatismo... Cicatrices producto de palizas y castigos brutales. Había incluso unas cuantas protuberancias blancas que contrastaban con la piel más oscura que las rodeaba.

Devlin volvió la vista hacia atrás, alertado por aquel repentino silencio. En un principio sus ojos azules mostraron una expresión interrogante, pero casi de inmediato comprendió qué era lo que había visto Amanda. Su semblante se tornó frío y reservado, y los músculos de sus hombros se abultaron visiblemente debido a la tensión. Arqueó apenas una ceja, y Amanda se sorprendió al fijarse en la expresión orgullosa, casi aristocrática, de sus facciones. Devlin la desafiaba en silencio a realizar algún comentario sobre un tema que, a todas luces, no era adecuado tratar. Con aquella particular expresión, bien podría haberlo tomado cualquiera por un miembro de la aristocracia.

Amanda se obligó a sí misma a mantener el semblante carente de toda expresión, y trató de recordar qué era lo último que había dicho Devlin... algo acerca de una mañana difícil.

—Sí —dijo en un tono de voz sin inflexiones, rodeando el escritorio con la botella de whisky en la mano—, comprendo que no está usted acostumbrado a que alguien intente asesinarlo en su oficina.

—No en sentido literal —repuso él con ironía.

Pareció relajarse al darse cuenta de que Amanda no iba a preguntarle por las cicatrices. Aceptó el vaso de whisky y se lo bebió de un solo trago.

Amanda quedó hipnotizada por el movimiento de su larga garganta. Sintió deseos de tocar aquella tibia columna, de apretar la boca contra el hueco triangular que se dibujaba en la base de la misma. Su mano libre se cerró con fuerza en un puño. Dios del cielo, tenía que controlar aquellos impulsos.

Devlin dejó el vaso a un lado y clavó su brillante mirada en Amanda.

—De hecho —murmuró—, la parte difícil no ha sido la interrupción de lord Tirwitt. Lo que me está dando problemas esta mañana es el esfuerzo que me cuesta no tocarla a usted.

Aquella declaración no era lo que se dice romántica, pero desde luego resultó bastante efectiva. Amanda parpadeó sorprendida. Con sumo cuidado, extendió el brazo y retiró la camisa manchada de sangre del costado de Devlin y, a continuación, aplicó sobre la herida el pañuelo mojado de whisky.

Devlin se estremeció al sentir la punzada del primer contacto, dejando escapar un resoplido. Amanda volvió a tocar la herida con suavidad. Él lanzó un juramento y retrocedió para evitar la tela empapada en licor.

Amanda continuó limpiando el corte.

—En mis novelas —dijo para proseguir la conversación—, el héroe siempre le resta importancia al dolor, por muy intenso que sea.

—Ya, pero yo no soy un héroe —gruñó Devlin—. ¡Y esto duele como un demonio! Maldición, ¿no podría ser un poco más delicada?

—Físicamente, tiene usted las proporciones propias de un héroe —observó Amanda—. Sin embargo, por lo visto la estatura de su personalidad es mucho menos impresionante.

—Bueno, no todos podemos tener la magnífica per-

112

sonalidad que tiene usted, señorita Briars. —Su tono estaba teñido de sarcasmo.

Amanda, molesta, aplastó de golpe sobre la herida el pañuelo entero empapado de whisky, lo cual arrancó un agudo gruñido de los labios de Devlin, que tuvo que hacer un esfuerzo para dominar el súbito latigazo de dolor. Sus ojos entrecerrados prometían una contundente réplica.

Ambos se vieron distraídos en aquel momento por un repentino ruido ahogado que provenía de algún lugar cercano, y volvieron la mirada a un tiempo. Para descubrir que Oscar Fretwell había entrado en el despacho. En un principio, Amanda creyó que estaba descompuesto por la visión de la sangre de Devlin, sin embargo, por el rígido temblor de su boca y sus ojos acuosos, parecía más bien que... ¿reía? ¿Y qué diablos era lo que le resultaba tan divertido?

Fretwell, haciendo gala de un gran dominio, luchó por controlarse.

—Yo... Esto... Le traigo vendajes y una camisa limpia, señor Devlin.

—¿Siempre tiene preparada una muda de ropa en el lugar de trabajo, señor Devlin? —inquirió Amanda.

—Oh, sí —respondió Fretwell en tono jovial antes de que su jefe pudiera contestar—. Manchas de tinta, líquidos que se derraman, aristócratas intrusos... Nunca se sabe qué puede pasar. Lo mejor es estar preparado.

—Fuera, Fretwell —dijo Devlin en tono severo. El gerente obedeció sin perder la sonrisa.

—Me gusta ese señor Fretwell —comentó Amanda tomando una venda enrollada después de haber dejado limpia la herida.

—Le gusta a todo el mundo —replicó Devlin con sequedad.

113

—¿Cómo acabó trabajando para usted? —Amanda comenzó a enrollar la venda con cuidado alrededor de la delgada cintura de Devlin.

—Lo conozco desde que éramos niños —contestó él sosteniendo en su sitio el extremo de la tira de lino—. Fuimos juntos a la escuela. Cuando decidí meterme en el negocio editorial, él y unos cuantos compañeros de clase decidieron seguirme. Uno de ellos, el señor Guy Stubbins, lleva mis cuentas y controla los libros; y otro, el señor Basil Fry, supervisa mis negocios en el extranjero. Y Will Orpin se encarga del taller de encuadernación.

—¿En qué escuela estudió?

Transcurrieron unos cuantos segundos sin que hubiera respuesta. En el rostro de Devlin no podía apreciarse expresión alguna. De hecho, Amanda creyó que tal vez no la había oído, y se dispuso a repetir la pregunta.

—Señor Devlin...

—Un lugar pequeño en los páramos —dijo él brevemente—. Seguro que no lo conoce.

—En ese caso, por qué no decirme... —Terminó de colocar el vendaje y lo fijó en su sitio.

—Deme la camisa —la interrumpió Devlin.

Casi vibraba el aire a causa de la tensión que provocaba su fastidio. Con un leve encogimiento de hombros, Amanda aparcó el tema y fue por la camisa pulcramente doblada. La desdobló de una sacudida y desabrochó el primer botón con pericia. Guiada por la fuerza de la costumbre, la sostuvo para Devlin con gesto tan experto como un veterano ayuda de cámara, igual que lo había hecho tantas veces para su padre.

—Se ve que posee usted una notable habilidad con la ropa masculina, señorita Briars —comentó Devlin al tiempo que se abotonaba la camisa sin ayuda, ocultando aquella riqueza muscular bajo el lino blanco y limpio.

114

Amanda se dio la vuelta y desvió la mirada cuando él se metió los faldones de la camisa dentro de los pantalones. Por primera vez disfrutó de la libertad que le proporcionaba el hecho de ser una solterona treintañera. Aquélla era una situación comprometedora que ninguna colegiala virgen habría podido presenciar jamás. En cambio, ella podía hacer lo que le apeteciera precisamente en virtud de su edad.

—Cuidé de mi padre durante los dos últimos años de su vida —dijo respondiendo al comentario de Devlin—. Era una persona inválida y necesitaba que le ayudasen con la ropa. Yo le hice de ayuda de cámara, cocinera y enfermera, sobre todo al acercarse el final.

La expresión de Devlin pareció trastocarse, y su gesto de fastidio desapareció.

—Es usted una mujer de lo más capaz —dijo, sin rastro alguno de ironía.

De pronto, Amanda se vio sorprendida por su cálida mirada y, de alguna manera, comprendió que él entendía muchas cosas de ella: cómo había sacrificado los últimos y preciados años de su juventud movida por la obligación y el amor; la presión inexorable de la responsabilidad..., y el hecho de que hubiera tenido escasas ocasiones para coquetear, reír y actuar con total desenfado.

Se elevaron las comisuras de sus labios con la promesa de una sonrisa, y la respuesta de Amanda resultó alarmante. Había en él una chispa de travesura, la sensación de unas irreverentes ganas de jugar, que la desconcertaba. Todos los hombres que ella conocía, sobre todo los que habían tenido éxito, eran serios en extremo. No sabía qué pensar de Jack Devlin.

Buscó algo a tientas, lo que fuera, con tal de romper el íntimo silencio que se había establecido entre ambos.

—¿Qué es lo que escribió la señora Bradshaw sobre lord Tirwitt para que él reaccionase de ese modo?

—Conociendo cómo funciona su mente, no me sorprende que me lo pregunte.

Devlin se dirigió a una librería y recorrió con la vista las hileras de volúmenes. Por fin extrajo un libro encuadernado en tela y se lo entregó a Amanda.

—*Los pecados de Madame B* —leyó ella con el ceño fruncido.

—Se lo regalo —dijo Devlin—. Hallará las desventuras de lord T. en el capítulo seis o siete. Pronto descubrirá la razón por la que se ha sentido lo bastante ofendido como para intentar perpetrar un asesinato.

—No puedo llevarme esta inmundicia a casa —protestó Amanda, contemplando el complejo adorno dorado de la tapa. Enseguida descubrió que, cuando se miraba aquel dibujo curvilíneo durante el tiempo suficiente, comenzaban a aparecer formas más bien obscenas. Miró ceñuda a Devlin—. ¿Por qué, si puede saberse, cree usted que yo voy a leer esto?

—A modo de investigación, por supuesto —repuso él en tono inocente—. Usted es una mujer de mundo, ¿no es así? Además, este libro no es grosero en absoluto. —Se inclinó un poco sobre ella, y su voz aterciopelada le provocó un hormigueo de placer en la nuca—. Claro que si quiere leer algo verdaderamente decadente, podría mostrarle algunos libros que la harían permanecer sonrojada un mes entero.

—No lo dudo —respondió Amanda con frialdad, si bien se le humedecieron las palmas de las manos mientras sostenía el libro, al tiempo que un intenso escalofrío ascendía por su espalda. Maldijo para sus adentros. Ahora no podía devolver aquel maldito libro, o de lo contrario Devlin vería la huella húmeda que habían dejado

116

sus manos en el cuero—. Estoy segura de que la señora Bradshaw ha hecho un trabajo excelente al describir su profesión. Gracias por el material de investigación.

En los profundos ojos azules de Devlin brilló una chispa de diversión.

—Es lo menos que puedo hacer, después de haber despachado usted con tanta habilidad a lord Tirwitt.

Ella se encogió de hombros, como si lo que había hecho careciese de importancia.

—Si le hubiese permitido que lo asesinara, jamás habría conseguido mis cinco mil libras.

—¿Entonces ha decidido aceptar mi oferta?

Amanda titubeó, pero al cabo asintió, aunque con la frente fruncida.

—Al parecer, estaba usted en lo cierto, señor Devlin: se me puede comprar.

—Ah, vaya... —Devlin rió en voz baja—. Tal vez la consuele saber que es usted más cara que la mayoría.

—Además, no siento el menor deseo de descubrir si sería usted capaz de rebajarse a hacerle chantaje a un autor para que escriba para usted.

—Por regla general, no lo haría —aseguró él con un brillo malicioso en los ojos—. Sin embargo, nunca he deseado tanto como ahora a un autor.

Amanda aferró con más fuerza el libro al ver que Devlin se le acercaba, que la acechaba, más bien, moviéndose con una sigilosa lentitud que no tardó en hacer saltar la alarma en todos sus nervios.

—El hecho de que haya decidido trabajar con usted no le da derecho a tomarse ciertas libertades, señor Devlin.

—Por supuesto. —Devlin la acorraló con facilidad, y no se detuvo hasta tenerla contra la estantería, con la nuca pegada a los lomos de cuero de una fila de libros—.

Simplemente albergaba la esperanza de rematar el trato con un apretón de manos.

—Un apretón de manos —repitió ella con inquietud—. Supongo que eso podría permitírselo... —Lanzó una exclamación ahogada y se mordió el labio al sentir la enorme mano de Devlin cerrarse sobre la suya. Sus cortos dedos, siempre helados, se vieron engullidos por una manta caliente.

Una vez la tuvo presa, no la soltó. Aquello no era un apretón de manos, era un acto de posesión. La diferencia de estatura entre uno y otro era tan extrema que Amanda se vio obligada a inclinar la cabeza en un ángulo incómodo para poder mirarlo a la cara. A pesar de la figura vigorosa y sustancial que poseía Amanda, Devlin lograba hacerla sentir del tamaño de una muñeca.

Algo le sucedía a su respiración, una súbita tendencia de sus pulmones a inhalar demasiado aire. Sus sentidos se dilataron y se aceleraron debido al exceso de oxígeno.

—Señor Devlin —consiguió decir, con la mano inmóvil y atrapada en la de él—, ¿por qué insiste en publicar mi novela por entregas?

—Porque el hecho de leer libros no debe ser un privilegio de los ricos. Quiero editar buenos libros de forma que puedan acceder a ellos las masas. Un pobre necesita esa evasión mucho más de lo que la necesita un rico.

—Evasión —repitió Amanda, que nunca había oído describir un libro de semejante modo.

—Sí, algo que transporte la mente lejos de donde se encuentra, de lo que uno es. Todo el mundo tiene necesidad de eso. En mi pasado, hubo una o dos ocasiones en las que me pareció que un libro era lo único que podía mantener a raya la locura. Yo...

Calló de improviso, y Amanda se dio cuenta de que

no había sido su propósito provocar aquella confesión. Se hizo un incómodo silencio en la estancia, roto tan sólo por el alegre crepitar del fuego. Amanda tuvo la sensación de que flotaba en el aire alguna emoción sin expresar. Sintió deseos de decirle que entendía a la perfección a qué se refería, que ella también había experimentado la profunda liberación que podían suponer las páginas de un libro. También en su vida había habido momentos de desolación, y los libros habían constituido su único placer.

Estaban tan cerca el uno del otro que Amanda casi podía percibir el calor de su cuerpo contra el de ella. Tuvo que morderse el labio para no preguntarle por su misterioso pasado, y qué había sido aquello de lo que había necesitado evadirse, si tenía algo que ver con las cicatrices de su espalda.

—Amanda —susurró Devlin. Aunque no había nada morboso en su mirada ni en su voz, ella no pudo evitar acordarse de la noche de su cumpleaños... La delicadeza con que le acarició la piel... Lo dulce que le supo su boca, la suavidad y la densidad de su pelo negro entre los dedos.

Buscó con desesperación algo adecuado que decir para romper el hechizo que flotaba entre ambos; tenía que zafarse de aquella situación de inmediato. Pero temía que, si intentaba decir algo, empezara a tartamudear y balbucir como una jovencita nerviosa. El efecto que ejercía aquel hombre sobre ella era abrumador.

Fueron misericordiosamente interrumpidos por la entrada de Oscar Fretwell, que llamó a la puerta con gesto rutinario y pasó al interior del despacho sin aguardar respuesta. En su enérgico entusiasmo, no se dio cuenta de que Amanda se apartó de Devlin de un salto al tiempo que se ponía roja como la grana.

—Perdone, señor —dijo Fretwell a su jefe—, pero acaba de llegar el ordenanza, el señor Jacob Romley. Ha puesto bajo custodia a lord Tirwitt y ahora desea interrogarlo a usted acerca de los detalles del incidente.

Devlin no contestó, tan sólo miró fijamente a Amanda igual que un gato hambriento al que le quitasen de delante un apetitoso ratón.

—Tengo que irme —murmuró ella, recogiendo sus guantes del sillón situado junto a la chimenea y poniéndoselos a toda prisa—. Lo dejo con sus asuntos, señor Devlin. Y le agradeceré que no mencione mi nombre al señor Romley. No tengo el menor deseo de que se hable de mí en las páginas de sucesos ni en ninguna otra publicación. Puede usted quedarse con todo el mérito de haber dejado fuera de combate a lord Tirwitt.

—Esa publicidad haría que se vendieran más sus libros —señaló Devlin.

—Quiero que mis libros se vendan por su calidad, señor Devlin, no a causa de una publicidad vulgar.

Él frunció el ceño con auténtica perplejidad.

—¿Y qué importa, mientras se vendan?

Amanda soltó de pronto una carcajada y se dirigió al gerente, que estaba aguardando.

—Señor Fretwell, ¿le importa acompañarme a la salida?

—Será un placer.

Fretwell le ofreció su brazo con galentería, ella lo tomó, y ambos abandonaron la habitación.

A Jack siempre le había gustado Gemma Bradshaw, pues reconocía que tenían en común el hecho de ser dos almas endurecidas que habían conseguido ser alguien en un mundo que ofrecía pocas oportunidades a los que provenían de baja cuna. Los dos habían descubierto muy temprano en la vida que las oportunidades eran algo que uno mismo tenía que saber buscarse. El hecho de comprenderlo, junto a una pizca de suerte en momentos puntuales, les había permitido alcanzar el éxito en sus respectivas actividades; él en el mundo editorial y ella en el campo de la prostitución.

Aunque Gemma había empezado haciendo la calle, y sin duda se le había dado muy bien, había llegado con rapidez a la conclusión de que la amenaza que suponían las enfermedades, la violencia y el envejecimiento prematuro no eran para ella. Encontró un protector que poseía el dinero suficiente como para financiarle la compra de una pequeña casa, y a partir de ahí creó el burdel de más éxito en todo Londres.

La casa de Gemma era administrada con inteligencia y a un alto nivel. Había escogido y formado a sus chicas con mucho esmero. Se aseguró de que se las tratase como artículos de lujo, alta calidad que se ofrecía a precios astronómicos, y en Londres no faltaban caballeros dispuestos a pagar sus servicios.

Aunque Jack apreciaba la belleza de las chicas que trabajaban en el elegante edificio de ladrillo, con seis columnas blancas en la fachada y diez balcones en la parte de atrás, además de los lujosos salones y dormitorios interiores, no había aceptado la oferta de Gemma de pasar una noche gratis con una de sus chicas. No le interesaba pasar la noche con una mujer a cambio de dinero. Le gustaba conquistar el favor de una mujer, disfrutaba del arte del coqueteo y la seducción y, por encima de todo, no podía resistirse a los retos.

Habían transcurrido casi dos años desde que acudiera a la señora Bradshaw con la oferta de que escribiese un libro acerca de las andanzas que habían tenido lugar en el interior de su burdel, así como del misterioso pasado de la propia dueña. A Gemma le gustó la idea, pues pensó que una publicación así ayudaría a su negocio y mejoraría su reputación como la *madame* de más éxito en Londres. Además, sentía un justificado orgullo de lo que había conseguido y no le avergonzaba alardear.

Así que con la ayuda de uno de los autores de Jack, escribió unas memorias plagadas de buen humor y malvadas revelaciones. El libro alcanzó un éxito que sobrepasó las expectativas más ambiciosas de ambos y aportó un flujo de dinero y publicidad que enseguida lanzó el establecimiento de Gemma hasta un nivel de fama internacional.

Jack Devlin y Gemma Bradshaw se hicieron amigos, pues cada uno gozaba así de la oportunidad de hablar con total sinceridad. En compañía de Gemma, Jack podía dejar a un lado todas las florituras sociales que solían impedir a la gente hablar abiertamente entre sí. A Jack se le ocurrió la divertida idea de que la única mujer con la que podía hablar con semejante libertad, a parte de Gemma, era la señorita Amanda Briars. Resultaba curioso, pero aquella solterona y la *madame* hablaban del mismo modo directo y refrescante.

Aunque la jornada de Gemma estaba siempre saturada de citas, y Jack se había presentado de manera inesperada, lo condujeron sin demora a la salita de recepción particular de la dueña. Tal como había sospechado, Gemma había previsto aquella visita. Jack se debatió ente la diversión y la irritación al verla elegantemente tumbada en la suntuosa sala.

Al igual que el resto de la casa, la salita había sido diseñada para favorecer su color de pelo. Las paredes estaban forradas de brocado verde; los muebles, con una pátina dorada, tenían una tapicería de terciopelo de suaves tonos dorados y esmeraldas, contra la cual su cabellera pelirroja relucía como una llama.

Gemma era una mujer alta, elegante y voluptuosa, dotada de un rostro anguloso y una nariz grande, pero poseía un estilo tan notable y tanta seguridad en sí misma que con frecuencia los hombres afirmaban que era toda una belleza. Su cualidad más destacada era el sincero aprecio que sentía por los hombres.

Aunque la mayoría de las mujeres afirmaban apreciar y respetar a los hombres, sólo unas cuantas lo decían de corazón y, desde luego, Gemma era una de ellas. Tenía una forma especial de hacer que un hombre se sintiera cómodo, sabía resaltar sus defectos como algo gracioso en lugar de molesto, asegurándole que ella no abrigaba ningún deseo de cambiar nada en él.

—Querido, te estaba esperando —ronroneó acercándose a él con los brazos abiertos.

Jack la tomó de las manos y contempló su rostro vuelto hacia él con una sonrisa sardónica. Como siempre, tenía las manos tan cargadas de sortijas que él casi no llegaba a tocarle los dedos entre tanto anillo y tanta piedra.

—Estoy seguro de ello —musitó—. Tenemos unas cuantas cosas de que hablar, Gemma.

Ella rió de placer, encantada sin lugar a dudas de su propia diablura.

—Oye, Jack, no estarás enfadado conmigo, ¿verdad? En realidad, pensé que te estaba haciendo un regalo. ¿Cuántas veces se tiene la oportunidad de jugar a ser un semental con una criatura tan deliciosa?

—¿La señorita Briars te pareció deliciosa? —preguntó Jack, escéptico.

—Por supuesto que sí —contestó Gemma sin una pizca de sarcasmo. Sus oscuros ojos chispearon de diversión—. La señorita Briars acudió a mí con gran audacia para solicitar la compañía de un hombre para su cumpleaños, igual que una podría pedirle un trozo de carne al carnicero. Me pareció muy valiente por su parte. Y me habló de un modo de lo más agradable, tal como yo siempre he imaginado que se hablan entre sí las mujeres respetables. Me gustó muchísimo.

Se sentó con gesto airoso en el diván y le hizo una seña a Jack para que tomase asiento en un sillón cercano. Con una costumbre que ya formaba parte de su naturaleza, colocó las piernas de modo que el contorno de su elegante figura quedase enmarcado por la falda de su vestido de terciopelo color vino.

—Tolly —ordenó, y al instante apareció una doncella salida de ninguna parte—. Tolly, tráele al señor Devlin una copa de coñac.

—Preferiría café —dijo Jack.

—Café, entonces, con azúcar y crema.

Los rojos labios de Gemma, cuyo seductor color se veía hábilmente intensificado por el carmín, se curvaron en una sonrisa dulce y atractiva. Aguardó hasta que la doncella salió de la habitación para hablar.

—Supongo que querrás una explicación. Bien, fue casualidad que vinieras a verme justo horas después de la visita de la señorita Briars. Resulta que mencionaste el libro que habías adquirido, así como tu deseo de conocer a la autora del mismo. Fue entonces cuando se me ocurrió la deliciosa idea. La señorita Briars quería un hombre, y yo no tenía ninguno que resultara apropiado para ella. Podría haber mandado a Ned o a Jude, pero ninguno de esos chicos de cara bonita y cabeza hueca le habría servido.

—¿Por qué no? —inquirió Jack con gesto grave.

—Oh, vamos. Habría insultado a la señorita Briars enviándole un memo que le arrancase la virginidad. Así que mientras sopesaba la situación, pensando cómo dar con el hombre adecuado para ella, apareciste tú. —Se encogió de hombros con estilo, más que satisfecha consigo misma—. No fue difícil arreglarlo todo. Decidí enviarte a ti, y dado que no he recibido queja alguna por parte de la señorita Briars, supongo que actuaste a su entera satisfacción.

Tal vez se debiera a la novedad de la situación, o a la compulsiva fascinación que sentía por Amanda pero, por alguna razón, hasta ahora Jack no se había parado a pensar que tenía que darle las gracias a Gemma Bradshaw. Podría haber mandado a un cachorro arrogante que no habría sabido apreciar la calidad y la belleza de Amanda, y que le habría arrebatado la inocencia sin pensárselo más de lo que habría pensado al arrancar una manzana de un árbol. Aquella idea, y el modo en que reaccionó ante ella, fueron poco menos que alarmantes.

—Podrías haberme contado tu plan —gruñó, furioso y aliviado al mismo tiempo. ¿Qué habría ocurrido si aquella misma noche hubiera llegado algún otro hombre a casa de Amanda de forma inesperada, en lugar de él?

—No podía arriesgarme a que te negaras. Y, además, sabía que una vez conocieras a la señorita Briars, no serías capaz de resistirte.

Jack no estaba por la labor de darle la satisfacción de admitir que había acertado de lleno.

—Gemma, ¿qué fue lo que te dio a entender que las solteronas treintañeras son de mi agrado?

—Los dos sois iguales —exclamó ella—. Eso puede verlo cualquiera.

Sorprendido, Jack sintió que se le elevaban las cejas hacia la línea de nacimiento del pelo.

—¿Iguales en qué sentido?

—Para empezar, en la forma que ambos tenéis en consideración a vuestro corazón, como si fuera un artilugio mecánico que necesita ser reparado. —Lanzó un resoplido, divertida, y prosiguió en tono algo más suave—. Amanda Briars necesita alguien que la quiera y, en cambio, creía que su problema se solucionaría pagando una sola noche con un gigoló. Y tú, Jack, siempre has hecho todo lo posible por evitar lo que más necesitas: una compañera. En lugar de eso, te enfrascas en tus negocios, que deben de constituir un frío consuelo nocturno, cuando estás acostado en tu cama vacía.

—Ya tengo toda la maldita compañía que necesito, Gemma. No soy un monje.

—No me refiero a meras relaciones sexuales, no seas obtuso. ¿Nunca sientes deseos de tener una compañera, alguien en quien poder confiar y a quien contarle tus cosas?... ¿Amarla incluso?

Jack se sintió molesto al darse cuenta de que no tenía respuesta. Conocidas, amigas, incluso amantes, de eso había tenido en abundancia. Pero nunca había encontrado una mujer capaz de satisfacer sus necesidades físicas y emocionales. Y la culpa era suya, más que de ninguna dama en particular. Había algo de lo que él carecía: la capacidad de entregarse de forma no superficial.

—La señorita Amanda Briars no es precisamente la compañera ideal para un cabrón egoísta como yo —dijo.

—¿Ah, no? —Gemma sonrió provocadora—. ¿Por qué no lo pruebas? Es posible que te sorprendan los resultados.

—Jamás se me habría ocurrido pensar que intentaras hacer de casamentera, Gemma.

—Me gusta experimentar de vez en cuando —repuso ella en tono ligero—. Voy a seguir el asunto con gran interés, a ver si sale adelante.

—No va a salir —le aseguró Jack—. Y si saliera, preferiría que me ahorcasen antes de comunicártelo a ti.

—Querido —ronroneó Gemma—, ¿serías tan cruel como para privarme de diversión, siendo noble mi intención? Cuéntame qué sucedió esa noche entre vosotros dos. He estado a punto de morirme de curiosidad.

—No sucedió nada —dijo con el rostro inexpresivo.

Gemma dejó escapar una risa como un cascabel.

—Deberías ser más listo, Jack. Quizá te habría creído si hubieses dicho que no hubo más que un leve coqueteo o incluso una discusión... Pero, desde luego, es imposible que no sucediera nada.

Jack no tenía por costumbre confiar sus verdaderos sentimientos a nadie. Hacía mucho que había aprendido el arte de charlar sin desvelar nada. Siempre le había parecido que no merecía la pena compartir secretos siendo la mayoría de la gente incapaz de guardarlos.

Amanda Briars era una mujer hermosa disfrazada de mujer anodina.

Era graciosa, inteligente, valiente, práctica y, por encima de todo, interesante. Lo que le preocupaba era no saber qué es lo que quería de ella. En su mundo, las mujeres tenían una utilidad muy clara. Algunas eran compañeras intelectuales, otras eran amantes entretenidas, había otras que eran socias comerciales, y la mayoría eran tan sosas o tan claramente orientadas hacia el matrimonio, que prefería evitarlas por completo. Pero Amanda no encajaba en ninguna categoría concreta.

—La besé —dijo bruscamente—. Las manos le olían a limón. Sentí... —Como no halló palabras para explicar lo que se había vuelto inexplicable, guardó silencio. Para su sorpresa, aquella velada en casa de Amanda había adoptado en su mente las dimensiones de un cataclismo.

—¿Eso es todo lo que vas a decir? —se quejó Gemma, fastidiada por su silencio—. En fin, si sólo alcanza hasta ahí tu capacidad descriptiva, no me extraña que jamás hayas escrito una novela.

—La quiero, Gemma —dijo con suavidad—. Pero eso no es bueno, ni para ella ni para mí. —Hizo una pausa y sonrió con tristeza—. Si tuviéramos una aventura, terminaría mal para los dos. Ella empezaría a desear cosas que yo no puedo darle.

—¿Y eso cómo lo sabes? —se burló ella.

—Porque no soy idiota, Gemma. Amanda Briars es de esas mujeres que necesitan, y se merecen, algo más que medio hombre.

—Medio hombre —repitió ella, riéndose de aquella frase—. ¿Por qué dices eso? A juzgar por todos los informes que he recibido sobre tu anatomía, querido, estás muy bien servido.

En aquel momento, Jack dejó el tema, pues comprendió que Gemma no tenía ganas ni capacidad para hablar de problemas que no tenían una solución concreta; en realidad, él tampoco estaba capacitado. Se volvió y sonrió a la doncella, que acababa de entrar en la habitación con una taza de café con crema y azúcar.

—En fin —murmuró—. Gracias a Dios hay otras mujeres en el mundo, además de Amanda Briars.

Siguiendo el hilo, Gemma también dejó el tema.

—Cuando desees la compañía de una de mis chicas, no tienes más que decirlo. Es lo menos que puedo hacer por mi querido editor.

—Eso me recuerda... —Jack hizo una pausa para tomar un sorbo de café caliente, y luego continuó hablando con una expresión deliberadamente mansa—. Esta mañana he recibido en mis oficinas la visita de lord Tirwitt. Estaba disgustado por el retrato que haces de él en tu libro.

—¿Ah, sí? —dijo Gemma sin mucho interés—. ¿Y qué tenía que decir ese viejo carcamal?

—Trató de ensartarme con un bastón que tenía un cuchillo en la punta.

Aquel comentario provocó en la *madame* una sonora carcajada.

—Oh, cielos —dijo casi sin aliento—, y eso que procuré ser benévola. No te creerías las cosas que omití, cosas demasiado desagradables para publicarlas.

—Nadie te está acusando de un exceso de buen gusto, Gemma. Incluido lord Tirwitt. Si yo fuera tú, recomendaría a mi personal que anduviera con ojo, por si acaso se deja caer por aquí después de su estancia en el calabozo de Bow Street.

—No se atrevería a venir aquí —replicó Gemma al tiempo que se enjugaba una lágrima causada por la risa de sus ojos sombreados con *kohl*—. Sólo serviría para confirmar esos desagradables rumores. Pero gracias por la advertencia, querido.

Charlaron durante un rato, de negocios, inversiones y política; la típica conversación que Jack podría haber tenido con cualquier avezado hombre de negocios. Le gustaba el humor áspero y el profundo pragmatismo de Gemma, porque los dos compartían la misma opinión, carente de escrúpulos, de que había que evitar todo apego a cualquier persona, partido o ideal concreto. Apoyaban causas liberales o conservadoras, dependiendo de lo que sirviera mejor a sus egoístas propósitos. Si se encontraran en un barco a punto de hundirse, ellos serían el primer par de ratas en abandonarlo, haciéndose de paso con el mejor bote salvavidas.

La jarra de café acabó quedándose tibia, y Jack se acordó de otros compromisos que tenía pendientes aquel día.

—Ya he ocupado una buena parte de tu tiempo —murmuró, poniéndose en pie y sonriendo mientras Gemma permanecía en el diván. Se inclinó y le besó la mano que ella le tendió, sin que sus labios llegaran a rozar la piel, sino una masa de joyas tintineante y reluciente.

Intercambiaron una amistosa sonrisa y, a continuación, Gemma le preguntó con aparente ociosidad:

—¿Así que la señorita Briars va a escribir para ti?

—Sí, pero he hecho un voto de castidad en lo que a ella respecta.

—Muy sensato por tu parte, querido.

Su voz contenía una nota de cálida aprobación, pero en sus ojos había un brillo de regocijo, como si se riese de él por dentro. Jack se turbó al recordar que aquella misma mañana su gerente, Oscar Fretwell, lo había mirado con la misma expresión divertida y disimulada. ¿Qué diablos sería lo que la gente encontraba tan divertido en su trato con Amanda Briars?

6

Para sorpresa de Amanda, el contrato que le hizo llegar Jack Devlin a su casa no se lo trajo un mensajero, sino el propio Oscar Fretwell. El gerente se mostró tan entusiasta como ella lo recordaba, con una expresión cálida y amistosa en sus ojos color turquesa y una sincera sonrisa. Su pulcro aspecto impresionó sobremanera a Sukey, y Amanda tuvo que reprimir una sonrisa al ver cómo la doncella lo inspeccionaba a conciencia y con todo descaro. Estaba segura de que Sukey no había pasado por alto un solo detalle, desde el cabello rubio y bien cortado, brillante como una moneda de oro recién acuñada, hasta las punteras de sus relucientes zapatos negros.

Sukey, con gran teatralidad, condujo a Fretwell a la salita, mostrando la deferencia que habría prestado a una visita de la realeza.

Ante la invitación de Amanda, Fretwell tomó asiento en una silla cercana y abrió la cartera de cuero marrón que llevaba a un costado.

—Su contrato —dijo, extrayendo un gran fajo de papeles, el cual agitó con gesto triunfante—. Lo único que falta es que usted lo lea y lo firme.

Sonrió como si pidiera disculpas cuando Amanda tomó el grueso taco con expresión de sorpresa.

—Nunca he visto un contrato tan extenso —dijo en tono irónico—. Esto es obra de mi abogado, sin duda.

—Después de que su amigo el señor Talbot terminó con todos los detalles y estipulaciones, resultó un documento inusualmente concienzudo.

—Lo leeré sin demora. Si todo está bien, lo firmaré y lo devolveré mañana por la mañana.

Lo dejó a un lado. Estaba sorprendida por la emoción que sentía, una emoción que no había esperado sentir ante la perspectiva de escribir para un sinvergüenza como Jack Devlin.

—Debo transmitirle un mensaje personal del señor Devlin —dijo Fretwell, cuyos ojos verdiazules brillaron tras sus impolutas gafas—. Me ha dicho que le diga que se siente herido por su falta de confianza en él.

Amanda se echó a reír.

—Es tan digno de confianza como una serpiente. En lo relativo a los contratos, no pienso dejar un solo detalle sin concretar, o de lo contrario se tomaría alguna ventaja.

—¡Oh, señorita Briars! —Fretwell parecía asombrado—. Si es ésa la verdadera impresión que tiene usted del señor Devlin, puedo asegurarle que se equivoca. Es un hombre estupendo. Si usted supiera...

—¿Si supiera qué? —preguntó Amanda, enarcando una ceja—. Vamos, señor Fretwell, dígame qué es lo que encuentra tan admirable en Devlin. Le aseguro que su reputación no le hace ningún favor, y aunque es cierto que posee un cierto encanto escurridizo y astuto, hasta el momento no he detectado signos de personalidad ni de conciencia. Siento curiosidad por saber por qué opina usted que es un hombre estupendo.

—Bueno, le concedo que el señor Devlin es exigente, pero siempre es justo, y recompensa de forma muy generosa el trabajo bien hecho. Tiene un poco de mal genio, debo admitirlo, pero también es bastante razonable. De hecho, tiene mejor corazón de lo que a la gente le gusta creer. Por ejemplo, si uno de sus empleados enferma durante un período de tiempo prolongado, el señor Devlin se encarga de garantizar que su puesto de trabajo le esté esperando cuando regrese. Y eso es más de lo que hacen muchos patrones.

—Usted lo conoce desde hace algún tiempo —dijo Amanda con un deje interrogativo en la voz.

—Sí, desde que íbamos a la escuela. Al graduarnos, unos cuantos chicos y yo vinimos con él a Londres cuando nos dijo que tenía la intención de convertirse en editor.

—¿Todos compartían el mismo interés por el negocio editorial? —inquirió Amanda en tono escéptico.

Fretwell se encogió de hombros.

—No importaba de qué negocio se tratara. Si Devlin nos hubiera dicho que quería ser jefe de los muelles, carnicero o pescadero, aun así habríamos querido trabajar para él. Si no fuera por el señor Devlin, todos llevaríamos una vida muy distinta. De hecho, pocos de nosotros continuaríamos vivos, de no ser por él.

Amanda procuró disimular su estupefacción al oír aquellas palabras, pero notó que se le aflojaba la mandíbula.

—¿Por qué dice eso, señor Fretwell? —Le fascinó comprobar que el gerente, de pronto, parecía incómodo, como si hubiera desvelado mucho más de lo que debía.

Sonrió con arrepentimiento y contestó:

—El señor Devlin concede una gran importancia a su intimidad. No debería haberle contado tanto. Por otra parte... tal vez haya unas cuantas cosas que debería usted comprender acerca de Devlin. Se ve a las claras que él le ha cobrado un gran aprecio.

—Tengo la impresión de que siente aprecio por todo el mundo —replicó Amanda tajante, recordando la naturalidad que mostraba Devlin con otras personas en la cena del señor Talbot, el gran número de amigos que reclamaban su atención.

Y, desde luego, se llevaba a las mil maravillas con el sexo opuesto. No se le habían escapado los revoloteos y las risitas de las invitadas de la fiesta cuando estaban en su presencia, emocionadas por la más mínima atención que recibían de él.

—Eso es una fachada —le aseguró Fretwell—. Le resulta adecuado para sus fines mantener un amplio círculo social de amistades, pero le gustan pocas personas, y se fía de aún menos personas. Si conociera su pasado, no se sorprendería.

Amanda no tenía por costumbre intentar valerse de su encantos para obtener información; siempre había preferido un acercamiento frontal. Sin embargo, se sorprendió obsequiando a Fretwell con la sonrisa más dulce que fue capaz de esbozar. Por algún motivo, ansiaba enterarse de todo lo que él supiera acerca del pasado de Devlin.

—Señor Fretwell —le dijo—, ¿no va a fiarse un poquito de mí? Yo sé mantener la boca cerrada.

—Sí, estoy seguro de ello. Pero no es un tema adecuado sobre el que conversar en una salita.

—No soy una joven impresionable, señor Fretwell, ni tampoco una delicada criatura dada a los soponcios. Le prometo que no me desmayaré.

Fretwell sonrió, pero su tono fue grave.

—¿Le ha contado Devlin algo acerca de la escuela en la que estudió... bueno, estudiamos?

—Sólo que era un lugar pequeño en medio de los páramos. No quiso revelarme cómo se llamaba.

—Era Knatchford Heath —dijo el gerente, pronunciando el nombre como si se tratara de una sucia blasfemia. Luego aguardó unos instantes, al parecer recordando una pesadilla perdida en el tiempo, mientras Amanda

134

reflexionaba. «Knatchford Heath» no le resultaba del todo desconocido... ¿No existía una horrible rima popular que mencionaba dicha escuela?

—No sé nada de esa escuela —respondió pensativa—. Excepto que tengo la vaga impresión de... ¿No murió allí un chico en cierta ocasión?

—Allí murieron muchos chicos. —Fretwell sonrió con gesto grave. Pareció distanciarse del tema incluso mientras hablaba, su voz fue comprimiéndose en un sonido monótono—. Ese lugar ya no existe, gracias a Dios. El escándalo fue en aumento hasta que ningún padre se atrevió a enviar allí a su hijo por miedo a la censura social. Si a estas alturas no estuviera cerrada, yo mismo le prendería fuego. —Su expresión se endureció—. Era un lugar al que asistían chicos no deseados o ilegítimos cuyos padres querían librarse de ellos. Una cómoda manera de deshacerse de los errores. Eso es lo que yo era, el hijo bastardo de una mujer casada que le fue infiel a su marido y quiso ocultar la prueba de su adulterio. Y Devlin..., el hijo de un noble que violó a una pobre criada irlandesa. Cuando falleció la madre de Devlin, su padre no quiso saber nada de su retoño bastardo, de modo que lo envió a Knatchford Heath, o, como nosotros lo llamábamos con cariño, Knatchford Hell.* —Hizo una pausa, al parecer absorto en algún amargo recuerdo.

—Continúe —le instó Amanda con suavidad—. Hábleme de la escuela.

—Uno o dos de los profesores eran lo que podríamos denominar amables —dijo Fretwell—. Pero la mayoría eran unos monstruos diabólicos. Resultaba fácil confundir al director de la escuela con el mismísimo dia-

---

* Infierno. *(N. de la T.)*

blo. Si un alumno no aprendía lo suficientemente bien las lecciones que él daba, o se quejaba del pan mohoso o de la bazofia que ellos llamaban gachas, o si cometía algún error, se le aplicaba una dura disciplina a base de brutales azotes, privación de comida, quemaduras o métodos todavía peores. Uno de los empleados de Devlin's, el señor Orpin, está casi sordo a causa de los violentos golpes en los oídos. Otro chico de Knatchford se quedó ciego a causa de la inanición. En algunas ocasiones, ataban a un alumno a la verja de la entrada y lo dejaban allí fuera toda la noche, a la intemperie. Fue un milagro que algunos sobreviviéramos y, sin embargo, así fue.

Amanda lo miraba fijamente con una mezcla de horror y compasión.

—¿Los padres de los chicos estaban enterados de lo que les sucedía? —atinó a preguntar.

—Por supuesto que sí. Pero les importaba un comino que muriéramos. Yo creo que más bien guardaban la esperanza de que así fuera. Nunca había vacaciones ni días festivos. Ningún padre venía a ver a su hijo por Navidad. No acudía nadie a comprobar cómo se vivía allí. Como le he dicho, no nos querían, éramos errores.

—Un niño no es un error —dijo Amanda en un tono de voz súbitamente nervioso.

Fretwell sonrió ante la futilidad de aquella declaración, y después prosiguió:

—Cuando yo llegué a Knatchford Heath, Jack Devlin ya llevaba allí más de un año. Enseguida me di cuenta de que era diferente de los demás chicos. No parecía tener miedo de los profesores y del director, como sí se lo teníamos los demás. Devlin era fuerte, inteligente, seguro de sí mismo... De hecho, si había algo parecido a un favorito de la escuela tanto entre alumnos como entre profesores, era él. No se libraba de los castigos, claro; le

136

propinaban palizas y lo dejaban sin comer como al resto de nosotros, con más frecuencia si cabe. Pronto descubrí que, a veces, cargaba con la culpa de las fechorías cometidas por otro chico y consentía en ser castigado en su lugar, pues sabía que los más pequeños no serían capaces de sobrevivir a los latigazos. Y además animaba a los otros alumnos grandes y fuertes a que hicieran lo mismo. Teníamos que cuidar unos de otros, decía. Nos recordaba que fuera de la escuela había un mundo, y si lográbamos sobrevivir el tiempo suficiente...

Fretwell se quitó las gafas y se sirvió de un pañuelo para limpiar los cristales con meticulosidad.

—A veces, la única diferencia que hay entre la vida y la muerte es la capacidad de conservar un último resquicio de esperanza. Devlin nos dio ese resquicio de esperanza. Hizo promesas, promesas imposibles, que después se las arregló para cumplir.

Amanda guardaba un profundo silencio, pues le resultaba imposible reconciliar la imagen del Jack Devlin desenvuelto y sinvergüenza que ella conocía con el muchacho que Fretwell acababa de describir.

Fretwell advirtió la incredulidad que se dibujaba en su rostro, porque volvió a colocarse las gafas y sonrió para decir:

—Oh, comprendo lo que debe de estar pensando. Devlin se describe a sí mismo como un réprobo. Pero yo le aseguro que es el hombre más firme y digno de confianza que he conocido nunca. Una vez me salvó la vida arriesgando la suya. Me sorprendieron robando comida de la despensa de la escuela, y mi castigo consistió en permanecer la noche entera atado a la verja. Hacía un frío y un viento terribles, y yo estaba aterrorizado. Pero justo al caer la noche, Devlin salió del edificio a hurtadillas con una manta, me desató y se quedó conmigo hasta que amaneció, los dos acurrucados debajo de aquella manta y hablando del día en que saldríamos de Knatchford Heath. Al romper el alba, cuando enviaron a un profesor a buscarme, Devlin había vuelto a atarme y había desaparecido en el interior de la escuela. Si lo hubieran atrapado ayudándome, estoy seguro de que eso le habría acarreado la muerte.

—¿Por qué? —inquirió Amanda—. ¿Por qué se arriesgaba por usted y por los demás? Yo hubiera creído...

—¿Que tan sólo le importaba su propio bienestar? —añadió Fretwell, y Amanda asintió—. Confieso que nunca he comprendido de verdad qué es lo que motiva a Jack Devlin. Pero sí sé con seguridad una cosa sobre él: puede que no sea un hombre religioso, pero es humanitario.

—Si usted lo dice, tendré que creerlo —murmuró Amanda—. No obstante... —Le dirigió una mirada escéptica—. Me resulta difícil aceptar que una persona que ha soportado dolorosas palizas por los demás se haya quejado tanto y haya armado tanto escándalo por un simple rasguño en el costado.

—Ah, se refiere usted a su visita a nuestras oficinas la semana pasada, cuando lord Tirwitt atacó a Devlin con aquel mortífero bastón.

—Sí.

Por algún motivo, Fretwell esbozó una sonrisa.

—He visto a Devlin soportar cien veces más dolor que ése sin pestañear siquiera —dijo—. Pero es un hombre, al fin y al cabo, y no le es ajeno el deseo de intentar granjearse un poco de compasión femenina.

—¿Deseaba mi compasión? —preguntó Amanda, atónita.

Fretwell pareció dispuesto a suministrar mucha más de aquella interesante información, pero se contuvo, como si de pronto dudara de la sensatez de hacerlo. Entonces sonrió y miró los ojos redondos y grises de Amanda.

—Creo que ya he contado bastante.

—Pero, señor Fretwell —protestó ella—, no ha terminado la historia. ¿Cómo logró un muchacho sin familia y sin dinero llegar a ser el dueño de una editorial? ¿Y cómo...?

—Dejaré que algún día el señor Devlin le cuente el resto, cuando quiera hacerlo. No me cabe duda de que querrá.

—¡Pero no puede contarme sólo la mitad de la historia! —se quejó Amanda, haciéndolo reír.

—No me corresponde a mí contarla, señorita Briars. —Dejó su taza de té y volvió a doblar su servilleta con todo cuidado—. Le ruego que me disculpe, pero debo regresar a mi trabajo, o tendré que responder ante Devlin.

De mala gana, Amanda mandó llamar a Sukey, que se presentó con el sombrero, el abrigo y los guantes de Fretwell. Éste se pertrechó bien para hacer frente al frío viento invernal que soplaba fuera.

—Espero que vuelva pronto —le dijo Amanda.

Él afirmó con la cabeza, como si supiera de sobra que ella deseaba saber más cosas acerca de Jack Devlin.

—Por supuesto que procuraré complacerla, señorita Briars. Oh, casi se me olvida... —Introdujo una mano en el bolsillo del abrigo y extrajo un pequeño objeto metido en una bolsita de terciopelo negro atada con cordones de seda—. Mi jefe me ha rogado que le entregue esto —dijo—. Desea conmemorar la ocasión del primer contrato que firma con él.

—No puedo aceptar un obsequio personal de Devlin —replicó Amanda con recelo, sin hacer ningún ademán de tomar la bolsita.

—Se trata de un portaplumas —dijo Fretwell en tono

resuelto—. No es un objeto que uno acostumbre asociar a un gran significado personal.

Con cautela, Amanda tomó la bolsita que él le tendía y vació el contenido en la palma abierta de su mano. Cayó un portaplumas de plata, junto a una selección de plumillas de acero. Amanda parpadeó sorprendida e incómoda. Lo llamara como lo llamase Fretwell, aquel portaplumas sí era un objeto personal, tan caro y delicado como una joya. Su peso atestiguaba que era de plata maciza, y su superficie tenía toda una serie de incrustaciones de turquesas. ¿Cuándo había sido la última vez que había recibido un regalo de un hombre, aparte del detalle de algún familiar por Navidad? No lo recordaba. Odió el sentimiento que comenzó a embargarla de pronto, una sensación de calor y de vértigo que no había experimentado desde la adolescencia. Aunque su instinto la empujaba a devolver aquel bello objeto, no le hizo caso. ¿Por qué no podía quedarse con aquel regalo? Probablemente para Devlin no significaba nada, y a ella la encantaría tenerlo.

—Es encantador —dijo en tono rígido, tomando el portaplumas entre los dedos—. Supongo que el señor Devlin hará obsequios semejantes a todos sus autores.

—No, señorita Briars.

Y, acto seguido, Oscar Fretwell se despidió con una entusiasta sonrisa y salió al frío y a la estridente barahúnda de Londres al mediodía.

—Este pasaje ha de ser eliminado.

El largo dedo de Devlin señalaba una de las páginas que tenía ante sí, sentado en su escritorio.

Amanda se acercó y miró por encima de su hombro entornando los ojos para ver los párrafos que él le indicaba.

—Por supuesto que no. Sirve para explicar el carácter de la protagonista.

—Ralentiza el ritmo del relato —replicó él, tajante, al tiempo que cogía una pluma y se preparaba para trazar una línea que tachara la página culpable—. Como le he recordado esta misma mañana, señorita Briars, esto es una novela por entregas. El ritmo lo es todo.

—¿Valora usted el ritmo por encima del desarrollo de los personajes? —preguntó ella acalorada, arrebatándole la página antes de que él pudiera marcarla.

—Créame, cuenta usted con otro centenar de párrafos que ilustran el personaje de su protagonista —le dijo Devlin levantándose de la silla y yendo tras ella, que se alejó llevándose consigo la página en cuestión—. Y ése, en particular, sobra.

—Tiene una importancia crucial para la historia —insistió Amanda aferrando el papel con gesto protector.

Jack luchó para evitar una sonrisa al mirarla, tan adorablemente segura de sí misma, tan bonita, tan espléndida y asertiva. Aquélla era la primera mañana que dedicaban a revisar el libro *Una dama inacabada* y, hasta el momento, para Devlin había sido una actividad de lo más placentera. Estaba resultando ser una tarea bastante fácil lo de dar forma a la novela de Amanda para convertirla en una publicación por entregas. Ella había accedido a realizar casi todos los cambios que él le había sugerido, y se había mostrado receptiva a sus ideas. Algunos de sus autores eran tan tercos y obstinados respecto a su propio trabajo, que uno creería estar sugiriendo cambiar un fragmento de la Biblia. Con Amanda resultaba fácil trabajar, y no albergaba grandes pretensiones acerca de sí misma ni de su obra. De hecho, era bastante modesta en lo que se refería a su talento, hasta el grado de parecer sorprendida e incómoda cuando él la elogiaba.

141

El argumento de *Una dama inacabada* giraba en torno a una mujer joven que intentaba vivir en estricta concordancia con las normas sociales, pero que no lograba aceptar el rígido confinamiento de lo que se consideraba la decencia. Cometía fatales errores en su vida privada —juegos de azar, tomar un amante fuera del matrimonio, tener un hijo sin estar casada—, todo por culpa de su deseo de conseguir la huidiza felicidad que ansiaba en secreto.

Con el tiempo, terminó de manera sórdida, falleciendo de una enfermedad venérea, si bien estaba claro que su muerte se la habían causado tanto la falta de salud como las duras recriminaciones sociales.

Lo que fascinaba a Jack era que Amanda, como autora que era de la obra, se negase a adoptar una postura determinada respecto a la conducta de la protagonista, pues ni la aplaudía ni la condenaba. Aun así, a todas luces simpatizaba con el personaje, y Jack sospechaba que la rebeldía interior de la protagonista era el reflejo de una parte de lo que sentía la propia Amanda.

Aunque Jack se había ofrecido a ir a ver a Amanda a su casa para hablar de las necesarias revisiones, ella prefirió reunirse con él en las oficinas de Holborn Street. Sin duda, debido a lo que había sucedido entre ellos en su casa, pensó Jack con una agradable sensación de hormigueo al recordarlo. Una leve sonrisa tiró de sus labios al imaginar que, con toda probabilidad, Amanda creía estar más a salvo de sus insinuaciones ahí que en su propia casa.

—Deme esa página —le dijo, divertido por el modo en que ella había huido—. Hay que suprimirla, Amanda.

—Se queda como está —contraatacó ella, lanzando una rápida mirada por encima del hombro para cerciorarse de que Devlin no la estaba acorralando contra un rincón.

Aquel día, Amanda llevaba puesto un vestido de suave lana color rosa, ribeteado con una cinta de seda de un tono más oscuro. Había escogido un sombrerito adornado con rosas chinas, que en aquel momento reposaba a un costado del escritorio de Jack con un par de cintas de terciopelo que colgaban hacia abajo. El tono rosado del vestido aportaba color a las mejillas de Amanda, en tanto que su sencillo corte sacaba el máximo partido de su generosa figura. Aparte de la gran consideración que Jack tenía hacia su inteligencia, no pudo evitar pensar en ella como en un elegante bomboncito.

—Autores —murmuró sonriente—. Todos creen que su trabajo carece del menor defecto, y que aquel que intente cambiar una sola palabra no es sino un idiota.

—Pues los editores se consideran las personas más inteligentes del mundo —replicó Amanda.

—¿Quiere que haga venir a alguien que le eche un vistazo a eso —señaló con un gesto el papel que ella sostenía en la mano— y nos proporcione una opinión imparcial?

—Aquí todo el mundo trabaja para usted —apuntó Amanda—. Quienquiera que venga, desde luego se pondrá de su parte.

—Tiene razón —concedió él de buena gana. Extendió la mano para que le diera la página, pero ella la estrechó con más fuerza—. Olvídese de ella, Amanda.

—Para usted soy la señorita Briars —contestó ella con aire distinguido, y aunque no puede decirse que sonriera, Jack notó que se estaba divirtiendo tanto como él con aquel diálogo—. Y no pienso entregarle esta página. Insisto, se queda en el manuscrito. ¿Qué opina de eso?

Aquella bravuconada ya fue demasiado para que Jack se resistiese. Habían adelantado una gran cantidad de trabajo, y tenía ganas de jugar un poco. Había algo en Amanda que lo empujó a hacerla perder el equilibrio.

143

—Si no me da ese papel —dijo en tono suave—, voy a besarla.

Amanda parpadeó, estupefacta.

—¿Cómo dice? —preguntó casi en un susurro.

Jack no se molestó en repetirlo. Aún flotaban en el aire las palabras que acababa de pronunciar, igual que las ondas que se extienden sobre la superficie del agua cuando se arroja una piedra a un estanque.

—Elija, señorita Briars.

Jack descubrió que anhelaba con intensidad que ella lo llevase hasta el límite. Haría falta una muy leve provocación para que cumpliera su amenaza. Llevaba deseando besarla desde que puso los pies en su despacho aquella mañana.

La primorosa manera en que apretaba los labios, distorsionando el corte voluptuoso de la boca... lo distrajo al punto de enloquecer. Deseaba besarla hasta dejarla sin sentido, hasta dejarla blanda y receptiva para lo que a él se le antojara.

Vio que Amanda luchaba por conservar la compostura, con el cuerpo en tensión. Un color febril teñía su rostro, y los dedos se le habían puesto tiesos, arrugando el papel que protegía con tanto celo.

—Señor Devlin —dijo con aquel tono de voz resuelto que nunca dejaba de excitarlo—, supongo que no empleará usted estos ridículos juegos con los demás autores.

—No, señorita Briars —respondió él con seriedad—. Me temo que es usted la única que recibe mis atenciones románticas.

La frase de «atenciones románticas» pareció privarla del habla. Sus ojos de color gris plata se abrieron como platos de puro asombro. En aquel momento, Jack se sintió igualmente atónito al descubrir que, aunque había decidido dejarla en paz, se sentía incapacitado para con-

144

trolar la reacción que experimentaba por su causa. Su afán de jugar se vio súbitamente barrido de en medio por instintos más profundos y urgentes.

Aunque sin duda le convenía conservar una aparente armonía entre ambos, no deseaba una relación de trabajo amistosa, no quería una imitación de amistad, quería irritarla y desconcertarla, hacer que tuviera conciencia de él, del mismo modo que él la tenía de ella.

—No me cabe duda de que es una especie de cumplido estar incluida en el gran número de mujeres que han recibido tales atenciones por parte de usted —dijo Amanda por fin—. Sin embargo, yo no he pedido ser sometida a esa clase de tonterías.

—¿Va a entregarme esa página? —preguntó él con engañosa mansedumbre.

Con el ceño fruncido, Amanda tomó de improviso una decisión: arrugó el papel en las manos hasta convertirlo en una bola bien prieta, fue hasta la chimenea y lo arrojó a las llamas, donde empezó a arder con un brillo intenso. El fuego perfiló el contorno del papel con luz blanca azulada, mientras que el centro de la bola se chamuscaba rápidamente y se volvía de color negro.

—La página ha desaparecido —anunció Amanda fríamente—. Se ha salido con la suya. Debe de sentirse satisfecho.

La intención de aquel gesto era disipar la tensión que flotaba entre ellos, y ése debería haber sido el efecto. Sin embargo, el ambiente continuó denso y electrizado, como la creciente quietud que precede siempre a una fuerte tormenta. La habitual sonrisa de Jack estaba cargada de electricidad cuando dijo:

—Tan sólo en un par de ocasiones en mi vida me he lamentado de haberme salido con la mía. Ésta es una de ellas.

145

—No deseo jugar con usted, señor Devlin. Quiero terminar el trabajo que tenemos por delante.

—Terminar el trabajo —repitió Jack, y la saludó igual que un soldado que recibiera una orden de un superior. Luego regresó a su escritorio, apoyó las manos en el tablero de caoba e inspeccionó sus notas—. De hecho, ya está terminado. Estas primeras treinta páginas constituirán una excelente primera entrega. En cuanto termine usted las revisiones de las que hemos hablado, las mandaré imprimir.

—¿Diez mil ejemplares? —preguntó Amanda recordando la cifra que le había prometido Devlin.

—Sí. —Jack sonrió al percatarse de su expresión de incomodidad, pues sabía muy bien qué era lo que le preocupaba—. Señorita Briars —murmuró—, se venderán. Tengo instinto para estas cosas.

—Supongo que ha de tenerlo —repuso ella, dudosa—. Sin embargo... esta historia en particular... habrá mucha gente que le ponga pegas. Es más sensacionalista y... bueno, más lasciva de como la recordaba. Yo no adopté una postura moral lo bastante fuerte respecto al comportamiento de la protagonista...

—Eso es lo que hará que se venda, señorita Briars.

Amanda se echó a reír de pronto.

—Igual que se vendió el libro de Madame Bradshaw. Descubrir que Amanda estaba dispuesta a reírse de sí misma, le resultó a Jack tan agradable como inesperado. Se apartó del escritorio y se acercó a ella hasta colocarse a su lado. Sometida a aquella repentina proximidad, Amanda fue incapaz de mirarle directamente a la cara, de ahí que su mirada se desviase de la ventana y se clavara en el suelo para, a continuación, quedarse fija en el primer botón de la chaqueta de Jack.

—Sus ventas rebasarán con mucho las de la famosa

señora Bradshaw —le dijo Jack, sonriendo—. Y no será debido a que el contenido sea lascivo, como usted lo llama. Ha contado una historia con gran habilidad. Me gusta el hecho de que no haya moralizado acerca de los errores que comete su protagonista. Le ha puesto difícil al lector no solidarizarse con ella.

—Soy yo la que se solidariza con ella —repuso Amanda con sinceridad—. Siempre he opinado que verse atrapada en un matrimonio sin amor es el mayor de los horrores. Son muchas las mujeres que se ven forzadas a casarse sólo por razones económicas. Si más mujeres lograran mantenerse solas, habría muchas menos novias reacias o esposas infelices.

—Vaya, señorita Briars —contestó Jack—, es usted muy convencional.

Ella contrarrestó su regocijo frunciendo el ceño mostrando perplejidad.

—Simplemente sensata, más bien.

De pronto, Jack se dio cuenta de que aquélla era la clave para entender a Amanda. Era una mujer que poseía un sentido práctico tan tenaz, que estaba dispuesta a rechazar las hipocresías y las rancias actitudes sociales que la mayoría de la gente aceptaba sin pensárselo siquiera. Y, en efecto, ¿por qué una mujer debía casarse sólo porque fuera eso lo que se esperaba que hiciese, si podía elegir no hacerlo?

—Quizá la mayoría de las mujeres cree que es más fácil casarse que mantenerse por su cuenta —dijo Jack, provocándola de forma deliberada.

—¿Más fácil? —resopló ella—. Jamás he visto la menor prueba de que pasar el resto de tu vida siendo esclava de las tareas domésticas sea más fácil que trabajar fuera de casa. Lo que necesitan las mujeres es más educación, más posibilidades de elección, y entonces podrán tomar en cuenta otras alternativas además del matrimonio.

—Pero una mujer no está completa sin un hombre —dijo Jack, en la misma línea de antes, y se echó a reír al ver que el semblante de Amanda se ensombrecía. Alzó las manos a modo de defensa—. Cálmese, señorita Briars. Sólo estaba bromeando. No tengo ningún deseo de ser vapuleado y vilipendiado como lord Tirwitt. En realidad, coincido con sus opiniones. No soy un gran defensor de la unión marital; de hecho, procuro evitarla a toda costa.

—Entonces, ¿no desea tener esposa e hijos?

—¡Dios santo!, no. —Le mostró una ancha sonrisa—. Para cualquier mujer medianamente inteligente resulta obvio que constituyo un grave riesgo.

—Muy obvio —convino Amanda, aunque pronunció esas palabras sonriendo con pesar.

Por lo general, cuando Amanda terminaba de escribir una novela, empezaba otra de inmediato. De no ser así, se sentía inquieta y sin un propósito fijo. Si no tenía alguna historia en la cabeza, se sentía perdida. A diferencia de la mayoría de la gente, a ella nunca le importaba hacer cola o pasar mucho tiempo sentada en un carruaje, o disponer de largos ratos sin nada que hacer, pues eran oportunidades para reflexionar sobre el trabajo que tenía en curso, reproducir mentalmente fragmentos de diálogos, buscar y descartar ideas relativas a sus argumentos.

Y, sin embargo, por primera vez en muchos años y sin saber por qué, no se le ocurría ningún tema que encendiera su imaginación con la fuerza necesaria como para empezar a escribir de nuevo. Había terminado con las revisiones de *Una dama inacabada*, era el momento de lanzarse a un proyecto nuevo y, sin embargo, dicha perspectiva se le antojaba ahora poco apetecible.

Se preguntaba si Jack Devlin era la causa de ello. Durante el mes que había transcurrido desde que lo conoció, su vida interior ya no le parecía ni remotamente tan interesante como el mundo exterior; un problema con el que no se había topado nunca. Tal vez debería decirle, pensó de mala gana, que dejase de ir a verla. Devlin había tomado por costumbre el acudir a su casa al menos dos veces por semana, sin tener el detalle de avisar con antelación. Podía aparecer a mediodía, o incluso a la hora de la cena, y entonces se veía en la obligación de invitarlo a acompañarla a la mesa.

—Siempre me han dicho que no hay que dar de comer a los vagabundos —dijo Amanda en tono hosco la tercera vez que Jack se presentó a cenar sin haber sido invitado—. Los anima a regresar una y otra vez.

Devlin, con la cabeza inclinada en un inútil esfuerzo de parecer un penitente, le obsequió con una seductora sonrisa.

—¿Es la hora de la cena?... No me había dado cuenta de que fuese tan tarde. Me voy entonces. Sin duda, mi cocinera me tendrá preparado un puré de patata frío o una sopa recalentada.

Amanda no logró, a pesar de su esfuerzo, componer una expresión severa.

—Con los medios de que dispone, señor Devlin, dudo que su cocinera sea tan malvada como usted siempre la pinta. De hecho, el otro día, sin ir más lejos, oí decir que posee una auténtica mansión y un regimiento de sirvientes. Dudo que lo dejasen morir de hambre.

Antes de que Devlin pudiese replicar, una ráfaga helada de aire invernal atravesó la puerta de entrada, y Amanda se apresuró a ordenar a Sukey que cerrase.

—Entre de una vez —le dijo a Devlin en tono áspero—, antes de que me convierta en un témpano de hielo.

Visiblemente radiante de satisfacción, Jack entró en la casa caldeada y olfateó con placer.

—¿Estofado de carne? —murmuró al tiempo que miraba con expresión interrogante a Sukey, cuyo rostro se distendió en una amplia sonrisa.

—Carne asada, señor Devlin, con puré de nabos y espinacas, y los budines de mermelada de albaricoque más preciosos que haya visto nunca. Esta noche la cocinera se ha superado a sí misma, ya lo verá.

El imperceptible gesto de fastidio que esbozó Amanda al comprobar el atrevimiento de Devlin fue reemplazado por otro de regocijo ante la ilusión que demostraba.

—Señor Devlin, se presenta en mi casa con tanta frecuencia que no ofrece nunca la oportunidad de invitarlo.

Lo tomó del brazo y lo obligó a acompañarla hasta el comedor, una estancia pequeña pero elegante. Aunque a menudo cenaba sola, siempre encendía las velas y utilizaba su mejor vajilla de porcelana y la cubertería de plata, justificando su comportamiento diciéndose que el hecho de carecer de un marido no significaba que tuviera que comer en un entorno espartano.

—¿Me habría invitado si hubiese esperado el tiempo suficiente? —quiso saber Devlin con un brillo malicioso en los ojos.

—No, no lo habría invitado —repuso ella en tono impertinente—. Rara vez me gusta tener sentados a mi mesa a chantajistas despiadados.

—Usted ya no me guarda rencor por eso —dijo Jack—. Dígame cuál es el verdadero motivo. ¿Todavía se siente incómoda por lo que ocurrió entre nosotros en su cumpleaños?

Incluso a aquellas alturas, después de todas las horas que había pasado en su compañía, la más mínima referencia a aquel encuentro sexual aún lograba hacerla sonrojar.

—No —contestó en voz baja—, no tiene nada que ver con eso. Es que... —Se interrumpió y dejó escapar un breve suspiro para obligarse a sí misma a admitir la verdad frente a Devlin—. No soy especialmente atrevida en lo que a caballeros concierne, hasta el extremo de invitar a un hombre a cenar, a no ser que exista algún pretexto, como una cuestión de negocios. No me agrada mucho la perspectiva de ser rechazada.

Tal como había acabado por descubrir, a Jack le gustaba provocarla y tomarle el pelo mientras ella tenía todas sus defensas desplegadas. En cambio, cuando revelaba una pizca de vulnerabilidad, sorprendentemente él se volvía de lo más amable.

—Es usted una mujer con medios propios, de rostro agradable, intelecto abundante y buena reputación... Por el amor de Dios, ¿por qué iba a rechazarla ningún hombre?

Amanda escrutó su rostro en busca de signos de burla, pero sólo había un despierto interés que la desconcertó.

—No soy lo que se dice una sirena capaz de atraer a cualquiera que se le antoje —dijo en un tono desenfadado aunque artificial—. Le aseguro que, desde luego, hay hombres capaces de rechazarme.

—Entonces, será que no merecen la pena.

—Sí, claro. Cómo no —respondió Amanda con una incómoda risa, intentando disipar la perturbadora sensación de intimidad que había surgido entre ellos.

Le permitió que él la sentara a la hermosa mesa de caoba sobre la que se había dispuesto una vajilla de porcelana de Sevres verde y oro y una cubertería de plata con mangos de madreperlas. Entre los platos había un platillo de vidrio verde para la mantequilla, adornado con intrincados relieves en plata, y con una tapa rematada en una caprichosa asa también de plata moldeada con la forma de una vaca. Pese a que Amanda prefería la elegancia de la sencillez, no había podido resistirse a comprar aquellos platillos cuando los vio en una tienda de Londres.

Devlin se sentó frente a ella con un aire de cómoda familiaridad. Parecía disfrutar de encontrarse allí, a punto de cenar sentado a su mesa. Amanda quedó perpleja viéndolo tan contento y sin disimulos. Un hombre como Jack Devlin habría sido bien recibido en muchas mesas... ¿Por qué preferiría la de ella?

—Me pregunto si está usted aquí por el deseo de gozar de mi compañía o de los talentos de mi cocinera —reflexionó en voz alta.

La cocinera, Violeta, tenía veintipocos años, pero se le daba muy bien preparar comidas sencillas y contundentes y convertirlas en algo excepcional. Había adquirido aquellas habilidades trabajando como ayudante de la cocinera de una gran familia aristocrática, tomando muchas notas sobre hierbas y condimentos y escribiendo cientos de recetas en un cuaderno que había ido engordando cada día.

Devlin obsequió a Amanda con aquella lenta sonrisa que nunca dejaba de deslumbrarla, un irónico despliegue de calidez y humor.

—Los talentos de su cocinera son considerables —reconoció—, pero su compañía es capaz de transformar un mendrugo de pan en un manjar digno de un rey.

—No logro hacerme a la idea de por qué me encuentra tan agradable —repuso Amanda secamente, tratando de contener la oleada de placer que le produjeron aquellas palabras—. Yo no hago nada para halagarlo ni complacerlo. De hecho, no recuerdo una sola conversación que hayamos mantenido que no haya terminado en una disputa.

—Me gusta discutir —dijo él con sencillez—. Es por mi herencia irlandesa.

Al instante, Amanda se sintió fascinada por aquella poco habitual referencia a su pasado.

—¿Su madre tenía mal genio?

—Volcánico —contestó Jack y, acto seguido, pareció reírse de algún recuerdo antiguo—. Era una mujer de opiniones y sentimientos apasionados. Para ella no existía el término medio.

—Le habría gustado mucho ver que usted ha triunfado.

—Lo dudo —replicó Devlin, cuya diversión se diluyó al instante en una expresión fugaz que cruzó por sus ojos—. Mi madre no sabía leer. No habría sabido qué hacer con un hijo que ha terminado siendo editor. Al provenir de una familia católica y temerosa de Dios, desaprobaba todo entretenimiento que no fuera leer la Biblia o cantar himnos. El material que yo edito, con toda probabilidad le habría hecho venir a buscarme con una sartén en la mano.

—¿Y su padre? —Amanda no pudo evitar preguntarlo—. ¿Está contento de que sea usted editor?

Devlin la miró con expresión calibradora antes de responder en tono frío y más bien contemplativo:

—No nos hablamos. Jamás conocí a mi padre, excepto como una figura distante que me envió a la escuela tras la muerte de mi madre y pagó mi educación.

Amanda era consciente de que estaban pisando terreno pantanoso: un pasado lleno de dolor y amargos recuerdos. Deseaba saber si Devlin se fiaba de ella, y si debía persistir en interrogarlo. Era una idea fascinante la de tener en su mano el poder de sonsacar confidencias a aquel hombre tan dueño de sí mismo, cosa impensable para los demás. ¿Por qué pensaba entonces que podía hacerlo? Bueno, su presencia allí aquella noche era una prueba de algo. Efectivamente, a él le gustaba su compañía —quería algo de ella—, aunque no acababa de saber con exactitud de qué se trataba.

De lo que no cabía duda era de que Devlin no estaba allí movido tan sólo por un interés sexual, a no ser que estuviera tan desesperado por encontrar nuevos retos que, de repente, hubieran empezado a gustarle las viejas solteronas de lengua afilada.

Acudió a servirles el lacayo, Charles, el cual colocó con habilidad platitos de vidrio y plata frente a ellos. Los asistió en la labor de llenar los platos con suculentas raciones de carne y verduras con mantequilla, y sirvió vino y agua en sus copas.

Amanda aguardó hasta que el criado salió de la estancia para hablar.

—Señor Devlin, ha evitado una y otra vez mis preguntas acerca de su reunión con Madame Bradshaw, y me ha dado largas con bromas y maniobras evasivas. No obstante, es justo que, a la luz de mi hospitalidad, me dé por fin una explicación sobre lo que hablaron, y me explique por qué organizó aquel ridículo encuentro la noche de mi cumpleaños. Se lo advierto, no pienso permitir que le sirvan ni un solo trozo de budín de mermelada de albaricoque hasta que me lo cuente.

Los ojos de Devlin chispearon de súbita diversión.

—Es usted una mujer cruel, al emplear en mi contra mi debilidad por los dulces.

—Cuéntemelo —dijo ella, inexorable.

Él no se dio ninguna prisa, sino que probó con parsimonia un trozo de carne asada y lo engulló acompañándolo con un trago de vino tinto.

—La señora Bradshaw no creía que fuera usted a quedar satisfecha con un hombre de inteligencia inferior a la suya. Me aseguró que los únicos hombres de que disponía eran demasiado imberbes y cabezas huecas para usted.

—¿Y qué importancia podía tener eso? —preguntó Amanda—. No tengo entendido que el acto sexual requiera tener una especial inteligencia. Según lo que he observado, muchas personas lerdas son muy capaces de engendrar hijos.

Por algún motivo, aquella observación hizo reír a Devlin hasta el punto de que se atragantó. Amanda esperó con impaciencia a que recuperase el dominio de sí mismo, pero cada vez que Devlin veía su expresión interrogante le venía otro espasmo de carcajadas. Por fin, tras beberse media copa de vino, la miró fijamente con sus ojos un tanto acuosos y un intenso rubor que se le extendía por las mejillas y el fuerte puente de la nariz.

—Cierto —dijo, con su voz profunda aún marcada por la risa—. Pero esa pregunta delata su falta de experiencia. El hecho es que, a menudo, la satisfacción sexual resulta más difícil de conseguir para las mujeres que para los hombres. Requiere ciertas dosis de habilidad, cuidado y, sí, inteligencia incluso.

Como tema de conversación para una cena, aquel asunto estaba tan alejado de lo que aconsejaba el decoro, que Amanda se puso colorada hasta el nacimiento del pelo. Antes de hablar de nuevo, lanzó una mirada hacia la puerta para cerciorarse de que se encontraban completamente solos.

—¿Y la señora Bradshaw sabía que usted poseía las cualidades necesarias para... en fin... complacerme, en tanto que no sucedía lo mismo con sus empleados?

—Eso parece.

Jack dejó los cubiertos sobre el plato y observó con gran interés cómo diversas emociones cruzaban el semblante de Amanda.

El hecho de saber que debía poner fin de inmediato a aquella escandalosa conversación entraba en violento conflicto con la curiosidad que la instaba a querer conocer más detalles. Amanda nunca había podido preguntarle a nadie acerca del prohibido tema de las relaciones sexuales; ni a sus padres ni a sus hermanas, las cuales, a pesar de su situación como mujeres casadas, parecían estar sólo un poco menos desinformadas que ella.

Pero ahora tenía enfrente a un hombre que no sólo podía sino que también quería ilustrarla sobre cualquier cuestión que ella quisiera preguntarle. Abandonó finalmente la lucha interna contra el decoro; después de todo, era una solterona, de modo que ¿de qué le había servido el decoro a ella?

—¿Y a los hombres? —inquirió—. ¿Alguna vez les resulta difícil encontrar la satisfacción con una mujer?

Para placer suyo, Devlin respondió a la pregunta sin asomo de burla.

—Para un hombre joven o sin experiencia, en general basta con tener cerca un cuerpo caliente de mujer. Pero conforme el hombre va madurando, desea algo más. El acto sexual resulta más excitante con una mujer que suponga cierto reto, que despierte su interés... Incluso una mujer que lo haga reír.

—¿Los hombres quieren que una mujer les haga reír? —preguntó Amanda con patente escepticismo.

—Por supuesto. La intimidad es más placentera con alguien que esté dispuesto a ser juguetón en la cama, alguien divertido y carente de inhibiciones.

—Juguetón —repitió Amanda, sacudiendo la cabeza en un gesto de negación. Aquella idea contradecía todo lo que ella siempre había pensado acerca del romance y el sexo. Uno no «jugaba» en la cama. ¿A qué se refería? ¿Insinuaba que había que ponerse a brincar sobre el colchón y pelearse con las almohadas, como hacían los niños?

Mientras ella lo observaba fijamente, desconcertada, Devlin pareció sentirse incómodo de repente, su mirada se avivó, como si en sus ojos hubiese prendido una llama azul. Se había sonrojado ligeramente, y parecía incapaz de aflojar la mano con la que tenía agarrado el cubierto. Cuando habló, su voz había adquirido un tono terroso.

—Me temo, señorita Briars, que vamos a tener que cambiar de tema. Porque no hay nada en el mundo que me atraiga más que la posibilidad de demostrarle lo que quiero decir.

7

Lo que Devlin venía a decir, según entendió Amanda, era que estaba excitándose a causa de la conversación. Se sintió estupefacta y violenta al descubrir que también su cuerpo se había enardecido tras aquel íntimo diálogo. Una extraña sensación le recorrió los nervios, en sus pechos y entre los muslos parecían haberse instalado sendos núcleos de calor. Resultaba curioso que el hecho de ver a un hombre, de oír su voz, pudiera producir sensaciones semejantes... Incluso en sus rodillas, tan prácticas y funcionales.

—¿Me he ganado el budín de albaricoque? —preguntó Devlin al tiempo que extendía la mano para tomar un platito cubierto con una tapadera—. Porque pienso comérmelo. Se lo advierto, tan sólo podrá impedírmelo empleando la fuerza física.

En el rostro de Amanda se dibujó una sonrisa, tal como él pretendía.

—Por supuesto —dijo ella, complacida por el tono calmo de su propia voz—. Sírvase usted mismo.

Con mano experta, se sirvió en el plato dos budines pequeños y regordetes y los atacó con juvenil entusiasmo. Amanda buscó un nuevo tema de conversación.

—Señor Devlin... Me gustaría saber cómo se convirtió usted en editor.

—Parecía muchísimo más interesante que pasarse el

tiempo garabateando números en un banco o una compañía de seguros. Además, sabía que no iba a ganar dinero siendo aprendiz. Yo quería montar un negocio propio, con un inventario y empleados, y con los medios suficientes para empezar a publicar enseguida. Así que el día siguiente de salir de la escuela, me encaminé a Londres con unos cuantos de mis compañeros a la zaga y... —Calló durante unos segundos; una extraña sombra cruzó su semblante—. Solicité un préstamo —dijo por fin.

—Sin duda resultó persuasivo para que el banco le prestase la cantidad suficiente para cubrir sus gastos. Sobre todo siendo tan joven.

El comentario de Amanda era halagador, pero por alguna oculta razón los ojos de Devlin se ensombrecieron y su boca adoptó una expresión melancólica.

—Sí —dijo con suavidad, en un tono cargado de burla—. Fui bastante persuasivo. —Bebió un buen trago de vino y, a continuación, miró el rostro expectante de Amanda. Reanudó el relato como si se dispusiera a cargar a pulso un peso difícil de manejar—. Decidí empezar con una revista ilustrada y escribir y publicar media docena de novelas en tres volúmenes en un plazo de seis meses después de constituir la empresa. No había suficientes horas en el día para llevar a cabo todo el trabajo. Fretwell, Stubbins, Orpin y yo, todos trabajábamos hasta caer rendidos. Dudo que alguno de nosotros durmiera más de cuatro horas por noche. Tomaba decisiones a toda velocidad, no todas buenas, pero de algún modo conseguí evitar cometer un error lo bastante importante para hundirnos. Para empezar, compré cinco mil libros provenientes de excedentes y los vendí con un gran descuento, lo cual no me granjeó las simpatías de mis colegas vendedores de libros. Pero, por otra parte, me hizo ganar dinero muy rápido. No podríamos haber sobrevivido de otra forma. Mis colegas me consideraban un traidor sin escrúpulos... y tenían razón. Pero en el primer año de negocio vendí cien mil volúmenes de mis almacenes, y pagué la totalidad del préstamo.

—Me sorprende que la competencia no conspirase para echarlo del negocio —dijo Amanda en tono desenfadado.

Dentro del mundillo literario, todo el mundo sabía que la Asociación de Vendedores de Libros y la Comisión de Editores eran capaces de unirse para destruir a todo aquel que no obedeciera la norma tácita: no vender jamás un libro por debajo de su precio.

—Oh, lo intentaron —dijo Devlin con una sonrisa macabra—. Pero para cuando consiguieron orquestar una campaña en mi contra, yo ya disponía de dinero e influencia suficientes como para defenderme de todos ellos.

—Debe de sentirse bastante satisfecho de lo que ha conseguido.

Jack rió casi entre dientes.

—Hasta ahora, jamás me he sentido satisfecho de nada. Y dudo que alguna vez lo esté.

—¿Qué más puede desear? —le preguntó Amanda, fascinada y confusa.

—Todo lo que no tengo —contestó Devlin, haciéndola reír.

A partir de ahí, la conversación se hizo más relajada, hablaron de novelas y escritores, y de los años que había pasado Amanda con su familia en Windsor. Le contó cómo eran sus hermanas y los maridos y los hijos de éstas, y Devlin escuchó con un interés que no hizo sino sorprenderla. Era inusualmente perceptivo para ser hombre, pensó. Poseía la habilidad de entender lo que ella no decía con tanta claridad como lo que sí decía.

—¿Envidia a sus hermanas por estar casadas y tener hijos?

Se reclinó en su silla. Sobre la frente le caía un mechón de pelo negro. Amanda se distrajo al ver aquel bucle tupido y elástico, y sintió un hormigueo en los dedos provocado por el deseo de retirárselo de la cara. No se había olvidado de la textura de aquel cabello oscuro, liso y resistente como la piel de una foca.

Sopesó la pregunta, sorprendida de que Devlin se atreviera a formular preguntas que ninguna otra persona haría... y también de que ella las contestara. Le gustaba analizar las acciones y los sentimientos de los otros, no los suyos propios. Pero había algo que la empujaba a responder a Devlin con sinceridad.

—Supongo —dijo en tono titubeante— que tal vez haya envidiado a mis hermanas por tener hijos. Pero yo no deseo un marido como los que tienen ellas. Siempre he querido una persona..., algo..., muy distinto. —Hizo una pausa para reflexionar, y Devlin permaneció en silencio. La quietud que reinaba en la habitación la apremió a continuar—: Nunca he podido aceptar que la vida de casada no sea aquello que yo imaginaba que podía ser. Siempre he creído que el amor debería ser irresistible y salvaje, que debería tomar posesión de una persona por entero. Tal como lo describen los libros, los poemas y las baladas. Pero no fue así en el caso de mis padres, ni lo es en los de mis hermanas; en realidad, para ninguno de mis conocidos de Windsor. Y, sin embargo..., siempre he sabido que ésa era la clase de matrimonio adecuada, y que mis ideas al respecto no eran correctas.

—¿Por qué? —Los ojos azules de Devlin brillaban de interés.

—Porque no es práctico. Esa clase de amor siempre termina perdiendo fuerza.

Él alzó las comisuras de los labios para formar una seductora sonrisa.

—¿Y cómo lo sabe usted?

—Porque es lo que dice todo el mundo. Y tiene su lógica.

—Y a usted le gusta que las cosas sean lógicas —se mofó él con delicadeza.

Amanda le dedicó una desafiante mirada.

—¿Y qué tiene eso de malo, si puede saberse?

—Nada. —Una sonrisa burlona tocó sus labios—. Pero algún día, cariño, su lado romántico triunfará sobre la lógica. Y espero estar ahí cuando eso suceda.

Amanda hizo acopio de fuerzas para contenerse. El hecho de ver a Devlin a la luz de las velas, mientras las llamas y las sombras jugueteaban con sus llamativas facciones y arrancaban destellos dorados a la generosa forma de sus labios y a las crestas de sus pómulos, hacía que se sintiera ardiente y vacía, igual que una botella sometida al fuego, al calor que presionaba absorbiendo sensaciones hacia su interior.

Ansió tocar los sedosos mechones de aquel cabello, la piel tersa y aterciopelada, sentir el pulso en la base de su garganta. Sintió deseos de hacer que se le cortara la respiración, de oírlo susurrar de nuevo palabras en gaélico. «Cuántas mujeres habrán anhelado poseerlo», pensó en una súbita oleada de melancolía. Se preguntó si alguna vez conseguiría alguien conocerlo de verdad, si permitiría a alguna mujer compartir los secretos que guardaba en su corazón.

—¿Y qué me dice de usted? —le preguntó—. El matrimonio sería una solución práctica para un hombre como usted.

Devlin se recostó en su silla y la contempló con una sonrisa apenas perceptible.

—¿Por qué piensa eso? —repuso en un tono suave pero teñido de desafío.

—Bueno, necesita una esposa que se ocupe de sus cosas y actúe a modo de anfitriona, proporcionándole además compañía. Y, desde luego, debe usted querer tener hijos, porque, de lo contrario, ¿a quién dejará su negocio y sus propiedades?

—Para obtener compañía no tengo por qué casarme —señaló él—. Y me importa un bledo lo que ocurra con mis propiedades cuando yo haya desaparecido. Además, ya hay suficientes niños en el mundo. Con mi intención de no contribuir a aumentarla, le hago un favor a la población.

—Por lo visto, no le gustan los niños —observó Amanda, esperando que él negase tal afirmación.

—No en particular.

Su sinceridad la dejó trastocada unos segundos. Las personas a las que no les gustaban los niños acostumbraban fingir lo contrario. Era una virtud darle mucha importancia a los niños, incluso a los más traviesos, que lloriqueaban y se portaban mal y, en general, se hacían insoportables.

—Tal vez cambiase de opinión si tuviera usted uno —sugirió, echando mano de una explicación convencional que, con frecuencia, le habían recitado a ella misma.

El tema de los niños pareció disipar la sensación de intimidad que había empezado a nacer entre ellos. Devlin dejó su servilleta de lino sobre la mesa con sumo cuidado y sonrió.

—Debo irme ya —murmuró.

Su forma de mirarlo fijamente, sin pestañear, le había hecho sentirse incómodo, pensó Amanda con una pizca fugaz de remordimiento. Lo de quedarse mirando a la gente como si pretendiese ir arrancando una capa tras otra para llegar a su interior, era una manía que, a veces, no podía evitar. No lo hacía de forma intencionada, simplemente era una costumbre típica de escritora.

—¿No quiere tomar café? —le preguntó—. ¿O una copa de oporto? —Al ver que él negaba con la cabeza, se puso de pie e hizo ademán de pulsar el botón para llamar a Sukey—. En ese caso, haré que le traigan al vestíbulo el abrigo y el sombrero...

—Espere.

Devlin también se levantó y rodeó la mesa para acercarse a ella. Mostraba una curiosa expresión, absorta y recelosa a un tiempo, como un animal salvaje que ha sido incitado a aceptar comida de la mano de un desconocido del que no se fía. Amanda le devolvió la misma mirada fija con una sonrisa cortés e interrogativa, procurando parecer serena a pesar de que el corazón había empezado a latirle con ritmo desbocado.

—¿Sí, señor Devlin?

—Ejerce usted un extraño efecto sobre mí —le dijo él en tono suave—. Hace que sienta el deseo de decir la verdad, lo cual resulta bastante inusual, por no decir incómodo.

Amanda no se dio cuenta de que estaba retrocediendo hasta que sintió el brocado de la pared contra la espalda. Devlin la siguió y apoyó un brazo cerca de su hombro, el otro lo dejó caer suelto a un costado. Su postura era informal, pero Amanda se sintió atrapada, rodeada por su proximidad.

Se humedeció los labios ya húmedos con la punta de la lengua.

—¿Respecto de qué desea usted decirme la verdad, señor Devlin? —acertó a decir.

La densidad de sus pestañas velaba su expresión. Guardó silencio durante un largo instante; Amanda creyó que no iba a responder. Entonces la miró fijamente a los ojos. Como estaban tan cerca el uno del otro, el azul concentrado de su mirada resultaba particularmente intenso.

—El préstamo —dijo en un susurro. El timbre aterciopelado de su voz había perdido fuerza y se había tornado inexpresivo, como si le costase un gran esfuerzo pronunciar—. El préstamo que pedí para poner en marcha el negocio. No era de un banco ni de ninguna otra institución, era de mi padre.

—Entiendo —dijo Amanda en voz baja, aunque los dos sabían que ella no podía entenderlo en absoluto.

La enorme mano que estaba apoyada en la pared se cerró en un puño, los nudillos presionaron con fuerza contra la superficie de brocado.

—No lo conocía, pero lo odiaba. Es un hombre rico, perteneciente a la nobleza. Mi madre era una de las criadas. La violó o la sedujo, y cuando nací yo, la echó a la calle sin siquiera entregarle una miserable renta. Yo no fui el primer bastardo que engendró fuera del matrimonio, y Dios sabe que no fui el último. Un hijo ilegítimo no tiene significado ni interés alguno para él. Ya tiene siete hijos legítimos de su esposa. —Su labio superior se curvó en un gesto de asco—. A juzgar por lo que he visto, son una pandilla de inútiles, mimados y holgazanes.

—¿Conoce... —preguntó Amanda con precaución— a sus medio hermanos?

—Los he visto, sí —contestó Devlin con amargura—. Pero ellos no tienen el menor deseo de relacionarse con uno de los muchos bastardos de su padre.

Amanda asintió sin dejar de observar la expresión dura y orgullosa del rostro de Devlin.

—Cuando murió mi madre y nadie se ofreció voluntario a adoptarme, mi padre me mandó a Knatchford Heath. Era un... No era un buen sitio. A los chicos que enviaban allí no podían censurarlos precisamente por pensar que sus padres deseaban verlos muertos. Yo era muy consciente de que no habría supuesto una gran pér-

166

dida para el mundo si hubiese dejado de existir. Eso fue lo que me mantuvo con vida. —Lanzó una carcajada breve y áspera—. Sobreviví por pura tenacidad, con el único propósito de escupir a mi padre. Yo... —Dejó la frase sin terminar y observó el semblante sereno de Amanda. Luego sacudió la cabeza como si quisiera despejarla—. No debería contarle todo esto —musitó.

Amanda le tocó la pechera de la chaqueta, sosteniendo el borde entre los dedos.

—Continúe —murmuró. Estaba muy quieta, con todo el cuerpo enardecido debido a la electrizada percepción de que, por algún motivo, Devlin se estaba abriendo a ella, confiando en ella, como jamás lo había hecho con nadie. Amanda deseaba aquellas confidencias, deseaba comprenderlo.

Devlin permaneció a su lado, con la vista clavada en su rostro.

—Cuando salí de la escuela —dijo con voz ronca—, no tenía nada que me respaldara a la hora de solicitar un crédito, ni apellido, ni propiedades, ni familia. Y sabía que nunca llegaría a ser nadie si no disponía del dinero necesario para empezar. De modo que acudí a mi padre, el hombre al que más odiaba en el mundo, y le pedí que me lo prestara, con los intereses que él quisiera. No sabía qué otra cosa hacer.

—Eso debió de resultarle difícil —susurró Amanda.

—En el momento en que lo vi, sentí como si me hubiera hundido en una cuba de veneno. Supongo que, hasta aquel momento, albergaba la vaga idea de que me debía algo. Pero por la manera en que me miró, supe que para él no era su hijo, ni nada parecido. Era tan sólo un error.

Un error. Amanda recordó que Oscar Fretwell había empleado la misma palabra para describirse a sí mismo y a los demás chicos que asistían a aquella escuela.

—Era hijo suyo —apuntó—. Sí que le debía algo.

Devlin no pareció oírla.

—Lo irónico es —prosiguió suavemente— que yo soy físicamente exacto a él. Me parezco más que ninguno de sus hijos legítimos, todos rubios y de tez clara, como su madre. Creo que le resultó divertido que yo llevara su marca, de manera tan obvia. Y, al parecer, le complacía que yo no quisiera admitir nada respecto de la escuela a la que había asistido. Me dio un sinfín de oportunidades para que me quejara del infierno que había supuesto para mí, pero yo no dije una sola palabra de reproche. Le hablé de mis planes de hacerme editor, y me preguntó cuánto dinero necesitaba. Yo sabía que era un pacto con el diablo. Aceptar dinero de él era como traicionar a mi madre, pero lo necesitaba con demasiada urgencia como para preocuparme de eso. Y lo acepté.

—Nadie podría reprochárselo —dijo Amanda en tono sincero, pero sabía que no importaba. Devlin no era dado a mostrarse misericordioso consigo mismo, con independencia de lo que dijeran los demás—. Además, le devolvió el préstamo, ¿no es así? Asunto resuelto.

Él sonrió con amargura, como si aquella afirmación fuera de una insoportable inocencia.

—Sí, se lo devolví en su totalidad, y con intereses. Pero no está resuelto. A mi padre le gusta alardear frente a sus amigos de que él me proporcionó los medios necesarios para ponerme en marcha. Ahora representa el papel de benefactor, y yo no puedo contradecirlo.

—Las personas que le conocen a usted saben cuál es la verdad —murmuró Amanda—. Eso es lo único que importa.

—Sí.

La expresión de Devlin se hizo ausente, y Amanda percibió que se arrepentía de haberle contado tantas cosas sobre sí mismo. Por encima de todo, no quería que él lamentase haber confiado en ella.

¿Pero por qué lo había hecho? ¿Por qué había querido mostrarle su lado más oscuro? ¿Acaso tenía la intención de acercarla a él o de alejarla del todo? Devlin bajó la mirada, como si aguardase su censura, como si casi lo desease.

—Jack —dijo Amanda.

Su nombre le salió de los labios sin que se diera apenas cuenta. Él se movió de forma casi imperceptible, como si pretendiese apartarse de ella. Entonces Amanda, obedeciendo a un impulso, levantó sus cortos brazos y le rodeó los hombros. Lo abrazó con ademán protector, aunque pareciera ridículo intentar cobijar a una criatura de semejante fuerza física. Devlin se quedó rígido. Para sorpresa de Amanda, y quizá también de él mismo, fue aceptando poco a poco aquel abrazo, inclinándose hacia delante para adaptarse a la baja estatura de ella. Bajó la cabeza casi hasta tocarle el hombro. Amanda le apoyó una mano en la nuca, allí donde el tieso cuello de la chaqueta rozaba con una franja de piel tibia.

—Jack... —Amanda procuró adoptar un tono compasivo, pero por alguna razón su voz sonó tan tajante y pragmática como siempre—. Lo que hiciste no era ilegal ni inmoral y, desde luego, no merece la pena en absoluto que pierdas el tiempo arrepintiéndote. No tienes por qué censurarte por algo que no puedes cambiar y, como tú mismo has dicho, no tenías otra alternativa. Si deseas vengarte de tu padre y tus hermanos por el modo en que te trataron, te sugiero que dediques tus energías a ser feliz.

Él dejó escapar una risa leve contra su oído.

—Mi pragmática princesa —dijo, estrechándola con sus brazos—. Ojalá fuera tan sencillo. Pero hay personas que no están hechas para ser felices... ¿Alguna vez se te ha ocurrido pensarlo?

Para un hombre que había pasado cada minuto de su vida dirigiendo, controlando, luchando y conquistando, aquel momento de rendición constituía una experiencia de lo más extraña. Jack se sintió aturdido, como si de repente se hubiera abatido sobre él una niebla cálida que difuminase los contornos del despiadado mundo que habitaba. No estaba seguro de qué era lo que había causado aquella impetuosa confesión pero, de alguna manera, un mundo había ido dando lugar a otro, hasta que se encontró revelando secretos que jamás había confiado a nadie, ni siquiera a Fretwell y Stubbins, sus más íntimos confidentes. Habría preferido que Amanda se mofara de él, o que se hubiera mostrado fría y distante; podría haberlo soportado a base de sarcasmo y humor, su defensa favorita. Pero el apoyo y la comprensión que ella le ofreció lo acobardaron. Pero no podía apartarse de ella, por más que aquellos instantes estuvieran prolongándose ya demasiado.

Adoraba su fuerza, su manera de mirar la vida de frente, su falta de sensiblería. Se le ocurrió pensar que una mujer como Amanda era lo que siempre había necesitado, alguien que no se sintiera intimidada por el ingente torbellino de ambición y desasosiego que le había estado atormentando durante toda su vida. Amanda confiaba en su propia capacidad para afrontar un problema y reducirlo a una dimensión manejable.

—Jack —dijo con suavidad—. Quédate un poco más. Tomaremos una copa en la salita.

Él volvió la cara hacia su cabello, cuya parte lateral, primorosamente recogida hacia atrás, se había convertido en una masa de rizos desordenados.

—¿No tienes miedo de estar a solas conmigo en la salita? —le preguntó él—. Acuérdate de lo que sucedió la última vez.

Notó que a ella se le erizaba el vello.

—Creo que puedo manejarte bastante bien.

A Jack aquella seguridad en sí misma le pareció deliciosa. Se apartó y tomó su cara redonda entre las manos y, a continuación, se valió de su propio peso para aprisionarla contra la pared. Sus piernas abarcaron las de ella entre la falda de terciopelo color ámbar. En los ojos grises y despejados de Amanda brilló la sorpresa, y su rostro se inundó de un intenso rubor. Poseía una hermosa piel clara y la boca más tentadora que Jack había visto nunca, blanda y con un toque sonrosado, suavemente curvada cuando no tenía los labios apretados, como era costumbre en ella.

—Nunca hay que decirle eso a un hombre —dijo Jack—. Hace que me entren ganas de demostrarte que estás equivocada.

Le gustaba ponerla nerviosa, algo que, intuía, pocos hombres eran capaces de hacer. Ella rió insegura, todavía sonrojada, incapaz de pensar una respuesta. Jack le acarició las mejillas con las yemas de los pulgares, y encontró una piel sedosa y fresca. Sintió deseos de abrasarla, de llenarla con su fuego. Bajó la cabeza y apenas rozó su rostro, dejando pasar sus labios sobre su piel suave.

—Amanda... Lo que acabo de contarte... no ha sido para granjearme tu simpatía. Quiero que entiendas la clase de hombre que soy. No soy noble. No soy un hombre de principios.

—Nunca he creído que lo fueras —replicó ella, y Jack rió al oírla, notando cómo se estremecía—. Jack... —Mantuvo la mejilla aplastada contra la de él, como si disfrutara de la sensación que le producía su piel afeitada—. Es como si pretendieras advertirme contra ti mismo, aunque no acabo de comprender por qué.

—¿No lo comprendes? —Jack se echó hacia atrás y

la miró con gesto grave, mientras sentía arder el deseo en su interior por encima de todas las consideraciones racionales. Amanda lo miraba con los ojos muy abiertos, limpios y refrescantes como una lluvia de primavera. Pensó que podría pasarse una eternidad contemplándolos—. Es porque te quiero. —Se obligó a sí mismo a hablar abriéndose paso entre la súbita aspereza de su voz—. Porque no debes invitarme a cenar nunca más. Y cuando me veas venir hacia ti, debes echar a correr lo más rápido posible en dirección contraria. Eres como uno de los personajes de tus novelas, Amanda: una mujer buena y con principios morales que se mezcla con malas compañías.

—Encuentro bastante interesantes las malas compañías. —No parecía tenerle ningún miedo, ni tampoco parecía entender lo que él intentaba decirle—. Y puede que me esté limitando a estudiarte con fines documentales. —Le sorprendió rodeándole el cuello con los brazos y rozando con sus labios la comisura de los suyos—. Así... ¿lo ves? No te tengo miedo.

Aquella blanda boca le abrasó la piel. Jack ya no pudo controlarse, como tampoco podía evitar que la Tierra siguiera girando. Bajó la cabeza y capturó la boca de Amanda con la suya para besarla con una pasión sin paliativos. Sabía dulce y lozana; su figura menuda pero exuberante firmemente sujeta entre sus brazos; las formas generosas de sus senos pugnando contra su pecho. La exploró con profundas caricias de su lengua, procurando ser delicado, notando cómo en su interior ardía una auténtica hoguera. Sintió deseos de arrancarle aquel vestido de terciopelo y saborear su piel, las cumbres de sus pechos, la curvatura del vientre, los rebeldes rizos que nacían entre sus muslos. Quería seducirla de mil maneras distintas, conmocionarla, agotarla hasta que quedara dormida en sus brazos, permaneciendo así durante horas.

172

A ciegas, encontró las curvas de sus nalgas y cerró las manos sobre ellas con fuerza al tiempo que le apretaba las ingles contra la rígida protuberancia de su sexo. La falda amortiguó la sensación, varios pliegues de pesado tejido impidieron el contacto íntimo que él ansiaba.

Se besaron aún con más ardor, en tensión, hasta que Amanda empezó a gemir cada vez más agitada. Entonces Jack, sin saber cómo, logró apartar su boca de la de ella con la respiración entrecortada y jadeante, y la estrechó contra su cuerpo excitado.

—Basta —dijo en un áspero susurro—. Ya basta... o tendré que tomarte aquí mismo.

Ella tenía el rostro oculto a la vista, pero Jack oía el ritmo desigual de su respiración y notaba sus esfuerzos por mantenerse quieta a pesar de los temblores que sacudían su cuerpo. Le acarició el cabello con torpes movimientos; los relucientes rizos castaños eran como aros de fuego bajo sus manos.

Transcurrieron unos largos segundos antes de que Jack encontrara fuerzas para poder hablar.

—Ahora ya sabes por qué no es buena idea invitarme a la salita.

—Tal vez tengas razón —respondió ella temblorosa.

Jack la separó de sí, aunque todos sus nervios se rebelaron protestando a gritos.

—No debería haber venido esta noche —musitó—. Me hice una promesa a mí mismo, pero por lo visto no puedo...

De su garganta salió un leve gruñido cuando se dio cuenta de que estaba a punto de hacer otra confesión. ¿Qué le estaba pasando, a él, un hombre tan escrupulosamente reservado en el plano personal, para no poder dejar de hablar cuando se encontraba en presencia de aquella mujer?

—Adiós —dijo, con la mirada fija en el rostro arrebolado de Amanda. Y, acto seguido, sacudió la cabeza preguntándose qué habría sido de su autodominio.

—Espera. —La mano de Amanda lo retuvo agarrándolo por la manga de la chaqueta. Él miró aquellos dedos menudos y combatió el loco impulso de aferrarlos, arrastrarlos por su propio cuerpo excitado y aplastarlos contra su sexo dolorido—. ¿Cuándo volveré a verte?

Pasó mucho tiempo antes de que él contestara.

—¿Qué planes tienes para las vacaciones? —preguntó con voz ronca.

Faltaban menos de dos semanas para Navidad. Amanda bajó los ojos y se concentró en colocar la cinturilla de su vestido en el lugar que le correspondía.

—Tengo intención de ir a Windsor, como de costumbre, y pasar las vacaciones con mis hermanas y sus respectivas familias. Yo soy la única que recuerda la receta del ponche que preparaba mi madre, y mi hermana Helen siempre me pide que lo prepare. Por no mencionar el bizcocho que...

—Pasa la Navidad conmigo.

—¿Contigo? —murmuró ella, obviamente sobresaltada—. ¿Dónde?

Jack continuó muy despacio.

—Todos los años doy una fiesta en mi casa el día de Navidad, para amigos y colegas. Es... —Calló un instante, incapaz de interpretar el semblante de Amanda—. Es un verdadero barullo, a decir verdad. Juerga, bebida, y un escándalo que lo deja a uno sordo. Y cuando consigues encontrar un plato para cenar, la comida siempre está fría. Además, no conocerás a nadie...

—De acuerdo, iré.

—¿Vendrás? —La miró fijamente, atónito—. ¿Y tus sobrinos, y el ponche de coñac?

Amanda estaba más segura de su decisión con cada segundo que pasaba.

—Escribiré la receta del ponche en un papel y se la enviaré a mi hermana por correo. Y, en cuanto a los niños, dudo que siquiera se percaten de mi ausencia.

Jack asintió aturdido.

—Si deseas pensártelo durante más tiempo... —empezó, pero Amanda negó con la cabeza.

—No, no, me vendrá muy bien. Es de agradecer un cambio que me aleje de todos esos niños chillando y del acoso de mis hermanas y, además, no soporto el traqueteo de ese carruaje de ida y vuelta a Windsor. Será refrescante pasar la Navidad en una fiesta llena de caras nuevas. —Hizo además de acompañar a Jack fuera del comedor, como si sospechara que él fuese a tener la mala educación de echarse atrás—. No quiero entretenerlo más, señor Devlin, antes ha dicho que deseaba marcharse. Buenas noches.

Llamó a la doncella para que trajera el abrigo de Jack y, antes de que éste tuviera posibilidad de asimilar plenamente lo que estaba sucediendo, ya había sido conducido a la calle.

De pie, en el escalón helado de la puerta principal, mientras removía con los zapatos la arena que habían esparcido para que nadie resbalara, Jack metió las manos en los bolsillos del abrigo y echó a andar despacio en dirección a su carruaje, al tiempo que el postillón preparaba los caballos para partir.

—¿Por qué diablos lo habré hecho? —murmuró Jack para sí, estupefacto ante el inesperado resultado de la velada. Lo único que había querido era pasar una o dos horas en compañía de Amanda Briars y, sin saber cómo, había terminado invitándola a su casa por Navidad.

Se subió al coche y se sentó con el cuerpo en tensión,

sin reposar la espalda en la fina tapicería de cuero, agarrándose las rodillas con las manos. Se sentía amenazado, alterado su equilibrio, como si el mundo en que habitaba cómodamente hubiera cambiado de pronto superando su capacidad de adaptación. Algo le estaba sucediendo, y no le gustaba.

Según parecía, una pequeña solterona había abierto una grieta en sus bien apuntaladas defensas. Deseaba conquistarla, tanto como deseaba no volver a verla, y ninguna de las dos alternativas parecía posible. Para colmo, Amanda era una dama respetable, por lo que no se contentaría con una mera aventura o un simple coqueteo: querría adueñarse del corazón del hombre con quien se emparejase, pues era demasiado orgullosa y obstinada para desear menos que eso. Y el calcificado corazón de Jack no estaba disponible para ella... ni para nadie.

8

Venimos a cantar villancicos,
Entre las hojas tan verdes;
Venimos paseando,
Qué gusto da veros,
Os deseamos amor y dicha,
Y también una feliz Navidad...

Amanda, de pie en el umbral, sonreía temblando de frío mientras Sukey, Charles y ella escuchaban a los pequeños cantar el villancico delante de la puerta. El pequeño grupo de niños y niñas, media docena en total, iba desgranando la melodía con sus trinos, envueltos en bufandas y gorros de lana que casi les tapaban la cara por completo; sólo se les veía la punta enrojecida de la nariz y las nubecillas blancas que formaba su aliento.

Cuando acabaron la canción, sosteniendo la última nota el máximo tiempo posible, Amanda y los criados les agradecieron la interpretación con vivos aplausos.

—Aquí tenéis —dijo Amanda entregando una moneda al niño más alto de todos—. ¿Cuántas casas tenéis pensado visitar hoy?

El muchacho respondió con un marcado acento *cockney*:

—Hemos pensado llamar a otra más, señorita, y después nos iremos a casa, para la cena de Navidad.

Amanda sonrió a los pequeños, dos de los cuales golpeaban el suelo con los pies para aliviar sus entumecidos dedos. Eran muchos los niños que, como aquéllos, cantaban villancicos por la calle el día de Navidad para sacar algún dinero extra para la familia.

—Pues entonces —dijo Amanda, hurgando en el bolsillo de su vestido en busca de otra moneda— tomad esto y marchaos a casa enseguida. Hace demasiado frío para que estéis fuera.

—Gracias, señorita —dijo el muchacho encantado, seguido por un coro de agradecimientos de sus camaradas—. ¡Feliz Navidad, señorita!

Los chicos se apresuraron a bajar los escalones de la puerta y echaron a correr, como si temieran que ella cambiara de opinión.

—Señorita Amanda, no debería regalar así el dinero —la reprendió Sukey, entrando tras ella y cerrando la puerta para impedir que se colara una ráfaga de frío viento—. A esos chicos no les pasará nada por estar ahí fuera un rato más.

Amanda rió y se ciñó un poco más el chal de punto.

—No me regañes, Sukey. Hoy es Navidad. Vamos, hay que darse prisa, pronto llegará el carruaje del señor Devlin a recogerme.

Mientras Amanda tenía pensado asistir a la fiesta de Navidad en casa del señor Devlin, Sukey, Charles y la cocinera, Violeta, celebrarían la ocasión en otra parte, junto a sus amistades. Al día siguiente, conocido como *Boxing Day*, porque era cuando se regalaban monedas a los pobres y cajas llenas de ropa usada y otros utensilios, Amanda y sus criados se desplazarían a Windsor para pasar una semana de vacaciones en casa de su hermana Sophia.

A Amanda le alegraba pensar que iba a ver a sus familiares al día siguiente, pero estaba muy contenta de pasar aquel día en Londres. Qué agradable le resultaba hacer algo diferente aquel año. Se sentía realmente dichosa de que, a partir de entonces, sus familiares no siempre fueran a estar tan seguros de lo que cabía esperar de ella. «¿Que Amanda no va a venir? —le parecía oír exclamar a su arisca tía abuela—. Pero si siempre viene en Navidad, pues no tiene familia propia. ¿Y quién va a preparar el ponche de coñac?»

En lugar de eso, estaría cenando y bailando con Jack Devlin. Tal vez incluso le permitiera darle un beso bajo una ramita de muérdago.

—Bueno, señor Devlin —murmuró, llena de ilusión—, vamos a ver qué nos depara a ambos este día de Navidad.

Después de darse un lujoso baño caliente, se enfundó una bata y se sentó frente a la chimenea de su dormitorio. Estuvo peinándose el cabello hasta que se le secó formando una explosión de rizos de color castaño cobrizo. Acto seguido, se lo recogió con gran habilidad en un rodete en lo alto de la cabeza y dejó que unos mechones sueltos le enmarcaran la frente y el rostro.

Después, con ayuda de Sukey, se puso un vestido de seda color verde esmeralda, con dos bandas de terciopelo, también verde, acanalado en el borde de la falda. Las mangas largas de terciopelo estaban rematadas en las muñecas por brazaletes de cuentas de jade, y el escote cuadrado era lo bastante bajo para dejar al descubierto el seductor nacimiento de los pechos. Como concesión al frío, se echó sobre los hombros un chal color borgoña ribeteado de seda. Se puso también unos pendientes de estilo Flandes que le colgaban de las orejas como lágrimas doradas que se balanceasen contra su cuello.

Estudió el efecto de conjunto en el espejo y sonrió complacida, sabía que nunca había estado tan guapa. No había necesidad de que se pellizcara las mejillas, porque ya las tenía sonrosadas a causa de la emoción. Unos pocos polvos sobre la nariz, una gota de perfume detrás de las orejas, y lista.

Fue hasta la ventana mientras bebía un poco de té ya templado. Procuró controlar el brinco que le dio el corazón al ver aparecer el carruaje que le había enviado Devlin.

—Qué tonta soy, a mi edad, por sentirme igual que Cenicienta —se dijo secamente, pero mientras bajaba las escaleras corriendo en busca de su capa, seguía experimentando aquel bullir en su interior.

Una vez que el lacayo la dejó dentro del carruaje, equipado con brasero para los pies y manta de piel para el regazo, Amanda vio que sobre el asiento había un regalo con su correspondiente envoltorio. Tocó tímidamente el llamativo lazo rojo de aquel paquetito de forma cuadrada y extrajo la tarjeta doblada que aguardaba sujeta bajo la cinta. Sus labios se curvaron en una sonrisa al leer la breve nota.

Aunque esto no es en absoluto tan estimulante como las memorias de Madame B, puede que lo encuentre curioso. Feliz Navidad.

J. DEVLIN

El carruaje rodaba ya por la calle helada cuando Amanda desenvolvió el regalo y se quedó mirándolo desconcertada. Un libro... uno pequeño y muy viejo, con una antigua cubierta de cuero y de páginas frágiles y amarillentas. Manipulándolo con extrema delicadeza, leyó el título.

—*Viajes a varias naciones remotas del mundo* —dijo en voz alta—. *En cuatro partes. Por Lemuel Gulliver...*

Amanda se detuvo un momento y entonces rió encantada.

—¡Los viajes de Gulliver!

En cierta ocasión, le había confesado a Devlin que aquella obra «anónima» de Jonathan Swift, el clérigo y autor de sátiras irlandés, había sido una de sus historias favoritas siendo niña. Aquella edición en particular era la impresión original de Motte, del año 1726, sumamente rara.

Sonriendo, Amanda se dijo que aquel pequeño volumen la complacía más que el rescate de un rey en joyas. Estaba claro que debía rechazar un regalo de valor tan incuestionable, pero no quería separarse de él.

Sostuvo el libro en el regazo mientras el carruaje se encaminaba a la zona de moda de St. James's. Aunque nunca había estado en casa de Jack Devlin, sabía algo de la misma gracias a Oscar Fretwell. Devlin había comprado aquella mansión a un ex embajador destinado a Francia, el cual, en sus años de vejez, había decidido establecer su residencia en el continente y renunciar a sus propiedades en Inglaterra.

La casa se hallaba situada en una área de marcada tendencia masculina, con hermosas propiedades, alojamientos para solteros y tiendas exclusivas. Resultaba inusual que un hombre de negocios poseyera una mansión en St. James's, ya que la mayoría de los profesionales ricos se hacía construir casas al sur del río o en Bloomsbury. Pero Devlin llevaba algo de sangre aristocrática en sus venas, y tal vez eso, combinado con sus considerables riquezas, hacía que su presencia resultara más agradable de soportar para sus vecinos.

El carruaje aminoró la marcha para unirse a la fila de vehículos, alineados a lo largo de la calle, que iban dejando a sus pasajeros junto a la acera que conducía a la magnífica casa; Amanda no pudo evitar que se le descolgara la mandíbula de puro asombro al contemplarla a través de la ventanilla cubierta de escarcha.

El edificio era una espléndida e imponente mansión georgiana de ladrillo rojo, cuya fachada lucía unas enormes columnas blancas con frontón y varias hileras de ventanas de estilo clásico. Los costados de la casa quedaban enmarcados por inmaculados setos de hayas y tejos, que conducían a un bosquecillo de árboles bajo los cuales crecía una alfombra de fresco y blanco ciclamen.

Era un hogar del que se sentiría orgullosa cualquier persona relevante. La imaginación de Amanda cobró vida mientras aguardaba a que el carruaje alcanzara la entrada principal. Se imaginó a Jack Devlin siendo escolar, soñando cómo sería la vida más allá de los lúgubres muros de Knatchford Heath. ¿Habría imaginado que un día viviría en un lugar como aquél? ¿Qué sentimientos le habían motivado a lo largo de la prolongada y penosa ascensión que le había llevado hasta allí? Más aún, ¿hallaría alguna vez respiro su infinita ambición, o continuaría viéndose arrastrado por ella sin piedad hasta el fin de sus días?

Devlin no parecía ser consciente de los necesarios límites que poseían los hombres corrientes... Carecía de capacidad para relajarse, para experimentar satisfacción, para disfrutar de sus logros. A pesar de eso, o tal vez debido a ello, Amanda creía que Devlin era sin duda la persona más fascinante con la que se había topado nunca. Y también sabía, sin ningún género de dudas, que era un hombre peligroso.

—Pero yo no soy una colegiala con la cabeza llena de pájaros —se dijo a sí misma, hallando consuelo en el hecho de saber que contaba con su buen juicio—. Soy una mujer capaz de ver a Devlin como lo que es en realidad... Y no hay peligro en tanto yo no me consienta hacer algo ridículo.

Como, por ejemplo, enamorarse de él. Sólo de pensar en ello se le encogió el corazón de angustia. No lo amaba, ni deseaba amarlo. Bastaba con divertirse en compañía de él. No pensaba dejar de repetirse a sí misma que Devlin no era un hombre capaz de permanecer junto a una mujer durante toda una vida.

El carruaje se detuvo al fin, y un lacayo se apresuró a ayudar a Amanda a apearse del mismo. Ella se apoyó en su brazo y se dejó guiar por los escalones helados y espolvoreados de arena que conducían a la doble puerta de la entrada. Del interior de la casa, profusamente iluminado, surgía el rumor de las conversaciones, música y calor. Los pasamanos y las cornisas estaban adornados con ramitos de acebo y muérdago sujetos con cintas de terciopelo color escarlata. El aroma de las plantas y las flores se mezclaba con los prometedores olores de la abundante cena que se estaba disponiendo en el comedor.

Había muchos más invitados de los que Amanda esperaba, por lo menos doscientos. Mientras los niños jugaban en una salita aparte acondicionada para la ocasión, los adultos pululaban por un gran circuito de salas. En toda la casa flotaba una alegre música procedente del gran salón.

Cuando Devlin la encontró, Amanda sintió un estremecimiento de placer. Estaba muy elegante vestido con levita y pantalones negros, con un chaleco gris marengo confeccionado a medida de su esbelto torso. Sin embargo, aquel atuendo de caballero no conseguía disimular su aire de pirata. Era demasiado irreverente y demasiado astuto como para hacerle creer a alguien que era un caballero.

—Señorita Briars —dijo en voz baja al tiempo que tomaba las manos enguantadas de Amanda y la recorría de arriba abajo con una franca mirada apreciativa—. Parece usted un ángel de Navidad.

Amanda rió ante semejante halago.

—Gracias por ese libro tan encantador, señor Devlin. Lo guardaré como un tesoro. Pero me temo que yo no le he traído nada a usted.

—El hecho de verla con ese atrevido escote es el único regalo que deseo.

Ella frunció el ceño y miró a su alrededor para ver si había alguien cerca.

—Calle... ¿Y si le hubiera oído alguien?

—Creería que estoy chalado por usted —murmuró *sotto voce*—. Y estarían en lo cierto.

—Chalado —repitió Amanda con frialdad, pero disfrutando a un nivel íntimo con aquel diálogo—. ¡Santo cielo, qué poético!

Devlin mostró una ancha sonrisa.

—No me cuesta reconocer que no poseo su talento para escribir arrebatadoras descripciones de pasión carnal...

—Le agradecería que no mencionase temas tan obscenos en una festividad sagrada —susurró ella en tono tajante, con las mejillas incendiadas.

Devlin sonrió de nuevo y puso una de las manos de Amanda sobre su brazo.

—Muy bien —cedió—. Me comportaré el resto del día como un chico del coro de una iglesia, si eso la complace.

—Supondría un agradable cambio —respondió ella con aire mojigato, lo cual hizo reír a Jack.

—Venga conmigo, quiero presentarle a unos amigos.

A Amanda no se le escapó que Devlin caminaba con una actitud de clara propiedad mientras la llevaba hacia el gran salón. Fue pasando de un grupo de sonrientes invitados a otro, realizando presentaciones, intercambiando buenos deseos y haciendo alguna que otra broma con una naturalidad que la dejó asombrada.

Si bien Devlin no había aventurado afirmación alguna de forma abierta, había algo en su expresión o en su tono que implicaba que a Amanda y a él los unía algo que estaba al margen de los negocios. Ella estaba desconcertada por su propio modo de reaccionar. Nunca había sido la pareja de nadie, nunca había recibido miradas de envidia por parte de otras mujeres y de admiración por parte de los hombres. De hecho, ningún hombre había hecho nunca el esfuerzo de dejar patente en público su derecho sobre ella y, sin embargo, aunque de modo muy sutil, percibía que aquello era lo que estaba haciendo Devlin.

Fueron avanzando a través de las grandes salas. Para los invitados que no deseaban bailar ni cantar, había una estancia de paredes forradas de caoba, en la que había ahora un grupo de personas enfrascadas en un juego de adivinanzas, y otro en el que se jugaba a las cartas alrededor de varias mesas. Amanda reconoció a muchos de los presentes: escritores, editores y periodistas con los que se había encontrado en diferentes actos sociales durante los últimos meses. El ambiente era muy animado, el contagioso espíritu navideño parecía extenderse sobre todo el mundo, desde los más jóvenes hasta los más viejos.

Devlin llevó a Amanda a hacer un alto junto a una mesa de refrigerios, en la que unos niños jugaban una partida de boca de dragón: subidos a unas sillas alrededor de un cuenco de ponche muy caliente, pescaban con sus deditos las uvas pasas que contenía y se las metían a toda velocidad en la boca. Devlin se echó a reír al contemplar los rostros pegajosos que se volvieron hacia él.

—¿Quién va ganando? —preguntó, y todos señalaron a un chico mofletudo y con una mata de greñas.

—¡Georgie! Es el que ha pescado más pasas hasta ahora.

—Soy muy rápido con los dedos, señor —admitió el pequeño con una ancha sonrisa embadurnada de azúcar.

Devlin sonrió e instó a Amanda a aproximarse al gran cuenco de ponche.

—Pruebe usted también —la animó, y todos los niños se echaron a reír.

Amanda lo miró con el ceño algo fruncido.

—Me temo que me llevaría demasiado tiempo quitarme los guantes —dijo con recato.

Los ojos azules de Devlin chispearon de malévolo regocijo.

—Entonces lo haré yo por usted.

Se quitó su propio guante y, antes de que Amanda pudiera pronunciar una sola palabra de protesta, introdujo la mano en el cuenco. Sacó una uva pasa caliente y se la metió a Amanda en la boca. Ella la aceptó de modo automático, aunque estaba tan caliente que casi le hizo un agujero en la lengua. Los niños estallaron en chillidos y risas de alegría. Ella desvió la cara para esconder una sonrisa irreprimible, mientras notaba cómo la uva pasa empapada en coñac esparcía su dulce sabor por el interior de su boca. Después de tragarse aquella pequeña golosina, alzó la cabeza y dirigió a Devlin una mirada reprobatoria.

—¿Otra? —le preguntó Devlin con fingida inocencia y los dedos suspendidos nuevamente sobre el ponche.

—Gracias, pero no. No quiero echar a perder mi apetito.

Devlin sonrió y chupó la mancha pegajosa que le había dejado en el dedo la uva pasa; acto seguido, volvió a ponerse el guante. Los niños se congregaron una vez más alrededor del cuenco de ponche y reanudaron el juego con falsos grititos de dolor cuando metían los dedos y se escaldaban con el líquido.

—Y ahora, ¿qué? —preguntó Devlin mientras se llevaba a Amanda de la mesa del ponche—. ¿Le gustaría tomar un poco de vino?

—No debería monopolizar su tiempo... Sin duda, debe usted atender a sus invitados.

Devlin se la llevó a un rincón del salón y tomó una copa de vino de la bandeja de un criado que pasaba. Se la entregó a Amanda y después bajó la cabeza para murmurarle al oído:

—Sólo hay una invitada que me interese.

Amanda notó un intenso rubor ascendiéndole por las mejillas. Se sentía como si estuviera soñando. Aquello no podía estar sucediéndole a ella, Amanda Briars, la solterona de Windsor. Aquella música tan encantadora, aquel entorno tan magnífico, el apuesto hombre que le susurraba palabras seductoras al oído...

—Posee usted un hogar muy hermoso —dijo con voz insegura, intentando romper el hechizo que Devlin parecía haber arrojado sobre ella.

—No es mérito mío. Compré esta casa tal como estaba, amueblada y todo.

—Es una casa muy grande para una sola persona.

—Doy muchas fiestas.

—¿Alguna vez ha tenido viviendo aquí a alguna de sus amantes? —Amanda no tenía ni idea de por qué se había atrevido a formular en voz alta la sorprendente pregunta que le había venido a la mente.

Él sonrió y respondió en un ligero tono de sorna:

—Pero señorita Briars. Hacer una pregunta así en una festividad sagrada...

—Y bien, ¿lo ha hecho? —insistió Amanda, ya demasiado lanzada para retroceder.

—No —admitió Devlin—. He tenido una o dos aventuras, pero ninguna amante. A juzgar por lo que he visto, resulta demasiado incómodo, por no decir caro, librarse de una amante una vez que uno se ha cansado de ella.

—¿Cuándo terminó su última aventura?

Devlin rió en tono quedo.

—No pienso responder más preguntas hasta que usted me diga por qué muestra de pronto tanto interés por mis actividades de dormitorio.

—Es posible que algún día decida basarme en usted para crear un personaje.

En sus labios asomaban aún los restos de una deliciosa sonrisa.

—En ese caso, puede que también desee saber algo más de mí, mi inquisitiva amiguita: me gusta bailar. Y se me da bastante bien. De modo que si me permite demostrárselo...

Le arrebató la copa de vino de la mano y la dejó sobre una mesita. Acto seguido condujo a Amanda hasta el salón.

Durante las horas siguientes, siguió viva en Amanda la sensación de estar viviendo un sueño mientras bailaba, bebía, reía y participaba en juegos propios de la ocasión. De vez en cuando apartaban a Devlin de su lado sus deberes como anfitrión, pero incluso cuando él se encontraba en el otro extremo de la estancia, Amanda era consciente de su mirada fija en ella. Para regocijo suyo, Devlin le lanzaba miradas tristes y elocuentes cuando ella pasaba demasiado tiempo hablando con un caballero en particular, como si estuviera celoso. De hecho, mandó intervenir a Oscar Fretwell después de que ella bailase por segunda vez con un encantador banquero llamado Mitchell, apodado el «Rey».

—¡Señorita Briars! —exclamó con satisfacción Fretwell, con su cabello rubio reluciente a la luz de los candelabros—, creo que aún no ha bailado conmigo. No se puede permitir que el señor Mitchell acapare para él solo a una dama tan encantadora.

Mitchell se la cedió de mala gana al gerente, y Amanda sonrió mientras ambos iniciaban una cuadrilla.

—Lo ha enviado Devlin, ¿no es cierto? —le preguntó en tono tajante.

Fretwell sonrió contrito y no se tomó la molestia de negarlo.

—Me ha dicho que la informe de que Mitchell es divorciado, muy aficionado al juego, y una compañía muy poco recomendable.

—A mí me ha parecido bastante entretenido —repuso Amanda con cierta coquetería al tiempo que pasaba a la siguiente figura de la cuadrilla. En aquel momento, acertó a ver a Devlin de pie en el amplio arco que separaba el gran salón de la salita de la entrada. Le devolvió su ceñuda mirada agitando levemente la mano y continuó bailando la cuadrilla con Fretwell.

Cuando concluyó el baile, Fretwell la acompañó hasta la mesa de los refrigerios para tomar una taza de ponche. Mientras un sirviente vertía con un cacillo el líquido de color morado en una taza de cristal, Amanda reparó en el desconocido que tenía a un costado. Se volvió y le sonrió.

—¿Nos conocemos, señor?

—Para mi pesar, no.

Era un hombre alto, de aspecto más bien anodino, cuyo físico más bien vulgar se veía resaltado por una de aquellas barbas muy recortadas que se habían puesto de moda en aquel tiempo. Su gran nariz se equilibraba gracias a un par de bellos ojos color castaño y una boca curvada en una sonrisa fácil y agradable. Su cabello pelirrojo y muy corto, que le cubría toda la cabeza, presentaba algunas hebras plateadas en las sienes. Amanda calculó que tendría por lo menos cinco o diez años más que ella. Era un hombre maduro, asentado y bastante seguro de sí mismo.

—Permítame que haga las presentaciones —dijo Fretwell ajustándose las gafas con más firmeza sobre la nariz—. Señorita Amanda Briars, éste es el señor Charles Hartley. Da la casualidad de que los dos trabajan para el mismo editor.

Amanda se sintió intrigada por el hecho de que Hartley fuera también un empleado de Jack Devlin.

—Acompaño al señor Hartley en el sentimiento —dijo, lo cual hizo reír a los dos hombres.

—Con su permiso, señorita Briars —dijo Fretwell en voz baja, a todas luces divertido—, voy a dejarlos para que se compadezcan mutuamente mientras yo saludo a unos viejos amigos que acaban de llegar.

—Por supuesto —respondió Amanda dándole un sorbito a su ponche, dulce y fuerte. Entonces miró fijamente a Hartley, pues su apellido, de repente, le resultó familiar—. ¿No será usted el «tío» Hartley? —preguntó encantada—. ¿El que escribe libros de versos para niños? —Al recibir la confirmación con un asentimiento, se echó a reír y le tocó el brazo de forma impulsiva—. Su trabajo es maravilloso. Verdaderamente maravilloso. He leído sus cuentos a mis sobrinos. El que más me gusta es el del elefante que se queja todo el tiempo, o quizás el del rey que encuentra el gato mágico...

—Sí, mis versos inmortales —repuso él en un tono seco, de autocrítica.

—Usted es muy inteligente —dijo Amanda con sinceridad—. Además, es muy difícil escribir para niños. A mí jamás se me ocurriría nada que pudiera interesarles.

Él sonrió con un afecto que hizo que su anodino rostro pareciera casi bello.

—Me resulta difícil creer que exista algún tema que se resista a su talento, señorita Briars.

—Venga, vamos a buscar un sitio más tranquilo para conversar —le apremió Amanda—. Tengo muchas cosas que me encantaría preguntarle.

—Es una sugerencia de lo más apetecible —contestó él. Y, a continuación, le ofreció el brazo y se fue con ella.

Amanda encontró su compañía relajante, diferente en todos los sentidos del deslumbrante estímulo que le suponía la presencia de Jack Devlin. Lo irónico era que, aunque Hartley se ganaba la vida escribiendo libros para niños, era viudo y no tenía hijos.

—Fue un buen matrimonio —le confió a Amanda, sosteniendo aún entre sus grandes manos una taza de ponche de cristal que había vaciado minutos antes—. Mi esposa era de esas mujeres que saben cómo hacer que un hombre se sienta cómodo. Era una persona agradable, sin afectación, y nunca se daba esos aires estúpidos que muestran actualmente la mayoría de las féminas. Ella decía lo que pensaba, y le gustaba reír. —Hizo una pausa y contempló a Amanda con gesto pensativo—. Se parecía más bien a usted, a decir verdad.

Jack logró escabullirse de una conversación aburrida de solemnidad con un par de eruditos clásicos, el doctor Samuel Shoreham y su hermano Claude, los cuales intentaban con gran empeño convencerlo de que debía editar el manuscrito que habían elaborado sobre antigüedades griegas. Tras zafarse de aquella pareja con mal disimulado alivio, encontró cerca de allí a Fretwell.

—¿Dónde está? —preguntó a su gerente. No había necesidad de explicar a quién se refería.

—La señorita Briars está sentada en el diván del rincón, junto al señor Hartley —respondió Fretwell—. Con él se encuentra perfectamente a salvo, se lo aseguro. Hartley no es de los que hacen insinuaciones indecentes a una señora.

Jack echó una mirada a los dos y, acto seguido, contempló con expresión sombría el coñac del vaso que sostenía en la mano. En sus labios se formó una sonrisa extraña, amarga, y habló a Fretwell sin alzar la vista.

—¿Qué es lo que sabes de Charles Hartley, Oscar?

—¿Se refiere a su situación? ¿A su personalidad? Hartley es viudo, y tiene fama de ser un hombre respetable. Posee una moderada fortuna, proviene de buena familia y su reputación carece por completo de escándalos. —Fretwell hizo una breve pausa y sonrió—. Y tengo entendido que lo adoran los niños de todas partes.

—¿Y qué es lo que sabes de mí? —preguntó Jack en voz queda.

Fretwell frunció el entrecejo sin entender.

—No estoy seguro de lo que me pregunta.

—Ya conoces mi manera de hacer negocios: yo no soy respetable, ni estoy libre de escándalos. He hecho una fortuna, pero soy hijo ilegítimo y procedo de un linaje innoble. Además de eso, no me gustan los niños, aborrezco la idea del matrimonio y nunca he sido capaz de mantener una relación con una mujer que haya durado más de seis meses. Por añadidura, soy un cabrón egoísta... pues no pienso dejar que nada de eso me impida perseguir a la señorita Briars, a pesar de ser lo último que ella necesita.

—La señorita Briars es una mujer inteligente —dijo Fretwell con suavidad—. Tal vez debiera permitir que decida ella misma lo que necesita.

Jack sacudió la cabeza en un gesto negativo.

—No se dará cuenta de su error hasta que lo haya cometido —dijo en tono lúgubre—. A las mujeres siempre les sucede lo mismo en estas cosas.

—Señor... —dijo Fretwell preocupado, pero Jack ya se había apartado de él, frotándose la nuca con el gesto inconsciente de fatiga de un hombre empujado por una feroz fuerza de voluntad que dominaba sus mejores instintos.

La cena de Navidad fue soberbia. Fueron sirviéndola plato tras plato, todos ellos impresionantes, a los invitados, que lanzaban exclamaciones de admiración. El descorchado de las botellas de vino proporcionó un constante telón rítmico de fondo al tintineo de las copas de cristal y al murmullo de las animadas conversaciones. Amanda perdió la cuenta de las delicias que le ofrecieron. Hubo cuatro clases distintas de sopa, entre ellas la de tortuga y la de langosta, y varios pavos asados aderezados con embutidos y hierbas aromáticas.

Un incesante desfile de criados fue sirviendo fuentes de ternera con salsa bechamel, capones, mollejas, codorniz y liebre asadas, venado, huevos de cisne y un deslumbrante surtido de verduras. También había pasteles de pescados exóticos y de caza presentados en humeantes cuencos de plata, seguidos de bandejas de exquisitas frutas y ensaladas, además de platos de cristal repletos de trufas con vino. Había incluso espárragos tiernos, muy fuera de temporada y, por lo tanto, muy caros en Navidad.

Por más que Amanda disfrutó de la maravillosa cena, apenas se dio cuenta de lo que comía, tan embelesada estaba por el hombre que se sentaba a su lado. Devlin poseía un encanto extraordinario, contaba historias con una gracia y un ingenio que, sin duda, se debían a su herencia irlandesa.

Amanda sintió que nacía en su interior una dulce aunque dolorosa sensación, algo que no guardaba relación con el vino que había tomado. Deseaba estar a solas con Devlin, quería seducirlo y poseerlo, aunque sólo fuera durante un corto tiempo. La visión de sus manos le secó la boca: se acordó del increíble calor que sintió al contacto del cuerpo de Jack contra el suyo... y deseó sentirlo de nuevo. Deseó atraerlo dentro de su cuerpo, deseó que la paz de la satisfacción física los envolviese a los dos, yacer relajada y feliz en sus brazos. Ella había llevado una vida de lo más corriente, y Devlin parecía brillar igual que un cometa que surcase el firmamento.

Tras lo que le pareció una eternidad, terminó la cena y los invitados se separaron formando grupos, algunos hombres permanecieron sentados a la mesa para beber oporto, algunas señoras se congregaron en la salita para tomar té, en tanto que muchas otras personas, de uno y otro sexo, se reunieron junto al piano para cantar villancicos. Amanda se preparó para unirse a este último grupo, pero antes de que pudiera llegar a donde se encontraba el piano sintió la mano de Devlin cerrarse sobre su codo y su profunda voz murmurándole al oído:

—Venga conmigo.

—¿Adónde vamos? —inquirió ella, un tanto impertinente.

La expresión de cortesía social que Devlin lucía en el semblante no lograba enmascarar el deseo que vibraba en sus ojos.

—A buscar un ramo de muérdago adecuado.

—Provocará un escándalo —le advirtió Amanda, atrapada entre la alarma y la risa.

—¿Tiene miedo del escándalo? —La guió hasta la puerta de la salita y recorrieron un pasillo en sombras—. En ese caso, sería mejor que se quedase con su respetable amigo Hartley.

Amanda emitió un gritito de regocijo e incredulidad.

—Casi se diría que está usted celoso de ese viudo tan amable y tan caballeroso...

—Naturalmente que estoy celoso de él —replicó Devlin—. Estoy celoso de todo hombre que la mira. —La llevó al interior de una habitación grande y en penumbra que olía a cuero, vitela y tabaco. Era la biblioteca, comprendió Amanda vagamente, mientras el corazón retumbaba con fuerza en su pecho debido a la emoción que le causaba la perspectiva de estar a solas con él—. La quiero toda para mí —continuó Devlin con la voz ronca—. Quiero que se marche toda esa condenada gente.

—Señor Devlin —dijo ella con voz temblorosa y conteniendo la respiración conforme él la iba arrinconando contra una librería con su poderoso cuerpo, casi en contacto con el suyo—. Creo que ha bebido demasiado.

—No estoy borracho. ¿Por qué le resulta tan difícil creer que yo la desee?

Sintió sus cálidas manos a ambos lados de su cabeza, posándose sobre ella. Los labios de Jack le acariciaron la frente, las mejillas, la nariz, depositando besos suaves y abrasadores que prendieron fuego a la superficie de su piel. Jack habló en voz queda, acariciándola con su aliento perfumado de ron.

—La cuestión es, Amanda... ¿Me deseas tú?

Amanda experimentó dentro de sí una explosión de palabras que revoloteaban y colisionaban unas con otras, al tiempo que su cuerpo se tensaba hacia Jack de forma tan obstinada que ya no pudo evitar apretarse contra aquel torso grande y musculado. Jack la atrajo hacia sí, instando a sus caderas a acercarse hasta que los cuerpos de ambos se moldearon el uno al otro tan estrechamente como lo permitieron las ropas que los cubrían.

El alivio de ser abrazada, de verse ceñida por las manos de Jack, fue tan grande que Amanda no pudo reprimir una súbita exclamación. Él le recorrió la garganta desnuda besándola, saboreándola, y notó que le flaqueaban las rodillas a causa de las sensaciones que fluían por todo su cuerpo.

—La hermosa Amanda —musitó Jack con la respi-

195

ración entrecortada y ardiente contra su piel—. *A chuisle mo chroi...* Te dije eso en cierta ocasión, ¿te acuerdas?

—Pero no me dijiste lo que significaba —consiguió decir Amanda, apoyando una blanda mejilla en el rostro afeitado aunque algo áspero de Jack.

Jack echó la cabeza atrás y la miró fijamente con unos ojos ensombrecidos que parecían negros en lugar de azules. Su ancho pecho parecía sacudido por la fuerza de su respiración.

—Los latidos de mi corazón —susurró—. Desde el momento en que nos conocimos, Amanda, supe lo que iba a ocurrir entre nosotros.

A Amanda le temblaron los dedos al aferrar la suave lana tejida de sus solapas. Aquello era deseo, pensó confusa, y era cien veces más poderoso que ninguna otra cosa que hubiese experimentado en su vida. Incluso la noche en que él le proporcionó aquel clímax de increíble dulzura, que despertó sus sentidos a un recién nacido conocimiento del placer, Jack era todavía un desconocido para ella. Y estaba aprendiendo que existía una gran diferencia entre desear a un atractivo desconocido y desear a un hombre al que había llegado a apreciar. A lo largo del intercambio de confidencias, de las discusiones, de las frecuentes risas y de las vibrantes tensiones, algo nuevo se había desarrollado entre ellos. La atracción y el aprecio se habían transformado en algo siniestro y elemental.

«Jamás será tuyo —le advirtió enseguida el corazón—. Jamás te pertenecerá. Nunca querrá casarse ni soportar ninguna clase de restricciones a su libertad. Esto terminará un día, y volverás a estar sola.» Era demasiado realista para eludir aquella inquietante verdad.

Pero todo pensamiento se vio barrido de su mente cuando la boca de Jack se cerró sobre la suya. Sus labios la sondearon, jugueteando, insistiendo hasta que ella re-

196

lajó los suyos y los abrió para él. Su respuesta pareció provocar una leve conmoción en él, porque percibió cómo reverberaba en su garganta y en su pecho y, a partir de ahí, el beso se hizo más intenso, más profundo, su lengua empezó a explorarla con mayor frenesí. Aquella invasión la excitó, y se apretó más contra él hasta sentir cómo la masa generosa de sus pechos se aplastaba contra el cuerpo de Jack.

Devlin apartó su boca de la de Amanda como si no pudiera soportarlo más. Sus pulmones se dilataban en rápidas inspiraciones, sus manos se aferraban con fuerza al cuerpo de ella.

—Dios —musitó junto al cabello recogido de Amanda—. Llenas mis brazos de un modo que... que me vuelve loco. Eres tan dulce... tan suave...

La besó de nuevo de forma ardiente, exigente, devorándola como si ella fuera un delicioso bocado que él ansiara, como si fuera adicto a ella, como si tan sólo su sabor y su textura fueran capaces de aplacar su violenta sed. Amanda sintió cómo brotaba el placer en los lugares más tiernos de su cuerpo, cómo iba tensándose, aguardando el detonante que permitiría liberar la tensión acumulada en una explosión de puro éxtasis.

Las manos de Jack se movían por su corpiño, buscando los entrepaños de seda verde. La fría piel de sus senos rebosaba por encima del escote cuadrado, resistiéndose al estrecho confinamiento del vestido. Jack se inclinó y aplastó los labios contra el profundo valle que se abría entre ambos pechos y, a continuación, cubrió de lentos besos la piel que quedaba al descubierto. Los pezones se irguieron bajo la tela del vestido, y él los tocó a través de la fina seda frotando, acariciando, pellizcando con delicadeza. Amanda dejó escapar un gemido de angustia al recordar su anterior encuentro, en su cumpleaños, su cuerpo desnudo frente a Jack bajo el resplandor del fuego, cómo él había lamido y acariciado con su boca aquel pecho desnudo. Deseaba vivir de nuevo aquella intimidad, con una desesperación que se le antojaba cercana a la locura.

Devlin pareció leerle el pensamiento, porque cerró la mano sobre su seno y lo apretó con fuerza para aliviar las ansias de Amanda.

—Amanda —le dijo con voz ronca—, déjame que te lleve a casa esta noche.

Ella tenía la mente enturbiada por la sensualidad. Tardó un largo rato en responder.

—Ya me has ofrecido utilizar tu carruaje —dijo en un susurro.

—Ya sabes lo que te estoy pidiendo.

Sí, claro que lo sabía: Jack quería ir a casa con ella, acompañarla hasta el dormitorio y hacerle el amor en la cama en la que no había dormido nadie aparte de ella. Apoyó la frente contra su duro pecho y asintió. Había llegado el momento. Era consciente de los riesgos, las limitaciones, las posibles consecuencias, y estaba dispuesta a aceptarlo todo a cambio de la profunda dicha de estar con él. Una noche con él…, cien noches… Lo que el destino le deparara, ella lo aceptaría.

—Sí —dijo contra la tela suave y húmeda de su camisa, allí donde el aroma de su piel se mezclaba deliciosamente con retazos del olor de almidón, colonia y flores de Navidad—. Sí, ven a casa conmigo esta noche.

9

Durante el resto de la velada, Amanda apenas fue consciente del paso del tiempo, sólo supo que los invitados tardaron una eternidad en marcharse. Por fin, unos padres sonrojados por el vino y el jolgorio, metieron a los exhaustos niños en los carruajes. Unas cuantas parejas se entretuvieron en la entrada, intercambiando planes y promesas, así como besos apresurados bajo las ramitas de muérdago que colgaban sobre la puerta.

Amanda vio muy poco a Devlin durante la última hora de la fiesta, pues estuvo ocupado despidiendo a sus invitados y aceptando sus buenos deseos. Una irreprimible sonrisa tocó los labios de Amanda cuando se dio cuenta de lo que estaba haciendo Jack: de manera sutil, apremiaba a todo el mundo a salir por la puerta y a subirse a sus respectivos carruajes con la mayor celeridad posible. Se veía a las claras que estaba ansioso por librarse de todos y quedarse a solas con ella. A juzgar por la mirada de recelo que le dirigió, Amanda adivinó que temía que ella pudiera cambiar de opinión acerca de lo que le había prometido.

Sin embargo, aquella noche nada iba a interponerse entre ellos. Jamás se había sentido tan indefensa, dispuesta y expectante. Aguardaba con forzada paciencia, sentada en una pequeña salita decorada con colores azules y dorados, contemplando con expresión soñadora las llamas amarillas en la chimenea de mármol. Cuando se fueron todos los invitados y la casa comenzó a bullir de criados iniciando las labores de limpieza, mientras los músicos guardaban con todo cuidado sus instrumentos, Devlin fue hasta ella.

—Jack.

Su nombre le surgió de la garganta cuando él se acuclilló frente a ella y le tomó una mano.

El brillo del fuego rozaba de forma desigual un lado de su rostro, destacando la mitad de sus facciones con un intenso color amarillo y dejando el resto en sombras.

—Ha llegado el momento de que también tú te vayas a casa —le dijo mirándola fijamente, sin su habitual seguridad y desenvoltura, y sin el menor asomo de sonrisa; en lugar de eso, su mirada era firme, como si intentara leer sus más íntimos pensamientos—. ¿Quieres irte sola —prosiguió con dulzura— o prefieres que te acompañe yo?

Ella le tocó la mejilla con la punta de un dedo enguantado.

El resplandor de las llamas acariciaba su barba incipiente y le prestaba la apariencia de brillantes pecas doradas. Nunca había visto una boca tan hermosa como la de Jack, un labio superior de forma tan perfecta, un labio inferior más blando, más lleno: toda una promesa de placeres carnales.

—Ven conmigo —contestó.

El interior del carruaje estaba oscuro y hacía frío. Amanda colocó los pies, calzados con zapatos ligeros, directamente sobre el brasero. Devlin acomodó su enorme figura junto a ella, y sus largas piernas acapararon casi todo el espacio disponible bajo los asientos. Rió al ver cómo Amanda pretendía absorber con avaricia el calor que irradiaba el recipiente de porcelana lleno de carbones después de que el lacayo cerrase la portezuela en silencio.

Rodeó los hombros de Amanda con un brazo y bajó la cabeza para susurrarle al oído:

—Yo puedo darte calor.

El coche empezó a rodar traqueteando ligeramente por las irregularidades del pavimento, absorbidas por las ballestas con que iban equipadas las ruedas.

Amanda se vio de repente alzada sin esfuerzo alguno y depositada sobre las rodillas de su compañero.

—¡Jack! —exclamó sin aliento mientras él le retiraba el chal y le pasaba una mano por la espalda del vestido. Al parecer, no la había oído, pues tenía la vista fija en el pálido brillo de sus senos, al tiempo que con la otra mano, experta, encontró un tobillo bajo la falda.

—¡Jack! —exclamó de nuevo. Empujó contra su pecho, pero él ejerció suficiente presión sobre su espalda como para hacerla caer de nuevo hacia él.

—¿Sí? —murmuró mientras su boca le acariciaba la suave piel de la garganta.

—Dentro del carruaje no, por el amor de Dios.

—¿Por qué no?

—Porque es... —Sintió cómo la punta de su lengua rozaba su piel y cosquilleaba un sensible nervio a un lado del cuello; calló un instante para reprimir un gemido de excitación—. Vulgar. Común.

—Excitante —contestó él con un susurro—. ¿Alguna vez has pensado en hacer el amor en un carruaje, Amanda?

Ella echó la cabeza atrás para mirarlo con asombro, y apenas logró ver su rostro en sombras en la oscuridad del coche.

—¡Por supuesto que no! No me imagino siquiera cómo puede llevarse a cabo algo semejante. —Al ver el blanco resplandor de los dientes de Jack, se arrepintió al instante de haber dicho aquellas palabras—. ¡No, no me lo digas!

—En lugar de eso, te lo voy a demostrar.

Se puso a trajinar en la parte posterior de su vestido mientras murmuraba palabras íntimas, mortificantes. A juzgar por la serie de leves tirones y por el aflojamiento del corpiño, Amanda se percató de que hacía rápidos progresos con la prenda.

Cuando accedió a permitir que Jack le hiciera el amor aquella noche, se había imaginado una escena romántica en su dormitorio, no dentro del carruaje.

Jack le robó varios besos de sus labios entreabiertos y, a continuación, empezó a recorrerle la garganta con la boca.

—Espera —gimió ella—. Ya casi hemos llegado. Va a descubrirnos el criado... Oh, ¡basta ya!

Jack la acurrucó contra su regazo y miró fijamente sus ojos grises, siempre llenos de inteligencia y desafío. Ahora, aquellos profundos lagos de plata se veían vulnerables, como lava líquida, intensamente apetecibles. La excitación había hecho que el corazón le latiera desenfrenado, que su pulso enloquecido se le concentrara en las ingles, provocándole una súbita erección. Sintió deseos de hundirse en Amanda, de estrujar, morder y lamer hasta el último centímetro de su cuerpo.

Capturó su boca con un beso ardiente y buscó su lengua para absorber con ansia su delicioso sabor. Ella reaccionó de buena gana, dejándole que la besara tal como le apeteciese, arqueando el cuerpo cuando él desabotonó el vestido. Su mano palpó a lo largo de la columna vertebral hasta dar con el borde del corsé. Con gesto impaciente, tiró de los lazos hasta que éstos se aflojaron y la prenda, de rígidas varillas, cedió y dejó de comprimir el cuerpo. Amanda empezó a respirar profundamente al sentir los pulmones libres de aquella prisión de almidón y sujeciones metálicas.

Jack le retiró el vestido de la zona delantera del cuerpo y desenganchó la parte frontal del corsé. Al instante, cayeron al frente sus redondos pechos, cubiertos tan sólo por la arrugada tela de la camisola. A ciegas, alzó a Amanda un poco más sobre su regazo y buscó la sombra de un pezón, lo encontró, lo capturó y empezó a lamerlo y morderlo con suavidad a través del lino. Aquel suave botón rosado se endureció en su boca. Con cada ardiente caricia de su lengua arrancaba una ahogada exclamación de la garganta de Amanda. Tiró de la camisa, notó cómo se desplazaba la delicada tela bajo sus dedos, y prosiguió tirando hasta que ambos senos quedaron al descubierto. Después, con un gemido, hundió la boca en el valle que los separaba y cerró las manos bajo su peso maduro.

—Jack... —Amanda apenas podía hablar entre jadeos—. Oh, Jack.

Su ávida boca encontró de nuevo el pezón, su lengua fue trazando círculos alrededor de aquella punta de seda demorándose en el borde, allí donde la cresta se unía a la piel clara del pecho. La fragancia de Amanda generó una reacción tan primitiva, que perdió toda conciencia del mundo más allá de aquel coche oscuro y bamboleante. Con un empeño voraz, Jack deslizó las manos bajo la falda y acomodó el cuerpo de Amanda sobre el suyo separándole los muslos de modo que ella quedase a horcajadas sobre él.

Tal como podría haber esperado, Amanda no era una compañera pasiva, sino que su boca respondía con besos ávidos, sus manos recorrían con urgencia su pecho y su cintura. Derrotada por las diversas capas de ropa ajustada y por la corbata de Jack, empezó a tirar de ellas con un gemido.

—Ayúdame —dijo con voz temblorosa, luchando con la cinturilla de los pantalones—. Quiero tocarte.

—Todavía no. —Las palmas de Jack se deslizaron a lo largo de sus bragas hasta encontrar la curvatura de sus nalgas—. Si me tocas ahora, no seré capaz de controlarme.

—No me importa. —Tiró con más fuerza y logró desabrochar el primer botón—. Quiero saber qué se siente al tocarte... Tenerte en mis manos... —Sus dedos se posaron sobre la dura forma que pugnaba bajo los pantalones. Aquella leve presión provocó que Jack diera un brinco y lanzase un gemido—. Además —le recordó ella sin aliento—, eres tú el que ha empezado esto.

Era tan adorable en su actitud imperiosa, tan apasionada, que Jack sintió que se le contraía el corazón en un sentimiento que jamás había experimentado... un sentimiento demasiado peligroso para examinarlo.

—Está bien —dijo en un tono preñado de deseo y diversión—. Está lejos de mí negarte cualquier cosa que desees.

Apartó a un lado la mano que exploraba su cuerpo y se desabrochó con habilidad los seis botones que quedaban. Su erección saltó al exterior, libre del grueso tejido, temblando por la proximidad de la carne femenina de Amanda. Las manos también le temblaban, en su esfuerzo por dominar el impulso de colocar a Amanda encima de él y adentrarse en el interior de su cuerpo virginal. En lugar de eso, aguardó con forzada paciencia y apretó los dientes al sentir sus dedos fríos posarse con cautela sobre su duro miembro, acariciando la piel sedosa, tan tensa y estirada sobre su sexo rígido y enhiesto.

—¡Oh! —dijo cerrando a medias los ojos, moviendo la mano en una lenta exploración—. No esperaba que... Está tan caliente... Y la piel es tan...

Jack volvió la cara a un lado, con respiración siseante entre los dientes apretados, luchando por no sucumbir a aquella sensación. Tenía la suave mejilla de Amanda apoyada contra la suya.

—¿Te duele cuando te toco? —inquirió ella en un susurro, al tiempo que sus dedos titubeaban al acercarse al extremo pulsante de su erección.

—No, Dios, no... —Jack dejó escapar una risa entrecortada que terminó en un gemido—. Es agradable. *Mhuirnin*... me estás matando... Debes dejarlo ya.

La sujetó de la muñeca para apartarle la mano y buscó la larga sisa de las bragas. A continuación tiró de la abertura hasta notar el estallido de la costura, introdujo entonces el dedo pulgar y acarició la mata de rizos humedecidos.

—Ahora me toca a mí —murmuró, besando su cara acalorada al tiempo que deslizaba el dedo en el interior de la hendidura oculta entre rizos, repitiendo el movimiento hasta que los labios femeninos estuvieron hinchados y separados. Notó que ella apretaba los muslos alrededor de los de él; se sirvió de sus propias piernas para mantener abiertas las de ella y así dejar su cuerpo abierto e indefenso ante su contacto.

Una vez que localizó la puerta de entrada a su cuerpo, la acarició y jugueteó con ella hasta notar que iba aumentando la humedad en torno a su dedo. Amanda gimió y presionó el vientre contra su mano, anhelando más estimulación. Él siguió acariciándola con una lentitud desesperante, apoyando el dedo justo encima de la delicada protuberancia femenina, hinchada, sensible. Amanda tembló y se retorció cuando Jack, con el dedo, empezó círculos lentos y sinuosos.

Con sumo cuidado, juntó su pelvis a la de Amanda, sin penetrarla, sólo para que la parte inferior de su sexo frotase contra la humedad de entre las piernas de ella. Cada sacudida del mullido carruaje instaba a que sus cuerpos se aproximasen un poco más. Jack cerró los ojos al notar cómo aquella sensación iba incrementándose hasta hacerse insoportable. El placer lo paralizó cuando su autocontrol comenzó a desmoronarse. Pronto iba a alcanzar el clímax... No, no podía permitirlo, allí, en aquel momento. Maldiciendo para sus adentros, aferró con sus manos las redondas caderas de Amanda y la apartó de su tensa erección.

—Jack —jadeó ella—, te necesito..., te necesito... Oh, Dios, por favor...

—Sí —musitó él con el cuerpo entero rígido y sudoroso—. Te proporcionaré alivio, cariño. Pronto. Pero podemos esperar un poco más, *mhuirnin*... Lo haremos como es debido, en la comodidad de una cama. En ningún momento fue mi intención llegar hasta este punto en el carruaje. Es que... no he podido evitarlo. Vamos, date la vuelta para que te abroche el vestido...

—No esperes —replicó ella con la voz turbia, valiéndose de la lengua para saborearlo, para incitarlo, sintiendo que los muslos de Jack se volvían de acero bajo su peso.

—No. —Él dejó escapar una risa nerviosa y le tomó el rostro entre las manos para cubrirle la boca con tenues besos—. Si no esperamos, te arrepentirás... Oh, cariño, deja que me detenga mientras todavía sea capaz de hacerlo.

—He esperado treinta años —susurró Amanda al tiempo que se esforzaba torpemente por colocarse encima de él—. Déjame a mí decidir el cuándo y el dónde. Por favor. La próxima vez lo decidirás tú.

La mención de «la próxima vez», junto con el hecho de pensar en todo lo que iba a hacerle a ella, con ella, por ella, fue demasiado como para que pudiera resistirse.

—No deberíamos —se oyó decir a sí mismo con voz áspera, a pesar de ya estar buscando bajo su falda, situándola encima de él.

—No me importa. Hazlo ahora..., ahora... —Sus palabras se disolvieron en un grave gemido cuando sintió una vez más la caricia del dedo pulgar de Jack, y también como otro dedo se deslizaba en su interior.

Jack miró fijamente sus ojos grises y suaves, entornados, vio cómo bajaba las pestañas al tiempo que ascendía por sus mejillas el color de la pasión. Con las manos se aferraba a sus hombros, a su pecho, atrayéndolo hacia sí, jadeante. Jack sintió cómo el calor de su cuerpo se ceñía a la dulce invasión de su dedo. La boca de Amanda buscó la suya, y él la besó tan profundamente como ella deseaba, hundiendo muy despacio su lengua al ritmo que marcaba el empuje de su dedo, haciendo uso de toda su habilidad para acercarla cada vez más, cada vez más.

En aquel momento, Amanda dejó escapar un sonido entrecortado y después un gemido, y se aferró a Jack con todas sus fuerzas en medio de un intenso clímax que la recorrió de arriba abajo. Se estremeció, se arqueó, se aplastó contra él al tiempo que su vagina se contraía en un sinfín de ondas sinuosas. Murmurándole en voz baja al oído, Jack retiró el dedo y la colocó encima de su sexo dolorido. Rozó la húmeda abertura de su cuerpo con la punta de su verga, acariciando, describiendo círculos, y Amanda presionó hacia abajo con avidez. Contuvo la respiración al sentir el primer amago de dolor, pero su cuerpo continuó empujando hacia abajo hasta que, por fin, Jack la penetró con una única y eficaz embestida.

Jack inclinó la cabeza hacia atrás, con los ojos cerrados y la frente arrugada. Notaba el peso de Amanda sobre sus muslos, y su cuerpo se cerraba sobre el suyo con un estrecho abrazo. El placer que le producía era demasiado grande para soportarlo. No podía hablar ni pensar, no podía articular su nombre, lo único que podía hacer era permanecer inmóvil mientras las sensaciones flotaban sobre él en forma de implacables oleadas.

Sintió que Amanda se inclinaba hacia delante y que sus labios entreabiertos rozaban su garganta allí donde le latía el pulso bajo el mentón. Sintió cómo su lengua exploraba su piel con delicadeza, y su respiración se hizo áspera. Alzó la cadera, buscando hundir su sexo a mayor profundidad, y la vagina de Amanda reaccionó estrechándose aún más. Oyó su propio grito, alto y fuerte, cuando arremetió en la última acometida, tensa y temblorosa de placer. Cuando por fin consiguió moverse, agarró la cabeza de Amanda entre sus manos y la devoró, consciente de que sus besos podían lastimar la tierna boca de ella, pero al parecer a Amanda no le importó en absoluto.

El ruido de la fatigosa respiración de los dos fue disminuyendo poco a poco. Jack sostuvo a Amanda contra su pecho, con una de sus enormes manos descansando sobre su cabello revuelto mientras la otra se movía en círculos sobre su espalda desnuda. Ella se estremeció al sentir el contraste entre el frescor del aire y el calor de aquella mano.

Jack lanzó un juramento entre dientes y empezó a luchar con la parte posterior de su corsé al darse cuenta de que el carruaje estaba aminorando la marcha.

—Maldición. Ya hemos llegado.

Amanda permaneció relajada y blanda contra él, al parecer sin compartir aquella súbita urgencia. Alzó una mano con gesto lánguido y cerró el pestillo de la puerta. Cuando habló, tenía la voz turbia y ronca.

—No pasa nada, Jack.

Jack, con el entrecejo fruncido, le juntó de un tirón los bordes del vestido y lo abrochó con pericia.

—Debería de haber conservado la cordura, debería de haber insistido en esperar. Ésta no es forma de tomar a una virgen. Tenía la intención de ser suave contigo, iba a...

—Era exactamente lo que deseaba. —Amanda lo miró con una leve sonrisa, el rostro todavía arrebolado y los ojos brillantes—. Además, yo no era una virgen corriente, así que no entiendo por qué debíamos hacerlo de la manera convencional.

Aún ceñudo, Jack la tomó por la cintura y la alzó, ella lanzó una exclamación ahogada al verse separada de su cuerpo.

Comprendiendo su íntima necesidad, de algún modo Jack se las arregló para encontrar el pañuelo en el bolsillo de su levita y se lo entregó a Amanda sin decir nada. A todas luces avergonzada, ella lo utilizó para enjugar la abundante humedad que sentía entre los muslos.

—Te he hecho daño —dijo Jack malhumorado y pesaroso, pero ella negó de inmediato con la cabeza.

—La incomodidad no ha sido tan grande como me habían dicho —replicó—. Una oye historias de noches de bodas de lo más dolorosas, pero no ha sido en absoluto tan terrible como creía que iba a serlo.

—Amanda —musitó Jack, divertido a pesar de sí mismo por el parloteo de ella. La estrechó con fuerza y la besó en el pelo, la mejilla y la comisura de los labios.

En aquel preciso momento se detuvo el carruaje. Se encontraban frente a la casa de Amanda. Murmurando para sí, Jack se arregló las ropas lo mejor que pudo para colocarlas en su sitio, al tiempo que Amanda intentaba restaurar su peinado. Se ajustó unas cuantas horquillas, después buscó su chal de color borgoña y se lo echó por los hombros.

—¿Qué tal estoy? —preguntó.

Jack la contempló y sacudió la cabeza con un gesto de pesar. No había manera de confundir el rubor que todavía tintaba sus mejillas, ni el suave brillo en los ojos, ni la sensual hinchazón de su boca: eran las consecuencias de la pasión física.

—Como si te hubieran violado —le dijo tal cual.

Ella lo sorprendió sonriendo.

—Date prisa, por favor. Quiero entrar en casa y mirarme al espejo. Siempre he querido saber qué aspecto tiene una mujer violada.

—¿Y luego, qué?

Sus ojos grises lo miraron con calma.

—Luego, quiero quitarte toda la ropa. Nunca he visto un hombre completamente desnudo.

Una reacia sonrisa quedó suspendida en las comisuras de los labios de Jack.

—Estoy a tu disposición. —Y extendió una mano para jugar con un mechón rebelde de pelo rizado que le colgaba junto a la oreja.

Amanda guardó silencio durante un instante, contemplándolo sin pestañear, hasta el punto de que Jack se preguntó qué pensamientos ocuparían su mente.

—Eso es algo de lo que debemos hablar —dijo ella por fin en voz queda—. Supongo que tendremos que establecer las condiciones.

—¿Establecer las condiciones? —La mano se le paralizó en el aire.

—De nuestra relación. —Un ceño de desconcierto arrugó la lisura de su frente—. Porque querrás tener una relación conmigo, ¿verdad?

10

—Diablos, por supuesto que quiero una relación. —Jack la miró con regocijo y resignación, al tiempo que añadía—: Pero debería haber supuesto que querrías planearlo todo.

—¿Acaso hago mal? —inquirió Amanda—. ¿Por qué no he de procurar organizar una relación de manera sensata?

—Muy bien —murmuró él en tono risueño—. Entremos y negociemos. Me muero de ganas de conocer tus planes.

El lacayo abrió la portezuela del coche, y Amanda permitió que Jack la acompañase hasta el interior de la casa vacía. Sentía las piernas temblorosas y el espacio entre sus muslos húmedo, dolorido y hormigueante. Con gesto irónico, se dijo que, sin lugar a dudas, no iba a olvidar jamás aquella Navidad. De su peinado descompuesto colgaba un errático mechón de cabello castaño rojizo que le caía sobre el ojo derecho. Se lo echó hacia atrás y lo sujetó tras la oreja, rememorando la urgencia de los dedos de Jack al aferrarle la cabeza, con su boca firmemente encajada en la de ella.

No daba la impresión de acabar de entregar su virginidad de aquel modo... Sin embargo, el insistente dolor que sentía entre los muslos, así como las huellas invisibles pero tangibles de las manos de Jack en su cuerpo, daban fe de ello. Buscó algún sentimiento de pesar en su corazón, pero no lo halló.

Ningún hombre la había hecho sentirse tan deseable ni tan completa, tan lejos de lo que era una solterona. Su única esperanza era lograr ser capaz de ocultarle que estaba enamorada de él.

Porque estaba enamorada de él.

Aquella revelación había descendido sobre ella, no con la inmediatez de una tormenta de verano, sino con la lenta persistencia de una lluvia de abril. Creía poco probable que una mujer pudiera evitar enamorarse de Jack Devlin, un hombre tan apuesto, tan astuto, con tan mala reputación. No se hacía ilusiones de que él la correspondiese a ese nivel, ni de que el potencial interés que pudiera sentir hacia ella fuese a superar la prueba del tiempo. Si Jack estuviera en disposición de amar a una mujer, lo habría hecho mucho antes, con una de las muchas mujeres que había conocido en el pasado.

Aun cuando una mujer consiguiera atraparlo para llevarlo al matrimonio, sin duda sería una experiencia desgraciada, insatisfactoria. Jack era un hombre atractivo, rico y con posición; las mujeres nunca dejarían de echársele encima. Nunca sería capaz de corresponder al amor de una esposa.

Se limitaría a tomar de él lo que pudiera, y haría todo lo posible para que aquella relación no terminase de un modo amargo para ninguno de los dos.

Pasaron a la salita, donde Jack sacó unas cerillas de un cerillero de plata y prendió un fuego en la chimenea. Amanda se sentó en la alfombra floreada delante de las alegres llamas y estiró las manos para calentárselas. Jack se agachó a su lado, y le deslizó un brazo por la espalda. Ella sintió cómo le daba un beso en lo alto de la cabeza y movía los labios suavemente entre la maraña de rizos.

—Cuéntame ahora cuáles son esas condiciones, antes de que te viole de nuevo —le dijo con voz ronca.

Ella se esforzó por recordar los puntos que deseaba dejar claros. Era difícil pensar con claridad teniendo su cuerpo tan cerca.

—En primer lugar, insisto en que ambos guardemos discreción —dijo—. Yo tengo mucho que perder, si nuestra relación íntima llegase a ser de conocimiento público. Habrá rumores, por supuesto, pero mientras no hagamos ostentación de nuestras actividades, no habrá grandes escándalos. Y también... —Hizo una pausa al sentir la mano de Jack moverse a lo largo de su columna vertebral. Cerró los ojos, y la luz de las llamas dibujó caprichosas formas de color escarlata sobre sus párpados.

—¿También qué? —la apremió él proyectando su aliento ardiente sobre su oreja.

—También quiero que nuestra aventura tenga una duración limitada. Tres meses, tal vez. Al cabo de ese tiempo, daremos por terminada la relación como amigos y cada uno seguirá su camino.

Aunque no podía ver el rostro de Jack percibió, por la súbita tensión de su cuerpo, que aquella petición lo había sobresaltado.

—Supongo que tendrás una lista de motivos para justificarlo. Dios sabe que me gustaría mucho conocerlos.

Amanda asintió con decisión.

—A juzgar por lo que he observado, las relaciones siempre desembocan en aburrimiento, discusiones o celos. Pero si decidimos por adelantado cuándo y cómo debe terminar esta aventura, es posible que estemos a tiempo de separarnos de forma amistosa. Odiaría perder tu amistad cuando se acabe la pasión.

—¿Por qué estás tan segura de que se acabará?

—Bueno, ninguna relación dura toda la vida... ¿no?

En lugar de contestar, Jack replicó con otra pregunta:

—¿Y qué pasa si ninguno de los dos quiere ponerle fin al cabo de tres meses?

—Tanto mejor. Yo preferiría que acabase cuando todavía no esté agotada, a arrastrarla hasta que los dos estemos hartos el uno del otro. Además, la posibilidad de que nos descubran aumentará con el paso del tiempo... y yo no tengo ningún deseo de convertirme en una paria social.

Jack la instó a que le mirara a la cara. Amanda observó que parecía debatirse entre la diversión y el fastidio.

—Dentro de tres meses seguiré deseándote —le dijo Jack—. Y cuando llegue ese momento, me reservo el derecho de tratar de hacerte cambiar de opinión.

—Puedes hacer lo que quieras —le informó ella con una sonrisa—, pero yo no pienso cambiar de opinión. Tengo mucha fuerza de voluntad.

—Yo también.

Cruzaron una mirada marcada por el placer de aquel desafío. Las manos de Jack se curvaron alrededor de los hombros de Amanda y la atrajeron hacia él. Bajó la boca hacia ella, pero justo en aquel momento fueron interrumpidos por el ruido que hacía alguien entrando en la casa, y Jack se detuvo a mitad del movimiento.

—Mis criados —dijo Amanda en tono pesaroso.

Se apresuró a levantarse del suelo. Jack se incorporó con un movimiento ágil y la ayudó a ponerse en pie.

A pesar de que conocía a Sukey de casi toda la vida, y pese a haber soportado sus constantes puntillas acerca de la falta de un hombre en su vida, Amanda se sintió violenta por lo comprometido de la situación. Notó que se le encendía el rostro, aun cuando adoptó una expresión del todo inocente.

Sukey se acercó a la puerta de la salita y palideció de

asombro al ver que Amanda estaba sola en la casa con Jack Devlin. El desorden de su ropa y de sus cabellos, junto con el ambiente de intimidad que flotaba en la habitación, dejaba pocas dudas respecto a lo que había ocurrido entre ellos.

—Perdón, señorita Amanda.

Amanda fue de inmediato hacia ella.

—Buenas noches, Sukey. Espero que Charles y tú hayáis disfrutado de las celebraciones navideñas.

—Mucho, señorita. Ha sido una noche estupenda. ¿Hay algo que pueda hacer por usted antes de retirarme a descansar?

Amanda asintió.

—Por favor, lleva una jofaina de agua caliente a mi dormitorio.

—Sí, señorita.

Evitando con escrúpulo mirar al invitado de su señora, la doncella se fue a toda prisa camino de la cocina.

Antes de que Amanda pudiera moverse, sintió las manos de Jack tomándola por la cintura, desde atrás. Volvió a atraerla suavemente contra su pecho e inclinó la cabeza para rozarle con dulzura un lado del cuello. La presión de su boca, caliente y ligera, le provocó un estremecimiento de placer que la recorrió de la cabeza a los pies.

—Yo también tengo una condición para nuestro pacto —le dijo con los labios contra su piel.

—¿Cuál es? —A Amanda le resultó extraño el sonido de su propia voz, densa y enturbiada por el placer.

—Si vamos a ser amantes durante tan corto tiempo, pienso aprovecharlo al máximo. Quiero que me prometas que no vas a negarme nada. —Mientras hablaba, su mano descendía por el costado en una larga caricia—. Quiero hacerlo todo contigo, Amanda.

—¿Cómo defines ese «todo»? —alegó ella.

Jack rió con suavidad en lugar de responder, un sonido que reverberó en todos y cada uno de sus nervios.

Amanda se volvió hacia él con un gesto defensivo.

—¡No puedes pedirme que acceda a hacer algo que ni siquiera sé qué es!

Los labios de Jack se contrajeron en una mueca de contenida diversión.

—Te he entregado un ejemplar de las memorias de Gemma Bradshaw —le dijo, con el semblante serio—. Eso debería proporcionarte una considerable cantidad de información.

—No lo he leído entero —repuso Amanda con aire resuelto—. Tan sólo algunas partes... Me pareció demasiado morboso para continuar.

—Resulta extraño pensar que una dama dispuesta a perder la virginidad en un carruaje resulte tan mojigata. —Respondió a su mirada ceñuda con una amplia sonrisa—. Ése será nuestro trato, pues. Pondremos fin a nuestra aventura en el plazo de tres meses, tal como tú has dicho, siempre y cuando estés dispuesta a hacer conmigo todo lo que aparece descrito en el libro de Gemma.

—No hablas en serio —dijo Amanda, horrorizada.

—Dentro de lo razonable, por supuesto. No estoy seguro de que todo lo que se dice en ese libro sea posible a nivel anatómico. Pero sería interesante averiguarlo, ¿no crees?

—Eres un depravado —le informó ella—. Un degenerado y un corrupto.

—Sí, y durante los tres próximos meses seré todo tuyo. —La recorrió con una mirada perversa y especulativa—. Y bien, ¿cómo empezaba exactamente el capítulo uno?

Amanda no sabía si horrorizarse o echarse a reír, al tiempo que se preguntaba hasta qué punto iba en serio aquella insultante propuesta.

—Creo recordar que comenzaba con que a un determinado caballero se le acompañaba hasta la puerta.

En aquel instante, Jack cubrió la boca de Amanda con la suya a modo de dulce invasión.

—Creo recordar que empezaba así —murmuró—. Déjame llevarte arriba para demostrarte un poco más.

Amanda lo condujo hasta la escalera, pero se detuvo antes de subir el primer peldaño, pues de pronto la embargó una sensación de flaqueza. En los oscuros confines del carruaje de Jack le había resultado fácil desatarse de su vínculo con la realidad. En el entorno familiar de su casa, en cambio, era demasiado consciente de lo que estaba haciendo.

Jack, al parecer, comprendió su punzada de incertidumbre y se detuvo. La aprisionó contra la barandilla agarrando con las manos la madera lustrada de la misma, a ambos lados de Amanda. En sus labios se dibujaba la insinuación de una sonrisa.

—¿Quieres que te lleve en brazos?

Ella se encontraba un escalón por encima de él, por lo que los rostros de ambos quedaban a la misma altura.

—No, peso demasiado. Me dejarías caer, o tropezarías y conseguirías que los dos nos rompiésemos el cuello.

Los ojos azules de Jack llamearon malévolos.

—Voy a tener que enseñarte a que no me subestimes.

—No es eso, es que... —Lanzó un chillido de sorpresa cuando él se agachó y la tomó con toda facilidad en sus brazos—. ¡Oh, no! No, Jack, no podrás conmigo.

Pero los brazos que la sostenían eran fuertes, y Jack no parecía acusar el esfuerzo de subir la escalera con ella a cuestas.

—No abultas siquiera la mitad de mi tamaño —dijo él—. Podría llevarte en brazos a lo largo de muchas millas sin perder el resuello en ningún momento. Y deja ya de menearte.

Amanda le rodeó el cuello con los brazos.

—Te has salido con la tuya —jadeó—. Bájame ya, por favor.

—Oh, enseguida te bajaré —le aseguró él—. Justo encima de tu cama, en cuanto lleguemos a ella. ¿Qué habitación es la tuya?

—La segunda puerta del pasillo —respondió Amanda con la voz amortiguada contra el pecho de Jack. Nunca la habían llevado en brazos de aquella forma, y aunque se sentía ridícula, aquello tenía cierto atractivo primitivo. Apoyó la mejilla en el hombro de Jack y se permitió a sí misma disfrutar de la sensación de estar en brazos de un hombre poderoso.

Llegaron al dormitorio y Jack cerró la puerta con el pie. A continuación, depositó con todo cuidado a Amanda sobre la gran cama adornada con columnas en espiral y colgaduras de damasco de color amarillo dorado. De la jofaina de agua caliente que habían colocado en el lavamanos que había en un rincón ascendían lentas volutas de vapor. En la chimenea bailaban unas diminutas llamas, nacidas de la leña menuda que había dado lugar a un alegre fuego.

Amanda contempló a Jack con los ojos muy abiertos, preguntándose si tendría la intención de desvestirse allí mismo, delante de ella.

Él dejó su levita sobre la mesa de vestir y después se quitó el chaleco y la corbata.

Amanda se aclaró la garganta. Su corazón comenzaba a latir con un ritmo acelerado y la inquietud hacía que ascendiese la temperatura de su sangre.

—Jack —dijo en un murmullo—, no iremos a hacer de verdad lo que dice el capítulo uno, ¿no?

Él mostró una ancha sonrisa al darse cuenta de que Amanda se refería a *Los pecados de Madame B*.

—Confieso, cariño, que necesito refrescarme un poco la memoria. No recuerdo cómo empieza la maldita cosa... A no ser que tú te tomes la molestia de recordármelo...

—No —contestó ella con brusquedad, lo que le hizo reír.

Jack se acercó con la camisa medio desabrochada; la luz de la lámpara hacía resplandecer la superficie musculosa de su pecho.

Llevó una mano hacia los pendientes en forma de lágrima que colgaban contra la línea del mentón, se los quitó con dulzura y le frotó los doloridos lóbulos de las orejas con el índice y el pulgar. A continuación, dejó los pendientes sobre la mesilla de noche y le soltó el cabello. Amanda cerró los ojos, sintiendo cómo su respiración se agitaba. Cada uno de los movimientos de Jack era lento y cuidadoso, como si ella fuera una frágil criatura que requiriese ser manipulada con suma delicadeza.

—Algún detalle del libro de Gemma debe de haberte gustado. —Le quitó los zapatos y los dejó caer en la alfombra—. Algo que te haya intrigado..., que te haya excitado.

Amanda dio un pequeño brinco al sentir que las manos de Jack se cerraban sobre sus tobillos y empezaban a ascender en dirección a las ligas. Las bandas quedaron desatadas con un par de diestros movimientos. Jack le quitó las medias de seda, deteniéndose para acariciar las firmes curvas de las pantorrillas. Las yemas de sus dedos cosquillearon la sensible piel de la parte posterior de las rodillas; una caricia que le provocó un estremecimiento de placer a lo largo de las piernas.

—No voy a contarte esas cosas precisamente —protestó Amanda con una risa ahogada—. Además, no hay nada de ese horroroso libro que me haya gustado.

—Oh, claro que lo hay —replicó Jack con suavidad—, y vas a decírmelo, cariño. Después de todo lo que hemos compartido hasta este momento, una o dos fantasías no serán para tanto.

Ella contestó con una evasiva:

—Cuéntame las tuyas primero.

Jack cerró las manos alrededor de sus tobillos y la atrajo hacia él.

—Tengo fantasías que tienen que ver con todas las partes de tu cuerpo. Con tu pelo, tu boca, tus senos... incluso con tus pies.

—¿Mis pies?

Amanda dio un leve brinco al sentir la caricia de los dedos de Jack en los empeines. Colocó uno de sus pies en la parte frontal de sus pantalones, justo en el punto en que un grueso abultamiento pugnaba contra el tejido de lana y paño. La tela estaba saturada del calor de su cuerpo y sintió como si le chamuscase la planta del pie. Los dedos reaccionaron encogiéndose.

Sintiéndose avergonzada y excitada a un tiempo, Amanda lo observó con los párpados entornados para apreciar la juguetona chispa que brillaba en el azul increíble de sus ojos. Entonces retiró el pie y oyó que Jack reía.

A continuación, Jack se quitó el resto de la ropa y dejó que cayera al suelo. Se hizo un silencio total en la habitación, alterado únicamente por el crepitar del pequeño fuego en la chimenea. Amanda se arriesgó a lanzar una tímida mirada al hombre desnudo que tenía ante sí, y quedó cautivada por lo que vio. La interacción de luces y sombras daba como resultado el destacado de cada detalle de su cuerpo, todo músculos, piel dorada y sombras íntimas, en un conjunto de líneas largas y nervudas que transmitían una impresión de elegancia y poder. Amanda no había imaginado que alguien pudiera sentirse tan cómodo en su desnudez y, sin embargo, Jack se encontraba de pie frente a ella tan tranquilo como si estuviera vestido.

Su cuerpo excitado era una gloriosa exhibición masculina de deseo que él no hacía ningún esfuerzo por disimular. Al contemplarlo, Amanda experimentó una sensación de placer que fue invadiendo todos sus miembros poco a poco. Nunca en la vida había deseado algo de la manera que lo deseaba en aquel instante: sentir el peso de su cuerpo desnudo sobre ella, notar el contacto de su aliento en la piel y dejar que sus manos la tocaran y la guiasen.

—Ya has visto un hombre desnudo por completo —dijo Jack—. ¿Qué opinas?

Ella se humedeció los labios con la lengua.

—Opino que treinta años es demasiado tiempo para haber esperado esto.

Jack le desabrochó la parte posterior del vestido. El olor de su piel, caliente y un poco salado, le produjo la misma sensación de vértigo que había experimentado en alguna ocasión tras beber vino con demasiada celeridad. Apoyó las manos en los hombros de Jack para afianzarse, y sintió en las yemas de los dedos el hormigueo que le provocaba la textura dura y satinada de su piel.

Jack la incorporó y estiró hacia delante el vestido suelto hasta que ella se lo quitó del todo. Cubierta tan sólo por el liviano corsé, la camisola y las bragas, Amanda se apartó unos centímetros de él, avergonzada.

—Jack... —Fue hasta el aguamanil y vertió un poco de agua caliente en un cuenco de cerámica pintada—. Si no te importa esperar detrás del biombo —dijo sin mirarlo—, necesito un momento de intimidad.

Jack fue tras ella y apoyó las manos en su cintura.

—Déjame que te ayude.

—No, no —dijo ella con un repentino ramalazo de

vergüenza—. Si no te importa quedarte ahí..., yo me las arreglaré sola.

Pero él la hizo callar con un beso e ignoró sus protestas mientras le desabrochaba el corsé y la despojaba de la ropa interior.

Sonrojada de arriba abajo, Amanda se obligó a sí misma a permanecer quieta mientras Jack contemplaba su cuerpo. Era muy consciente de sus defectos: sus piernas deberían ser más largas, las caderas eran demasiado anchas, un vientre no del todo plano. Pero mientras la contemplaba, se le hizo visible el pulso en la garganta, y le tembló la mano cuando tocó la curva inferior de su seno. Parecía estar contemplando a una diosa, en lugar de a una solterona de treinta años.

—Maldición, cómo te deseo —dijo con una voz que le raspó la garganta—. Podría comerte viva.

Amanda quedó confusa ante aquella desconcertante y en cierto modo alarmante, declaración.

—Por favor, no intentes afirmar que soy bonita. Los dos sabemos que no es el caso.

Jack empapó un paño de lino en el agua caliente, lo escurrió, y a continuación limpió con él la cara interna de los muslos de Amanda. Para mortificación de ésta, la obligó a apoyar un pie en una silla cercana, con lo cual quedó más a merced de sus servicios.

—Todo hombre tiene sus preferencias —dijo Jack. Volvió a mojar y escurrir el paño, y esta vez lo aplicó directamente entre sus muslos, para que el calor aliviara la inflamación provocada por el encuentro en el interior del carruaje—. Y resulta que tú satisfaces todas las mías.

Amanda se inclinó hacia delante hasta que su mejilla descansó sobre el hombro desnudo de él, y se relajó contra el acogedor calor de su cuerpo.

—¿Prefieres las mujeres bajitas y de caderas anchas? —preguntó en tono escéptico.

Con la mano que tenía libre, Jack recorrió la generosa forma de sus nalgas, y Amanda notó que sonreía contra su mejilla.

—De ti lo prefiero todo. La sensación de tu piel bajo mis manos, tu sabor..., cada curva y cada valle. Pero con la misma intensidad con que deseo tu cuerpo, tu rasgo más atractivo está aquí. —Le tocó la sien con la yema del dedo—. Me fascinas —murmuró—. Siempre me has fascinado. Eres la mujer más original y desafiante que he conocido nunca. He deseado llevarte a la cama desde el primer momento en que te vi en la puerta de tu casa.

Ella guardó silencio y le permitió que continuara limpiándola y aliviándola, aplicándole más compresas calientes entre las piernas. Cuando terminó, Jack se la llevó consigo a la cama, la tomó en brazos y la depositó sobre las sábanas que cubrían el colchón. A Amanda el corazón le retumbaba con violencia contra las costillas, y le pareció que las paredes de la habitación comenzaban a desintegrarse, y que sólo existía la oscuridad, el resplandor del fuego y el cálido entrelazado de los miembros de ambos.

—Jack —susurró cuando él la tendió debajo de su cuerpo y notó la forma rígida y flexible de su erección contra la cara interna de la rodilla.

Sus manos encontraron los glúteos de Jack y estrujaron la densa textura de aquella carne igual que un gato que jugase con las patas, provocando que Jack dejase escapar una exclamación ahogada. Cada vez más audaz, deslizó una mano hasta su sexo y lo tocó, cerrando los dedos con firmeza alrededor de aquella forma vibrante. Él se situó de costado para permitirle un mejor acceso a su cuerpo y dejó que lo tocara como se le antojase.

Amanda tomó en su mano la bolsa cubierta de vello que había en la base de su sexo, fría y blanda en comparación con la turgente verga. Recorrió con las yemas de los dedos las protuberancias de las venas, que confluían todas en dirección a una ancha terminación. De manera experimental, pasó la yema del dedo pulgar sobre aquel bulbo satinado, lo cual hizo que Jack cerrara con fuerza los puños en su pelo y dejase escapar un gemido.

—¿Te da placer? —susurró Amanda.

Por lo visto, le resultaba difícil hablar.

—Sí —consiguió articular por fin con una risa apagada—. Dios, sí... Si me das más placer, es probable que explote.

Inclinó la cabeza de Amanda hacia atrás y acercó los rostros de ambos. Sus facciones resplandecían debido a una ligera capa de sudor, en sus ojos ardía una luz azul. Su gran mano cubrió la de Amanda para ayudarla a guiar la cabeza de su miembro hacia la mata de suaves rizos que tenía entre las piernas. Le puso una mano en el muslo para pasarlo por encima de su cadera, de modo que quedó totalmente abierta para él.

—Frótalo contra tu cuerpo —murmuró.

La piel de Amanda al completo se tornó de color carmesí. Muy despacio, tomó entre sus dedos la cabeza de su miembro y la acercó a la húmeda hendidura que aguardaba entre sus muslos. Su respiración se fue haciendo más agitada conforme frotaba el extremo de aquella verga contra sus carnes íntimas, hasta que la humedad procedente de su propio cuerpo la volvió resbaladiza.

—Jack —gimió al tiempo que empujaba el sexo contra la húmeda hondonada de su cuerpo—, tómame ahora. Por favor. Quiero sentirte dentro de mí. Quiero...

Él la interrumpió con un profundo beso, jugando con su lengua, cubriendo sus pechos con las manos.

—Date la vuelta —susurró—. Túmbate de costado y vuelve las nalgas hacia mí.

Amanda emitió un gemido cuando él le pellizcó con cuidado los pezones.

—No, quiero que...

—Ya sé lo que quieres. —Su boca se deslizó sobre el rostro acalorado de Amanda—. Y lo tendrás, amor mío. Tú haz lo que te digo.

Amanda le obedeció con un sollozo, y se colocó de manera que su espalda quedó pegada al pecho de él, con el cuerpo de Jack alineado contra el suyo, como si fuera una cuchara.

Notó cómo su erección la presionaba y se retorció contra él, con un deseo tan agudo que hizo desaparecer todo rastro de vergüenza. Jack la besó y le mordió en la nuca al tiempo que le murmuraba instrucciones, instándola a que separase las piernas y arquease la espalda. Para su sorpresa, lo sintió penetrarla desde atrás. Dejó escapar un gemido gutural cuando él empujó más hondo, llenándola, hasta quedar totalmente dilatada alrededor de él. Aunque lo hizo con delicadeza, Amanda experimentó cierta incomodidad, pues su cuerpo aún no estaba acostumbrado a aquella invasión de su intimidad.

—¿Te duele? —le susurró Jack al oído.

—Sí, un poco —jadeó ella.

Sus grandes manos le recorrieron la parte delantera del cuerpo, acariciándole los pechos y el tembloroso vientre, y después se posaron en la dolorida cumbre de su sexo. La hábil yema de su dedo se situó cerca de aquel delicado punto sin llegar a tocarlo, jugando a eludirlo, huyendo cada vez que Amanda hacía el esfuerzo de empujar hacia él.

Jack la atormentó hasta que ella empezó a retorcerse, buscando con desesperación el estímulo que él mantenía apenas fuera de su alcance. Cada vez que ella lanzaba las caderas hacia delante, él seguía el movimiento y se hundía con mayor profundidad en las estrechas cavidades de su cuerpo. La inflamación fue desapareciendo a medida que cada deslizamiento líquido enviaba un torrente de placer a todo su cuerpo, a medida que aquella tensión exquisita iba aumentando más y más, hasta que tuvo que morderse los labios para no gritar.

—Jack, por favor, por favor —gimió con todos los miembros rígidos y la piel sudorosa hasta humedecerle incluso la raíz del pelo. Aferró la delicada mano que tenía entre sus piernas, en un esfuerzo por alcanzar el clímax que él le negaba.

—Está bien, amor mío —oyó su voz profunda en el oído—. Te has ganado tu ración de placer.

Amanda sintió que Jack le pellizcaba aquel diminuto y vibrante capullo entre el pulgar y el índice, y que acariciaba con suavidad la piel sedosa del mismo aun cuando embestía con fuerza y firmeza en su interior. El mundo pareció estallar en una nube de fuego cuando su cuerpo se aferró a aquel duro miembro que la invadía con espasmos de intenso placer. La contracción de sus músculos internos llevó a Jack al mismo clímax explosivo, y se retiró de ella con un gruñido al tiempo que derramaba su semilla sobre las sábanas.

Exhausta, saciada, Amanda rodó hacia Jack para mirarlo de frente y le rodeó con los brazos. Palpó las leves protuberancias de las cicatrices producidas por antiguas palizas, y sus manos se entretuvieron en aquellas marcas, acariciándolas con las yemas de los dedos. Jack se quedó muy quieto, y su cadencia respiratoria varió. Bajó los ojos para ocultar sus pensamientos a Amanda.

Ella le acarició la cintura y, a continuación, ascendió despacio las manos siguiendo la potente línea de la columna vertebral. De nuevo encontró las cicatrices, y las trozó, como si pudiera eliminarlas con una caricia.

—El señor Fretwell me contó en cierta ocasión que en Knatchford Heath soportaste muchas palizas que correspondían a otros chicos —le dijo—. Que intentabas proteger a los pequeños para que no les hicieran daño.

Los labios de Jack se contrajeron en una mueca de fastidio.

—Ese condenado de Fretwell habla demasiado.

—Me alegro de que me lo contase. Jamás habría adivinado que eras capaz de hacer semejante sacrificio.

Él encogió los hombros con indiferencia.

—No fue nada. Tengo un pellejo irlandés muy duro. Nunca sentí los golpes tanto como los habrían sufrido los más pequeños.

Amanda se acurrucó un poco más contra él, cuidando de mantener un tono de voz amistoso, más que compasivo.

—No le restes importancia a lo que hiciste.

—Calla. —Jack le puso un dedo sobre los labios. Sus mejillas estaban teñidas de un intenso color carmesí—. Como sigas hablando así, vas a convertirme en un maldito santo —dijo con aspereza— y, créeme, no es el caso. Yo era un diablillo, y al crecer me he convertido en un réprobo.

Amanda tocó uno de sus dedos con la lengua y le hizo cosquillas en el pliegue interior del mismo.

Sorprendido por el jugueteo de su lengua, Jack retiró la mano de un tirón y sonrió de oreja a oreja en un gesto que eliminó de sus ojos toda sombra de amargura y pesar.

—Brujilla. —Echó los cobertores hacia atrás y colocó el cuerpo de Amanda sobre la lisa superficie de las sábanas—. Creo que podemos encontrar una forma mejor de utilizar tu lengua —murmuró, y al instante cubrió la boca de ella con la suya.

11

Los familiares de Amanda no se alegraron en absoluto cuando supieron que no iba a acudir a Windsor para lo que restaba de las vacaciones. Dieron a conocer su disgusto mediante un aluvión de cartas que Amanda declinó contestar. Por lo general, se habría tomado la molestia de hacer que volvieran las aguas a su cauce, pero a medida que iban pasando los días, no lograba encontrar las fuerzas necesarias para hacerlo. Toda su existencia se centraba ahora en Jack Devlin. Las horas en las que estaban separados transcurrían con una insoportable lentitud, en tanto que las noches pasaban volando en un dulce frenesí. Jack iba a verla al caer la noche y se marchaba justo antes del amanecer, y cada hora que pasaba entre sus brazos le servía sólo para ansiar más de él.

Jack la trataba como ningún hombre la había tratado nunca, no la consideraba una resignada solterona sino una mujer cálida y apasionada. En aquellas ocasiones en las que a Amanda le podían sus inhibiciones, él le tomaba el pelo sin piedad y le provocaba un estallido de genio que ella jamás hubiera creído posible. En cambio, había otras veces en las que Jack cambiaba de estado de ánimo y dejaba de ser un canalla burlón para convertirse en un tierno amante. Era capaz de pasar horas abrazándola y acariciándola, haciéndole el amor con exquisita dulzura. Durante esas ocasiones, parecía comprenderla con una claridad que llegaba a asustarla, pues parecía poder leer el fondo mismo de su alma.

Tal como lo habían acordado, Jack la obligó a leer determinados capítulos de *Los pecados de Madame B* y disfrutó sin disimulo al comprobar la incomodidad que le producía a Amanda tener que llevar a la práctica algunas escenas concretas.

—No puedo —dijo una noche con voz ahogada, al tiempo que subía las sábanas para tapar su sonrojo—. Simplemente, no puedo. Elige otra cosa. Haré lo que sea, excepto eso.

—Me prometiste que lo intentarías —le replicó Jack con los ojos brillantes de diversión, tirando de las sábanas.

—No recuerdo nada de eso.

—Cobarde. —Jack la besó en lo alto de la espalda y fue descendiendo por la columna vertebral. Amanda lo notó sonreír—. Sé valiente, Amanda —le susurró—. No tienes nada que perder.

—¡El respeto por mí misma!

Trató de zafarse, pero él la sujetó y le mordisqueó con delicadeza en el sensible punto que tenía entre los omóplatos.

—Sólo inténtalo —la engatusó—. Primero te lo haré yo a ti. ¿No te gustaría eso? —La volvió boca arriba y la besó en su tembloroso vientre—. Quiero saber a qué sabes —murmuró—. Quiero meter la lengua dentro de ti.

Si fuera posible morirse de humillación, Amanda habría expirado allí mismo, en aquel momento.

—Quizá más adelante —dijo—. Necesito un poco de tiempo para acostumbrarme a la idea.

En los ojos de Jack se mezcló el ardor con una silenciosa carcajada.

—Tú decidiste limitar nuestra relación a tres meses. Eso no nos deja mucho tiempo. —Su boca jugueteó alrededor del pequeño círculo que formaba el ombligo, el calor de su aliento se proyectaba sobre el hueco del mismo—. Un beso —la instó, al tiempo que separaba con un dedo los rizos de entre sus muslos para ir a posarlo en aquel punto de sorprendente sensibilidad—. Justo aquí. ¿Será demasiado para ti soportar eso?

Ella emitió un sonido de impotencia al notar el contacto de aquel dedo.

—Sólo uno —dijo insegura.

Jack bajó la cabeza, y Amanda sintió cómo sus dedos se movían a través de aquel vello elástico, abriéndolo con delicadeza. A continuación abrió la boca y empezó a investigar con la lengua en una caricia circular. Amanda acusó el tirón de un intenso placer en cada uno de sus miembros, todos sus nervios gritaron pidiendo más, todo pensamiento coherente quedó hecho pedazos ante la visión de la cabeza de Jack entre sus muslos.

—¿Uno más? —le preguntó él con voz ronca, y bajó la cabeza de nuevo antes de que ella pudiera negarse.

Su boca volvió a tocarla, a humedecer aquella carne ávida, acariciando y sondeando con la lengua, de un modo delicado aunque muy hábil. Jack no volvió a pedirle permiso, sencillamente hizo lo que se le antojó, acomodándose entre sus piernas con un suspiro de placer mientras ella gemía, se tensaba y temblaba.

Experimentó entonces un despliegue de sensaciones en su interior que se extendieron veloces por todas sus venas. Permaneció abierta de brazos y piernas debajo de Jack mientras su cuerpo accedía con avidez al dulce tormento de su boca. El ritmo iba aumentando, lanzándola cada vez más alto, hasta que perdió toda esperanza de controlar los salvajes gemidos que surgían de su pecho.

Sintió la lengua de Jack introducirse dentro de ella,

una acometida húmeda, repetida, que le hizo alzar las caderas una y otra vez de forma impulsiva, sin poderlo remediar. Luego lo sintió regresar al tierno capullo de su sexo y succionarlo con los labios al mismo tiempo que penetraba con un dedo en el canal mojado que se abría entre sus muslos. Allí acarició la resbaladiza superficie interna hasta que Amanda suplicó clemencia, hasta que los dos supieron que ella permitiría cualquier cosa, todas las cosas que él quisiera hacerle.

Jack deslizó un segundo dedo al interior de su cuerpo, y empujó bien hondo en busca de un punto de insufrible sensibilidad. Entonces comenzó a frotarlo y acariciarlo al tiempo que incrementaba la presión de su boca. Sus caricias eran regulares, rítmicas. Amanda terminó sollozando y gimiendo en una explosión de puro éxtasis.

Minutos más tarde, Amanda le permitió a Jack que la colocara encima de su cuerpo, de manera que descansara sobre un alargado plano de músculos.

—Debes de haber tenido muchas aventuras, para ser tan habilidoso —murmuró, experimentando una aguda punzada de celos al pensar en ello.

Jack enarcó las cejas, sin saber muy bien si se trataba de una crítica o de un cumplido.

—En realidad, no —respondió, jugueteando con su cabello, esparciéndolo sobre su propio pecho—. La cuestión es que soy bastante perspicaz en estos asuntos. Además, he estado tan enfrascado en mi trabajo que no he tenido demasiado tiempo para aventuras.

—¿Y para el amor? —Amanda se incorporó un poco apoyándose en su pecho y lo miró fijamente a la cara—. ¿Nunca te has enamorado de nadie?

—No hasta el punto de permitir que interfiriese en mis negocios.

De pronto, Amanda se echó a reír, y alzó una mano

para retirarle de la frente un mechón de pelo negro. Jack poseía un cabello precioso, denso y brillante, algo áspero entre sus dedos.

—Entonces no era amor, si pudiste desembarazarte de él con tanta facilidad cuando empezó a ser incómodo.

—¿Y tú? —contraatacó Jack, pasando sus tibias manos por los brazos de ella hasta ponerle la carne de gallina—. Es obvio que no te has enamorado nunca.

—¿Por qué estás tan seguro?

—Porque en ese caso no habrías sido virgen.

—Qué escéptico —lo acusó ella con una sonrisa—. ¿Acaso no es posible amar de un modo casto?

—No —contestó él en tono tajante—. Si es amor verdadero, ha de incluir la pasión física. Un hombre y una mujer no pueden conocerse en profundidad de ninguna otra manera.

—No estoy de acuerdo. Creo que la pasión emocional es mucho más intensa que la física.

—Para una mujer, tal vez sí.

Amanda agarró una almohada y la aplastó contra el sonriente rostro de Jack.

—Eres zafio y primitivo.

Jack rió y le arrebató la almohada con facilidad. Acto seguido, le sujetó las muñecas con sus enormes manos.

—Todos los hombres somos zafios y primitivos —le informó—. Lo que pasa es que algunos lo esconden mejor que otros.

—Lo cual explica por qué no me he casado.

Amanda forcejeó con él durante un rato, disfrutando de la sensación que conllevaba frotarse contra su cuerpo prieto y desnudo, hasta que apareció una caliente y dura erección entre ambos.

—Muy primitivo —dijo con la voz turbia. Y continuó revolviéndose hasta que él dejó escapar una risa en forma de gimoteo.

—*Mhuirnin* —musitó—, me siento empujado a recordarte que, hasta el momento, esta noche he hecho todo lo que he podido para satisfacerte... y que tú todavía no me has devuelto el favor.

Amanda inclinó la boca sobre la de él y lo besó con ardor, ganándose una entusiasta reacción por parte de Jack. Se sentía extraña, como si no fuera ella, perversa y libre de inhibiciones.

—Será mejor que ponga remedio a eso —dijo en tono grave y gutural—. No quisiera ser injusta.

Sus miradas se encontraron, la de Amanda aventurera, la de él luminosa y llena de pasión. Jack cerró los ojos y dejó que Amanda se deslizara despacio por su cuerpo, hacia abajo, dejando con los labios un rastro a su paso a lo largo de su piel.

Para una mujer que siempre había abrazado el credo «moderación en todas las cosas», una aventura con Jack Devlin resultaba desastrosa para su equilibrio personal. Sus sentimientos daban bandazos de un extremo a otro, pasaban del placer que la consumía por entero al estar con él a la obsesión y el abatimiento que la invadían cuando se separaban. Había momentos de intimidad en los que la inundaba la melancolía igual que una densa niebla que todo lo cubriese. Tenía algo que ver con la idea agridulce de que aquello era temporal, que pronto tocaría a su fin aquel período de pasión.

En realidad, Jack no le pertenecía, ni le pertenecería nunca. Cuanto más iba entendiendo su manera de ser, más reconocía aquella elemental resistencia suya a entregarse por completo a una mujer. Le resultaba irónico que a un hombre tan dispuesto a arriesgarse en todos los demás planos de su vida le fuera imposible correr el riesgo más significativo de todos.

Con frecuencia experimentaba una honda frustración pues, por primera vez en su vida, lo quería todo de un hombre, su corazón y su cuerpo. Y tenía la mala suerte de desear todo aquello precisamente de Jack Devlin. Pero, se recordó a sí misma, eso no significaba que tuviera que quedarse sola el resto de su vida. Jack pensaba que era una mujer deseable, dotada de cualidades que muchos hombres podían apreciar. Si lo deseaba, podría encontrar un compañero una vez hubiera terminado aquella aventura. Pero mientras tanto... mientras tanto...

Preocupada por el juicio de los demás, Amanda tomaba la precaución de llegar a las fiestas por separado y de tratar a Jack con la misma cortesía y amabilidad que dedicaba a los otros hombres presentes. Nunca pronunció una sola palabra ni lanzó una sola mirada que delatase la relación existente entre ellos. Jack era igualmente cuidadoso observando el decoro, y la trataba con un exagerado respeto que a ella le molestaba y divertía al mismo tiempo. No obstante, conforme iban transcurriendo las semanas, Jack ya no parecía tomarse aquella relación, y la necesidad de mantenerla en secreto, tan a la ligera como antes. Por lo visto, le molestaba el no poder reivindicarla para sí en público. El hecho de que tuviera que compartir su compañía con otros constituía una creciente fuente de frustración, y así se lo confió a Amanda cuando ambos asistieron a una velada musical. Se las arregló para apartarla del grupo durante el intermedio, y la condujo hasta una pequeña salita que, desde luego, no era para el uso de los invitados.

—¿Te has vuelto loco? —exclamó Amanda con voz ahogada cuando él cerró la puerta de la estancia a oscuras—. Puede que te haya visto alguien sacándome de la sala principal. Si descubren que los dos hemos desaparecido al mismo tiempo, comenzarán los chismorreos...

—No me importa. —Rodeó a Amanda con los brazos y la atrajo hacia la solidez de su cuerpo—. Durante la última hora y media, he tenido que sentarme separado de ti y fingir que no me daba cuenta de las miradas impúdicas de otros hombres. Quiero irme a tu casa, contigo, ahora mismo, maldita sea.

—No seas ridículo —replicó Amanda—. Nadie me está mirando de manera impúdica. No sé qué es lo que pretendes con este supuesto ataque de celos, pero te aseguro que es innecesario.

—Sé reconocer una mirada impúdica cuando la veo. —Jack pasó las manos por el corpiño de seda y terciopelo del vestido color rojizo que llevaba Amanda, dejando que la palma de su mano cubriera la parte visible del nacimiento de los pechos—. ¿Por qué te has puesto esta noche este vestido?

—Ya me lo he puesto otras veces, y a ti parecía gustarte. —Amanda sintió un escalofrío cuando notó el calor de la mano de Jack sobre su piel.

—Me gustaba en privado —contestó él en voz baja—. En ningún momento he deseado que lo llevaras en público.

—Jack —empezó a decir ella, entre risas, pero éstas se cortaron en seco cuando Jack inclinó la cabeza y aplastó la boca contra la piel desnuda de su escote—. Basta —susurró, temblando al sentir la voraz caricia de aquella lengua en el valle que separaba sus senos—. Van a descubrirnos... Oh, déjame regresar antes de que empiece la música.

—No puedo evitarlo.

El timbre de su voz era suave y bronco, su aliento se proyectaba sobre la piel de Amanda en tórridas exhalaciones. Estrechó el cuerpo de Amanda contra el suyo y la besó con avidez. Su boca sabía a coñac.

El creciente pánico que empezaba a invadir a Amanda fue engullido por una oleada de deseo tan abrumadora que le cortó el aliento, no podía pensar, tan sólo pudo rendirse a las manos exigentes de Jack. Él asió su falda e introdujo las manos dentro de las bragas con una brusquedad tal, que Amanda temió que las rompiese. Lanzó una exclamación ahogada al sentir los dedos de Jack deslizarse entre sus muslos, buscando y acariciando hasta que ella empezó a retorcerse con desesperación.

—Ahora no —dijo con un débil sollozo—. Dentro de unas horas estaremos juntos. Espera hasta entonces.

—No, no puedo.

Se le aceleró la respiración al tocar la humedad del cuerpo excitado de Amanda. Tiró de las cintas de las bragas, las desanudó y las dejó caer hasta los tobillos. A continuación, buscó febrilmente los botones de su pantalón. Empujó a Amanda contra la puerta cerrada y la besó en el cuello, arañándola con su barba incipiente y provocándole un cosquilleo en la piel.

—Jack —gimió ella, al tiempo que inclinaba la cabeza hacia atrás, a pesar de que el miedo a que los descubrieran disparó los latidos de su corazón transformándolos en un violento estruendo.

La boca de Jack acalló sus protestas ahogándolas con calor y una multitud de sensaciones. Para su desesperación, no pudo resistirse a aquel perverso placer. Le devolvió el beso y se abrió a él con ansia, dejando que se separasen sus muslos cuando Jack colocó una pierna entre las suyas. Sintió el roce de su erección, una embestida de seda y acero, y sus caderas se estremecieron en un movimiento involuntario para acomodarse a él. Jack empujó con más fuerza y la penetró de una sola arremetida, segura y profunda. Amanda dejó escapar un gemido al sentirse llena, con el cuerpo abrazado a aquel delicioso invasor. Una de las manos de Jack le agarró la rodilla por debajo para instarla a levantar la pierna, y volvió a hundirse dentro de ella.

Amanda se estremeció, con su cuerpo trabado en el de Jack, y después la inundó un calor lánguido y se relajó para adaptarse a su ritmo. Se oía el roce de las ropas de ambos, un aplastamiento de masas de seda, paño y terciopelo que los separaban por todas partes salvo en el lugar desnudo, húmedo y caliente de sus respectivas ingles.

Amanda se recostó contra la puerta, subiendo y bajando con cada embestida de Jack. Estaba totalmente poseída por él, ya no le importaba el riesgo que estaban corriendo, pues tan sólo era consciente del éxtasis que le provocaba sentir la unión de sus carnes.

Jack, murmurando palabras vehementes junto a la curva de su cuello, empezó a empujar con más fuerza, creando una fricción que acabó llevando a Amanda a alcanzar un orgasmo abrasador. Sofocó sus gritos guturales con la boca y procedió a retirarse de ella como hacía siempre justo antes del clímax. Pero, de pronto, pareció estar poseído por algún impulso primario e irreprimible y, en lugar de retirarse, se hundió aún más en su interior. Su amplio corpachón se estremeció con la fuerza del orgasmo, dejando escapar un gemido silencioso que vibró contra la piel húmeda de Amanda.

Los dos permanecieron juntos durante un rato, respirando con dificultad, mientras Jack rozaba los labios de Amanda con los suyos. Cuando por fin interrumpió el beso, la voz le salió en forma de un susurro áspero:

—Maldición... No debería haberlo hecho.

Debido a la sensación de aturdimiento, Amanda apenas consiguió articular una respuesta. Desde que iniciaron la relación, habían tomado medidas para evitar el embarazo; aquélla era la primera vez que Jack dejaba el resultado a la suerte. Trató de calcular los días con mayores probabilidades para la concepción.

—No pasa nada, creo —murmuró, acariciándole la mejilla.

Aunque no podía ver la expresión de su cara, percibió la tensión de su mandíbula y, al momento, se abatió sobre ella una terrible sensación de inquietud.

—¡Sophia! —exclamó Amanda sin poder creérselo. Cruzó a la carrera el pequeño vestíbulo de entrada, donde aguardaba su hermana mayor—. Podrías haberme dicho que pensabas venir a verme, lo habría dispuesto todo.

—Simplemente deseaba saber si estabas viva o muerta —repuso Sophia con acritud, haciendo reír a Amanda.

Si bien Sophia era entrometida y mandona por naturaleza, también era una hermana cariñosa con un fuerte instinto maternal. A menudo había sido la portavoz de la familia acerca del inaceptable comportamiento de Amanda. Fue Sophia la que protestó con más energía cuando Amanda se convirtió en novelista y se trasladó a Londres. Siempre llegaban cartas de Sophia, repletas de consejos que a Amanda la divertían sobremanera, pues le recomendaba que se mantuviera ojo avizor respecto a las tentaciones de la vida en la ciudad. Tal vez Sophia no se habría sorprendido si se hubiera enterado de que, de hecho, Amanda se había atrevido a alquilar un gigoló para su cumpleaños. Al parecer, su hermana mayor reconocía como pocas personas la vena temeraria que afloraba de vez en cuando en el carácter de Amanda.

—Estoy muy viva —dijo Amanda con entusiasmo—. Pero muy ocupada. —Lanzó una mirada a su hermana acompañada de una sonrisa de afecto—. Te veo muy bien, Sophia.

Durante años, Sophia había conservado la misma figura blanda y de hombros redondeados. Llevaba el pelo peinado con el mismo moño pulcro y recogido, y usaba la misma fragancia a vainilla que le gustaba a su madre. Sophia era tal y como parecía ser: una matrona rural que manejaba de forma competente a un marido aburrido pero respetable y a cinco niños bulliciosos.

Sophia aferró las manos de su hermana y se separó un poco de ella para inspeccionarla de pies a cabeza.

—Temía que estuvieses enferma. Ésa era la única razón que se me ocurría para explicar tu insistencia en no acudir a Windsor.

—¿No se te ocurrió ningún otro motivo? —replicó Amanda riendo, y acto seguido acompañó a su hermana al interior de la casa.

Sophia compuso una mueca de ironía.

—Explícame por qué me he visto obligada a venir a verte aquí, en lugar de recibirte en mi casa. Después de evitar a la familia en Navidad, habías prometido venir a vernos en enero. Ya estamos a mediados de febrero y aún no habíamos tenido noticias tuyas. Y no me vengas con tonterías como que estás sobrecargada de trabajo; tú siempre estás ocupada, y eso nunca te ha impedido venir a Windsor.

Se desprendió de su gorro de viaje, un sombrerito de lana bonito y práctico a la vez, de color azul, de ala estrecha en la nuca y ancha en la frente.

—Siento que te hayas tomado tantas molestias —res-

240

pondió Amanda en tono contrito al tiempo que recogía el sombrero y la capelina a juego de su hermana—. Pero estoy encantada de que estés aquí.

Colocó las prendas sin prisas en el perchero de madera situado junto a la entrada, y se cercioró de que quedasen bien sujetas de los ganchos con punta de porcelana.

—Ven conmigo a la salita —la instó—. No has podido escoger mejor momento, porque acabo de preparar el té. ¿Qué tal están los caminos desde Windsor hasta aquí? ¿Has tenido alguna dificultad...?

—¿Dónde están los criados? —la interrumpió Sophia con aire suspicaz al entrar con ella en la salita decorada en colores crema y azul.

—Sukey ha ido al mercado con la cocinera, Violet, y Charles ha ido a la tienda de vinos.

—Perfecto. Así podremos disfrutar de un poco de intimidad mientras me explicas lo sucedido.

—¿Por qué crees que ha sucedido algo? —replicó Amanda, esquivándola con habilidad—. Te aseguro que las cosas han seguido su lento curso, como siempre.

—Se te da muy mal mentir —le informó Sophia serenamente, tomando asiento en el diván—. Amanda, debo recordarte que Windsor no está precisamente muy aislado de Londres. Nos enteramos de lo que ocurre aquí, y nos han llegado rumores que te conciernen a ti y a cierto caballero.

—¿Rumores? —Amanda la observó con sorpresa y horror.

—Y tienes un aspecto distinto.

—¿Distinto? —En su repentina consternación, Amanda no pudo hacer otra cosa que sonrojarse debido al sentimiento de culpa y a repetir como un loro lo que decía su hermana.

—Tienes un aire especial que me hace sospechar que

los rumores son ciertos. Tienes una relación con alguien, ¿no es así? —Sophia frunció los labios y contempló a su hermana menor—. Estás en tu pleno derecho de organizar tu vida como te apetezca. Yo ya he aceptado que no eres de las que se pliegan a los dictados de los convencionalismos. Si lo fueras, podrías haberte casado con un hombre de Windsor y haberte ido a vivir cerca de tu familia. En cambio, vendiste Briars House, te instalaste en Londres y te dedicaste a forjar una carrera. Con frecuencia me he dicho a mí misma que si todo esto te hace feliz, pues bienvenido sea...

—Gracias —la interrumpió Amanda con un ligero toque de sarcasmo.

—No obstante —prosiguió Sophia con gesto de preocupación—, ahora tus actos están poniendo en peligro todo tu futuro. Quisiera que confiaras en mí y me permitieras ayudarte a resolver las cosas.

Amanda se sintió tentada a replicar a Sophia con todas las descaradas mentiras que fueran necesarias para calmar sus sospechas. Sin embargo, al mirar a su hermana, notó un escozor en los ojos y le rodó una gruesa lágrima por la mejilla.

—Sophia... Lo que necesito en este momento es alguien que me escuche y que me entienda. Alguien que no ponga mis acciones en tela de juicio. ¿Crees que podrás hacer eso por mí?

—Por supuesto que no —respondió Sophia con brusquedad—. ¿De qué iba a servirte si no te ofreciera la posibilidad de beneficiarte de mi buen criterio? De no ser así, bien podrías contarle tus secretos al árbol más cercano.

Con risa nerviosa, Amanda se enjugó las lágrimas con la manga.

—¡Oh! Sophia, me temo que vas a quedar bastante impresionada con mi confesión.

Mientras el té se les enfriaba en las tazas, Amanda le relató de un tirón su relación con Jack Devlin, quitando por prudencia algún que otro detalle, como las circunstancias del primer encuentro entre ambos. Sophia permaneció con el semblante impasible mientras escuchaba, y reservó los comentarios para cuando Amanda puso fin a su relato con un suspiro acuoso.

—Bien —dijo Sophia con gesto pensativo—. No me siento tan impresionada como quizá debería estarlo. Te conozco muy bien, Amanda, y jamás he creído que fueras a ser feliz viviendo en soledad. Si bien es cierto que no apruebo tu proceder, entiendo tu necesidad de compañía. Debo señalar que si hubieras hecho caso de mi consejo y te hubieras casado con un hombre agradable de Windsor, no te encontrarías ahora en esta terrible situación.

—Por desgracia, una no puede salir a la calle sin más y enamorarse del hombre apropiado.

Sophia hizo un ademán de impaciencia.

—El amor no tiene nada que ver, querida. ¿Por qué crees que yo me conformé con Henry?

La pregunta dejó a Amanda estupefacta.

—Pues... Yo... Nunca me ha parecido que para ti fuera «conformarse». Siempre parecías muy feliz con Henry.

—Y así es —contestó Sophia en tono resuelto—. A eso es a lo que me refiero. En un principio yo no amaba a Henry, pero reconocía que poseía un carácter admirable. Comprendí que si quería formar una familia y tener un lugar sólido en la sociedad, necesitaba un marido respetable. Y el amor, o algo que se le parece mucho, llega con el tiempo. Me gusta y valoro la vida que llevo con Henry. Es algo que tú también podrías tener, si estuvieses dispuesta a dejar a un lado esa obstinada independencia tuya y tus ilusiones románticas.

—¿Y si no estuviese dispuesta a ello? —murmuró Amanda.

Sophia la miró directamente a los ojos.

—Entonces será peor para ti. La vida siempre es más difícil para aquellos que nadan contra corriente. Yo me limito a constatar los hechos, Amanda, y sabes que tengo razón. Y te lo digo con todo el énfasis: debes adaptar tu vida para cumplir con lo establecido. Mi consejo es que pongas fin a esa relación enseguida y te apliques en buscar un caballero que esté dispuesto a casarse contigo.

Amanda se frotó las sienes doloridas.

—Pero estoy enamorada de Jack —susurró—. No quiero a ningún otro hombre.

Sophia la miró con gesto comprensivo.

—Lo creas o no, te entiendo, querida. Sin embargo, debes tener en cuenta que los hombres como tu señor Devlin son algo así como un postre apetecible: una disfruta de ellos en el momento, pero suelen sentarle mal a tu figura. Además, no es delito casarse con el hombre que a una le guste. De hecho, según mi opinión, es mucho mejor que casarse con un hombre al que se ama. La amistad dura más que la pasión.

—¿Qué sucede? —preguntó Jack en voz queda, acariciando la curva de la espalda desnuda de Amanda.

Ambos yacían en medio de una maraña de sábanas, el aire era húmedo y perfumado como de sal marina tras haber hecho el amor. Jack se inclinó para besarla en el hombro.

—Esta noche estás distraída. ¿Tiene algo que ver con la visita de tu hermana? ¿Os habéis peleado?

—No, en absoluto. De hecho, pasamos un buen rato conversando agradablemente, y ella me dio muchos

244

consejos juiciosos antes de partir de regreso a Windsor.
—Amanda frunció el entrecejo al oír a Jack musitar algunas palabrotas sobre los «consejos juiciosos» de su hermana, y se incorporó sobre un codo—. No pude evitar mostrarme de acuerdo con muchas de sus opiniones —dijo—, aunque no era mi intención.

La mano de Jack que le acariciaba la espalda se quedó inmóvil, con el pulgar apoyado en las hendiduras de la columna vertebral.

—¿Qué opiniones?

—A Sophia le han llegado rumores relativos a nuestra relación. Me ha dicho que se está fraguando un escándalo, y que debo poner fin a esta relación de inmediato si no quiero arriesgarme a que mi reputación quede destrozada. —Por sus labios pasó una sonrisa triste—. Tengo mucho que perder, Jack. Si me convierto en una mujer de mala reputación, mi vida entera cambiará. Ya no me invitarán a actos sociales, y muchas de mis amistades no querrán volver a dirigirme la palabra. Lo más probable será que tenga que marcharme a vivir a algún lugar remoto en el campo, o incluso irme al extranjero.

—Yo corro el mismo riesgo —señaló Jack.

—No —replicó ella—, tú sabes muy bien que en estas cosas a los hombres nunca se les juzga igual que a las mujeres. Yo me convertiría en una paria, en tanto que tú no recibirías más que un leve cachete en la muñeca.

—¿Qué estás diciendo? —De pronto, su tono se tiñó de furia contenida—. ¡Que me condenen si tienes la intención de poner fin a nuestra relación con un mes y medio de adelanto!

—Nunca debería haber consentido semejante acuerdo. —Desvió el rostro con un gemido de dolor—. Ha sido una locura. No pensaba con claridad.

Jack la atrajo hacia sí, deslizando las manos sobre su cuerpo.

—Si lo que te preocupa es el escándalo, buscaré un modo de que esto resulte más discreto. Compraré una casa en el campo, en la que podamos vernos sin que nadie lo sepa...

—Es inútil, Jack. Esta... Lo que ha sucedido entre nosotros... —Amanda se interrumpió, súbitamente consternada, incapaz de encontrar la palabra adecuada. Como no halló ninguna, dejó escapar un suspiro de impaciencia por su falta de temple—. No puedo continuar.

—¿Unas pocas palabras de tu remilgada hermana mayor, y ya estás dispuesta a poner fin a nuestra relación? —preguntó Jack con incredulidad.

—Sophia ha confirmado lo que yo ya pensaba. Desde el principio he sabido que esto no estaba bien, y aun así, hasta ahora no he sido capaz de enfrentarme a la verdad. Por favor, no hagas que todo resulte más difícil.

Él lanzó un juramento salvaje y la tumbó de espaldas, con su poderoso cuerpo erguido sobre ella. Tenía el semblante tranquilo, pero Amanda casi podía ver la velocidad con que se desarrollaban sus pensamientos. Cuando habló, su tono de voz estaba ya bajo control.

—Amanda, no pienso perderte. Los dos sabemos que nuestro pacto de tres meses no era más que un juego. Esta relación no iba a limitarse en ningún caso a un período tan corto. Desde el principio comprendí que existía el riesgo de un escándalo, y decidí que te protegería de todas las consecuencias que pudiese entrañar nuestra relación. Tienes mi palabra al respecto. Vamos, terminemos de una vez con esta tontería y continuemos como hasta ahora.

—¿Y cómo podrás tú protegerme de un escándalo? —preguntó Amanda, desconcertada—. ¿Estás diciendo que te casarías conmigo para salvar mi destrozada reputación?

Él la miró fijamente a los ojos sin parpadear.

—Si es necesario, sí.

Pero la falta de voluntad que había en su mirada era fácil de apreciar, y Amanda comprendió cuán desagradable sería para él tener que casarse con alguien.

—No —murmuró—. Tú no deseas ser marido ni padre. Yo no te pediría una cosa así..., ni me la pediría a mí misma. Merezco algo más que ser considerada una piedra al cuello.

Aquellas palabras quedaron flotando en el aire. Amanda se sintió a la vez resignada y cruel al observar el rostro inexpresivo de Jack. Él nunca había fingido desear algo más que una mera aventura. No podía reprocharle lo que sentía.

—Jack —dijo con voz insegura—. Siempre pensaré en ti con... con afecto. Espero que incluso podamos continuar trabajando juntos. Deseo que la relación entre nosotros siga siendo amistosa.

Él la miró de un modo que no la había mirado nunca, con la boca torcida hacia un lado y los ojos brillantes debido a algo similar a la cólera.

—Así que lo que quieres es mi amistad —dijo suavemente—. Y lo único que sientes por mí es afecto.

Amanda se obligó a sí misma a sostener su mirada.

—Sí.

No entendió del todo el gesto de amargura que mostraba su semblante. Un hombre no mostraba una expresión como aquélla a no ser que se sintiese profundamente herido; sin embargo, no creía que él se interesara tanto por ella como para sentirse así. Tal vez era su orgullo el que había sido herido.

—Es el momento de despedirse —susurró—. Tú lo sabes.

Jack siguió con la vista fija en ella y el rostro impávido.

—¿Cuándo volveré a verte? —le preguntó con voz grave.

—Dentro de unas semanas, quizá —respondió Amanda titubeando—. Entonces podremos vernos como amigos, espero.

El aire quedó cargado con un silencio peculiar, doloroso, hasta que Jack habló de nuevo.

—Entonces digámonos adiós del mismo modo que empezamos —musitó, y acto seguido tomó a Amanda con gestos bruscos.

En todas las ocasiones en las que Amanda había imaginado o descrito las despedidas de los amantes, jamás pensó en semejante urgencia; parecía como si él deseara hacerle daño.

—Jack —protestó.

La fuerza de sus manos se aflojó un poco; siguió sujetándola, pero sin castigarla.

—Una última demostración de afecto no es mucho pedir, ¿no?

Le separó las piernas con la rodilla y la penetró sin ninguna clase de preliminares. Amanda contuvo la respiración al sentirlo entrar dentro de ella y establecer un ritmo rápido y exigente que hizo que le vibrara todo el cuerpo. Surgió el placer y fue aumentando, sus caderas se arquearon con cada nueva embestida.

Cerró los ojos y sintió la boca de Jack en sus pechos, buscando sus pezones, mordiéndolos y acariciándolos con los dientes y la lengua. Trató de apretarse más contra él, ansiosa de sentir sobre sí su calor y su peso. Jack la besó con la boca abierta, hambriento, y por fin dejó escapar un gemido cuando se apoderó de ella un intenso orgasmo que la barrió de arriba abajo en oleadas sucesivas.

Jack se retiró de ella con una brusca sacudida, dejando escapar un gruñido áspero, el cuerpo tembloroso y en tensión, en el desenlace de su propio clímax.

Por lo general, después de hacer el amor, Jack la abrazaba y la acariciaba. Esta vez, en cambio, rodó hacia un lado y abandonó la cama con un resoplido.

Amanda se mordió el labio y permaneció inmóvil mientras Jack se hacía con sus ropas y se vestía en silencio.

Quizá si hubiera conseguido explicarle las cosas de un modo distinto, mejor, Jack no habría reaccionado guiado por aquella furia incomprensible. Intentó decir algo, pero tenía la garganta demasiado tensa para poder pronunciar una sola palabra, y lo único que logró articular fue un sonido extraño, roto.

Al oír aquel débil ruido, Jack le lanzó una mirada fulminante. El hecho de apreciar el dolor que se reflejaba con toda claridad en su rostro no pareció ablandarlo; de hecho, incrementó su frustración.

Por fin dijo en un tono frío, rígido, haciendo un esfuerzo para hablar a través de los dientes apretados:

—Aún no he terminado contigo, Amanda. Te estaré esperando.

Amanda no había conocido nunca un silencio más absoluto que el que descendió sobre el dormitorio tras la marcha de Jack. Asió la sábana, que aún conservaba el calor y el aroma de su cuerpo, y se arropó con ella, en un intento de calmarse y pensar. No se habían hecho promesas ni compromisos. Ninguno de los dos se había atrevido nunca a creer en algún tipo de permanencia.

Esperaba haber sentido dolor en el momento de la despedida final, pero no contaba con experimentar una sensación de pérdida tan profunda, como si le hubieran amputado una parte del cuerpo. En las próximas semanas y meses, descubriría de qué mil maneras la había transformado aquella relación, en cuántos aspectos ya nunca iba a ser la misma. Sin embargo, por el momento, intentaría librarse de los detalles no deseados que se agolpaban en su mente: pensar en los ojos azul oscuro de Jack, en el sabor de su boca, en el brumoso calor de su piel cuando se movía sobre ella arrastrado por la pasión... El maravilloso timbre grave de su voz al murmurarle al oído.

—Jack —dijo en un susurro, y se dio la vuelta para hundir el rostro en la almohada y romper a llorar.

Jack recibió de buena gana el azote de la gélida brisa de febrero cuando se adentró en la oscuridad de la noche y echó a andar. Hundió las manos en los bolsillos de su abrigo y comenzó a caminar sin su habitual aire resuelto ni su sentido de la orientación. No tenía importancia dónde se dirigía, ni cuán lejos llegara, lo único que le importaba era no detenerse.

Se sentía como si hubiera bebido whisky mal destilado, de aquel que le dejaba la boca seca y la cabeza como si la tuviera rellena de lana. Parecía imposible que una mujer a la que deseaba con tanta intensidad no lo quisiera. Si bien comprendía el miedo que tenía Amanda al escándalo y las consecuencias del mismo, no conseguía aceptar que ya no iba a poder verla, hablar con ella, hacerla suya..., que la aventura que había tenido lugar entre ambos se había convertido de repente en algo del pasado.

No reprochaba a Amanda la decisión que había tomado. De hecho, de haber estado él en sus mismas circunstancias, con toda probabilidad habría hecho lo mismo. Pero no lograba apartar de sí la sensación de rabia y de pérdida. Con Amanda experimentaba más intimidad de la que había sentido con ninguna otra persona en su vida. A ella le había contado cosas que incluso a él le habían resultado difíciles de admitir. No era simplemente la delicia de su cuerpo lo que iba a echar de menos: amaba su aguda inteligencia, su risa fácil..., amaba sencillamente estar en la misma habitación que ella, aunque no sabía explicar del todo por qué su compañía le proporcionaba tan honda satisfacción.

En su interior libraban una batalla impulsos contradictorios. Podía regresar con ella de inmediato, argumentar y convencerla hasta que ella le permitiera volver a entrar en su cama. Pero eso no era lo que Amanda quería, no era lo mejor para ella.

Lanzó un juramento por lo bajo y apretó el paso para alejarse a toda prisa de su casa. Haría lo que ella deseaba. Le daría la amistad que quería, y ya encontraría la manera de arrancarla de su mente y de su corazón.

12

La temporada londinense, con su ritual de cenas, bailes, fiestas y tés, dio comienzo en marzo. Había actos para todos los estratos sociales. Los más notables de todos, las insufriblemente aburridas reuniones de personajes de sangre azul, deseosos de emparejar maridos convenientes con apropiadas esposas para garantizar la continuidad de sus linajes. Sin embargo, cualquiera con sentido común procuraba evitar las reuniones de la aristocracia, pues en ellas la conversación era lenta y basada en la autocomplacencia, y lo más probable era que uno se viese atrapado en compañía de personas pomposas e imbéciles.

Más apetecibles eran las invitaciones a los eventos de lo que podía considerarse la clase media alta, gente sin linaje pero con una considerable celebridad o riqueza. En dicho grupo se incluían políticos, ricos barones con tierras, hombres de negocios, médicos, dueños de periódicos, artistas e incluso unos cuantos comerciantes bien situados.

Desde que se trasladó a vivir a Londres, Amanda había sido bien recibida en cenas y bailes, conciertos privados y veladas de teatro, pero últimamente había rechazado todas las invitaciones.

Aunque en el pasado se había divertido en semejantes menesteres, ahora no parecía encontrarle interés alguno al hecho de acudir a ninguna parte. Nunca había entendido la frase «tener el corazón encogido», hasta ahora. Habían transcurrido cuatro semanas desde que vio a Jack por última vez, y le acuciaba la sensación de tener el corazón aplastado por una losa de plomo que ejerciese también una dolorosa presión sobre sus pulmones y sus costillas. Había ocasiones en las que incluso respirar le costaba un gran esfuerzo. Se despreciaba a sí misma por estar tan enganchada a un hombre, odiaba aquel inútil melodrama y, no obstante, le resultaba imposible no hacerlo. Estaba segura de que el tiempo lograría aplacar su angustia, pero le deprimía profundamente la perspectiva de pasar meses y años sin tener a Jack.

El hecho de que Oscar Fretwell fuese a su casa para recoger las últimas revisiones de su novela por entregas, supuso una fuente de abundante información acerca de su jefe. Jack se había vuelto insaciable en sus esfuerzos por alcanzar cotas de éxito cada vez más altas. Había adquirido un distinguido periódico, el *London Daily Review*, que presumía de contar con una tirada que alcanzaba la mareante cifra de ciento cincuenta mil ejemplares. También había abierto dos tiendas nuevas y acababa de adquirir otra revista. Se rumoreaba que disponía de más dinero en efectivo que casi ningún otro hombre de Inglaterra, y que el flujo de fondos de Devlin's se acercaba al millón de libras esterlinas.

—Es como un cometa —le confió Fretwell, ajustándose las gafas con su habitual ademán—, va más deprisa que nadie ni nada de lo que le rodea. No recuerdo cuándo fue la última vez que lo vi comer en condiciones. Y estoy seguro de que no duerme nunca. Se queda en la oficina hasta mucho tiempo después de que se haya ido todo el mundo, y está allí por la mañana antes que nadie.

—¿Por qué está tan acelerado? —inquirió Amanda—. Pensaba que Devlin querría relajarse y disfrutar de lo que ha conseguido.

—Eso es lo que cabría esperar —repuso Fretwell con

gesto grave—. Pero lo más probable es que él mismo se vaya a la tumba de forma prematura.

Amanda no pudo evitar preguntarse si Jack la echaría de menos. A lo mejor estaba intentando mantenerse tan ocupado para que le quedase poco tiempo para recapacitar sobre el final de la relación entre ambos.

—Señor Fretwell —dijo con una incómoda sonrisa—, ¿ha mencionado Devlin mi nombre en alguna ocasión? Es decir... ¿hay algún mensaje que desee que usted me transmita?

El gerente mantuvo el semblante prudentemente inexpresivo. Era imposible discernir si Jack le habría confiado algo acerca de su relación con ella, o si le habría revelado alguna pista respecto a sus sentimientos.

—Parece estar bastante complacido por las ventas de la primera entrega de *Una dama inacabada* —dijo con un entusiasmo a todas luces excesivo.

—Ya. Gracias. —Amanda disimuló su desilusión y su angustia con una tensa sonrisa.

Se dio cuenta de que Jack estaba haciendo todo lo que podía para dejar atrás la relación que había existido entre ambos, y supo que ella tenía que hacer lo mismo. Empezó a aceptar invitaciones de nuevo y se obligó a sí misma a reír y conversar con sus amistades. Sin embargo, lo cierto era que nada lograba disipar su soledad, y que pasaba el tiempo esperando y escuchando, por ver si oía la más mínima mención referente a Jack Devlin. Era inevitable que un día los dos asistieran al mismo evento, y aquella idea la atemorizaba y la ilusionaba a un tiempo.

Para sorpresa de Amanda, la invitaron a un baile que se celebraba a finales de marzo en casa de los Stephenson, a quienes no conocía demasiado. Recordó vagamente que había visto a los ancianos señor y señora Stephenson el año anterior, cuando se los presentó en una fiesta su abogado, Thaddeus Talbot. La familia poseía una serie de minas de diamantes en Sudáfrica, lo cual había añadido el atractivo de las grandes riquezas al lustre de un apellido sólido y respetado por todos.

Llevada por la curiosidad, Amanda decidió asistir. Se puso su mejor vestido para la ocasión; una pieza de satén color rosa pálido con un enorme cuello de gasa blanca que dejaba los hombros al descubierto. La amplia falda producía un siseo cada vez que se movía y, de vez en cuando, dejaba vislumbrar los zapatos de encaje con cintas color rosa. Se había arreglado el cabello en un recogido flojo, con unos cuantos mechones sueltos alrededor de las mejillas y del cuello.

Stephenson Hall era una casa inglesa clásica, un majestuoso edificio de ladrillo rojo con gigantescas columnas de estilo corintio, que se elevaba sobre un amplio patio frontal pavimentado con losas. El techo del salón de baile lucía pinturas *trompe l'oeil* relativas a las cuatro estaciones, a juego con los intrincados motivos florales del brillante suelo de parquet. Cientos de invitados pululaban bajo la intensa iluminación, procedente de dos de las lámparas de araña más grandes que Amanda había visto jamás.

En cuanto llegó salió a su encuentro el hijo mayor de los Stephenson, Kerwin, un hombre corpulento de poco más de treinta años, que se había acicalado de modo sorprendente. Llevaba relucientes broches de diamantes en el pelo, hebillas con diamantes en los zapatos, botones de diamantes en la levita y anillos de diamantes en todos los dedos. Amanda no pudo por menos que quedarse mirando el extraordinario espectáculo de un hombre que se las había ingeniado para decorar todas las partes de su cuerpo con joyas.

Con expresión de orgullo, Stephenson se pasó una mano por la pechera de su relampagueante levita y sonrió a Amanda.

—Notable, ¿no es cierto?

—Casi hace daño mirarlo a usted —replicó Amanda secamente.

Stephenson confundió aquel comentario con un cumplido y se inclinó para murmurar en tono de conspiración:

—Piense usted, querida... en la afortunada mujer que termine casándose conmigo: podrá lucir los mismos adornos.

Amanda esbozó una fugaz sonrisa, consciente de que en aquel momento era el objetivo de una legión de miradas celosas provenientes de viudas obsesionadas con el matrimonio y sus ventajas. Ojalá pudiera haberlas tranquilizado a todas *en masse* diciéndoles que no sentía el menor interés por aquel ridículo petimetre.

Por desgracia, no hubo forma de persuadir a Stephenson de que se separase de su lado en toda la velada. Por lo visto, había decidido que a Amanda le correspondía el honor de escribir la historia de su vida.

—Supondría sacrificar mi valiosa intimidad —reflexionó, haciendo destellar su multitud de sortijas al asir con firmeza el brazo de Amanda con su mano regordeta—, pero no puedo seguir negándole al público una historia que desea con tal ansia. Y sólo usted, señorita Briars, posee la capacidad de captar la esencia de ese tema: mi persona. Disfrutará escribiendo sobre mí, se lo prometo. Apenas le parecerá un trabajo.

Por fin Amanda comprendió que aquélla era la razón por la que la habían invitado al baile. La familia debía de haberse puesto de acuerdo en que debía recaer en ella el honor de escribir la biografía de su pomposo heredero.

—Es usted muy amable —murmuró, atrapada entre

el ultraje y la risa, mirando a su alrededor en busca de alguna vía de escape—. Sin embargo, debo confesarle que las biografías no son mi fuerte...

—Vamos a buscar un rincón apartado —la interrumpió él— donde podamos sentarnos juntos el resto de la velada mientras yo le cuento la historia de mi vida.

Amanda sintió que se le congelaba la sangre en las venas ante semejante perspectiva.

—Señor Stephenson, no podría negar a las demás mujeres presentes la oportunidad de disfrutar de su compañía...

—Tendrán que consolarse solas —replicó con un suspiro de pesar—. Al fin y al cabo, como yo no hay más que uno... y esta noche soy todo suyo, señorita Briars. Venga conmigo.

Se vio prácticamente arrastrada hacia un pequeño diván de terciopelo que había en un rincón. Fue entonces cuando vio el rostro oscuro de Jack Devlin.

Al verlo le dio un vuelco el corazón. No tenía constancia de que él fuera a asistir a aquel baile. No pudo por menos que quedarse mirándolo fijamente. Jack estaba muy guapo, principesco incluso, con su formal atuendo negro y su cabello negro peinado hacia atrás, despejando el rostro. Se hallaba de pie entre un grupo de hombres, observándola por encima del borde de su copa de coñac, con expresión de satisfacción y burla. Sus dientes blancos relucieron en una rápida sonrisa al presenciar el apuro en que se encontraba Amanda.

De improviso, el sentimiento de anhelo de Amanda se trocó en profundo fastidio. «Maldito canalla», pensó, mirándolo ceñuda mientras tiraba de ella la corpulenta figura de Stephenson. No debería causarle sorpresa que Jack se divirtiera al verla en aquella embarazosa situación.

Amanda aguantó furiosa, en silencio, las dos horas que Stephenson la tuvo monopolizada desplegando una gran oratoria acerca de sus comienzos, sus logros, sus opiniones... hasta que le entraron ganas de chillar. Mientras bebía de su vaso de ponche, contempló cómo el resto de los asistentes a la fiesta se divertía bailando, riendo y conversando; ella estaba atrapada en un diván junto a un charlatán que se creía un tipo importante.

Es más, cada vez que alguien se les acercaba y parecía concretarse la posibilidad de un rescate, Stephenson despedía a aquella persona con un gesto de la mano y continuaba su inacabable discurso. Justo cuando Amanda estudiaba ya la posibilidad de fingir malestar o un desmayo para poder librarse de él, llegó el socorro de parte de quien menos lo deseaba.

Vio a Jack de pie, frente a ellos, con un semblante carente de toda expresión, haciendo caso omiso de los intentos de Stephenson por espantarlo.

—Señorita Briars —dijo en voz queda—, ¿está disfrutando de esta velada?

Pero Stephenson reaccionó antes de que Amanda pudiera decir nada.

—Devlin, tiene usted el honor de ser el primero en conocer la buena noticia —graznó.

Devlin arqueó las cejas y miró a Amanda.

—¿Qué noticia es ésa?

—He convencido a la señorita Briars de que escriba mi biografía.

—¿De veras? —Jack dirigió a Amanda una mirada que pretendía fingir reproche—. Tal vez ha olvidado, señorita Briars, que tiene usted obligaciones contractuales conmigo. Pese a su entusiasmo por ese proyecto, es posible que tenga que aplazarlo durante un tiempo.

—Si usted lo dice... —murmuró ella, casi ahogada

por una mortificante mezcla de gratitud y fastidio. Le transmitió un mensaje en silencio, con una mirada que prometía venganza si él no la sacaba de aquel entuerto de inmediato.

Devlin hizo una leve reverencia y extendió una mano enguantada.

—¿Le parece que hablemos un poco más del asunto? ¿Mientras bailamos un vals, tal vez?

Amanda no necesitó más apremios. Prácticamente saltó del diván, el cual había desarrollado todo el atractivo de una cámara de tortura, y aferró la mano de Devlin.

—Muy bien, si insiste.

—Oh, desde luego —le aseguró él.

—Pero la historia de mi vida... —protestó Stephenson—. Aún no he terminado de contarle los años que pasé en Oxford...

Farfulló indignado al ver que Jack conducía a Amanda hacia el torbellino de parejas que bailaban en el salón. Flotaba en el aire el efervescente ritmo de un vals, pero su alegre melodía no lograba mitigar la irritación de Amanda.

—¿No vas a darme las gracias? —le preguntó Jack al tiempo que tomaba su mano enguantada y le deslizaba un brazo por la cintura.

—¿Darte las gracias por qué? —respondió ella en tono acre.

Los músculos agarrotados de sus piernas se opusieron a la perspectiva de bailar tras la prolongada tortura del diván, pero sentía tanto alivio al verse libre de su opresor que no hizo caso de dichas molestias.

—Por haberte rescatado de Stephenson.

—Has esperado dos horas para hacerlo —puntualizó ella—. No pienso darte en absoluto las gracias.

—¿Cómo iba yo a saber que no encontrarías atractivo a Stephenson? —inquirió él, todo inocencia—. A muchas mujeres les gusta.

—Bueno, pues que se lo queden. Has permitido que me atormentara el asno más pretencioso que he conocido nunca.

—Es un hombre respetable, culto, soltero, rico... ¿Qué más podrías desear?

—No es culto —replicó Amanda con una vehemencia a duras penas contenida—. O, por lo menos, si lo es, sus conocimientos se limitan a un solo tema: él mismo.

—Sabe mucho de piedras preciosas —apuntó Jack en tono manso.

Amanda se sintió tentada de golpearlo allí mismo, delante de la legión de parejas que bailaban. Al percatarse de su expresión, Devlin se echó a reír y procuró parecer contrito.

—Lo siento. De verdad. Verás, voy a compensarte. Dime a quién más deseas conocer esta noche y yo me encargaré de que lo conozcas. Sea quien fuere.

—No te molestes —dijo ella, rencorosa—. Después de verme sometida al señor Stephenson durante tanto tiempo se me ha puesto un humor de perros. Sólo soy buena compañía para ti.

Los ojos de Jack llamearon de pagana diversión.

—Baila conmigo, entonces.

La introdujo en el baile con una espléndida economía de movimientos, compensando así en cierta forma la diferencia radical que había entre la estatura de uno y la de la otra. Amanda se sorprendió de nuevo al ver lo alto que era, la fuerza y la energía de aquel cuerpo oculto bajo un civilizado atuendo de noche.

Tal como cabía esperar de él, era un bailarín excelente; no sólo sabía bailar, sino que además tenía estilo. La llevaba con firmeza, sin dejar ninguna oportunidad a dar un paso en falso. Su mano se apoyaba con fuerza en su espalda, proporcionándole la cantidad justa de presión y sostén para guiarla.

El olor a lino almidonado se mezclaba con el aroma de su piel, limpia y salada, perfumada con un toque de colonia. Amanda odiaba que Jack oliese mucho mejor que cualquier otro hombre que conociese; ojalá pudiera embotellar aquella esencia y rociar a otro con ella.

La animada música fluía a su alrededor, y Amanda notó que se relajaba entre los firmes brazos de Jack. Rara vez había bailado en su juventud, ya que la mayoría de los hombres que había conocido parecía creer que ella era demasiado seria y solemne para disfrutar de dicha actividad. Aunque no había sido de las que se quedaban sentadas a mirar, desde luego no se había visto demasiado solicitada como compañera de baile.

A medida que giraban y avanzaban entre las demás parejas, Amanda se fijó en los sutiles cambios que se habían obrado en el semblante de Jack. En las semanas transcurridas desde su separación, parecía haber perdido parte de su aire vanidoso y desenvuelto. Parecía más viejo, se le habían formado unas pequeñas arrugas junto a la comisura de los labios y, con frecuencia, fruncía el ceño de un modo particular. Había adelgazado, lo cual hacía que ahora destacasen más sus pómulos y el fuerte ángulo de su mentón. Y además lucía unas ojeras que daban testimonio de una constante falta de sueño.

—Pareces muy cansado —le dijo en un impulso—. Tienes que dormir más.

—He languidecido desde que no te tengo —contestó él en un tono tan ligero y falso que pretendía implicar justo lo contrario—. ¿Es ésa la respuesta que querías oír?

Amanda se puso rígida ante aquella leve burla.

—Suéltame. Se me ha desatado la cinta de un zapato.

—Todavía no. —Su mano no se movió de la espalda de Amanda—. Tengo una buena noticia que darte. La primera entrega de *Una dama inacabada* se ha vendido al completo. Y para el segundo número existe ya una demanda tan grande, que este mes pienso duplicar la edición.

—¡Oh! Ciertamente, es una buena noticia. —Pero el placer que por lo general habría sentido se vio empequeñecido por la terrible tensión que flotaba entre ellos—. Jack, el zapato...

—Maldita sea —murmuró él, haciendo un alto en el vals y conduciendo a Amanda fuera de la pista de baile.

Amanda se apoyó en su brazo mientras él la guiaba hacia una silla decorada con detalles dorados que había en un costado del salón. Maldijo en silencio el zapato y la delicada cinta que lo sujetaba al tobillo, pues notaba que se le iba aflojando hasta que apenas pudo seguir con él puesto.

—Siéntate —le ordenó tajante Jack, que se arrodilló a su lado y aferró su pie.

—No hagas eso —exclamó Amanda, consciente de que estaban atrayendo muchas miradas curiosas.

Había incluso unas cuantas invitadas que reían disimuladamente detrás de sus abanicos, o sus manos enguantadas, ante el espectáculo de ver a la relamida señorita Briars siendo asistida por un conocido libertino como Jack Devlin.

—Nos está mirando la gente —dijo Amanda en tono más suave mientras Jack le sacaba el zapato del pie.

—Tranquilízate. Ya he visto otras veces cintas de zapatos que se aflojan. De hecho, algunas mujeres incluso las dejan así a propósito, como excusa para enseñar los tobillos a sus acompañantes.

—Si estás insinuando que yo sería capaz de valerme de un pretexto tan estúpido para... para... En fin, ¡eres todavía más engreído e insufrible de lo que pensaba!

La vergüenza hizo que Amanda se ruborizara y lanzó una mirada de furia a Jack, que bajó la vista hacia el frágil zapato con una repentina sonrisa.

—Vaya, señorita Briars —murmuró—. Cuán frívolo por su parte.

Amanda se había comprado aquellos zapatos de baile obedeciendo a un impulso. A diferencia de otros zapatos, éstos estaban diseñados sin tener en cuenta su calidad ni su carácter funcional. Apenas eran más que una delgada suela y un tacón de dos centímetros unidos entre sí por un poco de cinta y de encaje, y con un diminuto bordado de flores en la punta. Una de las tenues cintas de seda que sujetaban el zapato al tobillo se había desanudado, de modo que Jack ató los dos extremos deshilachados con unos cuantos movimientos hábiles.

Asumió una expresión impasible mientras volvía a calzarle el zapato en el pie y ataba de nuevo la cinta alrededor del tobillo. No obstante, en sus ojos se apreciaba un atisbo de diversión que lo delataba, y que dejaba claro que disfrutaba con la impotencia de Amanda y con la atención que estaban atrayendo. Amanda mantuvo la cara vuelta hacia otro lado, clavada en sus propias manos, que no dejaba de retorcer sobre el regazo.

Devlin tuvo mucho cuidado de no dejar ver en ningún momento el más mínimo fragmento del tobillo de Amanda mientras le calzaba el zapato. Sus dedos se cerraron durante un instante alrededor del talón con el fin de sujetarlo en su sitio. A Amanda nunca le habían gustado sus piernas, porque eran robustas y demasiado cortas. Nunca se escribían odas a mujeres que tuvieran tobillos fuertes, tan sólo a las que los tenían delgados y finos. Aun así, sus poco románticos tobillos poseían una exquisita sensibilidad, y Amanda no pudo evitar estremecerse al sentir el contacto de los dedos de Jack, el calor de sus manos superando la barrera de la media de seda abrasándole la piel.

Fue un contacto fugaz, pero Amanda lo sintió hasta la médula de los huesos. Estaba aturdida por la inmediatez de su deseo, por el modo en que se le secó la boca, por el abrumador escalofrío de placer que le recorrió el cuerpo entero. De pronto dejó de importarle que estuvieran en un salón repleto de gente: le entraron ganas de tumbarse con Jack en aquel brillante suelo, aplastar su boca contra la de él y atraerlo sobre sí hasta sentir su íntimo calor penetrando en su cuerpo. Los primitivos pensamientos que corrieron por su cabeza mientras estaba sentada en aquel entorno tan civilizado la horrorizaron y le nublaron la vista.

Jack le soltó el pie por fin y se incorporó frente a ella.

—Amanda —dijo en voz baja.

Ella sintió su mirada clavada en su cabeza inclinada. No podía alzar los ojos hacia él, apenas podía hablar.

—Por favor, déjame sola —consiguió decir al fin, en un susurro—. Por favor.

Contra todo pronóstico, Jack pareció entender su dilema, porque, tras ofrecerle una cortés reverencia, obedeció su petición.

Amanda tomó aire varias veces para calmar su mente. El tiempo que había pasado separada de Jack no había aplacado su deseo de él. La acuciaban una nostalgia y una soledad de tal calibre, que la acercaban al borde de la desesperación. ¿Cómo lograría soportar aquellos infrecuentes encuentros con él? ¿Iba a tener que sufrirlos durante el resto de su vida? Y si ése fuera el caso, ¿qué podía hacer al respecto?

—Señorita Briars.

Amanda percibió en sus oídos el agradable sonido de una voz de timbre grave. Levantó su mirada turbada y se encontró con un rostro familiar. Se le había acercado un hombre alto y de cabello castaño tirando a plateado, con un rostro barbado presidido por una sonrisa. Sus ojos, del color del chocolate, chispearon al reparar en su indecisión.

—No esperaba que se acordara usted de mí —dijo con modestia—, pero nos conocimos en la fiesta de Navidad del señor Devlin. Soy...

—Por supuesto que me acuerdo de usted —dijo Amanda con una tenue sonrisa, aliviada de que le hubiera venido a la cabeza su nombre. Se trataba del popular autor de poemas para niños con el que había compartido una grata conversación en Navidad—. Es un placer verlo de nuevo, Tío Hartley. No tenía idea de que fuera usted a asistir a esta fiesta.

Hartley rió al oír a Amanda emplear su nombre artístico.

—No logro entender por qué la mujer más encantadora en este salón no está bailando. ¿Me haría tal vez el honor de bailar una cuadrilla conmigo?

Ella negó con gesto pesaroso.

—Las cintas de mi zapato derecho no lo soportarían, me temo. Tendré suerte si consigo evitar que ese maldito chisme no se me salga del pie durante el resto de la velada.

Hartley la contempló como si no estuviera del todo seguro de si lo estaban rechazando o no. Amanda alivió su incomodidad ofreciéndole otra sonrisa.

—Sin embargo —agregó—, estoy convencida de que podría arreglármelas para llegar hasta la mesa de los refrescos, si usted tuviera la amabilidad de acompañarme.

—Será un placer —respondió Hartley con sinceridad y, acto seguido, le ofreció el brazo como muestra de cortesía—. Había abrigado profundas esperanzas de verla de nuevo después de nuestra conversación en la fiesta del señor Devlin —le dijo mientras se encaminaban a la sala donde se hallaban los refrigerios—. Por desgracia, en los últimos tiempos no parece usted haberse movido en los ambientes sociales.

Amanda le dirigió una mirada penetrante, preguntándose si habría oído los rumores acerca de su relación con Jack. Pero la expresión de Hartley era amable y cortés, sin rastro de acusación o insinuación alguna.

—He estado ocupada con mi trabajo —dijo ella con brusquedad, intentando disipar una súbita punzada de culpa; era la primera vez que experimentaba dicha emoción.

—Por supuesto, una mujer de su talento... Se requiere tiempo para crear obras tan memorables.

Hartley la llevó hasta la mesa de los refrigerios e hizo señas a un criado para que preparase un plato para ella.

—¿Y usted? —preguntó Amanda—. ¿Ha escrito más poemas para niños?

—Me temo que no —contestó Hartley en tono desenfadado—. He pasado la mayor parte del tiempo con mi hermana y su familia. Tiene cinco hijas y dos hijos, todos de ojos brillantes y traviesos como una camada de cachorros de zorro.

—Le gustan los niños —apuntó Amanda en tono interrogativo.

—¡Oh! muchísimo. Los niños tienen el don de recordarle a uno el verdadero propósito de la vida.

—¿Y cuál es?

—Pues amar y ser amado, por supuesto.

Amanda quedó sorprendida de su sencillez y sinceridad. Notó que sus labios se curvaban en una sonrisa de asombro; cuán notable era encontrar un hombre que no tuviera miedo de los sentimientos.

Los ojos castaños de Hartley eran firmes y cálidos,

pero su boca mostraba un gesto de pesar entre la forma pulcramente recortada de su barba.

—Mi difunta esposa y yo nunca pudimos tener hijos, para desilusión de ambos. Una casa sin niños puede llegar a ser muy silenciosa.

Mientras avanzaban por la mesa de los refrigerios, Amanda continuó sonriendo. Hartley era un hombre impresionante, inteligente y bueno, y atractivo a pesar de carecer de verdadera apostura. Había algo en su rostro ancho y simétrico, con aquella nariz alargada y aquellos ojos de color castaño oscuro, que a Amanda le resultaba infinitamente seductor. Era un rostro que uno podía mirar a diario sin cansarse nunca de él. Estaba demasiado deslumbrada por Jack Devlin para haberse fijado antes en Hartley. Bueno, se prometió a sí misma en silencio no volver a cometer semejante error.

—Quizá me permita que le haga una visita alguna vez —sugirió Hartley—. Me gustaría llevarla a dar un paseo en mi carruaje cuando mejore el tiempo.

El señor Charles Hartley no era el héroe de ningún cuento de hadas, ni el personaje deslumbrante de un libro, sino un hombre callado y tranquilo que compartía sus mismos intereses. Hartley jamás la haría perder la cabeza, sino que la ayudaría a conservarla sobre los hombros. Aunque no era lo que podría considerarse excitante, Amanda ya había experimentado suficiente excitación en su breve aventura con Jack Devlin como para que le durara toda la vida. Ahora deseaba algo —alguien— que fuera sólido y real, cuya principal ambición fuera llevar una vida agradable y normal.

—Estaría encantada —respondió, y, para su alivio, pronto descubrió que mientras se encontraba en la solícita compañía de Charles Hartley, era capaz de apartar de su mente todo pensamiento acerca de Jack Devlin.

13

Siguiendo la última ronda del día, Oscar Fretwell recorrió todas las plantas del edificio para comprobar los equipos y cerrar las puertas con llave. Se detuvo ante el despacho de Devlin. Dentro había una luz encendida, y por debajo de la puerta ascendía un peculiar aroma: el olor penetrante del humo. Ligeramente alarmado, Fretwell golpéo con los nudillos en el marco de la puerta y se asomó al interior.

—Señor Devlin...

Entonces se detuvo un momento a contemplar con un asombro apenas disimulado al hombre que era patrón y amigo a la vez.

Devlin se hallaba sentado a su mesa, rodeado por sus sempiternas pilas de libros y documentos, dando metódicas caladas a un largo cigarro. Un plato de cristal atiborrado de colillas apagadas y una bella caja de madera de cedro medio llena de cigarros daban testimonio de que Devlin llevaba ya un buen rato fumando.

En un esfuerzo por recomponer sus ideas antes de hablar, Fretwell aprovechó la oportunidad para quitarse las gafas y limpiarlas con escrupulosa meticulosidad. Cuando volvió a ponérselas, observó a Devlin con mirada valorativa. Aunque rara vez utilizaba el nombre de pila de su jefe, pues opinaba que era necesario demostrar su absoluto respeto por él ante sus empleados, ahora hizo uso de él de forma deliberada. Por una parte, todo el mundo se había ido ya a su casa; por otra, sentía la necesidad de restablecer la conexión que había existido entre ellos desde que eran muchachos.

—Jack —dijo en voz queda—, no sabía que te gustara el tabaco.

—Hoy, sí. —Devlin dio otra calada al cigarro y clavó la mirada azul de sus ojos entornados en el rostro de Fretwell—. Vete a casa, Fretwell, no tengo ganas de hablar.

Haciendo caso omiso de aquella orden pronunciada en tono calmo, Fretwell se acercó hasta una ventana, retiró el pestillo de la misma y la abrió para que entrase la brisa y despejara el ambiente cargado de la habitación. La densa neblina azul que flotaba en el aire empezó a dispersarse lentamente. Aún con la mirada sardónica de Devlin clavada en él, Fretwell se aproximó al escritorio, inspeccionó la caja de cigarros y sacó uno.

—¿Puedo?

Devlin asintió con un gruñido. Luego agarró el vaso de whisky que tenía enfrente y lo vació de dos tragos.

Fretwell extrajo de su bolsillo un minúsculo cortador de puros y trató de rebanar la punta del cigarro, pero el prieto cilindro de hojas enrolladas se resistió a sus esfuerzos. Diligente, continuó serrando el cigarro hasta que Devlin se lo arrebató con un bufido.

—Dame ese maldito chisme.

Sacó del cajón del escritorio una navaja tremendamente afilada con la que hizo un profundo corte circular alrededor del extremo del cigarro para eliminar el borde desigual dejado por el cortador. Después se lo entregó a Fretwell junto con una caja de cerillas, y contempló cómo éste lo prendía y daba unas cuantas caladas hasta que comenzó a desprender un humo acre y aromático que fue ascendiendo muy despacio.

Sentado en una silla próxima, Fretwell fumó en silencio, en actitud amistosa, pensando qué podía decirle a su amigo. Lo cierto era que Devlin presentaba un aspecto deplorable. Las últimas semanas, pasadas trabajando sin piedad y bebiendo, unido a la falta de sueño, se habían cobrado por fin su tributo. Fretwell nunca lo había visto en semejante estado.

Devlin nunca le había parecido un hombre lo que se dice muy feliz, pues por lo visto veía la vida como una batalla que había que ganar en lugar de algo a lo que debía encontrarle un cierto disfrute, y, dado su pasado, no se le podía reprochar nada. Pero Devlin siempre había parecido invencible. Mientras le fueran bien los negocios, mostraba encanto y arrogancia, despreocupación, y reaccionaba tanto a las noticias buenas como a las malas con sardónico humor y la cabeza fría.

Ahora, sin embargo, estaba claro que algo le molestaba, algo que tenía gran importancia para él. Había desaparecido aquel manto invencible, dejando a la vista a un hombre atormentado, incapaz a todas luces de encontrar refugio.

Fretwell no tuvo dificultad en discernir cuándo se había iniciado el problema: en el primer encuentro entre Jack Devlin y la señorita Amanda Briars.

—Jack —le dijo en tono cauteloso—, es obvio que últimamente estás un tanto preocupado. Y supongo que no habrá algo, o alguien, de lo que quieras hablar...

—No.

Devlin se pasó una mano por su cabello negro, despeinándolo, tirando con gesto ausente de los mechones de la frente.

—Bueno, hay una cosa sobre la que me gustaría llamar tu atención. —Fretwell dio una chupada a su cigarro con aire pensativo antes de proseguir—: Parece ser que dos de nuestros autores han empezado un... no estoy muy seguro de cómo llamarlo... una especie de relación de algún tipo.

—¿De veras? —Devlin arqueó una ceja negra.

—Y como a ti siempre te gusta estar informado acerca de todo asunto personal significativo que concierna a tus autores, creo que deberías estar al tanto de los rumores que corren. Según parece, a la señorita Briars y al señor Charles Hartley se les ha visto juntos con cierta frecuencia en los últimos tiempos. Una vez en el teatro, en varias ocasiones paseando en coche por el parque, y también en diversos actos sociales...

—Ya lo sé —le interrumpió Devlin con gesto adusto.

—Perdóname, pero creía que en cierta ocasión tú y la señorita Briars...

—Te estás convirtiendo en una vieja entrometida, Oscar. Te hace falta buscar una mujer y dejar de preocuparte de los asuntos privados de los demás.

—Ya tengo una mujer —replicó Fretwell con suma dignidad—. Y no deseo entrometerme en tu vida privada, ni siquiera hacer comentarios al respecto, a no ser que empiece a afectar a tu trabajo. Dado que poseo una parte de este negocio, aunque sea pequeña, tengo derecho a estar preocupado. Si tú te dejas hundir poco a poco, saldrán perjudicados todos los empleados de Devlin's. Incluido yo mismo.

Jack frunció el entrecejo y lanzó un suspiro. Después aplastó lo que quedaba de su cigarro contra el plato de cristal.

—Maldita sea, Oscar —dijo con cansancio. Tan sólo su gerente y antiguo amigo se atrevería a presionarlo de aquella manera—. Ya que está claro que no vas a dejarme en paz hasta que te conteste... Sí, reconozco que en cierta ocasión estuve interesado por la señorita Briars.

—Muy interesado, desde luego —murmuró Fretwell.

—Bueno, ahora eso ha terminado.

—¿En serio?

Devlin dejó escapar una risa grave, carente de humor.

—La señorita Briars tiene demasiado sentido común como para desear liarse conmigo. —Se frotó el puente de la nariz y dijo en un tono sin inflexiones—: Hartley es un buen partido para ella, ¿no crees?

Fretwell se sintió empujado a responder con sinceridad.

—Si yo fuera la señorita Briars, me casaría con Hartley sin dudarlo. Es uno de los tipos más decentes que he conocido nunca.

—Entonces, todo arreglado —dijo Devlin en tono brusco—. Les deseo a los dos lo mejor. Sólo es cuestión de tiempo que se casen.

—Pero... y tú, ¿qué? ¿Vas a quedarte ahí y permitir que la señorita Briars sea para otro hombre?

—No sólo pienso quedarme aquí, sino que estoy dispuesto a acompañarla a la capilla, si ella me lo pide. Su boda con Hartley será lo mejor para todos.

Fretwell sacudió la cabeza, consciente del íntimo temor que empujaba a Devlin a abandonar a una mujer que a todas luces significaba tanto para él. Era un extraño aislamiento, impuesto a sí mismo, que parecían compartir todos los supervivientes de Knatchford Heath. Ninguno de ellos se creía capaz de forjar lazos duraderos con nadie.

Uno de los pocos que se habían atrevido a casarse, como Guy Stubbins, el director contable de Devlin, tenía una de esas relaciones sembradas de dolorosos problemas. La confianza y la fidelidad resultaban esquivas para quienes habían soportado el infierno de Knatchford Heath. El mismo Fretwell había evitado con todo cuidado contraer matrimonio, y se las había arreglado para amar y perder a una buena mujer antes que arriesgarse a unirse a ella de forma permanente.

Sin embargo, odiaba ver a Devlin sufrir el mismo destino, sobre todo cuando sus sentimientos parecían ser mucho más profundos de lo que había sospechado en un principio. Si Amanda Briars llegase a casarse con otro hombre, muy probablemente Devlin jamás volvería a ser el mismo.

—¿Qué vas a hacer, Jack? —se preguntó en voz alta.

Devlin fingió haber entendido mal la pregunta.

—¿Esta noche? Dejaré de momento el trabajo y me iré al local de Gemma Bradshaw. Tal vez alquile un poco de compañía femenina fácil.

—Pero si tú nunca duermes con putas —dijo Fretwell, sorprendido.

Devlin esbozó una malévola sonrisa y señaló con un gesto el plato lleno de colillas.

—Tampoco fumo.

—Nunca había celebrado una merienda campestre en un lugar cerrado —comentó Amanda riendo, al tiempo que contemplaba con ojos brillantes el entorno que la rodeaba.

Charles Hartley la había invitado a su pequeña propiedad, construida en las afueras de Londres, donde su hermana pequeña, Eugenie, iba a dar un almuerzo. A Amanda le gustó de inmediato, nada más conocerla. Los ojos oscuros de Eugenie rebosaban de vivacidad y jovialidad, desmintiendo su estatus de matrona, por haber dado a luz a siete hijos, y poseía la misma aura de serenidad que tanto atractivo le proporcionaba a Charles.

Los Hartley eran una familia de buen linaje, no aristócratas, pero sí respetables y bien situados económicamente. Lo cual hacía que Amanda admirase aún más a Charles; tenía los medios necesarios para llevar una vida indolente si así lo hubiese deseado y, en cambio, había preferido mantenerse ocupado escribiendo para los niños.

—No es una auténtica merienda —admitió Charles—. Sin embargo, es la mejor que hemos podido organizar, teniendo en cuenta el hecho de que todavía hace demasiado frío para hacer una al aire libre.

—Ojalá estuvieran aquí sus hijos —le dijo Amanda a Eugenie de manera impulsiva—. El señor Hartley habla de ellos tan a menudo que casi me parece conocerlos ya.

—Cielos —exclamó Eugenie, riendo—. En nuestro primer encuentro, no. Mis hijos son una pandilla de auténticos diablillos. Terminarían por espantarla y no volveríamos a verla nunca más.

—Lo dudo mucho —repuso Amanda, ocupando el asiento que le ofrecía Charles.

La merienda había sido dispuesta en una habitación con grandes ventanales de forma octogonal, dotada de un patio en el centro del suelo de piedra. Había allí un «jardín blanco» en el que habían plantado rosas blancas, lirios del mismo color y magnolias plateadas que despedían un delicioso aroma que flotaba sobre la mesa con mantel repleta de cristalería y cubertería. Sobre el mantel de lino blanco habían esparcido pétalos de rosa que hacían juego con el decorado floral de la porcelana de Sevres.

Eugenie alzó una copa de chispeante champán y miró a Charles con expresión sonriente.

—¿Quieres hacer un brindis, querido hermano?

Él volvió la mirada hacia Amanda y aceptó.

—Por la amistad —dijo con sencillez, pero la calidez que podía apreciarse en sus ojos parecía transmitir un sentimiento más hondo que la mera amistad.

Amanda bebió del champán, y lo encontró refrescante. Se sentía festiva y, sin embargo, completamente a gusto en compañía de Charles Hartley. Habían pasado mucho tiempo juntos, de paseo en el carruaje de Charles o asistiendo a fiestas y conferencias. Charles era todo un caballero, que le hacía preguntarse si albergaría en su cabeza algún pensamiento o idea incorrecta. Parecía incapaz de cometer grosería o vulgaridad alguna. «Todos los hombres somos zafios y primitivos», le había dicho Jack en cierta ocasión. Bueno, pues se equivocaba, y Charles Hartley era la prueba viviente de ello.

La pasión desenfrenada que había atormentado a Amanda iba apagándose igual que las ascuas de un fuego que antes fue una violenta hoguera. Aún pensaba en Jack con mayor frecuencia de lo que le hubiese gustado, y en las raras ocasiones en las que se veían, experimentaba los mismos estremecimientos fríos y calientes, la misma dolorosa percepción, el mismo anhelo intenso de cosas que no podía tener. Por fortuna, no sucedía a menudo. Y cuando sucedía, Jack se mostraba invariablemente educado, sus ojos azules amistosos pero fríos, y hablaba tan sólo de los negocios que les concernían a ambos.

Por otra parte, Charles Hartley no mantenía en secreto sus sentimientos. Resultaba fácil apreciar a aquel viudo bondadoso y sin complicaciones, que bien a las claras necesitaba y deseaba una esposa. Él era todo lo que Amanda admiraba en un hombre: cerebral, moral, de carácter sensato pero sazonado con una irónica inteligencia.

Qué extraño parecía que después de tantos años su vida hubiera terminado por fin así: viéndose cortejada por un hombre bueno, sabiendo casi con certidumbre que ello la llevaría al matrimonio, si lo deseaba. En Charles Hartley había algo distinto a todos los demás hombres que había conocido: era muy fácil confiar en él. Amanda sabía en el fondo de su alma que él siempre la trataría con respeto. Es más, compartían los mismos valores, los mismos intereses. En poco tiempo se había convertido en un amigo querido para ella.

Ojalá llegase a sentir mayor atracción física por Charles. Cada vez que intentaba imaginar cómo sería estar con él en la cama, la idea no le resultaba excitante en absoluto. Tal vez aquel sentimiento se desarrollara con el tiempo..., o tal vez lograra contentarse con un matrimonio agradable pero falto de pasión, como parecían ser los de sus hermanas.

Aquél era el camino correcto a seguir, se dijo Amanda a sí misma para tranquilizarse. Sophia tenía razón: ya era hora de que formase su propia familia. Si Charles Hartley llegase a proponérselo, se casaría con él. Aminoraría la marcha de su carrera, quizá la abandonase del todo, y se perdería en las preocupaciones cotidianas a las que se enfrentaban las mujeres normales. «La vida siempre es más difícil para los que nadan contra corriente», le había dicho Sophia, y la verdad que encerraban aquellas palabras iba calando más hondo con cada día que pasaba. Qué agradable sería, qué placentero, renunciar a los deseos infructuosos y ser por fin como todo el mundo.

Mientras Amanda se vestía para ir a dar un paseo en coche con Charles, reparó en que su mejor vestido para carruajes, hecho de gruesa seda color verde manzana y con un favorecedor adorno en el talle en forma de uve, le quedaba tan justo que casi no pudo abrochárselo.

—Sukey —dijo con un suspiro de disgusto mientras la doncella se afanaba por cerrarle los botones de la espalda—, a lo mejor podrías apretarme un poco más las cintas del corsé. Supongo que voy a tener que hacer un poco de dieta para adelgazar. Dios sabe qué habré hecho en estas últimas semanas para haber engordado tanto.

Para su sorpresa, Sukey no rió ni la compadeció ni la aconsejó, sino que se limitó a permanecer de pie tras ella, sin moverse.

—¿Sukey? —repitió Amanda al tiempo que se daba la vuelta. Quedó perpleja por la extraña expresión que mostraba su semblante.

—Va a ser mejor que no le apriete más las cintas, señorita Amanda —dijo Sukey con cuidado—. Podría hacerle daño si está... —Dejó la frase en suspenso.

—¿Si estoy qué? —A Amanda le había sorprendido el silencio de su doncella—. Sukey, dime enseguida lo que estás pensando. Me miras como si creyeras que estoy...

De repente, se quedó callada, pues comprendió a qué se refería Sukey. Sintió que la sangre huía de su cara y se llevó una mano a la cintura.

—Señorita Amanda —inquirió la doncella con cautela—, ¿cuánto tiempo ha transcurrido desde que tuvo la última menstruación?

—Mucho —contestó Amanda con una voz que sonó distante y extrañamente ajena—. Por lo menos dos meses. He estado demasiado ocupada y distraída para pensar en ello.

Sukey asintió con la cabeza, al parecer privada de la capacidad del habla.

Amanda se volvió y se dirigió a una silla cercana. Se sentó con el vestido sin abrochar y arrugado en brillantes pliegues a su alrededor. Una extraña sensación se había abatido sobre ella, como si hubiera quedado suspendida en el aire y no tuviera forma de alcanzar el lejano suelo. No era una sensación agradable, aquella terrible liviandad. Deseó con desesperación tener un modo de sujetarse, de aferrarse a algo sólido que la tranquilizara.

—Señorita Amanda —dijo Sukey instantes más tarde—, pronto vendrá el señor Hartley.

—Cuando llegue, despídelo —replicó Amanda en tono apagado—. Dile... dile que hoy no me encuentro bien. Y luego manda venir al médico.

—Sí, señorita Amanda.

Sabía que el médico no haría sino confirmar lo que, como una revelación, sabía con casi total seguridad. Los recientes cambios en su cuerpo, y también su instinto femenino, apuntaban hacia la misma conclusión: estaba embarazada de Jack Devlin; no era capaz de imaginarse un dilema peor.

La situación de las mujeres solteras embarazadas a menudo se describía como «un apuro». Las deficiencias de semejante expresión estuvieron a punto de hacerla reír llevada por la histeria. ¿Un apuro? No, era un desastre, un desastre que iba a transformar su vida en todos los sentidos.

—Me quedaré con usted, señorita Amanda —dijo Sukey en voz baja—. No importa.

Incluso sumida en el caos de sus pensamientos, Amanda se sintió conmovida al ver la lealtad que le demostró al instante su sirvienta. A ciegas, aferró la mano áspera y curtida de Sukey y la apretó con fuerza.

—Gracias, Sukey —dijo con voz ronca—. No sé lo que voy a hacer si... si tengo un bebé... Tendría que marcharme a alguna parte. Al extranjero, supongo. Tendría que vivir fuera de Inglaterra durante mucho tiempo.

—Hace años que estoy cansada de Inglaterra —dijo Sukey con voz firme—. Es todo lluvia y cielo gris, y hace un frío que se te mete en los huesos... No, no es para una mujer como yo, amante del calor. Francia o Italia... Son lugares con los que siempre he soñado.

A Amanda se le atoró en la garganta una risa melancólica, y sólo pudo responder con un susurro:

—Ya veremos, Sukey. Ya veremos lo que habrá que hacer.

Amanda se negó a ver a Charles Hartley, y a cualquiera, durante una semana después de que el médico verificara que estaba encinta. Envió a Hartley una nota en la que explicaba que estaba sufriendo un ataque de gripe y que necesitaba unos días para descansar y recuperarse. Él contestó con un mensaje de amistad y un hermoso ramo de flores de invernadero.

Había muchas cosas en que pensar, e importantes decisiones que tomar. Por mucho que lo intentara, Amanda no podía echar a Jack Devlin la culpa de su estado. Era una mujer madura que había entendido los riesgos y las consecuencias que entrañaba una aventura amorosa. La responsabilidad recaía exclusivamente sobre sus hombros. Aunque Sukey había dejado caer la posibilidad de que acudiera a darle la noticia a Jack, la sola idea le hacía encogerse de horror. ¡Por supuesto que no! Si había algo que sabía con total certeza, era que Jack Devlin no quería ser padre ni esposo. No pensaba cargarle con aquel problema; ella era capaz de cuidar de sí misma y de la criatura.

Sólo había una forma de proceder: haría las maletas y se marcharía a Francia lo antes posible. Tal vez se inventase un marido ficticio que había fallecido y la había dejado viuda..., alguna estratagema que le permitiera formar parte de la sociedad local francesa. Todavía podría ganarse muy bien la vida publicando desde el extranjero. No había razón alguna para que Jack llegara a enterarse de la existencia de un hijo al que, con toda seguridad, no deseaba y del que, con toda probabilidad, se avergonzaría. Nadie sabría la verdad, salvo su hermana Sophia y, naturalmente, Sukey.

Decidida a encauzar sus energías hacia la tarea de planificar y confeccionar listas, se aplicó a los preparativos para la drástica convulsión que pronto iba a sufrir su vida. Con vistas a dicho propósito, permitió que Charles Hartley fuera a visitarla una mañana para poder despedirse de él.

Charles llegó a su casa con un ramo de flores en la mano. Venía vestido con su elegante y muy tradicional levita marrón y pantalones tostados, con una corbata de seda oscura anudada bajo la barba. Amanda experimentó una aguda punzada de pesar por el hecho de que jamás podría volver a verlo. Iba a echar de menos su rostro amable y franco y la compañía cómoda y sin complicaciones que él le ofrecía. Era un placer estar junto a un hombre que no la excitaba ni la retaba, un hombre que llevaba una vida tan tranquila como rápida y turbulenta era la de Jack Devlin.

—Encantadora como siempre, aunque un poco pálida —recitó Charles, sonriendo a Amanda al tiempo que entregaba el abrigo y el sombrero a Sukey—. He estado preocupado por usted, señorita Briars.

—Ya me encuentro mucho mejor, gracias —respondió ella obligando a sus labios a esbozar una sonrisa.

Ordenó a Sukey que se llevase las flores y las pusiera en agua, e invitó a Charles a tomar asiento junto a ella en el diván. Por espacio de unos minutos se enfrascaron en una conversación liviana, sin hablar de nada en particular, mientras la mente de Amanda buscaba de manera incesante el modo adecuado de decirle que iba a marcharse de Inglaterra para siempre. Al final, como no se le ocurría una manera delicada de decirlo, habló con su natural estilo directo:

—Charles, me alegro de que tengamos esta oportunidad de hablar, porque va a ser la última. Verá, recientemente he decidido que Inglaterra ya no es para mí el mejor lugar donde vivir. He pensado establecerme en otro país, en Francia concretamente, donde estoy segura de que el clima suave y el ritmo de vida más lento me sentarán mucho mejor. Voy a echarlo de menos de todo corazón, y espero que podamos mantener correspondencia de vez en cuando.

El semblante de Charles se vio privado de toda expresión al tiempo que asimilaba en silencio aquella noticia.

—¿Por qué? —murmuró finalmente. Tomó una de sus manos y la sostuvo entre las suyas—. ¿Está enferma, Amanda? ¿Es por eso por lo que necesita un clima más cálido? ¿O son otras circunstancias de índole distinta las que la empujan a marcharse? No deseo presionarla, pero tengo buenos motivos para preguntar, como explicaré en breves momentos.

—No estoy enferma —dijo Amanda con una débil sonrisa—. Es usted muy amable, Charles, al demostrar tanta preocupación por mi bienestar...

—No es la amabilidad lo que inspira mis preguntas —replicó él en voz baja. Por una vez, su frente, por lo general libre de preocupaciones, se arrugó, y sus labios se apretaron hasta tal punto que casi desaparecieron en la masa de su recortada barba—. No deseo que se vaya usted a ninguna parte, Amanda. Hay una cosa que debo decirle. No he querido revelarla demasiado pronto, pero al parecer las circunstancias me obligan a actuar de modo un tanto precipitado. Amanda, ha de saber lo mucho que me importa...

—Por favor —le interrumpió ella, sintiendo que se le encogía el corazón debido a la angustia y la alarma. No quería que Charles le hiciera ninguna confesión. Dios no permitiera que le dijese que la amaba, ¡estando embarazada de otro hombre!—. Charles, es usted un querido amigo, y yo he sido muy afortunada por haberlo tratado a lo largo de las últimas semanas. Pero dejemos esto tal como está, se lo ruego. Partiré para el continente en cuestión de días, y nada de lo que diga podrá cambiar ese hecho.

—Me temo que no puedo guardar silencio. —Le estrechó las manos con más fuerza, aunque su tono de voz continuó siendo calmo y afectuoso—. No pienso dejar que se vaya sin decirle lo mucho que yo la valoro. Es usted muy especial para mí, Amanda. Es una de las mejores mujeres que he conocido nunca, y quiero...

—No —dijo ella con un súbito nudo en la garganta—. No soy una mujer buena, en ningún sentido. He cometido terribles errores, Charles, errores que no deseo explicarle. Se lo suplico, no digamos nada más y separémonos como amigos.

Él la estudió durante un rato.

—Se encuentra en algún apuro —dijo en voz queda—. Déjeme que la ayude. ¿Es de tipo económico? ¿Judicial?

—Es un tipo de apuro que nadie puede solucionar. —No podía sostener su mirada—. Por favor, váyase —dijo, poniéndose en pie—. Adiós, Charles.

Pero él la instó a regresar al diván.

—Amanda —murmuró—, a la luz de lo que siento por usted, creo que me debe algo... la oportunidad de serle útil a una persona por la que siento algo muy profundo. Dígame qué es lo que ocurre.

Medio conmovida y medio fastidiada por su persistencia, Amanda se obligó a sí misma a mirar directamente sus dulces ojos castaños.

—Estoy embarazada —dijo en un impulso—. ¿Lo ve? No hay nada que usted ni nadie pueda hacer. Ahora le ruego que se vaya, para que yo pueda recapacitar con claridad sobre el tremendo desastre en que he convertido mi vida.

Charles abrió mucho los ojos, y sus labios se entreabrieron. De todas las cosas que podía haber sospechado, estaba claro que aquélla era la última de ellas. ¿Cuántas personas se quedarían igualmente impresionadas, pensó Amanda, por el hecho de que la sensata novelista solterona hubiera tenido una aventura amorosa, quedando encinta a consecuencia de ello? A pesar de su dilema, casi experimentó una malvada satisfacción por haber hecho algo tan impredecible.

Charles seguía apretándole las manos con fuerza.

—El padre, supongo, será Jack Devlin —afirmó, más que preguntar, sin ninguna traza de censura en su tono.

Amanda lo miró fijamente y se ruborizó.

—Así pues, está al tanto de los rumores.

—Sí. Pero entendí que lo que hubiera sucedido entre ambos en el pasado ya había terminado.

Amanda dejó escapar una leve carcajada sin humor.

—Por lo que parece, no ha terminado del todo —consiguió responder.

—¿Devlin no está dispuesto a cumplir con su deber para con usted?

La reacción de Charles no fue en absoluto la que ella habría esperado. En lugar de apartarse de ella con repugnancia, parecía tan tranquilo y amigable como siempre, interesado por su bienestar. Amanda sabía que era demasiado caballeroso como para traicionar la confianza que ella había depositado en él. Fuera lo que fuese lo que le dijera, no iba a convertirse en carnaza para el chismorreo. Suponía un tremendo alivio confiarse a alguien, y Amanda se sorprendió a sí misma devolviendo la presión de su mano.

—Él no lo sabe, ni lo sabrá nunca. Jack me dejó bien claro en su día que no quería casarse. Y desde luego no es la clase de marido que yo deseo. Ése es el motivo por el que me voy. No puedo quedarme en Inglaterra siendo madre soltera.

—Por supuesto. Por supuesto. Pero debe decírselo. No conozco bien a Devlin, pero se le ha de dar la oportunidad de asumir su responsabilidad para con usted y el niño. No es justo para él, ni para el niño, guardar el secreto.

—No merece la pena decírselo. Ya sé cuál va a ser su reacción.

—Usted no puede llevar esa carga sola, Amanda.

—Sí puedo. —De repente, sintió una profunda calma, e incluso sonrió al mirar el rostro ancho y preocupado de Hartley—. Sí puedo. El niño no sufrirá en absoluto, ni yo tampoco.

—Todo niño necesita un padre. Y usted necesitará un marido que la ayude a mantenerse.

Amanda negó con la cabeza.

—Jack jamás me propondría matrimonio, y si lo hiciera, yo no aceptaría nunca.

Aquellas palabras parecieron desatar algún rasgo temerario en Charles, un impulso fuera de lo común que lo exhortó a lanzar una pregunta que dejó boquiabierta a Amanda:

—¿Y si se lo propusiera yo?

Ella lo miró fijamente sin pestañear, dudando si no estaría fuera de sus cabales.

—Charles —dijo en tono paciente, como si sospechara que no la había entendido—, estoy esperando un hijo de otro hombre.

—A mí me gustaría tener hijos. Consideraría a ese hijo como si fuera mío. Y me gustaría mucho que fuera usted mi esposa.

—¿Pero por qué? —preguntó ella con una risa de desconcierto—. Acabo de decirle que voy a tener un hijo sin estar casada. Usted sabe lo que eso indica acerca de mi forma de ser. No soy en absoluto la clase de esposa que necesita.

—Deje que sea yo quien juzgue su manera de ser; la cual me parece tan estimable como siempre. —Sonrió mirándola a la cara—. Hágame el honor de convertirse en mi esposa, Amanda. No hay necesidad de que se vaya a vivir lejos de su familia y de sus amigos. Juntos viviríamos muy bien, usted sabe que estamos hechos el uno para el otro. Yo la quiero... y también quiero a ese niño.

—¿Pero cómo puede aceptar al bastardo de otro hombre como si fuera hijo suyo?

—Tal vez hace años no lo habría aceptado. Pero ahora estoy entrando en el otoño de mi vida, y la perspectiva de las personas cambia con la madurez. Ahora se me ofrece una oportunidad de ser padre, y por Dios que deseo aprovecharla.

Amanda lo contempló silenciosa y estupefacta, y se le escapó sin querer una leve risa.

—Me sorprende usted, Charles.

—Es usted la que me ha sorprendido a mí —replicó él, cuya barba se abrió en una sonrisa—. Vamos, no tarde tanto en meditar mi propuesta, no es usted muy halagadora que digamos.

—Si aceptara —dijo ella insegura—, ¿reconocería a este hijo como suyo?

—Sí..., con una condición. Antes debe decirle la verdad a Devlin. Mi conciencia no me permitiría robarle a otro hombre la oportunidad de conocer a su propio hijo.

Si lo que usted dice de él es cierto, desde luego no nos causará ningún problema. Incluso se alegrará de verse absuelto de toda responsabilidad respecto de usted y del niño. Pero no debemos dar comienzo a un matrimonio con mentiras.

—No puedo decírselo.

Amanda negó con la cabeza, decidida. No podía imaginar la reacción de Jack. ¿Cólera? ¿Acusación? ¿Hosco resentimiento o burla? ¡Oh! antes preferiría morir quemada en la hoguera que ir a contarle a él la noticia del bastardo que iba a nacer.

—Amanda —dijo Charles con suavidad—, es probable que algún día lo descubra. No puede dejar pasar los años con esa posibilidad pendiendo sobre su cabeza. Debe fiarse de mí en esto. Lo correcto es hablarle del niño. Después de eso, no tendrá nada que temer de Devlin.

Ella sacudió la cabeza en un gesto negativo, apesadumbrada.

—No sé si sería justo para cualquiera de nosotros que yo aceptara casarme con usted, y tampoco estoy segura de que sea lo correcto contarle a Jack lo del niño. ¡Oh, ojalá supiera qué hacer! Antes estaba siempre tan segura de cuáles eran las decisiones correctas... Me creía tan juiciosa, tan práctica, y ahora ese carácter tan meritorio que creía poseer está hecho pedazos, y...

Charles la interrumpió con una leve risa.

—¿Qué es lo que desea hacer, Amanda? La disyuntiva es simple: puede irse al extranjero y vivir entre desconocidos, criando a su hijo sin padre. O puede quedarse en Inglaterra y casarse con un hombre que la respeta y la quiere.

Amanda lo miró insegura. Dicho de aquella forma, la disyuntiva quedaba despejada. Experimentó una curiosa sensación de alivio mezclada con resignación que le provocó escozor en los ojos. Charles Hartley era fuerte sin parecerlo, con una intachable talla moral que la dejó perpleja.

—No tenía idea de que pudiera usted ser tan persuasivo, Charles —dijo, sorbiéndose la nariz, y él sonrió al instante.

En los cuatro meses que habían transcurrido desde que Jack empezó a publicar con regularidad las entregas de *Una dama inacabada*, ésta había causado auténtica sensación. El estruendo que se formaba cada mes, el Día de la Revista, en el «Row», el tramo de Paternoster Row situado al norte de la catedral de San Pablo, era ensordecedor, y todos los representantes de los libreros no querían más que una sola cosa: el último número de *Una dama inacabada*.

La demanda estaba aumentando muy por encima de las estimaciones más optimistas de Jack. El éxito de la publicación seriada de la novela de Amanda podía atribuirse a la excelente calidad de la novela, a la intrigante ambigüedad moral de la protagonista y al hecho de que Jack había pagado una extensa publicidad, incluidos varios anuncios en todos los periódicos importantes de Londres.

Ahora los proveedores vendían materiales publicitarios de *Una dama inacabada*: una colonia de creación especial inspirada en la novela, guantes de color rubí similares a los que usaba la protagonista, bufandas «de dama» de gasa color rojo para llevarlas alrededor del cuello o anudadas alrededor del ala de un sombrero. La música más solicitada en todo baile de moda era el vals *Una dama inacabada*, compuesto por un admirador de la obra de Amanda.

«Debería sentirme complacido», se decía Jack. Al fin

y al cabo, Amanda y él estaban ganando una fortuna con la novela y seguirían ganándola. No había ninguna duda de que vendería muchos ejemplares del libro definitivo cuando por fin lo editara en un hermoso formato de tres volúmenes. Y Amanda parecía estar de acuerdo respecto de la perspectiva de escribir una novela por entregas original para la división editorial de Devlin's.

Sin embargo, ahora le resultaba imposible obtener placer de cualquiera de las cosas que antes se lo proporcionaba. El dinero ya no le entusiasmaba; no necesitaba más riquezas, había ganado mucho más de lo que iba a poder gastar en toda una vida. Dado que era el librero, y también el editor, más poderoso de todo Londres, había adquirido tanta influencia sobre la distribución de las novelas de otros editores, que podía sacarles a éstos enormes descuentos por cualquier libro del que ellos desearan que se encargase.

Jack sabía que era considerado un gigante en el mundo editorial, reconocimiento por el que llevaba mucho tiempo trabajando y que ansiaba de verdad. Pero su trabajo había perdido la capacidad de absorber su interés. Hasta los fantasmas de su pasado habían dejado de acosarlo como en otros tiempos. Ahora, los días pasaban sumidos en una niebla anodina y gris. Nunca se había sentido de aquel modo, impasible ante todo sentimiento, incluido el dolor. Ojalá alguien pudiera decirle cómo liberarse de aquel sofocante abatimiento que lo envolvía.

—No es más que un caso de *ennui*, querido —le había dicho un amigo de la aristocracia en tono sardónico, utilizando el término típico de la clase alta para referirse al aburrimiento terminal—. Es una suerte para ti, pues hoy en día está muy de moda ser un caso auténtico de *ennui*. Difícilmente serías un hombre de alguna importancia si no lo sufrieras. Si buscas alivio, necesitas acudir a un club, beber, jugar a las cartas, entretenerte con algún asuntillo de faldas. O viajar al continente para cambiar de aires.

Sin embargo, Jack sabía que ninguna de aquellas sugerencias iba a servirle de nada. Se limitaba a permanecer sentado en la prisión de su despacho y negociar acuerdos comerciales, o bien se quedaba mirando con expresión vacía montones de trabajo nuevo que tenían exactamente el mismo aspecto que el trabajo que había finalizado el mes pasado, y el mes anterior a ése. Aguardaba sin cesar tener noticias de Amanda Briars.

Igual que un fiel perro de caza, Fretwell le pasaba información cada vez que se enteraba de algo: que Amanda había sido vista una noche en la ópera con Charles Hartley, o que Amanda había visitado los jardines de té y estaba muy guapa. Jack daba vueltas y más vueltas a cada una de aquellas informaciones, y se maldecía a sí mismo por preocuparse tanto por las minucias de la vida de Amanda. Pero es que Amanda era lo único que parecía reavivarle el pulso. Él, que había sido famoso por su insaciable ímpetu, por lo visto ahora sólo parecía interesarse por las tranquilas actividades sociales de una novelista solterona.

Una mañana en que se sentía demasiado frustrado e inquieto para atender al trabajo, Jack decidió que tal vez le viniera bien hacer un poco de ejercicio físico. En su despacho ya no hacía nada útil, y había trabajo que hacer fuera del edificio. De manera que dejó sobre su mesa una pila de manuscritos y contratos sin leer y se puso a cargar arcones llenos de libros recién empaquetados en un furgón que aguardaba a pie de calle, y que debía transportar el material a un barco amarrado en el muelle.

Se quitó la levita y se puso a trabajar en mangas de camisa, cargando los arcones y baúles al hombro y llevándolos por largos tramos de escalera hasta la planta baja. Aunque al principio los mozos del almacén se sintieron un poco nerviosos al ver al propietario de Devlin's realizando una tarea tan servil, el trabajo duro pronto les hizo perder todo rastro de vergüenza.

Cuando Jack hizo al menos media docena de viajes desde la quinta planta hasta la calle, cargando con cajas llenas de libros hasta el furgón situado detrás del edificio, Oscar Fretwell consiguió dar con él.

—Devlin —lo llamó, al parecer alterado—. Señor Devlin, yo... —Se interrumpió de pronto, asombrado, al ver a Jack cargando un baúl en el furgón—. Devlin, ¿puedo preguntarle qué está haciendo? No hay necesidad de que haga eso, Dios sabe que contratamos hombres suficientes para el transporte y la carga de cajas...

—Estoy harto de estar sentado en mi maldita mesa —repuso Jack brevemente—. Quiero estirar las piernas.

—Para eso le habría servido igual dar un paseo por el parque —murmuró Fretwell—. Un hombre de su posición no tiene por qué recurrir a realizar tareas de almacén.

Jack sonrió y se enjugó la frente húmeda con la manga. Era una sensación agradable sudar y ejercitar los músculos, hacer algo que no requiriese pensar, sino tan sólo realizar un esfuerzo físico.

—Ahórrame el sermón, Fretwell. En el despacho no estaba haciendo nada útil, y prefiero hacer algo productivo antes que pasear por el parque. Y bien, ¿querías decirme algo? Porque si no es así, tengo más cajas que cargar.

—Hay una cosa. —El gerente titubeó y lo fulminó con la mirada—. Tiene una visita... La señorita Briars le está esperando en su despacho. Si lo desea, le diré que no puede recibirla... —Pero su voz se desvaneció poco a poco al ver que Jack se dirigía ya a grandes zancadas hacia la escalera antes de que él hubiera terminado la frase.

Amanda estaba allí, deseaba verlo, a pesar de todo el tiempo que había procurado evitarlo.

Jack experimentó una peculiar opresión en el pecho que le aceleró el pulso. Tuvo que hacer un esfuerzo para no subir las escaleras de dos en dos, recorriendo los cinco tramos que llevaban a sus oficinas a un paso moderado. Aun así, su respiración no era en absoluto normal cuando llegó a su despacho. Para su disgusto, era consciente de que el sobreesfuerzo de sus pulmones no tenía nada que ver con el trabajo físico: estaba tan ansioso de estar con Amanda Briars en la misma habitación, que jadeaba igual que un jovenzuelo enamorado. Se debatió unos instantes pensando si debería cambiarse de camisa, lavarse la cara, buscar su levita, en un afán de mostrar un aspecto sosegado. Pero decidió que no. No quería hacer esperar a Amanda más de lo necesario.

Luchando para mantener una fachada impasible, entró en su despacho y dejó la puerta ligeramente entornada. Su mirada se clavó de inmediato en Amanda, de pie junto al escritorio con un paquete envuelto en papel bajo el brazo. Una extraña expresión cruzó su rostro al verlo. Jack apreció nerviosismo y placer antes de que ella se apresurara en disimular su incomodidad con una sonrisa luminosa y falsa.

—Señor Devlin —dijo en tono práctico, yendo hacia él—. Le he traído las revisiones de la última entrega de *Una dama inacabada*... y una propuesta para otra novela por entregas, si le interesa.

—Claro que me interesa —dijo Jack con la voz espesa—. Hola, Amanda. Te veo muy bien.

Aquel vulgar cumplido no describía en lo más mínimo la verdadera reacción que experimentó al verla.

Amanda tenía un aspecto fresco y elegante, ataviada con un vestido azul y blanco adornado con un lazo en el cuello y una fila de botones de perlas que descendían por la pechera del corpiño. Al verla de pie frente a él, le pareció detectar un aroma a limón y una pizca de perfume, y todos sus sentidos se encendieron al momento.

Sintió deseos de estrecharla con fuerza contra su cuerpo acalorado y sudoroso, de besarla, magullarla y devorarla, de enredar sus grandes manos en aquel cabello pulcramente trenzado y de arrancar aquella hilera de botones de perlas hasta que sus suntuosos senos le cayeran en las manos. Se sentía invadido por un apetito devorador, como si llevara varios días sin comer y de pronto hubiera caído en la cuenta de que estaba desfallecido. Aquella violenta oleada de emociones, habida cuenta de las semanas que había pasado sin sentir nada, casi le produjo vértigo.

—Estoy muy bien, gracias. —Su forzada sonrisa desapareció al mirar fijamente a Jack, entreviendo un destello en sus ojos grises plateados—. Tienes una mancha de suciedad en la cara —murmuró.

Extrajo un pañuelo doblado y limpio de su manga y lo acercó al rostro de Jack. Dudando casi de manera imperceptible, se lo pasó por la mejilla derecha. Jack permaneció inmóvil, con todos los músculos en tensión, hasta llegar a parecer una estatua de mármol. Una vez limpia la mancha, Amanda utilizó la otra cara del pañuelo para secar los regueros de sudor que le cubrían la cara.

—Por amor de Dios, ¿qué has estado haciendo? —musitó.

—Trabajar —respondió él en el mismo tono, haciendo uso de toda su fuerza de voluntad para no tomarla en sus brazos.

Una tenue sonrisa tocó los suaves labios de Amanda.

—Como siempre, al parecer te resulta imposible llevar tu vida a un ritmo normal.

Aquella observación no sonó como un cumplido; de hecho, parecía teñida de una pizca de lástima, como si Amanda hubiera adquirido una nueva capacidad de discernimiento que a él se le escapaba.

Frunció el ceño y se inclinó sobre ella para depositar el paquete envuelto en papel sobre la mesa, en un intento deliberado de obligarla a retroceder un paso si no quería que su cuerpo entrara en pleno contacto con el de él. Le complació ver que se ruborizaba y que parte de su compostura se venía abajo.

—¿Puedo preguntarte por qué me has traído esto en persona? —inquirió, refiriéndose a las revisiones.

—Lo siento, tal vez habrías preferido que...

—No, no es eso —replicó Jack en tono áspero—. Sólo quiero saber si tenías algún motivo en particular para venir a verme.

—En realidad, sí hay una cosa. —Amanda se aclaró la garganta, incómoda—. Esta noche voy a asistir a una fiesta que da mi abogado, el señor Talbot. Tengo entendido que tú también has recibido una invitación, Talbot me ha indicado que figurabas en la lista de invitados.

Jack se encogió de hombros.

—Es probable que haya recibido una. Pero dudo que asista.

Por alguna razón, aquella información pareció relajar a Amanda.

—Entiendo. Bueno, quizá sea mejor que recibas la noticia de mi boca esta mañana. A la luz de nuestra... Teniendo en cuenta que tú y yo... No quería que te pillara desprevenido cuando te enteraras de que...

—¿Cuando me enterara de qué, Amanda?

El rubor de su rostro se intensificó.

—Esta noche, el señor Hartley y yo vamos a anunciar nuestro compromiso en la fiesta del señor Talbot.

Era la noticia que había estado esperando y, sin embargo, se quedó atónito ante su propia reacción. Sintió que se abría un inmenso vacío en su interior, por el que penetró un torrente de dolor y ferocidad. La parte racional de su mente le dijo que no tenía ningún derecho de estar enfadado, pero lo estaba. Su abrasadora furia iba dirigida contra Amanda, y contra Hartley, pero sobre todo contra sí mismo.

Controló la expresión de su cara y se obligó a permanecer inmóvil, aunque en realidad le temblaban las manos, deseosas de sacudir a Amanda.

—Es un buen hombre. —En el tono de Amanda se filtró una nota de autodefensa—. Lo tenemos todo en común. Espero ser muy feliz con él.

—Estoy seguro de que lo serás —musitó Jack.

Amanda recobró la compostura como si de un manto invisible se tratase y cuadró los hombros.

—Y tú y yo continuaremos como hasta ahora, espero.

Jack sabía muy bien a qué se refería. Mantendrían la fachada de una distante amistad, trabajarían juntos de vez en cuando, la relación entre ellos sería adecuadamente impersonal. Como si él no le hubiera robado la inocencia. Como si él nunca le hubiera acariciado ni besado de un modo íntimo, ni conociera la dulzura de su cuerpo.

Bajó la barbilla en un ademán rígido para asentir.

—¿Le has contado a Hartley nuestra aventura? —no pudo evitar preguntar.

Amanda le sorprendió afirmando con la cabeza.

—Está informado —murmuró con un gesto de ironía en los labios—. Es un hombre que sabe perdonar. Un auténtico caballero.

Jack sintió que le invadía la amargura. ¿Habría aceptado él aquella información como un caballero? Lo dudaba. Charles Hartley era sin duda mejor hombre que él.

—Estupendo —dijo con brusquedad, sintiendo la necesidad de molestar a Amanda—. No me gustaría que Hartley se interpusiera en nuestra relación profesional. Tengo previsto ganar mucho dinero contigo y tus libros.

Amanda frunció el ceño y se le tensaron las comisuras de los labios.

—Sí. El cielo no permita que nada se interponga entre tú y tus beneficios. Buenos días. Hoy tengo muchas cosas que hacer... Preparativos de boda.

Dio media vuelta con la intención de marcharse y se encaminó hacia la puerta haciendo ondear las plumas blancas de su sombrerito azul.

Jack reprimió el impulso de preguntarle con sarcasmo si iba a ser invitado al bendito evento. Pero permaneció observándola impertérrito, sin ofrecerse a acompañarla hasta la salida como habría hecho un caballero.

Amanda se detuvo en el umbral de la puerta y se volvió para mirarlo. Por alguna razón, parecía desear decirle algo más.

—Jack...

Alguna preocupación le hacía fruncir el ceño, parecía estar luchando con lo que quería decir. Las miradas de ambos se encontraron, unos ojos grises y atormentados fijos en aquellos azul duro y opacos. Después, moviendo la cabeza con un gesto de frustración, Amanda se volvió y salió de la oficina.

Jack, con la cabeza, el corazón y las ingles ardiendo, fue hasta su escritorio y se dejó caer pesadamente en la silla. Buscó con manos torpes en un cajón para sacar un vaso y su sempiterna botella de whisky y se sirvió una copa.

El denso sabor de la bebida le llenó la boca y suavizó su garganta como si de un bálsamo caliente se tratase. Apuró la copa y se sirvió otra. Tal vez Fretwell estuviera en lo cierto, se dijo a sí mismo con amargura y sorna, un hombre de su posición tenía mejores cosas que hacer que acarrear cajas llenas de libros.

De hecho, ese día iba a dar ya por terminado todo trabajo. Se limitaría a quedarse allí sentado, bebiendo, hasta que se extinguiera cualquier pensamiento y toda emoción, hasta que las imágenes de Amanda desnuda en la cama acompañada por el fino y exquisito señor Hartley quedaran ahogadas en un mar de alcohol.

—Señor Devlin. —En la puerta apareció Oscar Fretwell con expresión de preocupación—. No quisiera molestarlo, pero...

—Estoy ocupado —gruñó Jack.

—Sí, señor. Pero es que tiene otra visita, un tal señor Francis Tode. Al parecer, es el abogado que se encarga de la administración de las propiedades de su padre.

Jack permaneció inmóvil y contempló al gerente sin pestañear. La administración de las propiedades de su padre. No había explicación alguna para aquello, a no ser que...

—Hazlo entrar —se oyó decir a sí mismo en un tono neutro.

El hombre con aquel desafortunado apellido, Tode,* se parecía de hecho a un anfibio, de estatura diminuta, calvo y de gran mandíbula, con ojos negros y húmedos desproporcionados para su rostro. Sin embargo, su mirada era aguda e inteligente, y lucía un porte de gravedad y responsabilidad que a Jack le agradó de inmediato.

---

* «Tode» se pronuncia igual que *toad*, que quiere decir «sapo». *(N. de la T.)*

—Señor Devlin. —Se adelantó para estrecharle la mano—. Gracias por aceptar recibirme. Lamento que no nos hayamos conocido en circunstancias más felices. Vengo a darle una noticia ciertamente muy triste.

—El conde ha muerto —dijo Jack al tiempo que le señalaba con un gesto que tomara asiento. Era la única explicación lógica.

Tode afirmó con la cabeza, y sus ojos líquidos se llenaron de cortés amistad.

—Así es, señor Devlin. Su padre falleció anoche, mientras dormía. —Lanzó una mirada a la botella de whisky que descansaba sobre el escritorio y agregó—: Por lo visto, ya estaba usted enterado.

Jack rió al darse cuenta de que el abogado había supuesto que estaba bebiendo por la pena que le causaba el fallecimiento de su padre.

—No, no estaba enterado.

Transcurrieron unos instantes de incómodo silencio.

—¡Cielo santo, cómo se parece usted a su padre! —señaló el abogado, contemplando el duro rostro de Jack como si estuviera hipnotizado—. Desde luego, no hay duda de quién fue su progenitor.

Jack, malhumorado, vertió un poco de whisky en su vaso.

—Sí, por desgracia.

Al abogado no le sorprendió aquel comentario negativo. Era indudable que el conde se había ganado muchos enemigos durante su larga y perniciosa vida, entre ellos unos cuantos hijos bastardos bastante descontentos de su papel como padre.

—Me doy cuenta de que usted y el conde no... mantenían una relación demasiado estrecha.

Jack sonrió ante semejante eufemismo y se limitó a no contestar.

—No obstante —prosiguió Tode—, el conde consideró oportuno incluirlo a usted en su testamento. Algo simbólico, por supuesto, para un hombre con sus medios. Con todo, es algo que posee un valor familiar. El conde le ha dejado una propiedad en Hertfordshire, con una pequeña casa solariega. Bien situada y bien mantenida. Una joya, en realidad. Fue construida por su tatarabuelo.

—Qué gran honor —murmuró Jack.

Tode hizo caso omiso del sarcasmo.

—Sus hermanos así lo creen —replicó—. Muchos de ellos tenían el ojo puesto en esa propiedad antes de que falleciera su padre. Ni que decir tiene que todos están muy sorprendidos de que el conde se la haya legado a usted.

«Estupendo», pensó Jack con una punzada de mezquina satisfacción. Disfrutó de la idea de haber fastidiado a aquel privilegiado grupo de pedantes que habían preferido ignorarlo. No le cupo la menor duda de que estarían todos gimiendo y quejándose de que una antigua propiedad de la familia hubiera ido a parar a manos de un medio hermano ilegítimo.

—Su padre mandó redactar el codicilo no hace mucho tiempo —señaló Tode—. Tal vez le interese saber que él se mantenía informado de sus logros. Al parecer, estaba convencido de que usted era como él en muchos aspectos.

—Y es muy probable que estuviese en lo cierto —respondió Jack, sintiendo cómo lo invadía poco a poco el asco hacia sí mismo.

El letrado inclinó la cabeza y lo contempló con expresión pensativa.

—El conde era un hombre muy complicado. Por lo visto, tenía todo lo que uno puede desear en la vida y, sin embargo, el pobre parecía carecer del talento necesario para ser feliz.

Aquella última expresión despertó el interés de Jack, y durante un instante lo sacó del pozo de amargura en el que se encontraba.

—¿Es que hace falta algún talento particular para ser feliz? —inquirió, todavía con la mirada fija en su vaso de whisky.

—Yo siempre he creído que sí. Conozco un agricultor arrendatario que trabaja en las tierras de su padre y que vive en una basta casa de piedra con suelo de tierra, sin embargo, siempre me ha asombrado que le encuentre mucho más placer a la vida que su padre. He llegado a pensar que el estado de felicidad es algo que uno mismo escoge, más que algo que simplemente sobreviene.

Jack se encogió de hombros ante aquel comentario.

—No lo sé.

Los dos permanecieron un rato en silencio, hasta que el señor Tode se aclaró la voz y se puso en pie.

—Le deseo buena suerte, señor Devlin. Por hoy he terminado. En breve, le haré llegar los papeles relativos a su herencia. —Se detuvo en un momento de patente incomodidad antes de añadir—: Me temo que no existe una manera diplomática de decir esto. Sin embargo, los hijos legítimos del conde me han pedido que le diga que no desean ningún tipo de comunicación con usted. Dicho de otro modo, el funeral...

—No se preocupe, no pienso asistir —replicó Jack con una risa breve y amarga—. Puede informar a mis medio hermanos de que siento tan poco interés por ellos como ellos sienten por mí.

—Sí, señor Devlin. Si puedo serle de alguna utilidad, le ruego que no dude en hacérmelo saber.

Una vez que el abogado se marchó, Jack se levantó de la silla y se puso a pasear por la habitación.

El whisky se le había subido a la cabeza; por lo visto, había desaparecido su habitual tolerancia al alcohol. Le dolía la cabeza y se sentía vacío, hambriento, cansado. Sus labios se curvaron en una sonrisa sin la más mínima gracia. Menudo día de perros llevaba hasta ahora, y eso que aún no había terminado la mañana.

Lo curioso era que se sentía liberado de su pasado y de su futuro, como si, de algún modo, se hallara fuera de su propia vida. Hizo recuento mental de todas las razones por las que debería estar contento: tenía dinero, propiedades, tierra, y ahora había heredado una finca de la familia, un derecho por nacimiento que debería haber ido a parar a manos de un heredero legítimo en lugar de un bastardo. Debería sentirse complacido.

Pero no le preocupaba en absoluto nada de todo aquello. Tan sólo deseaba una cosa: tener a Amanda Briars en su cama. Aquella noche y todas las noches. Poseerla, ser poseído por ella.

De alguna manera, Amanda era la única cosa que podía impedirle terminar como su padre: rico, insensible y de espíritu mezquino. Si no podía tenerla a ella..., si tenía que pasar el resto de su vida viéndola envejecer junto a Charles Hartley...

Lanzó un juramento y su paso se hizo más agitado hasta que comenzó a pasearse por la oficina igual que un tigre enjaulado. Amanda había tomado una decisión que, a las claras, se veía que era beneficiosa para ella. Hartley nunca la animaría a que hiciera algo poco convencional o impropio de una dama.

La rodearía de un confortable decoro, y no pasaría mucho tiempo antes de que la mujer impulsiva que en cierta ocasión había intentado contratar a un gigoló para su cumpleaños quedara enterrada bajo varias capas de respetabilidad.

Se detuvo frente a la ventana y apoyó las palmas de las manos sobre el frío cristal. Reconoció con pesadumbre que para Amanda era mucho mejor casarse con un hombre como Hartley. No importaba lo que tuviera que hacer, Jack ahogaría sus egoístas deseos y pensaría más en las necesidades de ella que en las suyas propias. Aunque eso acabase por matarlo, aceptaría aquel matrimonio y les desearía lo mejor a los dos, para que Amanda no supiera nunca lo que sentía por ella.

Amanda sonrió a su futuro prometido.

—¿A qué hora vas a hacer el anuncio, Charles?

—Talbot me ha dado permiso para que lo haga cuando quiera. He pensado que esperaremos a que dé comienzo el baile, así tú y yo iniciaremos el primer vals como prometidos.

—Un plan perfecto. —Amanda procuró no hacer caso del malestar que rondaba su estómago.

Los dos estaban juntos en una de las terrazas exteriores que se abrían en el salón del señor Thaddeus Talbot. Había asistido mucha gente a la fiesta, más de ciento cincuenta invitados que se habían reunido para disfrutar de la buena música y las abundantes delicias que constituían la norma en todos los actos que organizaba Talbot.

Aquella noche, Amanda y Charles anunciarían sus próximas nupcias a amigos y conocidos. Después se leerían las amonestaciones en la iglesia durante tres semanas y, finalmente, celebrarían una pequeña ceremonia en Windsor.

Las hermanas de Amanda, Sophia y Helen, estaban

encantadas desde que se enteraron de que su hermana pequeña iba a casarse. «Apruebo por completo tu decisión, y no puedo disimular el enorme placer que me produce ver que has seguido mi consejo —le había escrito Sophia—. Según todos los informes, el señor Hartley es un caballero decente y de vida discreta, posee un estimable pedigrí y cuenta con una sólida fortuna. No me cabe la menor duda de que este matrimonio será muy beneficioso para todos. Estamos deseando dar la bienvenida a nuestra familia al señor Hartley, querida Amanda, y de verdad te felicito por haber mostrado tanta sensatez al escoger pareja...»

«Sensatez», pensó Amanda regocijada para sus adentros. Aquella palabra no era la que ella hubiera elegido en otro tiempo para describir su futura pareja, pero desde luego resultaba bastante apropiada.

Hartley miró a su alrededor para cerciorarse de que nadie los observaba y, a continuación, se inclinó para besarla en la frente. A Amanda se le hizo extraño ser besada por un hombre con barba, sus suaves labios rodeados por una áspera mata de pelo.

—Qué feliz me has hecho, Amanda. Estamos hechos el uno para el otro, ¿no es así?

—Así es —contestó ella con una risa ligera.

Él tomó sus manos enguantadas y las apretó.

—Permíteme que vaya a traerte un poco de ponche. Compartiremos unos breves momentos de privacidad ahí fuera. Estaremos mucho más tranquilos, sin el bullicio de aquí dentro. ¿Querrás esperarme?

—Por supuesto que sí, querido. —Amanda le apretó a su vez las manos, y dejó escapar un suspiro cuando se disipó aquella inquietante sensación—. Date prisa, Charles. Si tardas demasiado en volver, te echaré de menos.

—Claro que pienso darme prisa —repuso él con una

afectuosa sonrisa—. No voy a ser tan necio como para dejar a la mujer más atractiva de la fiesta sin compañía más allá de unos pocos minutos.

Tras esto, abrió las puertas de cristal que conducían al gran salón. Un estallido de música y conversaciones acompañó su salida; el estruendo quedó amortiguado rápidamente al cerrarse una vez más las puertas.

Con gesto melancólico, Jack recorrió con la vista la multitud de elegantes invitados que llenaban el salón de la casa de ladrillo rojo de Thaddeus Talbot, por si acertaba a ver a Amanda. La música surgía de un extremo de la estancia, una exuberante versión de una melodía popular croata que le aportaba vivacidad al ambiente.

«Una buena ocasión para anunciar un compromiso», pensó con aire sombrío. A Amanda no se la veía por ninguna parte, pero divisó la alta figura de Charles Hartley junto a la mesa de los refrescos.

Todas y cada una de las partículas de su ser se rebelaron ante la idea de hablar de manera civilizada con aquel hombre y, sin embargo, era necesario hacerlo. Se obligaría a aceptar la situación como un caballero, por más ajena a su naturaleza que le resultara dicha conducta.

Forzó a su rostro a adoptar una máscara carente de expresión y se aproximó a Hartley, que en aquel preciso momento le indicaba a un sirviente que llenase dos copas de ponche.

—Buenas noches, Hartley —murmuró. El aludido se volvió hacia él. Sus facciones anchas y cuadradas no mostraron alteración alguna, su sonrisa amable se abrió paso entre su barba recortada—. Por lo visto, procede expresar mis felicitaciones.

—Gracias —dijo Hartley con cautela.

Por acuerdo tácito, ambos se apartaron de la mesa de los refrescos y buscaron un rincón solitario de la sala donde nadie oyera su conversación.

—Amanda me ha dicho que esta mañana ha ido a verle —comentó Hartley—. Pensé que después de darle la noticia, quizás usted... —Calló unos instantes y dirigió a Jack una mirada valorativa—. Pero resulta obvio que no se opone a este matrimonio.

—¿Por qué iba a oponerme? Yo deseo lo mejor para la señorita Briars.

—¿Y las circunstancias no le preocupan?

Creyendo que Hartley se refería a su aventura con Amanda, Jack negó con la cabeza.

—No —contestó con una sonrisa dura—. Si usted es capaz de pasar por alto las circunstancias, yo también.

Con expresión perpleja, Hartley habló en voz baja y reservada.

—Me gustaría que supiera usted una cosa, Devlin. Pienso hacer todo lo que esté en mi mano para hacer feliz a Amanda, y voy a ser un excelente padre para su hijo. Tal vez sea mejor así, sin que usted participe en nada...

—Un hijo —repitió Jack con voz queda, clavando la mirada en el rostro de Hartley—. ¿De qué diablos está hablando?

Hartley se quedó muy quieto, dedicándole una inusual concentración a un punto distante, en el suelo. Cuando alzó la vista, en sus ojos castaños podía leerse un sentimiento de consternación.

—No lo sabe, ¿verdad? Amanda me aseguró que se lo había dicho esta misma mañana.

—¿Que me había dicho qué? ¿Que está...? —Jack se interrumpió, invadido por la confusión, preguntándose qué había querido decir Hartley, por el amor de Dios. Y entonces comprendió. Un hijo... Un hijo...

¡Dios santo!

La noticia fue como una explosión en su cerebro, todas sus células y sus nervios se incendiaron de repente.

—Dios santo —susurró—. Está embarazada, ¿no es así? Espera un hijo mío. Y estaba dispuesta a casarse con usted sin decírmelo.

El silencio de Hartley fue suficiente respuesta.

En un principio Jack estaba demasiado atónito para sentir nada. Pero después empezó a surgir la ira, y su cara adquirió un tinte oscuro.

—Al parecer, Amanda no se ha atrevido a hablar de eso con usted, después de todo.

Aquellas palabras de Hartley, pronunciadas en voz baja, se filtraron a través del negro zumbido que inundaba su cerebro.

—Pues va a tener que atreverse —musitó Jack—. Va a ser mejor que aplace su anuncio de compromiso, Hartley.

—Quizá sea lo mejor —oyó decir a Hartley.

—Dígame dónde está.

Hartley obedeció, y Jack fue en busca de Amanda con la mente hirviendo de indeseadas reminiscencias. Tenía demasiados recuerdos de niños desvalidos luchando por sobrevivir en un mundo despiadado. Él había tratado de protegerlos, incluso llevaba en su propio cuerpo las marcas que atestiguaban dicho empeño. Pero desde aquella época había querido ser responsable sólo de sí mismo. Su vida era suya, para conducirla según sus propias condiciones. Para un hombre que no deseaba tener familia, evitar aquel destino había sido una tarea bastante sencilla.

Hasta ahora.

Que Amanda lo hubiera apartado con semejante frialdad de la situación resultaba insufrible. Ella sabía demasiado bien que él no quería correr el riesgo de contraer matrimonio y todo lo que ello acarreaba. Tal vez debiera estarle agradecido de que lo eximiese de toda responsabilidad. Pero lo que sentía no era gratitud: estaba lleno de rabia y sentido de posesión, una primitiva necesidad de reclamar a Amanda para sí de una vez por todas.

14

Una suave brisa soplaba entre las hojas trayendo consigo el aroma a tierra recién removida y a flores de lavanda. Amanda se adentró en un extremo de la terraza, allí donde quedaba totalmente oculta a la vista. Al recostarse contra el muro de la casa, la textura áspera del ladrillo rojo le raspó un tanto los hombros.

Llevaba puesto un vestido de seda color azul claro, con escote en la espalda y drapeados de gasa que cruzaban el corpiño formando un aspa. Las largas mangas estaban confeccionadas en una gasa más transparente, y llevaba guantes blancos en las manos. La imagen de los brazos desnudos bajo la tenue seda azul le confería un aire sofisticado y atrevido.

Las puertas francesas se abrieron y volvieron a cerrarse. Amanda miró a un costado. Sus ojos se habían acostumbrado a la oscuridad, por lo que quedó momentáneamente deslumbrada debido a la luz proveniente del interior.

—Que pronto has vuelto, Charles. La fila de gente que aguardaba delante del ponche debe de haberse acortado mucho desde que llegamos.

No hubo respuesta. Al instante, Amanda se percató de que la oscura silueta que tenía enfrente no era la de Charles Hartley. El hombre que se acercaba a ella era alto, de hombros anchos, y se movía con una gracia sigilosa que no podía pertenecer a otra persona que no fuera Jack Devlin.

La noche se convirtió en un torbellino que giraba a su alrededor. Se balanceó sobre sus pies, manteniendo un precario equilibrio. Había algo alarmante y deliberado en los movimientos de Jack, como si estuviera preparándose para acorralarla y devorarla, igual que haría un tigre con su presa.

—¿Qué es lo que quieres? —le preguntó cautelosa—. Te lo advierto, está a punto de regresar el señor Hartley, y...

—Hola, Amanda. —Su voz era sedosa y amenazante—. ¿Hay algo que desees decirme?

—¿Cómo? —Amanda sacudió la cabeza en un gesto de negación, desconcertada—. No deberías estar aquí esta noche. Me dijiste que no pensabas venir. ¿Por qué...?

—Quería daros mi enhorabuena a ti y a Hartley.

—¡Oh! Muy amable de tu parte.

—Eso parece pensar también Hartley. Acabo de hablar con él hace apenas un minuto.

Amanda experimentó una oleada de inquietud cuando se inclinó sobre ella la imponente figura de Jack. De manera inexplicable, empezaron a castañetearle los dientes, como si su cuerpo fuese consciente de algo desagradable que su mente no había aceptado todavía.

—¿De qué habéis hablado?

—Adivina. —Como Amanda se obstinaba en guardar silencio, temblando dentro de su delicado vestido, Jack alzó una mano para tocarla al tiempo que dejaba escapar como un gruñido—: Pequeña cobarde.

Demasiado aturdida para reaccionar, Amanda se puso rígida cuando los castigadores brazos de Jack se cerraron alrededor de su cuerpo. Su mano la aferró por la nuca, sin prestar atención alguna al hecho de que le estaba alborotando el peinado, y la obligó a alzar el rostro.

Ella lanzó una exclamación ahogada, hizo un movimiento para zafarse, pero la boca de Jack descendió sobre ella y capturó la suya, ardiente, insistente, acaparando con ansia su calor y su sabor. Amanda se estremeció y trató de empujarlo, luchando por no hacer caso del salvaje placer que estalló dentro de su cuerpo, de la reacción vehemente que experimentó, inmune a la vergüenza y a la razón.

El calor y la presión de los labios de Jack constituían una auténtica delicia, y el deseo voraz que sintió de él fue tan grande que, de hecho, jadeaba cuando se apartó de sus labios.

Retrocedió con paso inseguro, luchando por recuperar el equilibrio en una noche que, de manera disparatada, había perdido el rumbo. Su espalda topó contra el muro de ladrillo, y ya no pudo replegarse más.

—Estás loco —susurró con el corazón retumbando con dolorosa violencia.

—Dímelo, Amanda —dijo él con rudeza. Sus manos recorrían el cuerpo de Amanda haciéndola estremecerse bajo su vestido de seda—. Dime lo que deberías haberme dicho esta mañana en mi despacho.

—Márchate. Van a vernos aquí fuera. Regresará Charles y...

—Charles ha accedido a aplazar el anuncio de compromiso hasta que tú y yo tuviéramos la oportunidad de hablar.

—¿Hablar de qué? —exclamó ella, apartándole las manos. Trató desesperadamente de fingir ignorancia—. No tengo ningún interés en hablar de nada contigo, ¡y desde luego menos aún de una aventura del pasado que ya no significa nada!

—Para mí sí significa mucho. —Su enorme mano se posó sobre el vientre de ella en un gesto posesivo—. Sobre todo teniendo en cuenta el hijo que estás esperando.

Amanda se sintió debilitada por la culpa y el miedo. De no haberse sentido tan alarmada por la furia contenida de Jack, se habría dejado caer sobre él en busca de apoyo.

—Charles no debería habértelo dicho. —Le empujó desde el pecho, que encontró tan rígido como la pared de ladrillo que tenía detrás—. No quería que lo supieras.

—Tengo derecho a saberlo, maldita sea.

—Eso no cambia nada. Aun así, voy a casarme con él.

—Eso ni lo sueñes —replicó Jack en tono áspero—. Si sólo fuese decisión tuya, yo no diría una palabra al respecto. Pero ahora hay alguien más implicado: mi hijo. Y tengo algo que decir respecto a su porvenir.

—No —contestó ella en un susurro vehemente—. He tomado la decisión más adecuada para mí y para el niño. Tú... Tú no puedes darme lo que me dará Charles. ¡Dios mío, si ni siquiera te gustan los niños!

—No pienso dar la espalda a un hijo mío.

—¡No tienes otra alternativa!

—¿Ah, no? —Jack la mantuvo sujeta con suavidad, pero sin aflojar un ápice—. Escucha con atención —le dijo en un tono quedo que hizo que se le pusiera de punta el vello de la nuca—. Hasta que todo esto esté arreglado, no habrá ningún compromiso entre Hartley y tú. Te espero delante de la casa, en mi carruaje. Si no vienes exactamente dentro de quince minutos, iré a buscarte y te sacaré en brazos. Podemos marcharnos de forma discreta, o bien organizando una escena de la que mañana hablará todo el mundo en todos los salones de Londres. Tú decides.

Jack jamás le había hablado de aquel modo, con una suavidad que escondía un toque acerado. Amanda no tenía otro remedio que creerle. Le entraron ganas de ponerse a chillar, pues su grado de frustración iba aumentando poco a poco hasta un punto insoportable. Se encontraba al borde de las lágrimas, igual que las tontas protagonistas de las novelas de las que siempre le había gustado burlarse. Le temblaron los labios, y luchó por controlar las emociones que amenazaban con hacer estallar su pecho.

Jack percibió aquel signo de debilidad, y algo se relajó en su rostro.

—No llores. No hay necesidad de llorar, *mhuirnin* —le dijo en un tono más dulce.

Ella casi no podía hablar, sentía la garganta obstruida por una tremenda congoja.

—¿Dónde vas a llevarme?

—A mi casa.

—Yo... Necesito hablar antes con Charles.

—Amanda —dijo Jack con suavidad—, ¿crees que Charles puede librarte de mí?

«Sí, sí», gritó su mente en silencio. Pero al alzar la vista y mirar el oscuro rostro del hombre que había sido su amante y ahora era su adversario, todas sus esperanzas quedaron reducidas a cenizas. Jack Devlin tenía dos caras: la de pícaro encantador y la de manipulador despiadado. Era capaz de hacer lo que fuera necesario para salirse con la suya.

—No —susurró con amargura.

A pesar de la insoportable tensión que había entre ellos, Jack no pudo evitar esbozar una sonrisa.

—Quince minutos —advirtió, y se fue dejando a Amanda temblorosa en la oscuridad.

Buena prueba de la capacidad de negociador de Jack era que permaneció callado durante todo el trayecto hasta su casa. Mientras él guardaba un silencio estratégico,

Amanda bullía en una mezcla de confusión y rabia. Las varillas y los encajes parecían comprimirle la parte superior del cuerpo hasta el punto de que casi no podía respirar. El vestido de seda azul claro, que antes le había resultado tan liviano y elegante, ahora le parecía apretado e incómodo, y las joyas pesaban demasiado. Las horquillas que llevaba en el pelo le pellizcaban el cuero cabelludo. Se sentía atrapada, limitada y muy desgraciada. Para cuando llegaron a su destino, la lucha interna que estaba librando ya la había dejado exhausta.

El vestíbulo de la entrada, todo de mármol, estaba iluminado con una luz tenue, procedente de una única lámpara que hacía destacar las sombras en las delicadas superficies de varias estatuas de mármol. La mayor parte de los criados se habían retirado, excepto un mayordomo y dos lacayos. Por una alta ventana de cristales coloreados penetraba el titilar de las estrellas, proyectando haces de color lavanda, azul y verde sobre la escalinata central.

Con una mano apoyada en la cintura de Amanda, Jack subió dos tramos de escaleras. Después entraron en unas habitaciones que Amanda no había visto, un recibidor privado que daba a un dormitorio.

Su aventura amorosa había tenido lugar en casa de ella, no en la de él. Amanda observó con curiosidad aquel entorno desconocido. Era un refugio oscuro, de un lujo masculino, con las paredes forradas de cuero estampado y los suelos cubiertos por gruesas alfombras Aubusson con dibujos dorados y carmesí.

Jack encendió una lámpara con mano experta, y después se acercó a Amanda. Le quitó los guantes tirando con suavidad del extremo de cada dedo. Ella se puso en tensión cuando sus manos se vieron engullidas por el calor y la fuerza de las de Jack.

—Esto es culpa mía, no tuya —le dijo en voz baja

mientras le acariciaba los romos nudillos con los pulgares—. De los dos, yo era el que tenía experiencia. Debería haber tenido más cuidado para evitar que sucediera esto.

—Sí, deberías haberlo tenido.

Jack la estrechó contra sí, haciendo caso omiso del leve estremecimiento que sufrió cuando sus brazos le rodearon la espalda. La cercanía de Jack le puso la piel de gallina en todo el cuerpo y le provocó un leve temblor de emoción. Él la abrazó con más fuerza y le dijo con los labios apoyados en la masa de rizos que constituía su cabellera recogida:

—¿Amas a Hartley?

Santo cielo, cómo deseaba mentirle. Sintió un espasmo en los labios al intentar pronunciar la palabra «sí», pero no logró articular ningún sonido. Por fin hundió los hombros, derrotada, y experimentó una profunda debilidad en todo el cuerpo a causa de aquella silenciosa batalla.

—No —respondió con voz ronca—. Lo aprecio y lo estimo, pero no es amor.

Jack dejó escapar un suspiro y sus manos pasaron de los brazos a la espalda de Amanda.

—No he dejado de desearte, Amanda. Un maldito día tras otro, desde que te dejé. Pensé en buscar otra mujer, pero no he podido.

—Si me estás pidiendo que continúe con nuestra relación..., no puedo hacerlo. —Se le llenaron los ojos de lágrimas—. No pienso convertirme en tu amante y condenar a mi hijo a una vida de vergüenza y clandestinidad.

Jack deslizó la mano bajo su barbilla y la obligó a mirarlo a la cara. Había en su expresión una extraña mezcla de ternura y crueldad.

—Cuando yo era pequeño, me preguntaba por qué

había nacido bastardo, por qué no tenía una familia como los demás niños. En lugar de eso, veía cómo mi madre aceptaba un amante tras otro, y en cada nueva ocasión rezaba a Dios para que consiguiera que uno de aquellos hombres se casara con ella. Me pedía que llamase papá a cada uno de ellos..., hasta que esa palabra perdió todo significado para mí. Entiende esto, Amanda. Mi hijo no crecerá sin su verdadero padre. Quiero darle mi apellido. Quiero casarme contigo.

Esas palabras pusieron en marcha un remolino de intenso vértigo, y Amanda sintió que se inclinaba contra Jack.

—Tú no deseas casarte conmigo. Lo que quieres es tranquilizar tu conciencia diciéndote a ti mismo que has procedido de la manera más honrosa. Pero pronto te cansarás de mí, y antes de que pase mucho tiempo me veré confinada en el campo para que tú puedas olvidarte de mí y de nuestro hijo...

Jack interrumpió aquella andanada de amargos y temerosos reproches propinándole una ligera sacudida. Su semblante se había endurecido.

—Tú no puedes creer todo eso de verdad, maldita sea. ¿Tan poca confianza tienes en mí? —Al leer la respuesta en sus ojos, juró para sus adentros—. Amanda... Sabes que yo nunca falto a mis promesas. Te prometo que seré un buen marido. Un buen padre.

—¡Tú no sabes serlo!

—Puedo aprender.

—Uno no aprende a desear una familia —replicó ella con desdén.

—Pero te deseo a ti.

Entonces la besó, con labios fuertes y exigentes, hasta que ella se abrió para dejarle entrar en su interior. Sus manos recorrieron la espalda y las nalgas de Amanda, moldeando y presionando como si intentara atraerla al interior de sí mismo. Incluso a través de las varias capas de tela de la falda, Amanda notó el duro y arqueado relieve de su erección.

—Amanda —dijo Jack con voz turbia, recorriendo con los labios su cara y su pelo, depositando besos en todas las partes de ella que quedaban a su alcance—. No puedo dejar de desearte... Te necesito. Necesito tenerte. Y tú también me necesitas a mí, aunque seas demasiado tozuda para reconocerlo.

—Yo necesito a alguien que sea firme, estable y fiel —jadeó ella—. Esto terminará apagándose un día, y entonces...

—Jamás —gimió él.

La boca de Jack se cerró sobre la suya una vez más, en un beso devorador que le provocó un súbito latigazo de deseo en todo su ser. Él la alzó del suelo y la depositó sobre la enorme cama de cuatro postes, con los pulmones agitándose como fuelles, luchando por dominarse. A continuación, de pie frente a ella, se quitó el chaleco y la corbata de seda y empezó a desabotonarse la camisa.

La mente de Amanda estaba enturbiada por la confusión y el deseo. Jack no podía simplemente llevársela a su dormitorio de aquel modo tan primitivo. Y, sin embargo, ella no podía ignorar el insistente clamor de su propio cuerpo. Las últimas semanas de privación pronto se le antojaron demasiado para ella, y liberó su deseo con una urgencia casi dolorosa.

Con el rostro arrebolado y temblando, contempló cómo Jack se desprendía de la camisa y la dejaba caer al suelo, dejando al descubierto su pecho reluciente y musculado, mostrando la anchura de sus fornidos hombros.

Jack se inclinó sobre ella y buscó sus piernas. Mientras le desataba y quitaba los zapatos, el calor de sus manos le envolvió los fríos dedos de los pies y los frotó con suavidad para hacerlos entrar en calor. Después le subió las faldas hasta las rodillas y deslizó los dedos hasta las ligas.

—¿Has hecho esto con Hartley? —quiso saber, con la vista fija en sus rodillas mientras le quitaba las ligas y le desenrollaba las medias.

—¿El qué? —preguntó Amanda con voz nerviosa.

El tono de voz de Jack tenía el deje de los celos.

—No juegues conmigo, Amanda. Con esto, no.

—No he tenido relaciones íntimas con Charles —musitó. Se mordió el labio cuando Jack le quitó por fin las medias de seda y le acarició las pantorrillas desnudas.

Amanda no podía verle la cara, pero sí percibió que aquella respuesta le había procurado cierto alivio. Jack tiró con cuidado de las bragas y las retiró de debajo de la falda, buscando la parte posterior del vestido. Ella se quedó quieta, con el cuerpo sumido en una dolorosa sensación debido a la espera, mientras Jack le desabrochaba el vestido y se lo sacaba por la cabeza. Dejó escapar un leve gemido de alivio cuando le soltó el corsé y se vio por fin libre de la mordaz opresión de las varillas.

Sintió las manos de Jack en su cuerpo, explorando a través del tenue algodón de la camisola. Le acarició los senos, y el calor de sus manos hizo que los pezones se irguieran con avidez y se endurecieran provocando una sensación de hormigueo. Gimió cuando Jack se inclinó y tomó en su boca un pezón maduro para lamerlo y aliviarlo. El delicado tejido se humedeció debido a sus servicios, y entonces Amanda se incorporó emitiendo un sonido incoherente.

Los dedos de Jack asieron el borde de la camisola y la rasgaron de un golpe, fácilmente, dejando al descubierto las generosas curvas de sus pechos. Tomó en sus manos aquella carne pálida y fría y comenzó a besarla y chuparla hasta sentir a Amanda tensa y jadeante bajo su cuerpo.

—¿Quieres ser mi esposa? —murmuró, proyectando su ardiente aliento sobre los pezones húmedos y rosados. Al ver que ella no decía nada, hizo presión con los dedos contra la curva de sus senos, instándola a contestar—. Contesta.

—No —respondió Amanda.

Jack lanzó una súbita carcajada, con los ojos brillantes de pasión.

—Entonces pienso retenerte en esta cama hasta que cambies de opinión. —Se llevó una mano a la parte delantera de los pantalones, se los quitó y se colocó encima de Amanda—. Terminarás cambiando de opinión. ¿Acaso dudas de mi resistencia?

Ella separó las piernas, y todo su cuerpo reaccionó con una sacudida al sentir la dureza y el calor del sexo de Jack rozar contra la mata de rizos oscuros que aguardaba entre sus muslos. Se arqueó contra él, con un deseo tan intenso que tuvo que apretar los dientes para no gritar.

—Eres mía —susurró Jack al tiempo que la penetraba muy despacio, abriéndose paso con la punta de su verga—. Tu corazón, tu cuerpo, tu mente, la semilla que crece en tu vientre... Toda tú.

La llenó por completo y embistió ahondando cada vez más, hasta que tuvo que alzar las piernas y enrollarlas alrededor de la espalda de Jack para darle cabida.

—Dime a quién perteneces —susurró mientras empujaba rítmicamente, estirando sus carnes doloridas hasta que ella dejó escapar un gemido al notar el peso en su interior, encima, a su alrededor.

—A ti —jadeó—. A ti. ¡Oh! Jack...

Él empujó una y otra vez, sin desfallecer, deslizando

319

la mano entre los muslos de Amanda para tocar y acariciar aquel punto vulnerable que se hallaba oculto entre los rizos. Amanda alcanzó el orgasmo al instante, abrumada por el intenso placer que le suponía ser poseída por él.

Sin separar sus cuerpos, Jack rodó para tenderse de espaldas de modo que Amanda quedase a horcajadas sobre su cuerpo largo y musculoso, y la agarró por las caderas para guiarla con un ritmo nuevo.

—No puedo —gimió ella balanceando los senos frente al rostro de Jack. Pero las manos de éste la tenían aferrada y la movían de manera insistente, por lo que ella sintió renacer un deseo urgente. Esta vez, cuando Amanda se convulsionó, Jack se unió a ella con un profundo gruñido, llevando el clímax hasta el centro de su cuerpo.

Permanecieron fundidos el uno con el otro durante unos cuantos minutos, los dos sudorosos, envueltos en la misma mezcla de calor y sal.

Jack tomó entre sus manos la masa de rizos de la cabellera de Amanda y acercó su boca a la de ella. La besó con suavidad, con labios cálidos y tiernos.

—Mi dulce Amanda —susurró, y ella notó que sonreía—. Te juro que antes de que amanezca habré conseguido que me digas que sí.

La boda rápida y sencilla de Amanda con Jack Devlin causó un tremendo alboroto entre familiares y amigos. La actitud de Sophia no podía ser más reprobatoria, y predijo que aquella unión terminaría en separación.

—No hace falta que te diga que no tenéis nada en común —le dijo su hermana con acritud—, excepto ciertos apetitos físicos demasiado indecentes para ser mencionados.

Amanda, de no haberse visto sumida en un torbellino emocional, habría replicado diciendo que había algo más que tenían en común Jack y ella. Sin embargo, aún no estaba preparada para dar a conocer la noticia de su embarazo, y se las arregló para guardar silencio.

No resultó tan fácil enfrentarse a Charles Hartley. Amanda hubiera preferido la condenación eterna antes que la bondad y amabilidad que él le mostró. Fue tan generoso, tan comprensivo, que se sintió como una persona malvada al explicarle que no iba a casarse con él sino con Jack Devlin.

—¿Es eso lo que deseas, Amanda? —fue su única pregunta, y ella respondió avergonzada con un gesto de asentimiento.

—Charles —logró decir, casi ahogada por el nudo que crecía en su garganta—, me he aprovechado de ti del modo más mezquino...

—No, no digas eso —la interrumpió él. Alzó una mano para tocarla, pero se contuvo y le ofreció una débil sonrisa—. Soy más feliz después de haberte conocido, Amanda. Lo único que deseo es tu bienestar. Y si casarte con Devlin va a darte la felicidad, lo aceptaré sin una queja.

Para fastidio de Amanda, cuando más tarde le refirió dicha conversación a Jack, éste no pareció experimentar el más mínimo remordimiento, sino que se limitó a encogerse de hombros con indiferencia.

—Hartley podría haber luchado por ti —señaló—. Pero ha preferido no hacerlo. ¿Por qué vamos a sentirnos culpables de ello tú o yo?

—Charles estaba siendo un caballero —le replicó Amanda—. Algo en lo que, como resulta obvio, tú no tienes mucha experiencia.

Jack mostró una ancha sonrisa y la sentó sobre sus rodillas, con las manos apoyadas de modo insolente sobre su corpiño.

—Los caballeros no siempre consiguen lo que desean.

—¿Y los sinvergüenzas? —preguntó ella, haciéndolo reír.

—Este sinvergüenza, sí.

Jack la besó en profundidad, hasta que quedó borrado de su mente todo pensamiento relacionado con Charles Hartley.

Para consternación de Amanda, la noticia de su precipitada boda había ocupado las páginas de chismorreos de los periódicos de Londres con las más morbosas especulaciones. Las publicaciones de Jack, por supuesto, fueron respetuosas, pero las que no eran suyas se mostraron inmisericordes. El público parecía encandilado por la boda entre el editor de más éxito de Londres y una celebrada novelista. Durante las dos semanas siguientes a la boda, todos los días aparecían nuevos detalles de su relación —muchos de ellos inventados— en publicaciones tales como *The Mercury*, *The Post*, *The Public Ledger*, *The Journal* y *The Standard*.

Entendiendo el voraz apetito de la prensa, Amanda se dijo que los chismorreos pronto perderían interés por su matrimonio con Jack y buscarían algún otro tema nuevo que explotar. Sin embargo, hubo un artículo que sí consiguió alterarla y, a pesar de que contaba falsedades, se sintió lo bastante turbada para comentárselo a su recién estrenado marido.

—Jack —dijo cautelosa, acercándose a él en el interior de su gigantesco dormitorio decorado en verde y borgoña.

—¿Mmnn?

Jack se estaba poniendo un chaleco de color marengo a juego con los pantalones. Las líneas lisas y poderosas de su cuerpo quedaban resaltadas por la ropa, que había sido confeccionada a medida y conforme a la moda, un estilo que resultaba cómodo en lugar de ajustado. A continuación, tomó un calcetín de seda con dibujo que le había seleccionado su ayuda de cámara y lo examinó con ojo crítico.

Amanda le tendió el periódico.

—¿Has visto lo que ha publicado el *London Report* en la sección de sociedad?

Jack dejó a un lado el calcetín y tomó el periódico. Su mirada escrutó el texto con la velocidad que da la práctica.

—Ya sabes que no leo las páginas de sociedad.

Amanda frunció el ceño y cruzó los brazos sobre el pecho.

—Es sobre tú y yo.

Él sonrió con pereza, todavía leyendo los renglones impresos.

—Sobre todo, no leo los chismorreos que publican sobre mí. Me irrita cuando son falsos, y aún más si son verdaderos.

—Bueno, a lo mejor puedes explicarme en qué categoría encaja éste, ¿verdadero o falso?

Al percibir la tensión en el tono de voz de Amanda, Jack la miró a la cara y dejó caer el periódico sobre una mesa cercana.

—Dímelo tú —le sugirió, poniéndose serio al comprender que Amanda estaba molesta de verdad. Colocó las manos relajadamente sobre sus hombros y le acarició los brazos—. Relájate —la instó con suavidad—. Sea lo que fuere, no me cabe la menor duda de que tendrá escasa importancia.

Ella permaneció rígida.

—Es un desagradable artículo que especula con la unión de mujeres mayores y hombres más jóvenes. Hay un párrafo que explica con mucha sorna lo listo que tiene que ser un hombre como tú para sacar ventaja del «agradecido entusiasmo» de una mujer mayor que él. Es un artículo horrendo, me hace parecer una vieja bruja obsesionada por el sexo que ha conseguido engatusar a un hombre joven para que le haga de semental. ¡Vamos, dime enseguida si hay algo de cierto en eso!

Cabría esperar una negativa inmediata.

En cambio, la expresión de Jack se volvió reservada, y Amanda comprendió con el alma a los pies que no iba a refutar lo que decía el periódico.

—No existen pruebas fehacientes de mi edad —dijo con precaución—. Nací bastardo y mi madre no registró mi nacimiento en los libros de ninguna parroquia. Toda especulación acerca de si soy mayor que tú es meramente eso: una conjetura que nadie puede confirmar.

Amanda se echó atrás y lo miró incrédula.

—Cuando nos conocimos, me dijiste que tenías treinta y un años. ¿Era cierto o no?

Jack suspiró y se frotó la nuca. Amanda casi podía ver la serie de rápidos cálculos que elaboraba en su mente en busca de una estrategia para solventar la situación. ¡Pero no quería verse a sí misma apartada de en medio de ningún modo, maldita fuera! Simplemente quería saber si Jack le había mentido en algo tan fundamental como su edad. Por fin él pareció reconocer que no había modo alguno de eludir la verdad.

—No era cierto —dijo malhumorado—. Pero si lo recuerdas, en aquel momento estabas muy sensible debido a tu cumpleaños número treinta. Y yo sabía que si te enterabas de que podía ser uno o dos años más joven que tú, probablemente me ibas a montar un buen escándalo.

—¿Uno o dos años? —repitió Amanda en un tono teñido de suspicacia—. ¿Nada más?

La amplia línea de la boca de Jack se tensó en un gesto de impaciencia.

—Cinco años, maldita sea.

Amanda tuvo de pronto la sensación de no poder respirar, de que los pulmones se le hundían dentro del pecho.

—¿Tienes sólo veinticinco años? —logró decir con un susurro ahogado.

—La diferencia de edad no significa nada. —Los modales súbitamente razonables de Jack prendieron una chispa de furia en su ánimo ya alterado.

—Lo significa todo —exclamó—. ¡Para empezar, me has mentido!

—No quería que me considerases un hombre demasiado joven.

—¡Pero sí eres un hombre más joven! —Amanda le lanzó una enfurecida mirada—. Cinco años... ¡Oh, Dios, apenas puedo creer que me haya casado con alguien que es prácticamente un... un crío!

Aquella palabra pareció pillar a Jack desprevenido, porque su expresión se endureció.

—Basta ya —dijo en voz baja.

Amanda retrocedió, pero él se lo impidió rodeándola con sus grandes manos.

—No soy ningún maldito crío, Amanda. Asumo mis responsabilidades, y como bien sabes, tengo muchas. No soy un cobarde, ni un jugador, ni un tramposo. Soy leal con la gente que me preocupa. No conozco más requisitos para ser un hombre.

—¿La sinceridad, quizá? —sugirió ella en tono cáustico.

—No debería haberte mentido —admitió—. Te juro que nunca volveré a hacerlo. Por favor, perdóname.

—Esto no puede resolverse de una forma tan sencilla. —Amanda se frotó los ojos llorosos con rabia y abatimiento—. No quiero estar casada con un hombre más joven.

—Bueno, pues te has casado con uno —repuso él, tajante—. Y no va a marcharse a ninguna parte.

—¡Podría solicitar la anulación!

La repentina carcajada de Jack la enfureció.

—Si haces eso, cariño, me veré obligado a hacer público todas las veces y las formas en que te he poseído ya. Después de eso, ningún magistrado de Inglaterra te concedería la anulación.

—¡No te atreverías!

Él sonrió y la atrajo hacia sí, a pesar de su resistencia.

—No —murmuró—, porque no vas a dejarme. Vas a perdonarme y dejaremos este asunto resuelto de una vez por todas.

Amanda luchó por conservar un residuo de su cólera.

—No quiero perdonarte —dijo con la voz amortiguada contra el hombro de Jack. Sin embargo, dejó de forcejear y se permitió descansar sobre su pecho y sorberse las lágrimas.

Jack la mantuvo abrazada durante un buen rato, acunándola en el refugio que suponía su cuerpo, murmurando excusas y palabras cariñosas junto a su cuello y el suave hueco bajo la oreja. Amanda empezó a relajarse contra su cuerpo, sin poder mantener el sentimiento de mortificación y rencor que le había producido el descubrir que ella era la mayor de los dos. En realidad, no había nada que pudiera hacer al respecto: ambos estaban unidos legalmente y en todos los demás sentidos.

Las manos de Jack viajaron hasta la parte posterior de las caderas de Amanda y presionaron la parte baja de su cuerpo contra su poderosa erección.

—Si crees que después de esto voy a meterme en la

cama contigo —dijo ella contra la pechera de su camisa—, estás loco.

Jack la frotó despacio contra el bulto que formaba su sexo.

—Sí. Estoy loco por ti. Te adoro. Te deseo con lujuria en todo momento. Me encanta tu lengua afilada, y tus enormes ojos grises, y tu cuerpo voluptuoso. Ven, vamos a la cama y deja que te demuestre lo que puede hacer por ti un hombre más joven que tú.

Sorprendida al oír la palabra «adoro» de sus labios, Amanda tomó aire al sentir las manos de Jack a través del velo de su bata blanca y arrugada. Él le retiró poco a poco la prenda de los hombros hasta dejarle desnuda la mitad superior del cuerpo.

—Más tarde —le dijo, pero el deslizarse de los dedos de Jack por su espalda fue dejando un rastro de fuego, y todo el suave vello de su cuerpo se erizó debido a la súbita excitación.

—Ha de ser ahora —insistió él con un toque de diversión en la voz. Rozó su pelvis excitada contra ella—. Después de todo, no puedes permitir que vaya todo el día por ahí tal como estoy.

—A juzgar por lo que he visto hasta la fecha, éste es tu estado natural —replicó ella en tono impertinente. Sintió sus labios acariciarle el cuello y deslizarse hasta el pulso que le latía en la base de la garganta.

—Y dependo exclusivamente de ti para encontrar alivio —murmuró Jack, tirando de la cinta que cerraba la bata. La fina tela de muselina blanca cayó al suelo. Apretó entonces los miembros desnudos de Amanda contra los suyos, aún vestidos.

—Vas a llegar tarde al trabajo —dijo ella.

La audaz mano de Jack recorrió las formas plenas de sus nalgas, estrujando aquellas carnes flexibles.

—Te estoy ayudando a ti con el tuyo —le informó—. Te estoy proporcionando nuevo material para que lo utilices en tu próxima novela.

Amanda dejó escapar un sonido gutural de regocijo.

—Yo jamás describiría una escena tan vulgar en uno de mis libros.

—*Los pecados de la señora D* —musitó él, al tiempo que la levantaba en brazos y la llevaba hasta la cama deshecha—. Le haremos un poco de competencia a Gemma Bradshaw.

La depositó sobre el lecho y contempló su abundante cuerpo, coloreado de blanco y rosa, y la cascada de su cabellera rizada y pelirroja.

—Jack —dijo ella débilmente, debatiéndose entre la excitación y la mortificación. Agarró una sábana para cubrir su cuerpo desnudo.

Jack se reunió con ella sobre el montón de nívea ropa de cama, aún vestido por completo. Le quitó la sábana de la mano, la retiró bien lejos de ella y, a continuación, le extendió los brazos y las piernas.

—No puedes solucionar nada llevándome a la cama —le dijo Amanda dejando escapar una leve exclamación al sentir el roce de la seda del chaleco de Jack contra sus pechos desnudos.

—No. Pero sí puedo hacer que los dos nos sintamos muchísimo mejor.

Amanda subió las manos hasta los brazos de Jack y las deslizó muy despacio siguiendo las formas de los músculos cubiertos por las finas mangas de la camisa.

—¿Hay algo más en lo que me hayas mentido?

Los ojos azules de Jack se clavaron directamente en los suyos.

—Nada —dijo sin titubear—. Sólo en esa minúscula e intrascendente diferencia de edad.

—Cinco años —gimió ella con renovado malestar—. Dios santo, cada cumpleaños va a suponer un doloroso recordatorio. No podré soportarlo.

En lugar de parecer contrito, el muy canalla tuvo la temeridad de sonreír.

—Déjame que alivie tu dolor, cariño. Tú limítate a quedarte quieta durante un rato.

A Amanda le hubiera gustado prolongar su enfado al menos unos cuantos minutos más, pero los labios de Jack se pegaron a los suyos con dulzura y el aroma limpio y penetrante de su piel le invadió los sentidos.

Su cuerpo se arqueó cuando lo inundó de arriba abajo un intensa corriente de placer. Se le hacía extraño estar desnuda contra Jack, que estaba vestido, se sentía más expuesta, más vulnerable que si él estuviera desnudo como ella. Surgió de su garganta un leve gemido, y asió las ropas que ocultaban el cuerpo de Jack.

—No —susurró Jack al tiempo que descendía para besarle el firme ángulo del cuello—. Baja las manos.

—Quiero desvestirte —protestó ella, pero Jack le aferró las muñecas y se las apretó a los costados.

Amanda cerró los ojos y notó cómo se le aceleraba el ritmo respiratorio. El aliento de Jack le rozó un pezón igual que una ráfaga de vapor, y ella se arqueó hacia arriba con un gemido apagado al sentir el exquisito tacto de su lengua.

—Jack —jadeó, buscando su cabeza oscura, pero una vez más él le aferró las manos y se las puso a los lados.

—Te he dicho que te quedes quieta —murmuró con voz acariciante—. Pórtate bien, Amanda, y obtendrás lo que deseas.

Perpleja y excitada, Amanda trató de relajarse bajo el peso de Jack, aunque sus manos se contrajeron en un esfuerzo por no intentar tocarlo de nuevo.

Jack aprobó aquel gesto con un murmullo y se inclinó sobre sus pechos para besar con dulzura el espacio que se extendía entre ellos, la tierna curva bajo los mismos, la forma tersa y generosa de los costados. Los pezones se endurecieron, enhiestos y doloridos, y Amanda sintió que su piel se cubría con una leve capa de sudor mientras esperaba, esperaba..., hasta que por fin Jack cerró los labios sobre uno de ellos y comenzó a acariciarlo con su boca. Un placer abrasador partió de aquel punto de contacto y se extendió por el resto de su cuerpo, y su pelvis se agitó con avidez, preparándose para albergar a Jack.

Una enorme mano vino a posarse sobre su vientre, justo encima del triángulo de rizos cobrizos. No pudo evitar la suplicante ondulación de sus caderas, y entonces Jack presionó con firmeza en el estómago para obligarla a permanecer tendida sobre el colchón.

—Te he dicho que no te muevas —dijo, más divertido que amenazador.

—No puedo evitarlo —jadeó Amanda.

Él rió suavemente. Su dedo pulgar trazaba círculos alrededor del ombligo, excitando la sensible piel de aquella zona.

—Lo evitarás, si quieres que continúe.

—Sí —contestó ella, dejando a un lado el orgullo y la dignidad—. Me quedaré quieta. Pero date prisa.

Sus desvergonzados ruegos parecieron agradar a Jack. Con ánimo perverso, aminoró aún más el ritmo, y fue cubriendo cada centímetro de piel con lentos besos y caricias perezosas. Ella lo sintió tocar los rizos que tenía entre las piernas, notó la palma de su mano suave como la brisa, y deseó sentir sus dedos sobre su cuerpo, dentro de su cuerpo, con tanta urgencia que no pudo reprimir un gemido de súplica.

Los labios de Jack buscaron entre los rizos, encontraron su presa y comenzaron de inmediato a succionar con fuerza, lo cual hizo que Amanda contuviera de repente la respiración. En su cuerpo explotó el placer, implacable y abrasador. Sintió la caricia de los dedos de Jack en el hueco entre los muslos, y luego más abajo, demasiado abajo, introduciéndose entre los glúteos de un modo que le produjo un ligero sobresalto de incomodidad.

—No —susurró—. No, espera...

Pero Jack deslizó un dedo en su interior, en un lugar tan extraño e inadmisible que la mente se le quedó en blanco a causa de la impresión.

La dulce caricia continuó. Amanda trató de empujarlo fuera de ella, pero por alguna razón su cuerpo tembló y se rindió, y el placer la envolvió igual que una manta caliente y asfixiante. Gritó una y otra vez, retorciéndose, arqueándose, hasta que por fin la sensación cedió y ella empezó a respirar de forma agitada y frenética.

Mientras persistía en los miembros el delicioso hormigueo posterior al orgasmo, notó que Jack se desabrochaba los pantalones. Acto seguido la penetró profundamente y con fuerza, y Amanda se enroscó alrededor de su cuerpo, gimiendo, mientras él embestía. Lo besó en el rostro tenso, en la boca, en las mejillas afeitadas, encantada de sentir aquel calor en su interior, encantada del modo en que gemía, como un hombre que ha sido saciado por completo.

Los dos permanecieron enredados el uno en el otro, el muslo desnudo de Amanda enganchado a la pierna vestida de Jack. Amanda se sentía tan exhausta y llena que dudó que pudiera volver a moverse. Apoyó una mano en el vientre duro de su esposo y dijo por fin:

—Ya puedes irte a trabajar.

Él rió en voz baja, con un sonido gutural, y la besó a fondo antes de salir de la cama.

331

Aunque Jack Devlin no era un hombre erudito, poseía una combinación de inteligencia e instinto que asombraba a Amanda. El tremendo peso de las preocupaciones que acarreaba su negocio habría aplastado a un hombre más débil, sin embargo Jack las manejaba con una serena competencia.

Por lo visto, el abanico de sus intereses no conocía límites, y compartía sus muchos entusiasmos con Amanda, abriendo su mente a ideas que a ella no se le habían ocurrido jamás.

Para sorpresa de Amanda, Jack hablaba con ella de negocios y la trataba como su igual, más que una mera esposa. Ningún hombre le había mostrado nunca una mezcla tal de indulgencia y respeto. La animaba a que se expresase con libertad, ponía en cuestión sus opiniones cuando no estaba de acuerdo con ellas, y cuando estaba equivocado lo reconocía abiertamente. La instaba a ser audaz y aventurera, y con dicho propósito la llevaba con él a todas partes: acontecimientos deportivos, tabernas, exposiciones científicas, incluso a reuniones de negocios en las que su presencia era recibida con evidente estupefacción por parte de los demás hombres que asistían a ellas. Aunque Jack era consciente de que semejante conducta no era bien vista por la sociedad, al parecer no le importaba en absoluto.

La mayoría de los días, Amanda reservaba un rato por las mañanas para escribir en una espaciosa habitación que había sido decorada de nuevo para su uso. Las paredes, de un balsámico color verde salvia, estaban forradas con inmensas estanterías de caoba, y de los espacios vacíos que las separaban colgaban grabados enmarcados.

En lugar del habitual mobiliario imponente que cabría encontrar en una biblioteca o en una sala de lectura, la mesa, los sillones y el diván eran livianos y femeninos.

Como Jack aumentaba sin descanso la colección de portaplumas de Amanda, muchos de ellos adornados con
joyas y grabados, ella los guardaba en un estuche de cuero y marfil que tenía sobre el escritorio.

Por las noches, a Jack solía gustarle organizar cenas,
porque había una horda interminable de personas que
requerían su favor: políticos, artistas, comerciantes e incluso aristócratas. Amanda se sorprendió cuando reparó
en la gran influencia que poseía su marido. La gente lo
trataba con prudente cordialidad, pues sabían que podía
inclinar la opinión del público acerca de cualquier tema
que llamara su atención. Los invitaban a todas partes,
desde bailes y fiestas en barcos hasta simples meriendas
campestres, y rara vez se los veía por separado en compañía ajena.

Amanda acabó por entender que, a pesar de su aparente compatibilidad con Charles Hartley, éste jamás habría podido calar hasta su alma como lo había conseguido Jack. Éste la entendía de una manera tan total que
casi le daba miedo. Era flexible, impredecible, unas veces la trataba como la mujer madura que era, otras veces
la sentaba sobre sus rodillas como si fuera una niña y la
mimaba y jugueteaba con ella hasta dejarla hecha un mar
de risas.

Una noche ordenó que preparasen un baño en el
dormitorio de ambos, frente al fuego, y que les subieran
una bandeja con la cena. Despidió a las doncellas y bañó
a Amanda él mismo, acariciándola con sus grandes manos bajo el agua caliente y jabonosa. Después le peinó el
cabello y le dio de comer bocaditos de la bandeja de la
cena mientras ella se relajaba contra su pecho y contemplaba con mirada soñadora el fuego que ardía en la chimenea.

Los apetitos de Jack se extendían al dormitorio, donde la intimidad que compartían era tan primitiva e impetuosa que, a veces, Amanda temía no ser capaz de mirar a Jack a la cara a la luz del día.

Jack no le permitía reservarse nada, ni en el plano físico ni en el emocional, y ella nunca se sentía cómoda del todo al verse tan expuesta. Él daba y tomaba, y exigía, hasta un punto en que parecía que ella ya no se pertenecía a sí misma. Jack le enseñó cosas que una dama no debería saber. Era la clase de esposo que ella no imaginaba necesitar: un hombre que la sacudía para evitar que fuese autocomplaciente o que la frenasen las inhibiciones. Un hombre que la hacía retozar y jugar hasta perder toda la amargura acumulada por las responsabilidades que había soportado a lo largo de los años de su juventud.

Con la publicación de la última entrega de *Una dama inacabada*, la posición de Amanda como primera novelista femenina de Inglaterra no fue cuestionada por nadie.

Jack hizo planes para publicar la novela entera en un formato de tres volúmenes, con una edición encuadernada con costosas tapas de piel y otra versión más asequible en falsa tela de seda.

La demanda de la edición en tres tomos de *Una dama inacabada* fue tan grande, que Jack calculó que rompería los récords de ventas. Lo celebró comprando para Amanda un collar de ópalos y diamantes con pendientes a juego, un conjunto tan ridículamente opulento que ella no pudo evitar protestar entre risas al verlo. El collar había sido confeccionado para Catalina la Grande, emperatriz de Rusia, tres cuartos de siglo antes. El diseño llevaba el nombre de «Luna y estrellas», y constaba de unas lunas de ópalo engastadas en filigrana de oro, y grandes racimos de diamantes «estrella» insertados entre ellas.

—No puedo lucir una cosa así —le dijo Amanda a Jack sentada desnuda en la cama, sujetando las sábanas contra su cuerpo.

Jack fue hasta ella con el collar en la mano. El sol matinal arrancaba a las joyas destellos que parecían de otro mundo.

—Claro que puedes.

Se sentó en el colchón, detrás de Amanda, y le apartó la mata de pelo rizado y cobrizo hacia un hombro. Cuando abrochó el pesado collar alrededor de su cuello, ella dejó escapar una exclamación ahogada al palpar la frialdad de las piedras en contraste con su piel tibia tras una noche de sueño. Jack le besó el hombro desnudo y le entregó un espejo de mano.

—¿Te gusta? —le preguntó—. Lo cambiaremos por otro diseño, si lo prefieres.

—Es un collar magnífico —dijo ella sin emoción—. Pero no resulta apropiado para una mujer como yo.

—¿Por qué no?

—Porque yo sé muy bien cuáles son mis limitaciones. ¡Es como si ataras una pluma de pavo real a la cola de un grajo! —De mala gana, se llevó las manos a la nuca y trató de desabrochar la joya—. Eres muy generoso, pero esto no es...

—Limitaciones —repitió Jack con un bufido de burla.

Le cogió las manos y la empujó contra el colchón. Su ardiente mirada azul recorrió su cuerpo desnudo, deteniéndose en la extensión pura y pálida de su pecho, donde los ópalos esparcían diminutos arcoiris sobre su piel. La expresión de su cara estaba bañada de deseo y adoración cuando bajó la cabeza para besar a Amanda en la garganta, aventurándose con la lengua dentro de los pequeños espacios que separaban los diamantes y los ópalos redondos.

—¿Por qué no puedes verte a ti misma como te veo yo?

—Basta —dijo ella. Se retorció al notar la protuberancia de su sexo excitado a través de la tela de la bata—. Jack, no seas tonto.

—Eres preciosa —insistió él situándose encima de ella, sujetándole los muslos con sus musculosas piernas—. Y no pienso permitirte que abandones esta cama hasta que lo admitas.

—Jack —gimió ella poniendo los ojos en blanco.

—Repite conmigo: «soy preciosa».

Amanda apoyó las manos en su pecho y empujó, entonces él la agarró por las muñecas y se las estiró por encima de la cabeza. Aquel movimiento hizo que se elevaran sus pechos, al tiempo que la pesada redecilla de diamantes iba tomando la temperatura de la piel. Amanda sintió cómo se sonrojaba, pero se obligó a sí misma a mirar los ojos penetrantes de Jack.

—Soy preciosa —dijo en el tono que utilizaría para dar la razón a un loco—. Ya está. ¿Puedes soltarme ya?

Pero los dientes de Jack relampaguearon en una malvada sonrisa.

—Enseguida la soltaré, señora. —Se inclinó sobre ella hasta casi tocar los labios de Amanda con los suyos—. Repítelo —susurró junto a su boca.

Ella hizo fuerza con las muñecas aprisionadas y fingió que forcejeaba para liberarse. Jack le permitió que se retorciera debajo de él hasta que la bata quedó abierta, la sábana fue apartada a patadas y las pelvis desnudas de ambos quedaron en íntimo contacto.

El intenso calor que irradiaba el sexo de Jack vibraba contra ella, y su cuerpo respondió con un estremecimiento. Respirando con dificultad, separó las rodillas y se abrió para él. Jack la besó en los senos, una caricia caliente y húmeda de su boca rodeada por la aspereza de una barba incipiente.

—Dímelo —musitó Jack—. Dímelo.

Amanda se rindió con un gemido, demasiado inflamada para preocuparse por lo tonta que pudiera parecer.

—Soy preciosa —dijo con los dientes apretados—. ¡Oh! Jack...

—Lo bastante preciosa como para lucir un collar fabricado para una emperatriz.

—Sí. Sí. ¡Oh! Dios...

Entonces Jack se deslizó en su interior, haciéndola gemir y provocando que su cuerpo se cimbreara de placer. Amanda se aferró a él con brazos y piernas, y alzó las caderas con urgencia para acomodarse a cada arremetida de Jack.

Observó fijamente el rostro que pendía sobre ella. Jack tenía los ojos entrecerrados, convertidos en dos rendijas de intenso azul. Sus manos cubrían ambos lados de la cabeza de Amanda con suavidad. Continuó haciéndole el amor hasta que ella alcanzó el orgasmo con un quejido. Entonces, con un estremecimiento, agotó su propia pasión empujando con violencia dentro del cálido cuerpo de ella. Cuando por fin recuperó el aliento, sonrió y profundizó un poco más con su sexo ya blando.

—Eso te enseñará a no rechazar mis regalos. —Rodó hacia un costado y arrastró a Amanda consigo.

—Sí, señor —murmuró ella con fingida sumisión, y él respondió sonriendo y dándole una palmadita de aprobación en las nalgas.

Conforme Amanda iba familiarizándose con los muchos proyectos de su esposo, adquirió un especial interés por una publicación en decadencia titulada el *Coventry Quarterly Review*, que llevaba cierto tiempo padeciendo el benigno descuido de Jack. Consistía en una serie de ensayos en los que se examinaban las recientes novedades literarias y los títulos relativos a temas históricos. Amanda vio con claridad que al *Review* podría irle bien si tuviera un director lo bastante fuerte como para darle forma y adjudicarle peso intelectual.

Repleta de ideas acerca de lo que debía hacerse con aquella publicación, Amanda escribió un programa que incluía sugerencias de posibles temas, colaboradores y libros que reseñar, así como un resumen de la dirección general que debía seguir. «El *Review* debe transformarse en una publicación progresista y no sensiblera —propuso—, favorable a la reforma y al cambio social. Por otra parte, ha de conservar cierta tolerancia respecto a los sistemas y las estructuras ya existentes, y buscar mejorarlas en lugar de denigrarlas, con el fin de preservar los mejores rasgos de la sociedad y de eliminar los peores...»

—Es bueno —declaró Jack después de leer el programa, con la mirada distante y la mente ocupada por una multitud de pensamientos—. Muy bueno.

Los dos estaban sentados en el invernadero de la casa, Jack acomodado en un sillón con los pies apoyados en alto, en tanto que Amanda se había acurrucado entre los cojines de un pequeño diván con una taza de té caliente en las manos. A través de los arcos de entrada se colaba una fresca brisa vespertina.

Jack tomó una decisión y miró a Amanda con sus azules y penetrantes ojos.

—Has descrito el plan perfecto para el *Review*. Ahora necesito un director que esté disponible y que quiera o pueda encargarse de dicho proyecto.

—¿Quizás el señor Fretwell? —sugirió ella.

Jack negó de inmediato con la cabeza.

—No, Fretwell está demasiado ocupado, y dudo que

se interese por esto. Es algo más intelectual de lo que a él le agradaría.

—Bueno, pues tienes que encontrar a alguien —insistió Amanda mirándolo por encima del borde de su taza—. ¡No puedes permitir sin más que el *Review* se marchite en su cepa!

—Ya he encontrado a alguien. Tú. Si es que estás dispuesta a hacerte cargo de él.

Amanda rió con irónica tristeza, segura de que Jack le tomaba el pelo.

—Sabes que eso es imposible.

—¿Por qué?

Amanda tiró distraídamente de un mechón de pelo suelto que bailaba sobre su frente.

—Nadie leería una publicación así si supieran que es una mujer la que la dirige. Ningún escritor reputado querría jamás colaborar en ella. Claro que el caso sería muy distinto si fuera una publicación de moda o dirigida al entretenimiento de mujeres, pero algo tan sesudo como el *Review*... —Sacudió la cabeza.

En aquel momento, el semblante de Jack cambió, adoptando una expresión que Amanda había aprendido a reconocer como diversión ante un reto imposible en apariencia.

—¿Y si ponemos a Fretwell como un mero titular? —sugirió—. Podríamos nombrarte su «ayudante de dirección», aunque en realidad serías tú la que estuviese al frente de todo.

—Tarde o temprano se conocerá la verdad.

—Sí, pero para entonces habrás logrado sentar tal credibilidad y realizado un trabajo tan bueno que nadie se atreverá a sugerir que te sustituyan. —Se levantó y se puso a pasear por el invernadero. Su entusiasmo iba aumentando por momentos. Le dirigió a Amanda una mirada llena de desafío y de orgullo—. Tú, la primera mujer directora de una revista importante. ¡Por Dios, me encantaría verlo!

Amanda lo miró con expresión de alarma.

—Estás diciendo cosas ridículas. Yo no he hecho nada para merecer tal responsabilidad. Y aunque lo hiciera bien, nadie lo aprobaría jamás.

Jack respondió a sus palabras con una sonrisa.

—Si te importase algo la aprobación de los demás, jamás te habrías casado conmigo en lugar de hacerlo con Charles Hartley.

—Sí, pero esto... esto es un escándalo. —No conseguía hacerse a la idea de verse a sí misma como editora de una revista—. Además —agregó con el ceño fruncido—, apenas tengo tiempo suficiente para trabajar.

—¿Estás diciendo que no quieres hacerlo?

—¡Por supuesto que quiero! ¿Pero qué pasa con mi estado? Dentro de poco estaré de parto, y después tendré un bebé del que cuidar.

—Eso podría arreglarse. Contrata todas las personas que necesites para que te ayuden. No hay motivo para que no realices la mayor parte del trabajo desde casa.

Amanda se concentró en terminarse el té.

—¿La publicación estaría totalmente a mi cargo? —preguntó—. ¿Encargar todos los artículos, contratar nuevo personal, seleccionar los libros para las reseñas? ¿No tendría que rendir cuentas a nadie?

—Ni siquiera a mí —repuso Jack.

—Y cuando se termine descubriendo que en lugar del señor Fretwell es una mujer la verdadera directora, y me convierta en una figura conocida y los críticos opinen sobre mí... ¿permanecerás a mi lado?

La sonrisa de Jack se desvaneció. Fue hasta Amanda y apoyó las manos en los reposabrazos del diván.

340

—Por supuesto que estaré a tu lado —le dijo—. Maldición, ¿cómo puedes siquiera preguntarme algo así?

—Voy a darle al *Review* un giro sorprendentemente liberal —advirtió ella, inclinando la cabeza hacia atrás para mirarlo. Sus manos tocaron el dorso de las manos de Jack, y sus dedos se aventuraron por debajo de las mangas para acariciarle el áspero vello de los brazos. Su sonrisa radiante consiguió arrancarle una mueca de satisfacción.

—Bien —dijo Jack en voz baja—. Prende fuego al mundo entero. Pero deja que yo te entregue las cerillas.

Inundada por una mezcla de emoción y asombro, Amanda acercó su boca para recibir un beso.

15

Mientras trazaba los planes para el *Coventry Quarterly Review*, Amanda hizo un descubrimiento irónico y sorprendente: casarse con Jack le había aportado mucha más libertad de la que disfrutaba estando soltera. Gracias a él, ahora poseía dinero e influencia suficientes como para hacer lo que le apeteciera, y lo que aún era más importante, tenía un marido que la estimulaba a hacer lo que le apeteciese.

Jack no se sentía acobardado por la inteligencia de su esposa. Se enorgullecía de sus logros y no mostraba vacilación al elogiarla ante otras personas. La animaba a que fuera audaz, a que dijera lo que pensaba, a que se comportara como jamás se atreverían a comportarse las esposas «decentes».

En sus horas de intimidad, Jack la seducía y la atormentaba todas las noches, y Amanda disfrutaba de cada momento. Jamás había soñado que un hombre pudiese sentir aquello por ella, que un esposo pudiera verla como una mujer tentadora, que obtuviera tanto placer de su cuerpo, un cuerpo que se encontraba muy lejos de la perfección.

Mayor sorpresa incluso supuso el ver que, hasta la fecha, Jack disfrutaba de la vida hogareña. Para ser un hombre que había llevado una existencia marcada por las incesantes relaciones sociales, parecía contento de aminorar el ritmo ajetreado, casi frenético, de su vida diaria. Se mostraba reacio a aceptar más que unas pocas del aluvión de invitaciones que llegaban cada semana, y prefería pasar las noches en la intimidad con Amanda.

—Podríamos salir un poco más a menudo, si quieres —le sugirió Amanda una noche mientras se preparaban para cenar solos—. Esta semana nos han invitado por lo menos a tres fiestas, por no mencionar la velada del sábado y una fiesta en un barco el domingo. No quiero que dejes a un lado el placer de disfrutar de la compañía de otras personas debido a la idea equivocada de que yo deseo tenerte para mí sola...

—Amanda —la interrumpió él, tomándola en sus brazos—, he pasado los últimos años saliendo casi todas las noches y sintiéndome solo en medio de una multitud. Ahora por fin tengo un hogar y una esposa, y quiero disfrutar de ello. Si a ti te apetece salir, te acompañaré a donde quieras. Pero yo prefiero quedarme aquí.

—¿Entonces no te aburres? —le dijo ella acariciándole la mejilla.

—No —contestó él, con aire introspectivo. Luego la miró y arqueó las cejas—. Estoy cambiando —dijo con gravedad—. Tú me estás convirtiendo en un marido domado.

Amanda puso los ojos en blanco como respuesta a aquella broma.

—Domado es la última palabra que yo emplearía para describirte —dijo—. Eres el marido menos convencional que podría imaginar. Cabe preguntarse qué tal padre serás.

—Oh, pienso dar a nuestro hijo todo lo mejor. Voy a echarlo a perder por completo, lo enviaré a las mejores escuelas, y cuando regrese de su gran experiencia, dirigirá Devlin's por mí.

—¿Y si es una niña?

—Pues lo dirigirá también —replicó Jack al instante.

—Qué tonto... Una mujer jamás podría hacer semejante cosa.

—Mi hija, sí —le informó Jack.

En lugar de discutir, Amanda le obsequió una sonrisa.

—Y luego, ¿qué harás tú mientras nuestro hijo o nuestra hija se encarga de tu tienda y de tus empresas?

—Pasaré los días y las noches complaciéndote a ti —respondió Jack—. Después de todo, es una ocupación que plantea muchos retos.

Y, a continuación, se echó a reír, esquivando la mano de Amanda cuando ésta intentó propinarle un azote en sus atractivas posaderas.

El peor día de la vida de Jack dio comienzo de manera inocua, tras todos los gratos rituales del desayuno y los besos de despedida, y con la promesa de regresar a casa para el almuerzo.

Caía una llovizna fina pero persistente, y el cielo gris se veía cubierto de nubes que prometían peores tormentas. Cuando Jack entró en el ambiente cálido y acogedor de su tienda, donde ya había gran número de clientes que buscaban refugiarse de la lluvia, sintió un hormigueo de satisfacción que le recorrió la espalda.

Su negocio era floreciente, en casa lo esperaba una esposa amante y el futuro parecía repleto de promesas. Parecía demasiado bueno para ser cierto que su vida, que tan mal había empezado, hubiera llegado a dar semejante giro. De alguna manera había terminado teniendo más de lo que se merecía, pensó Jack con una ancha sonrisa mientras subía las escaleras que conducían a su despacho particular.

Trabajó sin descanso hasta el mediodía, y después se dedicó a apilar documentos y manuscritos preparándose para irse a comer a casa. En aquel preciso momento se oyeron unos golpecitos en la puerta y asomó el rostro de Oscar Fretwell.

—Devlin —dijo en voz baja, con aire preocupado—, ha llegado un mensaje para usted. El hombre que lo ha traído ha dicho que era bastante urgente.

Con el entrecejo fruncido, Jack tomó la nota que le tendía Fretwell y la leyó a toda prisa. El texto escrito a mano en tinta negra parecía saltar del papel. Era la letra de Amanda, pero con las prisas no se había molestado en estampar su firma.

> Jack, estoy enferma. He llamado al médico. Ven a casa enseguida.

Su mano se cerró sobre el papel y lo aplastó, formando una bola compacta.

—Es Amanda —musitó.

—¿Qué quiere que haga? —se ofreció Fretwell de inmediato.

—Ocúpate de todo aquí —contestó Jack por encima del hombro, saliendo ya del despacho a grandes zancadas—. Yo me voy a casa.

Durante el breve y frenético trayecto hasta su casa, la mente de Jack no dejó de dar vueltas a una posibilidad tras otra. ¿Qué podía haberle sucedido a Amanda, por el amor de Dios? Aquella misma mañana se hallaba rebosante de salud. Tal vez había tenido un accidente. La sensación cada vez más intensa de pánico hizo que se le encogieran las entrañas, y para cuando llegó a su destino estaba pálido y con el semblante severo.

—¡Oh! señor —exclamó Sukey cuando lo vio entrar corriendo en el vestíbulo—, en este momento se encuentra con el médico... Todo ha sido tan repentino... Mi pobre señorita Amanda.

346

—¿Dónde está? —exigió Jack.

—En el dormitorio, señor —balbució Sukey.

La mirada de Jack se clavó en el bulto de sábanas que la doncella llevaba en los brazos y que enseguida se apresuró a entregar a una criada con la orden de que las lavase. Jack, alarmado, vio unas manchas de color carmesí tintando el blanco de la tela.

Se encaminó a grandes pasos hacia las escaleras y las subió de tres en tres. Justo al llegar a su habitación, cruzó el umbral de la misma un hombre de cierta edad que llevaba la típica levita negra de los médicos. Era un hombre bajo y de hombros estrechos, pero poseía un aire de autoridad que sobrepasaba con mucho su estatura física. Cerró la puerta tras de sí, levantó la cabeza y contempló a Jack con mirada firme.

—¿Señor Devlin? Soy el doctor Leighton.

Al reconocer el apellido, Jack le tendió la mano.

—He oído a mi esposa mencionar su nombre —le dijo—. Fue usted el que confirmó su embarazo.

—Así es. Por desgracia, estas cosas no siempre tienen la conclusión que uno espera de ellas.

Jack se quedó mirando al médico sin parpadear, sintiendo que la sangre se le helaba en las venas. Se abatió sobre él una sensación de incredulidad, de irrealidad.

—Ha perdido el niño —dijo en voz queda—. ¿Cómo? ¿Por qué?

—A veces no hay explicación para un aborto —repuso Leighton con gravedad—. Les sucede a mujeres sanas. A lo largo de la práctica de mi profesión he aprendido que, en ocasiones, la naturaleza sigue su propio curso, con independencia de lo que nosotros deseemos. Pero permítame que le asegure, tal como le he dicho a la señora Devlin, que esto no tiene por qué impedirle concebir y dar a luz un bebé la próxima vez.

Jack bajó la vista al suelo en profunda concentración. Por extraño que pareciera, no pudo evitar pensar en su padre, ya frío en su tumba, tan insensible en la muerte como lo había sido en vida. ¿Qué clase de hombre podía engendrar tantos hijos, legítimos e ilegítimos, y preocuparse tan poco de ellos? A Jack, cada pequeña vida le parecía de un valor infinito, y más ahora que acababa de perder una.

—Tal vez sea yo el culpable —musitó—. Compartimos el mismo dormitorio. Yo... Debería haberla dejado sola...

—No, no, señor Devlin. —Pese a la seriedad de la situación, en el rostro del médico apareció una débil sonrisa compasiva—. Hay casos en los que yo he prescrito que una paciente se abstuviera de mantener relaciones maritales durante el embarazo, pero éste no era uno de ellos. Usted no ha provocado el aborto, señor, no más de lo que puede haberlo provocado su esposa.

»Se lo prometo, no es culpa de nadie. En cambio, le he dicho a la señora Devlin que debe descansar durante unos días hasta que cese la hemorragia. Volveré antes de que finalice la semana para ver cómo va evolucionando. Como es natural, su estado de ánimo no será muy boyante durante un tiempo, pero su esposa parece ser una mujer de carácter fuerte. No veo por qué no ha de recuperarse con rapidez.

Cuando el médico se marchó, Jack entró en el dormitorio. Se le encogió el corazón de angustia al ver lo pequeña que parecía Amanda en la cama, ausentes toda su pasión y su buen ánimo habituales. Fue hasta ella y le retiró le pelo hacia atrás para besarla en la frente caliente.

—Lo siento mucho —le susurró mirándola a los ojos vacíos.

Aguardó algún tipo de reacción, ya fuera desesperación, rabia o esperanza, pero el expresivo rostro de su esposa permaneció neutro. Amanda tenía un pliegue de la bata aferrado con fuerza en un puño, y lo retorcía y arrugaba sin cesar.

—Amanda —le dijo, tomando aquel puño en su mano—, por favor, háblame.

—No puedo —logró articular ella con voz ahogada, como si una fuerza exterior le atenazase la garganta.

Jack continuó sujetando en sus dedos el puño gélido de su esposa.

—Amanda —susurró—. Entiendo cómo te sientes.

—¿Cómo vas a poder entenderlo? —replicó ella en un tono sin inflexiones. Tiró del puño hasta que él se lo soltó, y fijó la vista en algún punto lejano de la pared—. Estoy cansada —murmuró, aunque tenía los ojos muy abiertos y no pestañeaba—. Quiero dormir.

Confuso y herido, Jack se apartó de ella. Amanda nunca lo había tratado de aquel modo.

Era la primera vez que se guardaba para sí sus sentimientos; era como si se hubiera servido de un hacha y hubiera cortado limpiamente toda conexión entre los dos.

Tal vez si descansaba, como había recomendado el médico, desaparecería aquel terrible vacío que había en sus ojos.

—Está bien —murmuró—. No me moveré de tu lado, Amanda. Estaré aquí por si necesitas algo.

—No —susurró ella sin pizca alguna de emoción—. No necesito nada.

Durante las siguientes tres semanas, Jack se vio obligado a sufrir a solas mientras Amanda permanecía en algún refugio interior que nadie más tenía permiso para compartir. Parecía estar decidida a aislarse de todo el mundo, incluido él. Jack ya no sabía qué hacer para llegar hasta ella. De algún modo, la verdadera Amanda se había esfumado y había dejado tan sólo una cáscara vacía. Según el médico, lo único que necesitaba era descansar, pero Jack no estaba tan seguro. Temía que la pérdida del bebé fuese un golpe del que jamás pudiera recuperarse, que la mujer vibrante con la que se había casado no volviera nunca.

Sumido en la desesperación, llamó a Sophia a Windsor para que acudiera a pasar el fin de semana, a pesar de que no le agradaba nada aquella fiera. Sophia hizo todo lo que pudo para consolar a Amanda, pero su presencia produjo escaso efecto.

—Mi consejo es que tengas paciencia —le dijo a Jack en el momento de marcharse—. Amanda se recuperará sola con el tiempo. Espero de corazón que tú no la presiones ni le exijas que cumpla con ciertas cosas que no está preparada para satisfacer.

—¿Qué se supone que significa eso? —musitó Jack. En el pasado, Sophia no había guardado en secreto su opinión de que él era un sinvergüenza de baja cuna que poseía el mismo autocontrol que un oso en celo—. No me cabe duda de que piensas que yo estoy planeando lanzarme sobre ella y exigirle mis derechos conyugales en cuanto te vuelvas a Windsor.

—No, no es eso lo que pienso. —Los labios de Sophia se curvaron en una inesperada sonrisa—. Me refería a demandas de tipo emocional, Devlin. Creo que ni siquiera tú eres tan bruto como para forzar a una mujer que se encuentra en el estado de Amanda.

—Gracias —dijo Jack sardónicamente.

Ambos se estudiaron el uno al otro durante un instante, sin que Sophia perdiese la sonrisa.

—Quizá me equivoqué al juzgarte con tanta dureza —declaró—. Hay una cosa que me ha quedado clara: por muchos defectos que tengas, quieres a mi hermana de verdad.

Jack le sostuvo la mirada sin titubear.

—Sí, la quiero.

—Bueno, es posible que con el tiempo dé mi aprobación a este matrimonio. No eres como Charles Hartley, pero supongo que mi hermana podría haberse casado con alguien peor que tú.

Él sonrió con ironía.

—Eres demasiado amable, Sophia.

—Trae a Amanda a pasar unos días a Windsor cuando mejore —le ordenó Sophia, y él le hizo una leve reverencia como si obedeciera un edicto real. Tras intercambiar sendas sonrisas de extraño compañerismo, acudió un lacayo para acompañar a Sophia al carruaje que la aguardaba.

Jack vagó por el piso de arriba y halló a su mujer junto a la ventana del dormitorio, observando cómo se alejaba por el camino de entrada de la casa el carruaje de Sophia. Contemplaba la escena como si estuviera en trance, con un pulso latiéndole de forma visible en la base del cuello. Sobre una mesa cercana había una bandeja de comida sin tocar.

—Amanda —murmuró Jack con la intención de que ella lo mirase.

Durante un momento, su deprimida mirada se cruzó con la suya y, a continuación, se desvió hacia el suelo cuando él se aproximó hasta ella. Amanda se quedó donde estaba y sufrió su breve abrazo sin reaccionar.

—¿Cuánto tiempo vas a seguir así? —no pudo evitar preguntarle. Al ver que ella no respondía, maldijo en voz baja—. Podías al menos hablar conmigo, maldita sea...

—¿Y qué puedo decir? —repuso ella en tono neutro.

Jack la volvió para obligarla a mirarlo.

—Si no tienes nada que decir, ¡yo sí que lo tengo, por amor de Dios! Tú no eres la única que ha perdido algo. Ese hijo también era mío.

—No tengo ganas de hablar —dijo Amanda, zafándose de él—. Ahora no.

—No quiero que haya más silencio entre nosotros —insistió Jack siguiéndola en su retirada—. Hemos de superar lo ocurrido y buscar el modo de olvidarlo.

—Yo no quiero olvidarlo —se ahogó Amanda—. Yo... Yo quiero poner fin a nuestro matrimonio.

Aquellas palabras sacudieron a Jack hasta la médula de los huesos.

—¿Qué? —dijo, aturdido—. En el nombre de Dios, ¿por qué dices eso?

Amanda se esforzó por contestar, pero no pudo decir una palabra más. De repente, todos los sentimientos que había reprimido durante las tres últimas semanas afloraron a la superficie con la fuerza de la desesperación. Aunque intentó controlar la dolorosa explosión, no pudo suprimir los sollozos que parecían arañar las cavidades interiores de su pecho.

Cruzó y descruzó los brazos alrededor del cuerpo, por encima de la cabeza, en un intento de contener los violentos espasmos. La asustó la falta de dominio sobre sí misma. Se sentía como si el alma se le hubiera desmoronado en pedazos. Necesitaba algo, alguien, que le devolviera la cordura que parecía estar perdiendo.

—Déjame en paz —sollozó, cubriéndose los ojos llorosos con las manos.

Pero entonces notó que su marido la recorría con la mirada y se puso en tensión. No recordaba haberse derrumbado así ante nadie, pues siempre había creído que semejantes emociones no debían expresarse en público.

Jack la rodeó con sus brazos y la acunó contra su ancho pecho.

—Amanda..., cariño..., abrázame. Así.

Jack era tan sólido, tan firme, su cuerpo mantenía en

pie el de ella, su olor y su tacto le resultaban tan familiares como si lo conociera de toda la vida.

Se aferró a él mientras las palabras salían de su boca de forma impulsiva, en total abandono.

—La única razón por la que nos casamos fue el bebé. Ahora ya no está. Nada volverá a ser lo mismo entre nosotros.

—Estás diciendo cosas sin sentido.

—Tú no querías ese niño —lloró Amanda—. Pero yo sí. Lo deseaba con toda mi alma, y ahora lo he perdido, y no puedo soportarlo.

—Yo también lo quería —replicó Jack con la voz afectada—. Amanda, superaremos esto y algún día tendremos otro.

—No, ya soy demasiado vieja —dijo ella, derramando un nuevo torrente de lágrimas—. Por eso he tenido un aborto. He esperado demasiado. Ya no podré tener hijos nunca...

—Calla. Eso es ridículo. El médico dijo que había traído al mundo a hijos de mujeres mucho mayores que tú. No estás pensando con claridad.

La alzó en brazos sin esfuerzo y la llevó hasta un pequeño sillón tapizado de terciopelo, y se sentó con ella sobre sus rodillas. A continuación, le enjugó las lágrimas de los ojos y de las mejillas con la servilleta doblada de la bandeja de la cena.

Era tan capaz y tan firme, que Amanda sintió que parte de su pánico comenzaba a evaporarse.

Obediente, se sonó la nariz con la servilleta y dejó escapar un suspiro tembloroso con la cabeza apoyada en el hombro de Jack. Notaba el calor de su mano en la espalda, moviéndose en una lenta caricia que fue calmando sus destrozados nervios.

Jack la mantuvo abrazada mucho rato, hasta que su

respiración terminó por acompasarse con el ritmo sereno de la de él, y sus lágrimas se secaron sobre las mejillas y se convirtieron en surcos de sal.

—No me casé contigo sólo por el bebé —dijo Jack con voz queda—. Me casé contigo porque te amo. Y si se te ocurre volver a mencionar la idea de dejarme, te... —Hizo una pausa para pensar en un castigo que fuera lo bastante cruel—. Bueno, que no se te ocurra —concluyó.

—Nunca me he sentido tan terriblemente mal como ahora. Ni siquiera cuando murieron mis padres.

Sintió reverberar su ancho pecho bajo el oído cuando le dijo:

—Yo tampoco. Excepto... Cuánto me alegro de abrazarte. Estas semanas han sido un verdadero infierno, sin poder hablarte, ni tocarte.

—¿De verdad crees que podremos tener un hijo algún día? —preguntó ella en un áspero susurro.

—Si es eso lo que deseas, sí.

—¿Y es lo que deseas tú?

—Al principio me resultaba difícil aceptar la idea de ser padre —admitió Jack. Le besó la línea del mentón y un costado del cuello—. Pero cuando empezamos a hacer planes, el niño se convirtió en algo real para mí. Y entonces pensé en todos los niños pequeños de Knatchford Heath, a los que nunca pude ayudar ni proteger, y en lugar de la antigua desesperación sentí... esperanza. Me di cuenta de que por fin iba a haber un niño en este mundo del que iba a poder cuidar. Era la posibilidad de empezar de nuevo. Deseaba... hacer que su vida fuera maravillosa.

Amanda alzó la cabeza y miró fijamente a Jack con ojos acuosos.

—Y lo habrías logrado —susurró.

—Entonces, no perdamos las esperanzas, cariño.

Cuando estés lista, me dedicaré día y noche a la tarea de dejarte embarazada. Y si no lo conseguimos, buscaremos otra manera. Dios sabe que hay muchos niños en el mundo que necesitan una familia.

—¿Harías eso por mí? —preguntó ella con voz trémula, sin poder creer que aquel hombre, que en otro tiempo se mostraba tan contrario ante la idea de formar una familia, ahora estuviera preparado para asumir semejante compromiso.

—No es sólo por ti. —Le besó la punta de la nariz y la suave curva de la mejilla—. También es por mí.

Amanda le rodeó el cuello con los brazos y lo estrechó con fuerza. Por fin el angustioso dolor empezó a aflojar su garra alrededor del corazón. Experimentó un sentimiento de alivio tan agudo, que casi le produjo vértigo.

—No sé qué hacer ahora —murmuró.

Jack la besó otra vez, y sintió su boca caliente y tierna contra la piel sonrojada.

—Esta noche vas a dejar de pensar durante unas cuantas horas y vas a comer y descansar.

El hecho de pensar en la comida le provocó una mueca de desagrado.

—No voy a poder.

—Llevas días sin comer nada. —Jack acercó la bandeja, destapó el plato de comida y tomó una cuchara—. Prueba un poco —dijo en tono firme—. Confío mucho en los poderes restauradores de... —Echó un vistazo al contenido del cuenco que había escondido bajo la tapadera de plata—. De la sopa de patata.

Amanda observó la cuchara y la expresión decidida de Jack y, por primera vez en tres semanas, sus labios se curvaron en una sonrisa insegura.

—Eres un abusón.

—Y soy más grande que tú —le recordó él.

Ella le quitó la cuchara y se inclinó hacia delante para echar un vistazo a la sopa de color blanco aterciopelado, salpicada de berros picados. Junto a ella reposaba un plato pequeño con un panecillo recién horneado y un budín de frutas adornado con frambuesas. Budín *à la framboise*, lo denominaba la cocinera, a la que en los últimos tiempos le había dado por nombrar en francés muchas de sus recetas.

Jack se levantó de la silla y observó cómo Amanda hundía la cuchara en la sopa. Comió despacio, dejando que el calor de la comida le llenara el estómago, en tanto que Jack, sentado a su lado, le acercaba a menudo a los labios una copa de vino. Conforme fue comiendo y bebiendo, volvió el color a sus mejillas y se fue relajando en su asiento. Contempló al atractivo hombre que se sentaba junto a ella y se sintió casi abrumada por la oleada de amor que la inundó. Jack la hacía sentirse como si todo fuera posible. De manera impulsiva, le aferró una mano y se la llevó a la cara.

—Te quiero —le dijo.

Le acarició la mejilla y la línea del mentón con el dorso de la mano.

—Yo te quiero más que a mi vida, Amanda.

Luego se inclinó un poco más y le rozó los labios con los suyos, dulcemente, consciente de lo herida y vulnerable que se sentía ella; como si pudiera curarla con un beso. Amanda alzó una mano para posarla en la nuca de Jack y dejó que sus dedos se hundieran en la densa mata de cabello. Aceptó la sutil intrusión de la lengua de Jack en su boca, le permitió que buscase el regusto del vino, hasta que el beso empezó a arder con un fuego volcánico.

Volvió la cara hacia un lado murmurando en voz baja,

sintiéndose adormilada y débil, notando que se le cerraban los ojos cuando los dedos de Jack se posaron sobre el corpiño de su bata. Soltó un botón, después dos, tres, en una serie de leves tirones que hicieron que la tela que la cubría se apartase de la piel. Los labios de Jack se deslizaron hasta su garganta, encontró el punto sensible a un costado y empezó a acariciarlo hasta que ella dejó escapar un leve gemido.

—Jack... estoy muy cansada... no creo que...

—No tienes que hacer nada —susurró él contra su cuello—. Sólo déjame que te toque. Ha pasado mucho tiempo, cariño.

Amanda respiró hondo y no intentó decir nada, sino que se limitó a reclinar la cabeza contra la silla. Se sentía soñolienta y no abrió los ojos cuando notó que Jack se movía, sino que aguardó pasivamente mientras él reducía la llama de las lámparas y regresaba junto a ella.

La luz tenue, casi fantasmal, apenas lograba penetrar la oscuridad de sus párpados cerrados. Jack se había quitado la camisa... Sus manos encontraron la desnudez de sus hombros, duros, calientes y tensos por los músculos. Jack se arrodilló frente a ella, entre sus rodillas separadas, e introdujo las manos dentro de la pechera abierta de la bata para tomar con suavidad los senos en sus palmas. Sus pulgares le acariciaron los pezones con delicadeza, mimando, estimulando, hasta que se contrajeron enhiestos y firmes. Entonces se inclinó hacia delante para capturar uno de ellos con su boca.

Amanda se arqueó en la silla, con la cabeza echada hacia atrás, y lanzó una exclamación ahogada al sentir el suave tirón de los labios de Jack. Él pellizcó el otro pezón entre el pulgar y el índice, en una caricia leve pero persistente que hizo a Amanda clavar los dedos en la dura superficie de sus hombros. Se sentía prisionera de su boca y de sus manos, todas las partes de su ser estaban concentradas en aquella seducción lenta y calculada.

Jack alzó el borde de encaje de la bata, lo empujó hasta la cintura y deslizó los dedos que habían jugueteado con los pezones hacia las voluptuosas curvas de la cara interior de los muslos. Ella separó las piernas para él, con los músculos temblorosos reaccionando al calor que desprendían sus manos. Aunque Jack sabía lo mucho que ella deseaba que la tocase, mantuvo las manos en la parte superior de los muslos.

Tomó posesión de su boca con besos tan livianos y perezosos que ella cerró los puños de pura frustración, deseando más. Después, sonriendo contra su boca suplicante, Jack deslizó las manos a lo largo de las piernas tensas hasta llegar a las rodillas. Pasó los dedos por debajo y encontró las suaves arrugas de la cara posterior de las mismas. Entonces se las dobló con suavidad, primero una, luego otra, hasta que las piernas quedaron enganchadas por encima de las almohadillas de los reposabrazos de la silla. Amanda no se había visto nunca tan descaradamente en exhibición, abierta y estirada por completo ante él.

—Jack —protestó, haciendo subir y bajar los pechos en su lucha por respirar—, ¿qué estás haciendo?

Él no se dio prisa en contestar. Su ágil boca fue vagando desde el cuello hasta las duras cumbres de los pezones, mientras que sus manos acariciaban el pequeño montículo del vientre, las curvas redondeadas de las caderas, las suaves formas de los glúteos. No era una postura precisamente favorecedora, pero la chispa fugaz de vergüenza quedó extinguida al momento por un torrente de deseo. Encogió los dedos de los pies al sentirse recorrida por una oleada de placer y quiso levantar las piernas para liberarlas de la silla.

—No —oyó decir a Jack en un suave susurro. Le empujó la espalda hacia atrás otra vez y le mantuvo las piernas bien separadas—. Voy a tomar el postre. Amanda *à la framboise*.

Entonces alargó una mano hacia la mesa, tomó algo de un plato de porcelana y lo acercó a los labios de Amanda.

—Abre la boca —dijo, y ella obedeció, confusa.

Su lengua se enroscó alrededor de la pequeña forma de una frambuesa. En su boca explotó el dulce y picante sabor de aquella fruta, y la masticó y la tragó. Los labios de Jack instaron a los suyos a abrirse, y su lengua buscó con ansia todo residuo de dulzor que le quedase en la boca.

A continuación, Jack le colocó otra frambuesa en el hueco del ombligo, y Amanda lanzó una exclamación cuando él se inclinó para capturarlo con la lengua cosquilleando y acariciando aquel lugar tan sensible.

—Basta —dijo con la voz entrecortada—. Ya basta, Jack.

Pero al parecer él no quiso oírla, porque sus manos malvadas y suaves se deslizaron por debajo de su vientre, entre sus muslos... y de repente experimentó una sacudida al notar la peculiar sensación de unos dedos introduciendo algo en su interior... Frambuesas, pensó, contrayendo los músculos al sentir el goteo del zumo de la fruta en aquel íntimo receso de su cuerpo. Le tembló la boca y apenas pudo articular palabra.

—Jack, no. Sácalas. Por favor...

Jack, obediente, bajó la cabeza, y Amanda sintió que sus miembros se tensaban debido a la vergüenza y al placer cuando percibió el contacto de su boca.

Dejó escapar unos gemidos guturales mientras él lamía y comía con cuidado, devorando las frambuesas al mismo tiempo que la humedad de su cuerpo. Cerró los ojos con fuerza y jadeó tratando de recuperar aliento, totalmente inmóvil mientras la lengua de Jack se introducía en ella con suaves movimientos.

—Qué deliciosa eres —susurró él—. Ya no quedan frambuesas. ¿Quieres que me detenga ahora, Amanda?

Ella aferró con desesperación su cabeza oscura y la atrajo con fuerza hacia sí, y Jack deslizó la lengua sobre el dolorido capullo de su sexo. El silencio que reinaba en la habitación se veía puntuado tan sólo por los jadeos de Amanda, los ruidos de succión de Jack y el crujir de la silla al moverse Amanda hacia delante, hacia arriba, en su afán de capturar la boca torturante de Jack.

Justo cuando creía no poder soportar más aquel íntimo tormento, estalló la tensión en una delirante explosión de fuego. Amanda gritó y se estremeció, sus piernas se agitaron contra los reposabrazos de la silla, y los espasmos continuaron hasta que por fin suplicó a Jack que se detuviera.

Cuando comenzaron a aminorar los locos latidos de su corazón y pudo encontrar las fuerzas necesarias para moverse, Amanda sacó las piernas de la silla y buscó a Jack con las manos. Entonces se aferró a él al tiempo que él la tomaba en brazos y la llevaba hasta la cama. Cuando la depositó sobre el colchón, ella se negó a soltarse de su cuello.

—Acuéstate conmigo —le dijo.

—Necesitas descansar —replicó Jack, de pie junto a la cama.

Antes de que pudiera apartarse, ella hizo presa en la parte frontal de sus pantalones y le desabrochó el primer botón.

—Quítate esto —ordenó, y luego pasó al segundo botón, y al tercero.

Jack, con una ancha sonrisa que brilló en la penumbra de la estancia, obedeció y se quitó el resto de la ropa.

Su cuerpo desnudo, fibrado y potente se unió al suyo en la cama haciéndola estremecerse de placer al contacto de su piel tibia.

—¿Y ahora, qué? —inquirió Jack.

Pero se le cortó la respiración cuando Amanda se colocó encima de él y le rozó con sus senos redondos el pecho y después el estómago, mientras su larga cabellera se arrastraba sobre su piel.

—Ahora seré yo la que tome el postre —dijo, y durante un largo espacio de tiempo no hubo palabras, ni pensamientos, tan sólo los cuerpos de ambos entrelazados en la pasión.

Después, Jack la acunó contra su costado y dejó escapar un suspiro de satisfacción. Entonces su pecho se agitó en una risa profunda, y Amanda se volvió hacia él.

—¿Qué ocurre? —preguntó con curiosidad.

—Estaba pensando en la noche en que nos conocimos. Tú estabas dispuesta a pagarme por hacer esto. Estaba intentando calcular cuánto me deberías después de todas las veces que nos hemos acostado juntos.

A pesar de lo débil que se encontraba, Amanda no pudo reprimir una súbita carcajada.

—Jack Devlin, ¿cómo puedes pensar en dinero en un momento como éste?

—Quiero que estés tan endeudada conmigo que nunca puedas librarte de mí.

Amanda sonrió y acercó la cabeza de Jack a la suya.

—Soy tuya —susurró contra su boca—. Ahora y siempre, Jack. ¿Estás satisfecho?

—¡Oh! sí.

Pasó el resto de la noche demostrándole lo satisfecho que estaba.

Epílogo

—¡Papá, se supone que debes atraparme! —exclamó el pequeño, yendo hacia el alargado cuerpo de su padre tumbado en la hierba.

Jack sonrió al niño de cabello oscuro que tenía frente a sí. Bautizado con el nombre del padre de Amanda, Edward, su hijo poseía una inagotable reserva de energía y un vocabulario que superaba con mucho el de la media de los niños de tres años de edad. Al joven Edward le encantaba hablar, lo cual no era precisamente una sorpresa si se tenía en cuenta su ascendencia.

—Hijo, llevo casi una hora jugando a perseguirte —dijo Jack—. Deja que este anciano descanse unos minutos.

—¡Pero si todavía no he terminado!

Con una repentina carcajada, Jack atrapó al pequeño y lo tumbó en el suelo para hacerle cosquillas.

Amanda alzó la vista de los papeles que tenía sobre el regazo y observó cómo jugaban los dos. Estaban pasando la parte más calurosa del verano en la finca que había heredado Jack, un lugar que contaba con un paisaje tan exquisito que podía haber sido objeto de un cuadro de Rubens. Lo único que le faltaba era unos cuantos ángeles y un cúmulo de nubes en lo alto; la ilusión sería entonces completa.

El terreno de la finca abarcaba desde un recinto semicircular de ladrillo en la parte de atrás de la casa del siglo XVII hasta un jardín superior muy cuidado, una arcada blanca de piedra y un huerto silvestre de vívidos colores dotado de un estanque de forma ovalada. La familia solía organizar con frecuencia meriendas al aire libre a la sombra de un majestuoso y viejo sicómoro, cuyo tronco estaba revestido de gruesas capas de hortensias. El estanque, bordeado de suave y frondosa hierba y de irises amarillos, ofrecía un entorno muy agradable donde remojar los pies.

Atiborrada tras una ingente merienda preparada por la cocinera, Amanda intentó volver a centrar la atención en el trabajo que se había llevado consigo. Después de cuatro años bajo su dirección, el *Coventry Quarterly Review* se había convertido en la revista de crítica más leída de toda Inglaterra.

Amanda se sentía orgullosa de lo que había logrado, en especial al demostrar que, como directora, una mujer podía ser tan audaz, intelectual y librepensadora como cualquier hombre. Cuando el público descubrió por fin de quién se trataba, quién era la fuerza motriz de aquella revista de ámbito nacional, la polémica no hizo otra cosa que incrementar las ventas. Tal como le había prometido, Jack fue su fiel defensor en todo momento, y negó de plano todas las especulaciones referentes a que debía de ser él, y no su esposa, quien dirigia aquella publicación.

—Mi esposa no necesita ninguna ayuda por mi parte para manifestar sus opiniones —les dijo a los críticos en tono sardónico—. Es más capaz y más profesional que la mayoría de los hombres que conozco.

Estimulaba a Amanda a que disfrutase de su reciente popularidad, pues se había convertido en la invitada más codiciada de todas las fiestas de Londres. Su «mente privilegiada» y su «original ingenio» eran elogiados de forma unánime en los círculos literarios y políticos de mayor relevancia.

—Todo el mundo se fija en mí como si fuera una atracción de feria —se quejó en cierta ocasión a Jack tras una reunión durante la cual cada palabra que pronunció fue estudiada con escrupulosa atención—. ¿Por qué le resulta tan difícil a la gente creer que alguien que lleva un vestido pueda también tener cerebro?

—A nadie le gusta que una mujer sea demasiado lista —repuso Jack, sonriendo al verla tan irritada—. A los hombres nos gusta conservar nuestra apariencia de superioridad.

—Entonces, ¿por qué tú no te sientes amenazado por la inteligencia de una mujer? —quiso saber ella frunciendo el ceño.

—Porque yo sé cómo ponerte en tu sitio —replicó Jack con una sonrisa enloquecedora, y al momento se echó hacia atrás, riendo, para esquivar a Amanda, que pretendía cobrarse venganza.

Sonriendo al recordar aquel episodio, Amanda se puso a escuchar el cuento de dragones, arcoiris y hechizos mágicos, que Jack le estaba contando a Edward, hasta que el niño, por fin, se quedó dormido sobre sus rodillas. Con sumo cuidado, Jack dejó su cuerpecito inerte en la manta extendida sobre la hierba.

Amanda fingió no darse cuenta de que su marido se sentaba a su lado.

—Deja eso —le ordenó él, hociqueando su cabello suelto.

—No puedo.

—¿Por qué no?

—Porque tengo un jefe muy exigente que se queja cuando el *Review* no llega en la fecha prevista.

—Tú sabes cómo hacer que deje de quejarse.

—Ahora no tengo tiempo para eso —replicó Amanda en tono mojigato—. Déjame trabajar, por favor.

Pero no protestó cuando sintió que Jack la rodeaba con sus brazos ni cuando la besó en el cuello formando una caricia que le produjo una oleada de placer de la cabeza a los pies.

—¿Tienes idea de lo mucho que te deseo?

Posó los dedos sobre la curva de su estómago, donde sintió los suaves movimientos de su segundo hijo. Luego dejó vagar la mano a lo largo de la pierna hasta el tobillo, y se insinuó bajo la falda. A Amanda se le cayó el fajo de papeles de las manos, que se esparció revoloteando sobre la hierba.

—Jack —dijo sin aliento, recostándose sobre él—, delante de Edward, no.

—Está dormido.

Amanda se dio la vuelta en sus brazos y aplicó su boca a la de él en un beso lento y ardiente.

—Tendrás que esperar hasta esta noche —le dijo cuando se separaron los labios de ambos—. De verdad, Jack, eres incorregible. Llevamos cuatro años casados, deberías haberte cansado de mí como cualquier marido normal y respetable.

—Bueno, ése sí que es un problema —dijo él en tono razonable, jugando con los dedos detrás de la rodilla de su mujer—. Yo nunca he sido respetable. Soy un sinvergüenza, ¿no te acuerdas?

Sonriendo, Amanda se dejó caer sobre la hierba tibia y arrastró a Jack consigo, hasta que los hombros de él impidieron el paso de la luz moteada del sol que se filtraba por entre la frondosa copa del árbol.

—Por suerte, he descubierto que resulta mucho más divertido estar casada con un sinvergüenza que con un caballero.

Jack sonrió, pero la chispa de malicia que brilló en el azul de sus ojos fue suplantada por una expresión reflexiva.

—Si pudieras dar marcha atrás y cambiar las cosas... —murmuró, retirándole del rostro los mechones de pelo suelto.

—Ni por todo el oro del mundo —contestó Amanda al tiempo que volvía la cara para besar los suaves dedos de Jack—. Tengo todo lo que jamás me atrevería a soñar.

—Entonces, sueña un poco más —susurró él, justo antes de que su boca se cerrara sobre la de ella.